# 32 de marzo

# 32 de marzo

Xavier Bosch

Traducción de Olga García

catedral

Primera edición: marzo de 2023

Título original: *32 de març*

Diseño de la colección: Enric Jardí
Imagen de la cubierta: Jesús Aguado
Maquetación: Mireia Barreras



Dirección editorial: Ester Pujol

Catedral es un sello de Grup Enciclopèdia
Josep Pla, 95
08019 Barcelona

Impreso en Liberdúplex
Depósito legal: B.625-2023
ISBN: 978-84-18800-59-7
Impreso en la UE

A Anna y Aran,
y a todas las abuelas y nietas
que han construido su propio mundo

# París 2008

—¿Cómo te llamas?
—Margaux. Ya lo sabes.
—¿Qué quieres ser de mayor?

# BARBARA

# 1. Si es que estaba vivo

Las sorpresas, solo en los libros. En la vida no quería ni una más.

Pero el destino, tozudo a más no poder, continuaba haciendo de las suyas. A veces, incluso en sábado.

Después de subir los cinco pisos cargada como una mula, la última cosa que esperaba era encontrarse a alguien dentro de su casa. En cuanto Barbara abrió la puerta y dejó las dos bolsas con la compra de la semana en el suelo, con delicadeza para que no se le aplastasen los tomates, descubrió a un hombre durmiendo en su sofá. No tuvo tiempo ni de quitarse el abrigo y los guantes. El desconocido —demasiado mayor para ser un chico, demasiado joven para ser un señor— se había aflojado los cordones de las botas y, sin descalzarse, había puesto los pies encima de un cojín, el de su abuela, en el que, no hacía mucho tiempo, solía recostar la cabeza para pensar en las musarañas después de comer. El intruso enseñaba el ombligo, el borde de los calzoncillos sobresalía por encima de la hebilla y el brazo del reloj había acabado sobre la cabeza, en señal de rendición. La otra mano, arremangada la camiseta negra, colgaba hasta tocar con los nudillos en el suelo. El anorak, medio caído, se había deslizado hasta el piso de baldosas. No lo entendía. Barbara había salido de casa a media mañana y al cabo de dos horas se encontraba a esa persona, instaladísima, totalmente despreocupada, al menos en apariencia, como si hubiese vivido allí toda la santa vida.

No hacía mucho que el *Libération* había publicado un reportaje —cayó en sus manos y lo leyó— donde contaba que en los edificios antiguos del Barrio Latino se estaba produciendo una epidemia de okupas que entraban en tu casa en un pispás y luego costaba dios y ayuda expulsarlos. Eso, en el mejor de los casos. La policía solía decir que no podía hacer nada al respecto, la justicia hacía la vista gorda y la última moda, en París, era decir que estabas de suerte si quien se había metido en tu casa formaba parte de una mafia, la mafia que te ocupa el piso para que, a cambio de dinero, otra mafia la expulse. Un negocio redondo. Las ganancias, a medias. Tú pagas el precio de la extorsión pero, como mínimo, los okupas acaban largándose. ¿Qué más quieres?

En lo que tardó en reaccionar, Barbara descartó que su inquilino —no llevaba barba pero no se afeitaba desde hacía unos días— formase parte de un montaje perverso. Estaba demasiado a gusto en su piso. Demasiado tranquilo. No había zumbido que le importunase. Y no parecía que hubiese forzado la cerradura.

Cerró de un portazo, para asustarlo. Y para despertarlo. Si es que estaba vivo.

# 2. Ni un libro ni una foto

—Tú debes de ser Barbara, ¿verdad? Me he echado un momento porque vengo baldado del viaje. Una noche en el tren, no hay quien duerma. He llegado aquí y me he quedado... plof, como si me hubiesen dejado inconsciente. He soltado las cosas en la habitación. He elegido la que me ha parecido que era de Marcel. Nada, no traigo demasiadas cosas porque no creo que me quede mucho tiempo. Una maleta que pesa como un muerto, las cámaras y poco más. Marcel no me dijo que no había ascensor. Ya había venido cargando con todo desde la estación, que las subiditas estas de Montmartre tienen tela, y cuando he entrado en el portal y he visto que tenía que subir todo eso a pie... ¿Cuántos son, cien escalones? El piso es un poco cutre, pero, eso sí, se está caliente y tiene encanto, ¿eh?, con esos ventanales... Primero he abierto una puerta y he pensado: «Esta no puede ser». Estaba demasiado ordenada para ser la habitación de mi hermano. Luego he entrado en una más grande, la que es más luminosa... Esta, la que da aquí enfrente. Francamente, había pensado que él, que es un tío listo, habría escogido la buena. Pero he visto que todo lo que había ahí eran cosas de mujer. No he revuelto nada, no te preocupes, pero he visto unos perfumes y patos por todas partes y he pensado que te la habías quedado tú... Porque tú eres su compañera de piso, ¿verdad? ¿Barbara? Te llamas Barbara, ¿no?

No podía creerlo. Marcel nunca le había dicho nada. Ni siquiera sabía que tuviese un hermano. Y si alguna vez se lo había comentado, en alguna charla de cocina, no se había enterado porque, en los meses que llevaban juntos en la Rue Chappe, cada uno iba a lo suyo. Barbara trabajaba en casa, pegada al ordenador, obsesionada con sus libros, y Marcel se levantaba temprano, se iba al bufete y cuando regresaba al atardecer, salía a correr, se duchaba, comía cualquier cosa de paquete y se encerraba en su habitación.

—Soy Barbara Hébrard, sí. No soy su compañera de piso. Y Marcel no me dijo que iba a realquilar su habitación.

—No me la ha realquilado. Me la ha prestado. Soy su hermano. El pequeño. Me dijo que podía instalarme.

—En cualquier caso, yo qué sé... Me parece que podía haberme avisado. Igual que me dijo «me ha salido un caso importante en Toulouse, hay un juicio que no sé cuánto tiempo va a durar», podría haberme dicho «le dejaré la habitación a mi hermano, vendrá de Barcelona, llegará tal día, él tiene mis llaves y entrará cuando le dé la gana».

—He tenido recibimientos mejores.

—Encima... No te fastidia... Entro en casa, me encuentro a un tío repantingado en mi sofá y cuando voy a llamar a la policía, se despierta y se hace el ofendido...

—Oye, que él paga mil euros al mes, a ver si no me puede prestar su cama... ¿O es que tú no haces lo que te da la gana?

—No sé qué te ha contado tu... ese, pero de compañeros de piso, nada de nada. El apartamento es mío.

—¿Tuyo? —Roger, incrédulo.

—Qué sorpresa, ¿verdad? Como si lo fuese.

—Imposible. —El intruso se rio—. No me vaciles. Marcel me lo habría dicho. Y tú... —Miró alrededor con desdén—. Tú no lo tendrías así...

—¿Qué quieres decir, así?

—Ni un libro ni una foto en toda la casa. Decorado, déjame que te lo diga, como si fuese un piso de viejos.

—Si no te gusta, coges la maleta esa que pesa como un muerto y te vas a un hotel —le soltó sin contemplaciones—. Si algo tenemos en París son ratas y hoteles.

—Joder, ¿es que ya no se pueden decir ni las verdades?

—El piso era de mi abuela. Su piso de toda la vida. Ahora vivo yo en él, y para que me salga más a cuenta le alquilé una habitación a tu hermano, por 1.150 euros al mes, exactamente, porque me pareció un hombre limpio, educado, con un buen francés, siempre con su corbata de abogado bien puesta. Lleva cuatro meses aquí, ha pagado cada mes y nunca se ha saltado ninguna norma de convivencia.

—Vaya, somos la noche y el día, ¿no? Yo que tú me casaría con él. Ahora debe de andar por los treinta y ocho y, que yo sepa, no tiene pareja. —Se sacó el teléfono del bolsillo de los vaqueros—. ¿Lo llamamos y se lo pregunto?

Barbara lo fusiló con la mirada. No obstante, antes de rematarlo, decidió ignorarlo. Recogió las dos bolsas del suelo y las puso encima del office de la cocina. Irritada, abrió la nevera y, sin darse cuenta de lo que hacía, fue colocando la media docena de huevos, los calabacines, los tomates y la bolsa con el lenguado que pensaba prepararse a mediodía. Del hermano de Marcel aún no sabía ni el nombre. Él había vuelto a sentarse en el sofá rojo y se había quitado las botas y los calcetines. Descalzo, muy despacio, se había acercado hasta la entrada de la cocina. Con otro tono, decidió que era necesario empezar de cero.

—¿Hace mucho que murió?

—¿Quién?

—Tu abuela.

—¿Mi abuela? ¿La mía? —Se volvió a mirarlo de nuevo. Se lo encontró demasiado encima, para su gusto—. ¿Quién te ha dicho que se ha muerto?

—Tú. Bueno, has dicho que te habías quedado su piso... He deducido que... —Le alargó la mano—. Roger Narbona.

—Estoy pegajosa de la bolsa del pescado. Otro día te la doy.

Él la devolvió al bolsillo del móvil. Barbara abrió el

grifo y se lavó las manos con el jabón de los platos. Por primera vez desde que había entrado en casa sonrió con la suficiencia de quien tiene un as en la manga.

—Mi abuela es todo un personaje. Está vivita y coleando. Mamie Margaux es mi heroína.

# 3. Nunca hay vuelta atrás

La habitación de Roger, que era la de Marcel y que antes debía de ser la habitación de Barbara cuando vivía con mamie Margaux, daba a un patio interior muy vivido. La ventana se asomaba a los lavaderos, a los tendederos y al olor desagradable que de vez en cuando ascendía desde los pisos de abajo. Las vistas, necesariamente domésticas, tenían tan poca gracia que justificaban aquel cristal ahumado que apenas dejaba pasar una claridad de celda, lo justo para saber si era de noche o de día. El armario empotrado, junto a la puerta, estaba lleno de americanas de su hermano. Las corrió un poco, sin que quedasen muy apretadas, para poder colgar dos pantalones. Eran los dos que había traído consigo. Dos pantalones de invierno, de pana, y los vaqueros que llevaba puestos. Aquello para lo que no hubiese sitio en el armario de Marcel, de momento, lo dejaría bajo el colchón. Abriría la maleta y, plana, la deslizaría entre las patas. Al menos la cama era grande. Tenía, no obstante, un tamaño extraño, para una persona y media. No era individual pero tampoco de matrimonio. En treinta y tres años, y después de haber viajado bastante por el mundo, nunca había dormido en un colchón de aquellas dimensiones. Se desplomó encima para probarlo. Era un poco blando para su gusto, pero al menos no crujía y no conservaba el hueco de inquilinos anteriores. Mientras su hermano mayor estuviese fuera de la ciudad, pensaba aprovechar aquel rincón. Detrás de la puerta descubrió un espejo de cuerpo entero. Se miró, se puso la camisa de cuadros por dentro de los vaqueros y salió con una idea.

—¿Vamos a almorzar? Tú eliges el sitio y yo te invito...

—La verdad es que no me viene muy bien.

—Déjame arreglar mi entrada, venga. No quería crear todo este zafarrancho. Te has asustado y...

—Otro día. —Barbara ni siquiera había levantado la vista de las veinticuatro pulgadas de la pantalla del Apple de sobremesa que tenía en el escritorio del salón.

—Un menú rápido.

—Hoy tengo mucho trabajo. —Seca.

—¿En sábado?

A Barbara no le apetecía dar explicaciones. Reparó, eso sí, en que Marcel era tan discreto que ni siquiera había informado a su hermano de a qué se dedicaba ella. Por lo que iba intuyendo, es probable que tampoco le hubiese contado que era una mujer que, a los cuarenta y uno, se había refugiado en París, en casa de su abuela, huyendo de una mala experiencia con su marido.

—Cuando el amor es un error, lo mejor es irse.

El consejo se lo había dado su abuela por teléfono y

ella, en cuanto se dio de bruces con la realidad, hizo las maletas y se marchó de Arles porque no quería saber nada más de Maurice. Al fin y al cabo, la tarea de vender los derechos internacionales de Giresse & Trésor podía desempeñarla tanto en la Provenza como en Montmartre. Solo necesitaba un ordenador, buenos contactos en las editoriales y una habilidad entrenada para vender las historias de sus autores. Acudió a negociarlo en persona a la central de Giresse & Trésor, una planta baja de un rascacielos de la Défense. Le dijeron que estaban muy contentos con ella y que, en su empresa, la felicidad y la tranquilidad de sus trabajadores eran dos valores que estaban por encima de todo y que ella hiciera lo que creyese conveniente para su vida. Incluso estuvieron todos de acuerdo en que estando en París le sería aún más fácil establecer vínculos en el sector. En la capital, pasaban cosas. De vez en cuando se celebraban cócteles, cenas y fiestas con editores de todo el mundo que seguramente en Arles ni siquiera habían soñado. Y cuando tuviese que viajar al extranjero, desde París tendría vuelos directos a cualquier lugar. Todo eran ventajas. Y mamie Margaux, como cualquier abuela, estaría encantada de volver a tenerla con ella. Sabía que las nietas eran la salsa de la vida. No podría desear mejor compañía.

Tampoco es que Roger tuviese mucho interés en almorzar con la dueña. Tan solo había intentado ser simpático. Pero si Barbara prefería quedarse trabajando y no salir ni para tomar un bocado... No le dio mayor importancia. Se fijó en que en el salón había un cactus más alto que él y regresó a la habitación. Aún olía a las cosas de Marcel. Cerró la puerta y llenó la mochila. Metió la Canon y, por si acaso, decidió llevarse dos objetivos para redimensionar el mundo. Escogió el gran angular y un macro, porque siempre hay una gota cayendo de una barandilla con la parsimonia exacta. En aquel instante de poesía callejera no se habría perdonado no tener la cámara preparada. Luego se aseguró de llevar las llaves del piso en alguno de los veinte bolsillos del anorak. No entendía por qué su hermano las llevaba en aquel llavero. Un oboe en miniatura no le pegaba nada. A Marcel, la música, ni frío ni calor. De hecho, en la familia Narbona Bazin nadie era de instrumentos ni de canciones. Todos desafinaban. Nadie sabía bailar. «Aquí todos tenemos dos pies izquierdos», decía su madre con una expresión muy francesa. A su padre solo lo habían escuchado alguna vez canturreando algunas coplillas que había aprendido de pequeño mientras llenaba las cajas de manzanas. Su madre, Fabienne, siempre había dicho que había estudiado piano hasta los doce años, pero cuando los Bazin se mudaron de Besançon a Fontclara, solo quisieron llevarse lo esencial. La ropa, la cómoda de los bisabuelos, los álbumes de fotos y la cubertería buena. En el camión, recolocándolo todo con cuidado, todavía quedó hueco para el punto exacto de olvido que conviene cuando se empieza una nueva vida. Y la pizca de memoria necesaria para cambiar de país. El resto

—incluidos el piano y el metrónomo— lo dejaron en casa, en Francia, por si alguna vez regresaban.

Las normas. Roger quiso saberlas antes de salir a dar su primera vuelta por el barrio. Barbara le recitó las cinco, como una letanía que se sabía de memoria, como si estuviese harta de repetirla a sus inquilinos.

Quien cocina, friega.

Quien tiende, recoge.

La calefacción no se toca.

El aseo pequeño, para los hombres.

Y a medianoche, poco ruido.

—Eso es vida de monje.

—Es lo que hay.

—No estoy protestando. Solo lo constato.

Con un dedo, Barbara se peinó las pobladas cejas.

—Ah, y nada de fumar. Ya te he dicho que si no te gusta...

—Sí, sí. París, hoteles y ratas. Pero ¿y la ducha? —preguntó Roger, extrañado—. En el aseo pequeño no hay.

—Perdona. —Barbara se levantó de la silla con ruedas—. Tienes derecho a una ducha al día. Tu hermano tenía por costumbre hacerlo de noche. Salía a correr, volvía empapado en sudor y se metía de cabeza en el agua. A mí me gusta levantarme y ducharme antes de ponerme a trabajar, así que el baño no era un problema.

—Yo no soporto correr. No puedo, de hecho. Tengo una pierna más larga que la otra. Un tema de nacimiento.

Barbara le dio un repaso de la cadera a los pies.

—Y eso te impide... ¿En serio?

—Pero igualmente tengo por costumbre lavarme cada día. Y me gustaría seguir haciéndolo. ¿O en Francia ya no se lleva?

Ella lo miraba y pensaba cómo podía ser que Roger y Marcel estuviesen cortados por el mismo patrón. Eran hermanos y no se parecían nada.

—El depósito de agua caliente es el que es. No da más de sí. Las instalaciones de este edificio aún deben de ser de antes de la guerra.

—La de Napoleón, supongo...

Un hermano tan discreto. El otro tan impertinente.

—En el bloque no han cambiado nada desde que nació mi abuela, me parece. Se aguanta por la tranquilidad.

Roger miró a su alrededor. El piso tenía personalidad, sobre todo en el salón de los ventanales. Aquellos cristales ligeramente inclinados, como un observatorio del cielo, lo hacían diferente, pintoresco. Parisino. La luz del mediodía entraba a raudales y, entre el frío de marzo y la calidez del interior, los cristales comenzaban a empañarse junto al marco de madera. El cactus, enorme, era el tótem del hogar. Roger, inquisitivo, con andares de gato, miraba y escudriñaba sin saber qué estaba buscando.

—¿Y la tele?

—Se la llevó mi abuela.

—¿No hay tele? ¿En serio?

—Pidió permiso en la residencia para saber si podía

tener tele en la habitación. Tuvo que hacer no sé cuántas instancias, pero, al final, se salió con la suya. Si mamie Margaux quiere algo, lo consigue.

—Entonces, ¿está pachucha tu abuela?

La pregunta sorprendió a Barbara. No era cuestión de pachucha o no. Nunca se lo había planteado en aquellos términos. Mamie Margaux, para tener ochenta y tres, estaba bien. La cabeza lúcida, los dolores bajo control, la mordedura fuerte y las arrugas de la dignidad. Y, sobre todo, tenía ganas de vivir. Por sí misma. Y por todo lo que no había vivido Damien. Y por el trozo de vida que le habían arrebatado a Édith, su pobre hija. Y porque si había soportado tantas cosas, mamie Margaux no veía aún el momento de rendirse.

En una ocasión, pocos días antes de irse a la residencia, cogió la mano de su nieta a la hora de cenar y la acarició como solía hacer de pequeña. Le dijo que a ella, por fortuna, aún no le había llegado el resignado lamento de última hora. Sabía que cuando surgiese la pregunta, la pregunta maldita, la pregunta con mayúsculas, la pregunta —¿qué hago yo en este mundo?—, sería el primer paso hacia el hoyo. Llegado ese momento, los pasos serían cortos, rápidos y en una sola dirección. Hacia la muerte, nunca hay vuelta atrás.

Barbara y mamie Margaux brindaron con un vaso de vino. Si los ojos de la abuela iban apagando su color verde, los de su nieta todavía lucían el verdor con toda la liquidez de los cuarenta. Y más aún cuando intentaba contener la emoción.

—Por que no te plantees la preguntita fatal, entonces.

—Y que tarde —dijo la abuela, volviendo a llenarse el vaso de un burdeos del color del oro.

Sintiéndolo mucho, aquella primavera mamie Margaux dejó su piso de toda la vida porque se le hacía una montaña subir y bajar las escaleras. No había ningún otro motivo. Simplemente había descubierto lo que ya anticipaba: que es jodido hacerse vieja. A partir de los setenta, un quinto sin ascensor era una gran pega. Cada vez le apetecía menos salir, pensando en la hora de volver. A partir de los ochenta, tantos escalones ya eran una tortura. Cuando se dio cuenta de que ya solo salía de casa por necesidad, cuando cayó en la cuenta de que pasaba semanas enteras sin que le diera el aire de la calle, pensó que había llegado el momento de buscar su comodidad. Después de tanto trajinar, tantos años de dependienta con cajas de acá para allá, permitiría que le cocinasen, que la cuidasen, que estuviesen pendientes de ella cuando quisiera atenciones y que la dejasen en paz cuando le apeteciese pasear por los jardines de la residencia Viviani. Una vez allí, añoraría su sofá rojo, la colección de patos y la compañía de su querida Barbara después de tres años viviendo juntas. Pero cuando asomase la pena, pensaría en el Himalaya de escalones gastados —cada rellano, un campo base— y aparcaría la nostalgia en un abrir y cerrar de ojos.

—Me voy. ¿Tú crees que lloverá?

Barbará se acercó al ventanal y examinó las nubes mientras se hacía un moño alto.

—No creo. Pero es París. Ya se sabe... Ratas, hoteles y lluvia.

Roger se subió la cremallera del anorak y se colgó la mochila, solo de un hombro.

—¿Puedo decirte una cosa? —Se levantó ligeramente la pernera del pantalón hasta donde la rigidez de los vaqueros se lo permitió—. Que yo sepa no tengo una pierna más corta que otra, pero no soporto el *running*.

—Encima trolero.

—Una broma, mujer. ¿Tampoco se permiten las bromas en las normas de la casa?

—¿Sabes qué? A mí tampoco me gusta. En absoluto. ¿Correr? Te lo regalo.

—Es un deporte para los que no han querido en ningún equipo.

# 4. La quietud de Montmartre

La quietud de Montmartre sorprendió a Roger Narbona. Paseaba, subía, bajaba, se metía por una calleja adoquinada, disparaba tres fotos y volvía a girar dos esquinas más abajo hasta dar con un callejón sin salida. Y no veía a nadie por ninguna parte. Era una ciudad dentro de una ciudad. ¿Dónde había ido a parar aquel hormigueo de gente del Barrio Latino, de los grandes bulevares o de los Champs-Élysées?

Montmartre era, de pronto, diferente. Se preguntaba si el barrio se había vaciado por ser fin de semana, si la gente se había encerrado en casa para protegerse del frío de marzo —imperativo y punzante— o si nadie le había avisado de que aquel era un barrio que había ido languideciendo con el paso de los años.

Cuando tuvo hambre, entró a comer en el primer sitio que le pareció lo bastante auténtico. Chez Richard era un restaurante de toda la vida en la Rue Véron. Bajo el toldo rojo, el menú en la pizarra —a quince euros con café— estaba escrito con una letra elegante y pulcra. Si se esmeraban con la caligrafía, seguramente también serían puntillosos con el producto y la presentación de los platos. Fue una deducción precipitada. En la sopa, el caldo iba por un lado y el pollo por otro. El filete, de segundo, era neumático de caucho con patatas fritas. Eso sí, estaban muy bien fritas. Nada aceitosas, discretamente crujientes por fuera y tiernas por dentro. Como debía ser. Como las hacía su madre, que era experta porque de algún modo tenía que presumir de que, aunque viviera en Fontclara, en el Ampurdán más payés, ella era francesa y a mucha honra.

—¿Fruta o *cheesecake*? —preguntó a Roger la única camarera del local, trabajando a destajo de mesa en mesa.

—¿La tarta es casera?

—Sí, por supuesto.

—¿Qué tienes de fruta, entonces?

—Manzana o naranja. —A la camarera del delantal blanco, ceñido desde la cintura hasta los tobillos, se le empezaba a hacer larga la conversación.

—Tú misma.

—A mí no me pagan por decidir.

Roger alzó los ojos y la miró a la cara. Él sonrió, ella no. Había sudor en su frente pero, con las manos ocupadas, no podía secárselo. La calefacción del restaurante estaba a tope y ella, completamente sola, tenía que servir una docena de mesas.

—Una naranja, por favor.

Cuando la camarera se dirigía a la cocina con los cubiertos sucios sobre los restos de cartílago del filete, él la llamó.

—Perdona... Una pregunta... —Roger se enjugó los labios—. ¿Tú sabes por qué hay tan poca gente en el barrio?

Ella se dio la vuelta y, como si lo ignorase, continuó a lo suyo. A medio camino, avisó a alguien.

—Monsieur Richard, el chico de la siete.

—¿Qué cojones quiere? —Miró hacia el cliente que había comido con Coca-Cola.

—Dice que tiene una pregunta.

El dueño, que no había movido el mostacho detrás de la caja en ningún momento, salió del mostrador y, arrastrando los pies, se acercó a la mesa de Roger.

Monsieur Richard era rechoncho, tenía el cuello rojo, el colesterol alto, cuarenta años de apariencia de cocina casera y, sobre todo, tenía una explicación a la pregunta de Roger. Pidió permiso para sentarse en la silla de enfrente, ordenó a Laurence que le llevase una jarrita de vino «del suyo» y, cuando se hubo servido una copa, comenzó a hablar. La gente mayor se había ido marchando de Montmartre. Por empinado, por quedar a trasmano de todo, porque para encontrar algo de vida —*boulangeries*, farmacias, peluquerías, comida para las mascotas— tenía que bajar hasta el Boulevard de Clichy y luego volver a subir la colina. La gente joven, en cambio, no podía vivir allí por el precio exorbitante del metro cuadrado. Y si alguien se lo podía pagar, resultaba que no podía aparcar en la calle, los edificios no tenían garaje y, si lo tenían, era tan jodidamente estrecho y tortuoso que no rozar la carrocería del coche era un milagro. Si alguien paga el gusto y las ganas, al menos ha de tener alguna comodidad. Para hacer el pavero no hay que sufrir tanto, dijo monsieur Richard, antes de arrugar el bigote cepillo de dientes.

La gentrificación —fea la palabra, feo el concepto—, eso era.

Poco a poco, Montmartre había persistido como un barrio de postal, bucólico y apacible en las calles en blanco y negro, pintoresco y colorido por los artistas adocenados de la place du Tertre, y por la extravagante vestimenta de los turistas que, a todas horas, deambulaban por las cercanías de la basílica del Sacré-Coeur, «la mona de Pascua», como siempre la habían llamado en casa de los Narbona Bazin. En los albores del XXI, un siglo con pretensiones tecnológicas, vivir dentro de un barrio-museo comportaba más inconvenientes que beneficios. Las épocas no solo pasan para las personas, sentenció el dueño, dando la conversación por finalizada.

Roger dejó dos euros de propina para que se los repartiesen como quisieran entre el amable Monsieur Richard y Laurence, que no había tenido un respiro durante la hora escasa que él permaneció en la mesa.

Al salir del restaurante encuadró la pizarra del menú. Como en la mayoría de ocasiones, con el ojo ya en el visor, renunció. Tenía el suficiente olfato para saber cuándo estaba a punto de hacer una foto vulgar, sin enjundia, y retenía la pulsión. Si no la hacía, se ahorraría tener que borrarla luego. Y, al cabo del día, saltarse aquel gesto algunos cientos de veces era un tiempo que ganaba.

Se abrochó el anorak hasta arriba y caminó un rato más, sin prisa. Deambulaba por callejas que se parecían entre sí. A cada una le encontraba algo que con el estómago vacío no había sabido ver. Sin rumbo determinado, disfrutó perdiéndose y descubriendo rincones del pasado que para él eran nuevos. Ni el maullido en una esquina consiguió quebrar aquella paz. El frío, sin embargo, le helaba las orejas, le cortaba los labios y lo empujaba a caminar cada vez más rápido.

Cuando se encendieron las farolas, volvió a casa.

En cada rellano se bajaba un poco la cremallera. Una vez en el quinto piso, hubo de palpar tres bolsillos para encontrar el llavero del oboe. Entró sin llamar. Barbara estaba con los ojos clavados en la pantalla del ordenador y apenas lo saludó.

—Joder, qué frío... —dijo Roger.

—¿Qué?

—Que hace un frío que pela.

—Aquí se está bien.

—Digo afuera... —Dejó la mochila de las cámaras encima del sofá rojo—. ¿Esto es normal?

—Es París. Es marzo.

—Gracias por la información.

—Pues han dicho que hará más. Una gota fría de no sé dónde.

—Del norte, seguro.

Los fenómenos absolutos siempre vienen de arriba.

Barbara trabajaba con música clásica. Alguna pieza conocida. Roger la había oído muchas veces, pero habría sido incapaz de decir qué estaba sonando. Bach, habría dicho. Cuando no sabes qué es y suena bien, di Bach. La suite de chelo sonaba tan bajo que Roger pensó que ella no debía ni oírla. Recogió sus cosas, se dirigió a su habitación y puso las manos sobre el radiador. Luego el culo. Se quitó las botas, sacó la Canon y se tumbó en la cama para echar un vistazo a las fotos que había hecho en Montmartre. Agotado, se quedó amodorrado con la cámara en el regazo. Roger detestaba las siestas. Para él, eran una pérdida de tiempo. Además, cuando se despertaba, siempre se sentía abotargado y no acababa de encontrarse bien. Pero una noche de tren tumba al más pintado y, sin oponer resistencia, cayó vencido por el sueño.

Lo despertó un grito. No sabía dónde estaba, si era por la mañana o por la tarde o de dónde venían aquellos alaridos. No era uno solo. Se levantó y abrió la ventana. Era noche cerrada y el patio de luces rezumaba el mismo olor indecente que cuando había entrado por primera vez en la habitación de su hermano. Aguzó el oído para saber de dónde procedía aquel alboroto. Le pareció ver movimiento en el lavadero del segundo. O puede que fueran los del tercero. Lo que es seguro es que se oía a una mujer despotricando contra su marido y toda su familia, generación tras generación. El hombre, si es que estaba presente, dejaba que lo abroncasen sin decir ni mu. La filípica parecía ir para largo y Roger cerró la ventana con el deseo de que aquel no fuese el pan nuestro de cada día.

Después de la cabezada, que no sabía cuánto tiempo había durado, aquel espacio ya no era la habitación de Marcel. A las pocas horas se la había hecho suya.

Aún destemplado por la siesta, puso una rodilla en el suelo para sacar la maleta de debajo de la cama y coger un jersey fino, de estar por casa. La maleta, sin embargo, se resistió a salir. Comprobó que no estuviese topando con alguna de las patas de madera que aguantaban el somier. No se lo pareció. Aun así, la maleta seguía encallada. Puso la otra rodilla en el suelo y se inclinó para averiguar qué pasaba. La Samsonite se había quedado atrapada entre una pata y una caja metálica que había bajo la cama. Pero ni tumbado en el suelo le llegaba el brazo para poder mover aquello. Se puso en pie, levantó el somier, se lo apoyó en un hombro y, con una mano, movió la maleta mientras con un pie, en una postura incómoda, arrastraba la caja hasta sacarla. Con el problema resuelto, volvió a colocar la cama en su sitio, intentando no hacer ruido para no alarmar a Barbara. La caja que había retirado era de hojalata y medía como dos de zapatos. Por el polvo que tenía encima, no podía ser de Marcel. Debía de llevar mucho tiempo allí encajada, quién sabe si olvidada, quizá perdida. La caja era de color amarillo brillante. En la tapa tenía un dibujo publicitario un poco infantil. Se veía la cabeza de un hombre negro con un sombrero fez tan rojo como sus labios, y una taza de café con leche muy blanca que sostenía con dos dedos. *Banania, le petit déjeuner familial.* Originalmente debía de contener chocolate en polvo, en botes o en sobres. Pero estaba seguro de que allí dentro ya no habría ni rastro de ningún tipo de ColaCao ni nada parecido.

¿Abrirla? Al fin y al cabo, entre la curiosidad y el misterio solo cambia el punto de vista. Y por qué no, si nadie lo sabría.

Antes de quitarle la tapa, sacudió la caja para saber si contenía material frágil. Nada. Pesaba poco y no parecía que allí dentro se moviese gran cosa. La depositó sobre la cama y, con cuidado, la abrió tratando de que el polvo no cayese encima de la funda nórdica. Dentro había recortes. Un fajo de papeles de revista. Más fotografías que artículos. Trozos de página que se habían recortado con los dedos, intentando que no se rompiesen en exceso. No se habían arrugado, al contrario: incluso parecían documentos planchados. Quien los hubiese guardado tenía buen gusto. Eran fotos de París, de otra época. En ellas —en blanco y negro— se veía gente feliz. Personas elegantes, sombreros de fantasía, hombres acicalados en día laborable y alguna mujer en bicicleta que sí parecía haber posado expresamente para el retrato. Eran imágenes de serenidad, de alegría en la calle, de gente tranquila abarrotando las mesas de las terrazas. De pronto, entre los recortes, aparecía alguna fotografía en color —de un color primerizo, tamizado— que respiraba la misma calma.

Quienquiera que hubiese coleccionado aquellas fotografías poseía criterio y sensibilidad. Roger no había encontrado ningún tesoro, pero, con un ojo fijo en la puerta para que Barbara no la abriese —estaba seguro de que no lo haría, pero si no hay pestillo nunca se sabe—, había pasado un buen rato descubriendo la belleza de un tiempo que no sabía cuál era. El frenesí del París de Maricastaña.

Volvió a dejar la caja de hojalata en su sitio y, por la noche, aprovechó la ocasión.

Pasadas las once, Barbara aún seguía trabajando frente al ordenador. Llevaba un mono de muselina azul que le iba de los pies a la cabeza, con la capucha doblada en la nuca. Su despacho era un escritorio inglés, con alguna cenefa de ebanista y muchos cajoncitos. Estaba encarado hacia la ventana, y el sol, a base de años, había descolorido la madera de un modo irregular. Encima de la mesa solo tenía un estuche, una mano de plástico para aguantar el teléfono móvil y, a aquella hora de la tarde, una infusión que perfumaba el salón.

—¿Sabes qué es lo que me ha sorprendido hoy?

—¿Perdona? —Barbara fingió no haberlo escuchado.

—Estás currando. *Sorry*. No quería... —Fingió no haberse dado cuenta—. ¿De qué trabajas?

—¿Y tú? —Barbara rebajó la tensión. El mal humor nunca le duraba todo el día—. *Foreign rights*.

Roger se sentó en el sofá rojo con ganas de escucharla.

—Derechos internacionales. ¿De qué?

—De libros. De autores, vamos. Intento que los autores de nuestra editorial puedan publicar en otros países, en otras lenguas.

—¿Eres agente literaria?

—No. Una agente literaria representa a diferentes escritores. Yo solo vendo, intento vender, para ser precisos, autores de una sola editorial. Voy a ferias, aquí y allá. Londres, Fráncfort...

—Y tus escritores... ¿están bien?

Barbara se volvió. Por primera vez, dejó de darle la espalda.

—Las mejores.

—Los mejores, querrás decir... —El francés de Roger era impecable, y le incomodaba tener que corregir a una parisina de pura cepa.

—Las tres a las que yo represento, si no te importa, son tres mujeres, tres novelistas. Y son —remarcó las sílabas— las mejores.

—Venga, es broma... —Vio que Barbara lo fulminaba con sus ojos verdes y relajó el ambiente con una sonrisa—. Qué vas a decirme tú, ¿verdad?

—Si yo no pensase que son las más buenas, no podría venderlas.

Cuando sonrió, Roger le vio la mirada pícara. Puede que aquel aire joven se lo proporcionasen los dientes del medio, graciosamente separados, sin que Barbara hubiese tenido interés alguno en corregirlo. Quizá también ayudaba el pelo —ondulado, castaño, irreverente—, que se movía incluso cuando estaba quieta.

Él se aclaró la garganta, como hacían todos los Narbona antes de plantear el tema al que andaban dándole vueltas.

—¿De qué es la infusión?

—En la cocina tienes el bote. Esta es de... No sé qué me he puesto hoy. Regaliz, creo.

Barbara olisqueó la taza para asegurarse. Él continuaba a lo suyo.

—¿Sabes qué me ha sorprendido hoy? —Cuantas más ganas tienes de saber algo, más cuesta preguntar—. Lo he dicho antes y ahora todavía me sorprende más, sabiendo a qué te dedicas. Me parece raro que en toda la casa no haya un solo libro ni una sola foto por aquí encima.

—Eres de ideas fijas, ¿eh? Lo tengo todo aquí. —Barbara señaló la pantalla—. Para el trabajo es muy práctico. Lo leo todo desde aquí. O, si viajo, leo en la tableta. Yo trabajo con historias, no con papeles. Vendo novelas, argumentos, vidas y personajes, un estilo, unas sensaciones. Con la mudanza, cuando vine a instalarme aquí, ya no me llevé ni un libro en papel.

—Yo no me he acostumbrado al *reader*. Tampoco es que sea un devorador de libros. Pero, precisamente, cuando cojo uno, me gusta ver la cubierta, saber si estoy en la página de la derecha o de la izquierda...

Barbara se levantó y se desentumeció los brazos arqueando la espalda como un gato que se sacude la pereza. Demasiadas horas sentada. El reloj, si pasaba demasiado tiempo sin moverse, la avisaba de que había llegado el momento de moverse. Con el bostezo, hizo memoria.

—De todas maneras, aquí en casa sí que hay un libro. Que yo sepa, solo uno. Mi abuela solo quiso guardar uno. El favorito de mamie Margaux.

Roger aguardó, en vano, a que le enseñase el libro. O, al menos, que le dijese el título. Pero Barbara fue al frigorífico, sacó una manzana, la lavó y le dio un mordisco. Cuando comprobó que ella no tenía intención alguna de continuar por aquel camino, puso las cartas sobre la mesa.

—Y fotos, ¿cómo es posible que no haya ninguna en toda la casa? Es muy raro.

—Eso... —Masticó la manzana harinosa que tenía en la boca y volvió a sentarse en la silla de trabajo—. Eso tiene otra historia.

Roger escondía sus ojos vivaces y ponía cara de ni frío ni calor. No quería tentar a la suerte diciendo una palabra que pudiese estropearlo todo. Ansiaba aquel monólogo, una explicación que notaba que estaba al caer, pero solo si se mostraba indiferente, la Barbara desconfiada y sigilosa que había conocido hasta ese momento tal vez desembuchase. Aunque fuese poco a poco.

—Un buen día mi abuela se levantó aquí, en su habitación, y dijo que no quería ver más fotos suyas. Así, tal cual. Te hablo de hace un montón de años. Lo decidió de la noche a la mañana. Y sí, sí, en un arrebato retiró las tres o cuatro que podía haber por aquí encima. No había más. Pero las quitó todas. Con nosotras, con mi madre... Fotos de familia, todas fuera. Si salía ella, la sacaba del marco y la rompía. No, perdona, miento. No sé si las rompía. Puede que las guardase, pero vete a saber dónde.

—Vaya con tu abuela, qué carácter.

—¿A que nunca habías oído una reacción así?

—Pero ¿se sabe por qué las quitó?

Barbara miró la manzana, que no tuviese ningún gusano.

—Supongo. —Hincó los dientes—. Por una mala experiencia.

Roger aguardó a que Barbara fuese más allá. Le concedió un silencio contemplativo para que ella desenredase un poco más la madeja. La nieta de mamie Margaux, sin embargo, pensó que ya había hablado suficiente. Sin saber cómo, le había contado más cosas al insolente Roger, que solo llevaba unas horas en el piso, que a su hermano Marcel después de cuatro meses viviendo allí sin hacer ruido. Barbara, antes de darle las buenas noches, reveló solo un último detalle.

—¿Sabes qué es lo más raro de todo?

—...

—Que mi abuela, desde aquel día, no ha dejado que le hicieran ni una sola foto. Nunca más. Ni una. A nadie.

# 5. Un mar para mirarlo

Mi abuela es un pato.

En la familia Hébrard había quedado para siempre la anécdota del día en que Barbara, que por entonces debía de tener siete años y a todo el mundo encandilaba porque tenía los dientes separados y hablaba por los codos, había contado en el colegio que su abuela era un pato.

La abuela por la rama materna, de chiquitina, había visto *Pedro y el lobo* en una platea de sillas de madera. Camino del teatro donde trabajaba su padre, le habían explicado que cada instrumento representaba un personaje y le habían dicho que no se preocupase, que la obra acabaría bien. Acudió con la curiosidad de una niña que aún se dejaba convencer por sus padres. Se sentó entre ambos y, enseguida, la sedujo un sonido concreto. Nunca querría ser ni Pedro ni el lobo. Lo decidió nada más empezar. A Pedro le cogió manía por el flequillo de cortina que llevaba el músico que tocaba las cuerdas. Y ser el lobo, todavía menos. Era un malo malísimo con las trompas de viento. Allí sentada, deslumbrada por el espectáculo, sin saber ni quién era Prokófiev, Margaux percibió una revelación repentina, como no había tenido nunca hasta ese momento. Quería ser el pato. Lo decidió en ese mismo instante. Desde que había escuchado pasearse las primeras notas, Margaux se sintió hipnotizada por la voz del pato. Se enamoró de aquel sonido desenfadado de música feliz. Preguntó qué instrumento era y, después de comprobarlo en el programa de mano, sus padres le respondieron: «Eso es un oboe».

—Yo quiero ser el pato. Yo quiero tocar el oboe.

Barbara había escuchado tantas veces aquella historia, repetida con la misma entonación y las mismas pausas, que se la sabía de memoria. En el colegio, cuando la profesora de expresión oral le pidió a Barbara Hébrard que saliese a la pizarra y que les hablase de un animal, ella escogió la revelación musical de su abuela. Delante de todo el mundo, con las manos en los bolsillos de los pantalones, les contó las aventuras de Pedro y el lobo, les dijo que su abuela era un pato y que tocaba el oboe como los ángeles. Sin darse cuenta, les narró el día que Margaux Dutronc había elegido que, en la vida, prefería ser secundaria antes que protagonista.

Mamie Margaux era, simplemente, su abuela. No hacía falta que tuviese ningún papel en la vida. Sea lo que fuere, Barbara ni se lo planteaba. De su ídolo le parecía todo bien. Ni un pero. Incondicional. Mamie Margaux era joven, divertida, disfrutona, y sabía despertar su curiosidad a partir de un cuadro cubista, de la lectura dramatizada de un cuento o del rechinar del café cuando la dejaba molerlo haciendo girar la manivela del molinillo que tenía en la encimera de la cocina. A lo largo del año, la abuela y la nieta no se veían tanto como querían. Una vivía en París y la otra en Arles. El gris y el azul. A Margaux, con la vida organizada, le costaba salir de su piso de Montmartre. Los padres de Barbara —Clément y Édith— estaban tan ocupados que nunca encontraban el momento de salir de la Provenza, subirse en el coche y conducir hasta París —seiscientos kilómetros de pereza— para ver a mamie, que ya sabían que estaría bien.

Aquel verano, sin embargo, abuela y nieta hicieron un intensivo. Poco después de que Barbara celebrase la fiesta por sus ocho años, cuando no hacía ni una semana que había terminado el curso, pasaron dos meses juntas. Julio y agosto, las dos solas, en un hotel de la playa de Sainte-Maxime. Fue el verano en que su madre no se levantó. Barbara lo llamó siempre así, porque no sabía cómo referirse él. Prácticamente de un día para otro la notó triste, apagada, sin fuerzas ni ánimo para nada. Édith se encerró en su dormitorio, pidió que le bajasen la persiana y, durante semanas, no permitió que nadie la subiese, ni para ventilar la habitación. La vida negra. Nada y menos. Solo dormía. No quería que su padre la despertase ni siquiera a la hora de las comidas. Solamente cuando pasaba el médico para auscultarla y para preguntarle: «Édith, ¿qué tal estás hoy?», dejaba que le encendiesen la luz de la mesilla de noche y reparasen en su palidez. Era una depresión aguda. Que se supiese, no había antecedentes en la familia. Había aparecido así, de repente.

Cuando Margaux se enteró del diagnóstico, llenó dos maletas, las cargó en su Citroën —Geneviève— y condujo hasta Arles para abrazar a su hija. No podía hacer mucho más. En la habitación a oscuras encontró un cuerpo huraño, que se había olvidado de sonreír y, casi, de hablar. Después de tres días a regañadientes, de intentar cuidarla sin que la paciente se dejase, planteó una propuesta que a Clément le pareció bien y a Édith le faltó fuerzas para rechazar. Margaux no quería que Barbara se pasase los dos meses de vacaciones encerrada en una casa en tinieblas. No le convenía ver que su madre no podía levantarse sin que la niña ni siquiera entendiese el porqué. Cuando lo preguntaba, nadie sabía qué responderle. En aquellas evasivas, en la falta de una respuesta expresada con firmeza, en el olor a podrido de las medias verdades, notaba que le ocultaban algo. Y si tus padres y tu abuela te esconden algo, seguro que nunca es bueno.

—Me la llevaré a una playa, a un hotel, aquí cerca. —Margaux planteó su propuesta sin permitir ninguna alternativa—. De momento, todo el mes de julio. Ella es una niña. Ha de tener verano y sol y mar... No puede ver a su madre así. Es lo mejor que podemos hacer.

En la habitación 21 del hotel de Sainte-Maxime, en la Costa Azul, pasaron los dos meses más calurosos de 1975.

Margaux conocía el hotel Centrum y buscaba la tranquilidad de una población pequeña, de calles estrechas y una playa familiar. Sainte-Maxime no tenía el bullicio de Niza ni las pretensiones de Cannes ni el lujo de Montecarlo, donde no habrían estado a gusto. No existía el turismo de otras localidades de mar más populares, ni la opulencia de Saint-Tropez, que estaba a un tiro de piedra, al otro lado de la herradura que el oleaje había dibujado con el embate de los siglos. El pueblo elegido poseía aún los aromas de la Provenza y el cielo azul absoluto de la felicidad. Por la tarde, se agradecía alguna brisa de aire fresco, los residuos de los Alpes cuando se duermen sobre el mar.

Sin importar el tiempo que estuviesen, para disfrutar de unas vacaciones como las que Barbara se merecía tenían que sentirse como en casa. El hotel Centrum no contaba con ningún lujo, pero Margaux sabía que la dueña se desviviría por una niña de ocho años. Y, por otra parte, si en casa pasaba algo grave, tanto como para tener que salir corriendo, podían plantarse en Arles en un par de horas.

El hotel estaba encajado en medio de una fachada marítima de edificaciones antiguas, de dos plantas, de colores italianos. La terraza —más balcón generoso que terraza— tenía vistas sobre el puerto, justo en el inicio de un paseo que invitaba a recorrerlo al atardecer. Cada equis metros, en mitad de este bulevar habían colocado un banco de piedra para los *flâneurs*. Desde la habitación veían cómo, según las horas del día, se sentaban los veraneantes que soltaban al perro para controlarlo en la distancia, o las personas que llegaban cansadas de caminar desde la otra punta del golfo de Saint-Tropez, o, simplemente, los sabios que ya habían descubierto el gran secreto: el Mediterráneo es un mar para mirarlo.

A la abuela y la nieta les gustaba moverse a deshora. Lo único sagrado eran las comidas de la pensión completa del hotel. El resto del día era para ellas. Y lo aprovechaban desde muy temprano. Únicamente el sol se levantaba poco antes que la pareja, que dormía en cama de matrimonio porque en el hotel, sin reserva previa y a principios de julio, no les dieron otra opción. Margaux era de ir a la playa antes que nadie, y se situaban en la misma orilla. Con todo el sitio para ellas, jugaban a cualquier cosa. Adivinaban las letras que faltaban en las palabras que escribían sobre la arena —el ahorcado, lo llamaban—, se entretenían haciendo castillos antes de que la resaca de la última ola les hundiese la fortificación entera, incluso algunos días bajaban al mar con las bolas de plástico de la petanca y, quien perdía, tenía que rebozarse en la arena. Cada mañana, antes de bañarse, Barbara le pedía a su abuela que la enterrase como una momia, con la arena bien compactada encima del cuerpo. Era obligatorio, eso sí, que le dejase la cara a la intemperie porque no quería que se olvidasen de ella y tenía pánico a ahogarse. Luego, constreñida y rígida, le costaba romper la coraza y, cuando lo conseguía con la fuerza de los brazos, el cuello y las mandíbulas, corría hacia el mar. Entraban las dos a la carrera, de la mano, hasta que una de ellas era la primera en caer y clavaba la rodilla en el suelo en señal de rendición. A la hora del azul eufórico de un cielo sin nubes, cuando la avalancha de turistas llegaba a la playa, la abuela levantaba el parapeto para que la nieta se pusiese un bañador seco y regresaban al hotel. Se duchaban, se relajaban en la terraza y, hasta la hora de comer, se pintaban las uñas la una a la otra mientras charlaban de tú a tú sobre cosas que a Barbara la hacían sentirse mayor.

Después de almorzar, leían un cuento y aguardaban el momento de salir con Carole. Era la bicicleta roja que Margaux había alquilado para Barbara. «Volverás a casa sabiendo montar en bicicleta sin ruedines», le dijo su abuela el segundo día en Sainte-Maxime. Y Barbara lo deseaba tanto como lo temía. Había llegado el momento de saber pedalear y aguantar el equilibrio sin apoyarse en nada. Era el reto del verano, y cada tarde bajaban al paseo y se quedaban un rato por allí. Primero su abuela la sujetaba con ambas manos, una por el sillín y otra por el hombro, para guiarla y darle seguridad. En pocos días, quizá ni habían llegado al primer domingo de vacaciones, la soltó del hombro, pero aún la agarraba por el sillín. A finales de agosto, Barbara ya iba recta y bastante segura, pero le iba diciendo a su abuela: «Tú no me sueltes, ¿eh? Agárrame, ¿eh? Agárrame», sin saber que llevaba mucho tiempo con la mano de ella a un palmo del sillín. Cuando hubieron finalizado el entrenamiento, mamie Margaux le comunicó el milagro. Llevaba un rato rodando sola.

Barbara no se lo podía creer. Volvió a subirse a la bici y comenzó a pedalear. La abuela, inmóvil, dejó que se alejase, y cuando la tuvo a veinte baldosas se puso a gritar como si no fuesen a verse nunca más: «Vuelve pronto, Barbara, mucha suerte en América, no me olvides».

Aquel día lo celebraron con un helado. Su abuela, que era la más golosa de la familia, se decantó por un vasito de café con cucharilla de plástico. Barbara se había ganado un cucurucho de chocolate, de los grandes. Se embadurnó dedos, hocico y mejillas, y su abuela le entregó un Jean-Michel. Un Jean-Michel era un pañuelo de papel que siempre llevaba en el bolso y que servía para todo. Como su electricista de París, que valía para arreglar cualquier cosa que se estropease.

Su abuela ponía nombres a las cosas. No solo al pañuelo. La bicicleta Carole, la paloma Vincent, el semáforo Benoit, su coche —un Citroën blanco y pequeño que la había llevado de París a Arles por el carril derecho—, al que llamaba Geneviève. Al paraguas, en el único día que llovió en todo el verano, lo llamó René. A los sujetadores los llamaba Georgettes. A los pechos, Madeleine. Y Barbara, al escuchar todo aquello, se partía de risa y deseaba tener de mayor las mismas tetas que su abuela. Simétricas, firmes, bien puestas y con el pezón ligeramente oscuro.

El oboe, en cambio, era el oboe a secas. No tenía nombre ni apellido. A mamie Margaux no se le habría ocurrido bautizar el instrumento que iba con ella a todas partes.

Una tarde, a la hora en que las fachadas de Sainte-Maxime se volvían calabazas, Barbara abrió el estuche del oboe. Lo cogió y, cuando se disponía a intentar montarlo, su abuela le soltó un grito.

—¡Ojo, reina! Eso, ni en broma.

La niña incluso se asustó. Nunca se había sentido regañada así por su abuela.

—Solo quería... —Una lágrima se deslizó por su mejilla, antes de poder decir nada más.

—¿Has tocado la lengüeta? ¿Has puesto los labios en...? —Con semblante serio, mamie Margaux señaló la caña del instrumento.

—No, no...

Sin ningún gesto rotundo, le arrebató la campana del oboe, la puso a dormir, cerró el estuche y se subió con un pie encima del colchón para dejarlo sobre el armario de la habitación y que Barbara no pudiese alcanzarlo.

—Es que es muy delicado, cariño. Y no quiero que se estropee. —Cogió a su nieta y se la sentó en el regazo, para intentar hacer las paces—. Este oboe tiene una historia, ¿sabes?

—¿No es el tuyo? —dijo, sollozando.

—Es el mío, pero, de hecho, era de tu abuelo.

—¿El abuelo Dédé, al que no conocí?

—Damien, sí. Tocaba en una buena orquesta de París.

—¿Y tú?

—¿Yo? Con el oboe soy una inepta.

—Tú tocas muy bien.

—Comparada con él, una negada, créeme. Él era músico.

La tarde terminó bien. A los escasos remordimientos de Margaux por haber tenido que ponerse firme se sumó la actitud un poco compungida de Barbara por haber tocado una cosa que a su abuela le había molestado. Y eso que no había llegado a ver cómo se había puesto la lengüeta en los labios. Para que las aguas volvieran a su cauce, tiraron de inteligencia y de mano izquierda y estuvieron más solícitas que en todo el verano. Un pacto tácito.

—Mamie, hazme eso que me hacías de pequeña.

—¿El qué?

—Lo de bailar encima de tus pies.

—Huy, no sé si podré...

—Venga, mamie... Por favor...

—¿Cuántos años tienes?

—Ocho, ya lo sabes.

—Ocho, imagínate... Eso lo hacía cuando tenías tres o cuatro... Y ahora soy más viejecita.

—Abuela, que solo tienes cincuenta.

—¿Cincuenta, ya? —Mamie Margaux se escandalizó—. No puede ser...

Barbara la agarró de las manos e intentó poner sus pies descalzos encima de las alpargatas de su abuela.

—Hagamos una cosa... —Se la quitó de encima, escondiendo las manos en los bolsillos del vestido de flores—. Propongo un pacto.

Barbara, que le llegaba a la altura del corazón, miraba hacia arriba con ojos expectantes, sabiendo que el trato que propondría mamie sería ingenioso.

—Si me dices cuántos años nos llevamos tú y yo, te dejo subir.

—¡Cuarenta!

—Cuarenta y dos, perfecto... Pues lo has adivinado.

La felicidad fue subir un pie encima de cada uno de ella, agarrándose las manos, aproximar la cabeza a la barriga de mamie Margaux y dejarse llevar.

—¿Y la música? —preguntó Barbara una vez iniciado el baile, lento y cadencioso. Su abuela comenzó a canturrear lo primero que le vino a la cabeza.

—*J'attendrai... le jour et la nuit, j'attendrai toujours ton retour...*

Cada paso adelante de la abuela era un paso atrás de Barbara. Era un divertido juego de poleas, una fija y otra móvil. Adelante y atrás. Hacia aquí y hacia allá. Cuando su abuela levantaba exageradamente una pierna, la rodilla de la niña subía mucho y se partía de risa. Mamie la oía pero actuaba como si oyese llover, concentrada en el baile.

A Barbara, los dos meses de alegría con mamie se le pasaron volando. Nunca supo que, antes de irse a la cama, cuando su abuela decía que bajaba a recepción a pedir una botella de agua para la mesilla de noche, lo que hacía era llamar a casa desde la cabina telefónica del hotel. Clément la iba poniendo al corriente de la evolución de su hija. Muy lenta, pero evolución al fin y al cabo.

A finales de agosto, cuando los higos maduraban en la Provenza, Margaux decidió que había llegado el momento de volver a casa. Édith, vestida, peinada y con un esfuerzo por sonreír, las recibió en la calle. Barbara saltó del coche y dejó la puerta abierta para correr a abrazar a su madre.

—Qué mayor te veo... —Édith la llenó de besos y la miró de nuevo—. ¿Te lo has pasado bien, amor mío?

—El mejor verano de mi vida, mamá.

—Qué bien, hija. Me alegro mucho. Qué contenta estoy de que estés en casa.

—¿Sabes qué? Ya sé montar en bicicleta.

Al día siguiente —todo en orden, con la dosis exacta de pastilla para Édith, Barbara forrando los libros del nuevo curso con su padre, con la rutina de fingir que no había pasado nada— mamie Margaux cargó a Geneviève y regresó despacito a París, por el carril de los camiones.

# 6. Un portazo

Trabajar en casa tenía muchas ventajas. No perdía el tiempo yendo de acá para allá apretujada en un autobús, no hacía falta maquillarse, podía usar calzado cómodo, las infusiones eran las suyas, se ahorraba aquel frío cortante de principios de marzo —y las previsiones tremendistas decían que iría a más— y no tenía que mantener conversaciones sobre achaques, contratiempos y enfermedades de sus compañeras de trabajo. Pero también tenía una pega: de vez en cuando, sonaba el timbre. Y, en el piso de Montmartre, Barbara había descubierto que si sonaba cuando no esperaba a nadie y tenía que ir a abrir cuando estaba en medio de una reunión virtual delante de la pantalla del ordenador, era un fastidio. A la tercera llamada, dudó. En mitad de la venta de los derechos de Anne Delacourt a una editorial sueca que había mostrado un relativo interés por su autora, no sabía si podía levantarse de la silla y explicar, en un inglés comercial, que estaban llamando a la puerta con insistencia y que se levantaría, iría a abrir y volvería en apenas treinta segundos. No tenía que recibir ningún paquete, no estaba esperando a nadie y, quienquiera que fuese, ya se cansaría de esperar.

—Anne Delacourt es, hoy por hoy, la estrella de Giresse & Trésor. Luego, me lo apunto para acordarme, os puedo pasar por excel los datos auditados de la Sociedad de Editores. Anne es una de las autoras más vendidas de Francia en lo que va de siglo. Esta novela puede que esté entre las diez situadas más arriba.

—Lo hemos visto, sí. Pero... —La interlocutora de la editorial sueca, a pocos meses de jubilarse, se acarició el mentón, buscando las palabras—. Nos asusta un poco el tema.

—¿Por qué, mujer? Ahora venden las distopías. Venden y vienen, y más que se venderán. Pronto estarán de moda, ya lo veréis. Algún día harán una serie de televisión de *El cuento de la criada*, de Atwood, que es un gran libro, y luego todo el mundo querrá distopías. Y esta es la buena, créeme. Delacourt se ha adelantado a su tiempo con esta historia, que está escrita como solo ella podía haberlo hecho.

—Sí, sí, hemos visto el dosier que nos enviaste y hemos leído el libro. Nos han hecho un buen informe, nos gusta cómo escribe... Frase corta, tan al grano... —Arrugó la nariz—. Pero el tema...

—¿El tema? Es lo mejor de todo. *Mañana* tiene una gran virtud. Pone el dedo en la llaga. En el momento en que en el mundo ya hay más mujeres que son vientres de alquiler que madres que dan a luz ellas mismas, hay una revolución mundial. La gestación subrogada. Es un juicio afilado, muy elegante, del consumismo llevado a sus últimas consecuencias. Ya no se roban bebés, eso lo escribiría cualquiera. Ahora los niños se compran. Es un mundo de vientres de alquiler. Medio mundo pobre trae al mundo a los bebés que medio mundo rico desea sin tener que gestar ni dar a luz. Es una historia sensacional.

La editora sueca levantó un dedo para que Barbara supiese que quería interrumpirla.

—No sé yo si a nuestros lectores todo esto...

—Las críticas son unánimes. En todas partes dicen que Delacourt ha tratado el tema muy bien... ¿Que era delicado? Sí. Pero, entre tú y yo, esto solo podía haberlo escrito una mujer. Y una mujer feminista como Anne Delacourt, con su bagaje y su carrera. Por eso me extraña que en Suecia vuestros lectores aún no la conozcan.

La tacita que humeaba en el escritorio de la editora sueca empañaba la pantalla. Tomó un sorbo para ganar tiempo, para pensar.

—Si comprásemos los derechos, es un suponer... Ella... ¿Tú crees que vendría a Estocolmo a hacer promoción y entrevistas? Dos días, un poco de gira...

—Naturalmente. —Ni siquiera la dejó terminar—. Mira, Anne es muy así. Muy normal. Esta novela, que es de 2006, ya la han publicado, solo en Europa, en trece lenguas. Ya han salido cinco o seis, y el resto se está traduciendo ahora... Incluso al portugués. Y en los países nórdicos os podéis colgar la medalla de ser los primeros en tener *Mañana*. Los primeros. El mes que viene me reuniré con Frode Arnesen, el noruego de Cappelen, que va a venir a París para lo mismo, para intentar comprar estos derechos. Puede que en Suecia no sea un superventas al principio, que yo creo que sí, pero lo que te garantizo es que será un *longseller*, que es lo que más nos interesa a las editoriales, ¿no?

—Pero ella, Anne Delacourt, ¿viaja o no?

—Hasta el momento ha ido allí donde la han invitado. Por Europa, va a todas partes. En ocasiones incluso la he acompañado yo misma. El último viaje, a Barcelona, donde salió en castellano y en catalán al mismo tiempo. Allí suelen hacerlo así, para que nadie se enfade.

—Haremos números, Barbara, y nos lo pensaremos.

—Venderéis tantos libros que desforestaremos el Amazonas.

—¿Perdón? —Levantó la cabeza, cuando ya la había bajado buscando el botón de desconexión entre el vapor de la infusión.

—Nada, nada. Es un decir.

Primero desapareció el sonido, luego la imagen. Cuando se aseguró de que se había cortado la comunicación con Suecia, Barbara se abrochó el botón de los pantalones y se apresuró a abrir la puerta.

En el rellano no había nadie. En el hueco de la escalera, ni rastro de movimiento. Tampoco le habían dejado ningún paquete en el felpudo. Descolgó el auricular del interfono y al tercer «hola» se dio por vencida. Quienquiera que fuese, ya volvería.

Después se le ocurrió llamar a Jasper, por si acaso hubiese sido él quien quería algo.

—Todo bien, todo bien, gracias —respondió el hombre, un poco aturullado, con su acento tan característico—. Hoy no he salido a la calle. Estoy aquí con Hulshoff.

Ella se quedó más tranquila.

En algunas ocasiones, cuando mamie Margaux aún vivía en el piso, Jasper subía a verla. Nunca se presentaba de improviso. Antes, educado como era, siempre tenía por costumbre telefonear. Solo si a su abuela le apetecía y le decía que lo esperaba a partir de las cuatro y media para tomar un té de media tarde, subía a hacerle una visita que nunca llegaba a hacerse pesada. Jasper, que vivía en el segundo, era un hombre pelirrojo, nacido a las afueras de Ámsterdam. A mediados de los cincuenta había llegado a París con Hilde, su esposa, para ejercer de jefe comercial de una compañía quesera de los Países Bajos. La empresa le había alquilado aquel piso de dos habitaciones para que se quedasen veinticuatro meses, y Jasper, ahora ya solo, llevaba más de cincuenta años entre aquellas paredes, mucho más de media vida. Al cabo de un tiempo viviendo en Montmartre y después de colocar quesos de bola de cera roja por toda Francia, con el mérito que tenía vender un queso extranjero en un país que tiene más de mil doscientas variedades propias, Jasper cambió de trabajo. Lo nombraron director general de una compañía francesa que exportaba camembert por todo el mundo. Con el sueldo de ejecutivo y pagando letras durante veinte años, se compraron el mismo piso donde habían vivido de alquiler. El matrimonio del segundo era, después de mamie Margaux, los vecinos que más tiempo llevaban en aquel edificio tantas veces retratado por los turistas que levantaban la vista de sus zapatos. No era un bloque muy distinto a los otros de la zona, encalado, con desconchones en los bajos, las ventanas ligeramente irregulares y las persianas de librillos de madera. Al estar justo en una esquina, en la confluencia de tres calles, el transeúnte, fuese de ida o de vuelta, se topaba con él siempre de frente. Si miraba hacia arriba, al ventanal-observatorio de la buhardilla, daba la impresión de ser un mascarón de proa de una nave imponente que se le echase encima.

Jasper e Hilde no habían tenido hijos. Tenían gatos. Siempre tenían dos a la vez, uno claro y uno oscuro. Uno para cada uno. Cuando llegaba el momento —triste e insoslayable— en que tenían que sacrificar a uno, volvían a buscar otro del mismo tono para continuar la rueda. Cuando Hilde murió, de una caída absurda entre el primer piso y la planta baja, Jasper cambió los dos gatos por un perro. Necesitaba conversación y lealtad y Hulshoff, un labrador de mirada simpática que había envejecido con él, satisfacía sus deseos.

El día que Margaux salió de casa para irse a la residencia de ancianos, Jasper y Hulshoff la despidieron en el portal. Uno al lado del otro, con semblante respetuoso, esperaron a que Barbara ayudase a su abuela a subir al coche. Una vez dentro, Jasper se acercó para darle dos besos, sin decir nada. Las palabras habrían empañado la emoción. El último punto de inflexión en la biografía de alguien merece un respeto. Y aquel silencio cómplice lo tenía. Todos comprendieron que aquella no era una mañana para frases. Cualquier cosa que hubiesen dicho habría sonado demasiado definitiva. Pero hasta Hulshoff, que contemplaba todo el ritual sentado sobre las patas traseras, intuía que la vecina del quinto jamás volvería a subir las escaleras por las que en otro tiempo había trepado como si tal cosa. Él quizá no la vería más. Jasper, sí. Tenía intención de ir a visitarla de vez en cuando a la residencia Viviani, sin llegar a hacerse pesado.

A media tarde, cuando el frío glacial del bajo cero ya le había congelado los dedos, Roger volvió a casa. Entró sin llamar, se desabrochó el anorak, se sacudió el pelo con las dos manos y, cuando se dio cuenta de que no estaba solo, saludó a Barbara, que en ese momento recogía el catálogo de Anne Delacourt, abierto sobre el escritorio.

—Quizá debería ponerme unos pantalones más de invierno —dijo Roger, tratando de sacudirse la rigidez de los vaqueros a la altura de los muslos—. Con estos me muero de frío todo el santo día.

—No me extraña —dijo ella, echando mano al *Libération* de aquel martes.

—Por cierto, puede que vengan de DHL a traer un paquete que estoy esperando. Ya es un poco tarde, pero espero que vengan hoy.

—¿Un qué? —Barbara se sentó en el sofá rojo a leer el periódico.

—Un paquete. Me he comprado un objetivo por catálogo. Un objetivo alemán. Son los mejores.

—Ya.

—Me aseguraron que llegaría hoy mismo.

—No me he movido de casa en todo el día —dijo ella mientras echaba un vistazo a la entrevista de la contraportada.

—Y ¿no ha venido nadie?

—No... —carraspeó—. Vamos, aquí no han llamado.

—Qué raro.

—¿El qué?

—Que dices que no han pasado y a mí... Nada, da igual.

—Qué. Dime —insistió sin levantar la mirada del papel.

—A mí me han llamado los de DHL, incluso puedo mirar qué hora era, y me han dicho que habían venido pero que no les abría nadie. Me han preguntado si lo dejaban en el rellano y he dicho que no, que un objetivo así vale mucha pasta. Pero, claro, si estabas en casa...

—Pues si han llamado no lo he oído.

Ambos notaron que el viento cambiaba dentro de casa.

—Por eso te digo que es muy raro...

—Puede ser. Pero, oye, que yo estoy en mi casa... Ni soy tu criada ni tengo que darte explicaciones.

—Hombre...

Roger puso los ojos en blanco, que, por ocasiones anteriores, sabía que ofendía más que una mala palabra. Por un disgusto, por una decepción, por una trola detectada a destiempo, bajaba los párpados sin darse cuenta, de una manera lenta, con condescendencia. Había notado que aquel gesto —espontáneo, inconsciente y nada entrenado— a veces irritaba a su interlocutor más que cualquier insulto. Pero no podía evitarlo porque, aunque nadie se lo creyese, le salía solo.

—Hombre, ¿qué? —Barbara lo desafió—. ¿Qué pasa?

—Pues que llevo una semana aquí, diez días exactamente, y ya sé que no eres mi criada. Pero tampoco mi madre… —Roger agarró el anorak y se fue hacia su habitación, refunfuñando—. Aunque por edad podrías serlo.

—¿Qué has dicho?

—Nada…

—No. Dime qué me has dicho.

—Que da igual, que ya volverán a traerme el paquete de las narices.

Ella se enfureció.

—Un momento, guapo. Tú no has dicho eso…

—Y a ti no te ha dado la gana de abrir cuando ha venido el reparto.

—Estaba trabajando. Lo siento.

—¿Ves como sí han venido?

—Estaba en una reunión.

—Ya. —Incrédulo, volvió a poner los ojos en blanco.

Barbara respiró hondo, para no soltar un exabrupto.

—¿Cuántos años me dijiste que tenías?

—Treinta y tres. —Contundente—. ¿Y tú?

—Cuarenta y uno, y con cuarenta y uno no puedo ser tu madre, ¿entendido? Y si no estás a gusto en la habitación de tu hermano, ya sabes dónde está la puerta, que yo aquí sola estoy muy bien.

La bronca empezaba a convertirse en callo.

—¿Puedo decir una última cosa?

—No. —Ella, seca.

—Que no me lo parece.

—¿El qué?

—Que estés bien.

Roger sabía que iba a hacer daño. A Barbara le dolió porque tenía razón. No había proverbio que calmase su disgusto. Para ella, París era un portazo. La gente iba a la mejor ciudad del mundo por la luz, por la pintura, por el cielo, por los bulevares, por los museos, por las noches, por el amor... Para ella era lo contrario. París no era más que el refugio para escapar de la pesadilla de Maurice. Era ahuyentar la rabia e irse tragando la fecha de caducidad de un matrimonio que había terminado súbitamente y de la peor manera. Dejar Arles e irse a vivir a la capital, al piso de mamie Margaux, era tomar distancia, era huir de la humillación y romper con todo, por necesidad. Cuando menos se lo esperaba, aquello era volver a empezar a los cuarenta, en un lugar nuevo. Eso sí, menos mal del trabajo. Le gustaba mucho vender los derechos internacionales de sus autoras. Le gustaba y la distraía. Al menos durante unas horas no pensaba en Maurice. Ni en aquella mala puta. Porque Barbara cada vez tenía más clara una cosa: que peor que él, ella.

# 7. El instante decisivo

—¿Y de postre, naranja o manzana?

Con la fruta, en Chez Richard dejaban poco margen. Laurence, la camarera del delantal largo y los ojos melancólicos, ya sabía cuál sería la respuesta. Roger escogía la naranja, por reducción. Le irritaba que, después de comérsela, y por más que se lavase las manos en el aseo cutre de aquel restaurante de barrio, sus dedos conservasen el olor a naranja toda la tarde. Cuando situaba el anular en el disparador para hacer una foto al atardecer, todavía le venía el recuerdo de lo que había almorzado. Pero, aun así, prefería una naranja que una manzana. Las había aborrecido. Había cogido tantas, había cargado tantas cajas y había visto de cerca tantos disgustos de sus padres por culpa de una tormenta de septiembre, cuando ya estaban a punto de recoger las golden y se iba todo al garete, que no quería saber nada más de manzanas. Ni de su padre.

En París, Roger descubrió que el modo de soportar el frío era caminar. Cada tarde, una exposición. La ciudad daba tanto de sí que, después de comer, en lugar de vagar sin un objetivo concreto, podía elegir ir a una galería de arte, a un museo o a una gran sala donde expusiesen fotografías. Cada día, una. Aquel miércoles de sol burlón, con un frío pertinaz que obligaba a usar bufanda, guantes y gorro de lana, bajó hasta Beaubourg, para ver las adquisiciones recientes del George Pompidou. Lo presentaban así, con un título feo, las «adquisiciones recientes». Eran las fotografías que el centro de arte moderno había comprado en los últimos cinco años, entre 2003 y 2008. Le gustó volver al edificio de aire industrial, con aquella serpiente de cristal con la barriga roja trepando por la fachada de construcción excéntrica. Cuando lo visitó con sus padres, veinte años atrás, en la única ocasión en que la familia Narbona Bazin había ido a París, para estrenar coche, el Centro Pompidou le había parecido el súmmum de la modernidad. Sus padres se quedaron fascinados por toda la estructura tubular cerúlea. Marcel y Roger, en cambio, se entretuvieron mucho más con la fauna diversa que había en la explanada frente al museo. En el verano de 1988 encontraron especímenes que nunca habían visto. Punkis con el torso desnudo y la cresta de colores, malabaristas argentinos con la nariz de payaso aguantando diez sillas, una encima de otra, estatuas humanas disfrazadas de Charlot que eran capaces de no pestañear durante dos horas y toda clase de músicos callejeros que solapaban sonidos hasta convertir la plaza en un batiburrillo festivo como los hermanos de Fontclara, una aldea de cincuenta habitantes y una iglesia románica, no habían visto hasta ese momento. Aquello no lo tenían ni en Girona. Ni en Barcelona, cuando la visitaban, de vez en cuando.

Veinte años después, Roger no tenía con quién comentar tanta vida alternativa desfilando ante sus ojos, en una plaza dura que apenas había cambiado. No obstante, ahora predominaban los manteros, que ofrecían gafas de sol exponiéndolas en el suelo. Eran marcas buenas, falsificadas, pese a que los vendedores ambulantes insistiesen en que eran auténticas. Con túnica pakistaní, también habían aparecido multitud de comerciantes de un juguete de plástico que se elevaba como un cohete y bajaba, sin miramientos, hasta las cabezas de los turistas. De vez en cuando, si te veían despistado, una pareja de testigos de Jehová te abordaba para contarte las bondades de la secta. Ellos no llamaban así a su fundamentalismo. Lo denominaban «confesión cristiana». Los malabaristas de las sillas ya no estaban. Se habían jubilado por edad, por lumbalgia o porque ya tenían suficiente para continuar malviviendo. Los punkis, si es que quedaba alguno, habían perdido la cresta.

Pagó la entrada para la exposición de fotografías y, en un santiamén, pasó de la algarabía al silencio del museo. Las escaleras automáticas lo condujeron hasta tres salas, enormes y oscuras, que lo recibieron con las imágenes tenuemente iluminadas. Le interesó que hubiese un poco de todo. Las fotoesculturas de Alina Szapocznikow, los logotipos de fábricas de Frank Breuer, que tenían una blancura y una estética muy particulares, o las tiras de los fotomatones de Max Ernst o Yves Tanguy, que eran muy antiguas, de la época del crac del 29. El Centro Pompidou, no obstante, las había comprado recientemente. También vio una fotografía, en blanco y negro, que lo cautivó. Era una imagen de Cartier-Bresson obtenida en Tokio, en el entierro del actor de kabuki Danjuro. Había sabido captar el instante preciso en que cinco mujeres enlutadas ahogaban su llanto en un pañuelo blanco. Una obra de arte. Permaneció un instante frente a ella, petrificado, observándola. Tan solo por aquella imagen había merecido la pena la excursión. La emoción de las protagonistas era contagiosa. Le ponía la piel de gallina pero, al mismo tiempo, era la foto que él nunca haría. Porque no sabría hacerla y porque desde la muerte de su padre, y de todo lo que pasó en las horas siguientes, abominaba del fotoperiodismo. Muy apurado tendría que estar para volver a trabajar para un periódico, yendo de un lado para otro con la moto e intentando ser el primero en dar fe de cualquier desgracia. Con tanta belleza que fotografiar, hay que tener ganas para ir a inmortalizar el drama de los demás. Cuánto morbo.

Volvió a casa en metro. Dentro del vagón, con un tufo caliente exagerado, se quitó el gorro de lana y, de haber tenido sitio, también se habría despojado del anorak. A la hora de la salida del trabajo, para ir de Les Halles a la estación de Abbesses, los convoyes iban tan llenos que ya era mucho si, en el momento de las frenadas bruscas, podía levantar un brazo para agarrarse a la barra de acero inoxidable. Durante todo el trayecto, y también en las caminatas eternas para cambiar de línea recorriendo los pasillos del infierno, Roger se colgaba la mochila por delante, para controlar la cámara y los objetivos. De regreso en el vagón, se ponía una mano a la altura del corazón para asegurarse de que no le birlasen la cartera. No dejaba de tener contacto con ella ni un solo momento. De una manera o de otra, tenía que notar que aún la llevaba. Le habían advertido de que en la línea 12, con tantos turistas despistados yendo de aquí para allá, los carteristas se ponían las botas. Al asomar la cabeza a la calle, volvía a respirar. Después de quince días en París, el decimoctavo *arrondissment* se había convertido en su casa.

Bien abrigado, volvió a subir Montmartre por el atajo que ya había aprendido. Se aseguraba de que del camino del metro a casa acortaba por unas callejuelas por donde solo pasaban los vecinos, y a veces ni eso. A menudo contaba más gatos que personas. Y con más motivo a aquella hora, en que el sol ya había dimitido.

Pero, de repente, alguien lo llamó.

—¡Eh, fotógrafo!

Roger tardó en saber quién era la mujer que estaba fumando bajo la farola. De reojo, había pensado que era una prostituta. Más abajo, en el bulevar de los cabarets, había muchas. En cuanto oscurecía, aparecían dos en cada esquina, como si se hubiesen repartido el territorio. En cambio, mientras iba ascendiendo por el empinado barrio de Montmartre, aún no había visto ninguna. Una mera cuestión de mercado. En aquellas callejas solitarias habría costado más encontrar a un transeúnte al que ofrecer sus servicios. Colina arriba, no se podía estar. Y menos con aquella rasca, que hacía imposible quedarse quieta, allí plantada, a la espera de un cliente dispuesto a pagar cincuenta euros por una mamada en un portal.

—Hazme una foto, venga —insistió la mujer.

Roger se acercó, hasta que la reconoció.

—Anda. Eres tú. ¿Has terminado tu turno?

—El de comidas, sí. Dentro de un rato ya vuelvo a entrar para las cenas.

—Richard te explota... —soltó Roger—. Aquí en Francia empezáis pronto a cenar, ¿eh?

—¿Tú eres español?

—Bueno, de Barcelona. Bueno, de hecho, de Girona... De cerca de Girona. Bueno, de...

Ella lo interrumpió.

—Tienes un buen francés.

—Por mi madre. Era de aquí, claro. Bueno, no de París, era de Bes...

Volvió a cortarlo.

—Ya me extrañaba a mí... Con lo que os cuesta a los españoles pillar el acento. —Le importaba un rábano de dónde fuese él o su madre. Con el abrigo cubriéndola de las orejas a los tobillos, se arrimó a un muro de piedra—. ¿Cómo quieres que me ponga?

—¿Para?

—Para la puta foto. ¿Me la vas a hacer o no? Tú eres fotógrafo, todo el día con eso al cuello. Tú no eres un turista, con ese pedazo de cámara.

—Fotógrafo...

—Lo pensé el primer día que entraste en el restaurante.

—Soy fotógrafo o aspirante a fotógrafo, o no sé lo que soy... Pero... —Se disculpó con los ojos—. No te la voy a hacer...

—¿Perdón?

Se aclaró la garganta para repetirlo con un poco más de voz.

—Que no te voy a hacer ninguna foto. Perdona.

—Pero... —No lo entendía—. ¿Por qué? Es solo para mí. Me la haces y me la envías. Y listos, chaval.

—Lo siento. —Se encogió de hombros.

—¿Qué pasa? —Se ofendió—. ¿No soy lo bastante guapa como modelo?

Roger subió un escalón para acercarse a ella. Cuando la tuvo a dos pasos, la contempló atentamente. Sin el delantal de hilo blanco, parecía mayor y más vulnerable. Era una mujer desencantada, con la mirada de anteayer. Toda ella, a los cuarenta, tenía un aire arisco. Si no era frío, era tristeza.

—Nada que decir de la modelo. Es... perfecta. Pero, sintiéndolo mucho, no te la voy a hacer.

—¿Tú eres imbécil o qué te pasa?

—*Desolé*. Cosas mías.

La camarera tuvo claro que si aquel aprendiz de fotógrafo que se negaba a hacer fotos volvía a poner los pies en Chez Richard, escupiría en su plato de sopa en el trayecto de la cocina a la mesa. No sería la primera ni la segunda vez en dejarle su dedicatoria a un pelmazo que se lo tuviese merecido. El pequeño de los Narbona Bazin, de padre payés y de madre de Besançon, no quería quedar como lo que no era: un cretino.

—Me llamo Roger. —Le tendió la mano.

—¿Acaso esperas que te bese el anillo? —Le apartó el brazo.

—Aquí hace un frío que pela. Mi apartamento está aquí al lado... Si tienes una hora libre...

—Sí. Subimos y follamos. ¿Quién te crees que eres?

—No iba a decir eso. Subimos, te preparo un café con leche y te cuento por qué nunca hago fotos de personas.

—Mira..., ni tengo tiempo, ni estoy tan necesitada ni quiero que ahora te las des de artista interesante. Me la sopla, tío.

Arrojó la colilla al suelo y la pisó para apagarla. Cuando Roger vio aquel plano detalle —unos botines gastados, la piel descolorida, la suela desigual de tantos pasos— sí que habría preparado la Canon para buscar la sombra de la suela y hacer una buena foto.

—Me llamo Laurence —dijo sin sacar las manos de los bolsillos del abrigo.

Él lo interpretó como una señal de tregua.

—Lo sé. Oigo a Richard llamándote todo el tiempo. Entonces, ¿podré volver al restaurante?

—¿Te va a dar permiso tu mujer?

—Yo no tengo mujer.

—Entonces ven cuando quieras. —Laurence se aproximó a su oído—. ¿Quieres saber una cosa?

—Dime.

—Me muero de ganas de servirte la sopa.

# 8. Un aire a plegaria

En invierno, en la residencia Viviani, las visitas de los familiares estaban restringidas de las diez de la mañana a las siete de la tarde. Barbara solía ser la primera en entrar, con el primer turno. Los martes y los viernes se levantaba temprano y, si ninguna reunión con alguna editora en la otra punta del mundo lo impedía, iba a ver a su abuela. En ocasiones se preguntaba cómo era posible que a los cuarenta y un años, y con todo lo que habían pasado, tuviese las mismas ganas de verla y abrazarla y escucharla que cuando tenía ocho. La ilusión, intacta. Antes de llegar a la residencia, situada junto al Barrio Latino, a cincuenta pasos del Sena, Barbara pasaba por la pastelería de toda la vida que había a dos calles de la Square Viviani y le llevaba algo. Si no era un Saint-Honoré individual eran unas lenguas de gato de chocolate con leche. Pese a los años, su abuela seguía siendo golosa hasta el empacho. Eso no lo había perdido. Mantenía la debilidad por lo dulce de las personas que han pasado una guerra. En tiempos de hambre, el azúcar era un premio, el mejor regalo para saborearlo en el paladar y recrearse.

Mamie Margaux, más que habitación, tenía un apartamento. Solo le faltaba una cocina con fogones para tener la sensación de que era un pisito, con asistencia médica y servicios de hotel. No obstante, sí contaba con un microondas y un hervidor de agua encima de una repisa de fórmica blanca. Debajo había negociado que le pusieran una neverita, de despacho. Algunos mediodías, para no tener que bajar a almorzar con sus compañeras, porque le parecía que todas estaban peor que ella, Margaux salía a comprarse algún plato de comida preparada, se lo calentaba y se lo comía en la habitación, en la mesa que había arrimado a la ventana de poeta. Ella estaba convencida de que era la única residente que podía entrar y salir del centro cuando le apeteciese, dentro del horario de visitas. Una semana antes de ingresar en la residencia privada, se había asegurado de que le firmaban un permiso, una especie de salvoconducto especial, que le abría las puertas. Margaux Dutronc les había contado que tenía ochenta y tres años, la cabeza lúcida y las piernas —más allá del dolor en las rodillas— le permitían pasear un rato cada día sin resentirse. Ella no estaba allí, como las demás viejas, esperando a que le diesen pista para la rampa de despegue. Ella se había marchado de su casa para ahorrarse subir y bajar los cinco pisos de escalones, pero, precisamente porque ya había pasado demasiado tiempo enclaustrada, no quería perder ni un ápice de libertad. Había entrado allí por voluntad propia y no quería contagiarse de aquel sentimiento que volaba como un virus que se extendía por el comedor o por el patio del magnolio.

Barbara entró a las diez en punto en la habitación y se la encontró leyendo el periódico. La espalda recta, el pelo blanco, las gafas limpias y el semblante digno. Pasaba páginas en la mesa que daba a la plaza. La ventana del poeta, como siempre decía su abuela cuando detectaba un ventanal con buenas vistas.

—¿Todavía estás viva, mamie? —Barbara le dedicaba la misma broma cada mañana.

—Todavía, amor mío —respondía su abuela con idéntico aire juguetón—. Buenos días.

—Buenos días.

La nieta le dio dos besos, sin desabrocharse el abrigo, un falso *mouton* de color champán.

—Tienes las mejillas congeladas, niña.

—Hoy hace un frío seco... Es París-París.

—Y dicen que va a ir a más.

—¿Quién lo dice?

—El periódico. Pero no sé si adivinan algo estos del tiempo.

Mamie cerró el *Libération*. Lo dobló, lo dejó sobre la mesa y le dio un repaso a su nieta, de arriba abajo, mientras se quitaba el abrigo...

—Hoy te he traído una cosa nueva. A ver qué te parece... —Barbara dejó el paquetito encima de la mesa—. Una sacher...

Los dedos huesudos de su abuela tardaban en deshacer el lacito de la pastelería.

—La sacher es esa de Viena, ¿no?

—Chocolate y confitura de albaricoque.

—Métela en la nevera. Gracias, niña. Me la guardaré para la cena. Así no tengo que bajar a comer con las cacatúas.

—No las llames así, mamie, por favor...

—¿Cómo quieres que las llame, si son cacatúas?

—Pero no hace falta que... —Se sentó al borde de la cama.

—¿Sabes qué? Anine, la de la habitación de aquí al lado, que no se entera de la misa la media, ahora le ha dado por, de repente, en mitad de una conversación, preguntarme: «Y tú, ¿qué quieres ser de mayor?».

—No le hagas caso.

—Pero es que no me lo dice solo a mí, nos lo dice a todas. Está hablando de lo que sea, que se enrolla como una persiana y repite las cosas un montón de veces, y así, de pronto, sin venir a cuento, sale con la pregunta: «¿Tú qué quieres ser de mayor?».

—Y tú, ¿qué le contestas?

—Cambio de tema. ¿Qué quieres que le diga? Que ya soy mayor, caray. Que yo también empiezo a olvidar las cosas. ¿Qué espera Anine que le digamos? No se sabe. ¿Por qué lo pregunta cuatro y cinco veces seguidas? Tampoco se sabe. No lo sabe ni ella, que ya está para...

—Es mayor que tú, ¿no?

—¿Anine? ¡Qué va! Le llevo dos años, pero, pobrecita, está que no carbura. La cabeza...

—No como tú, que estás como una rosa.

—Soy la mejor de la residencia, eso sí. —Se rio con ganas—. Me lo dicen todos los médicos...

—Creía que ibas a decir que te lo dicen todos los abuelos de la residencia, porque he visto a uno en pijama, aquí, en el pasillo, la mar de majo.

—No bromees, que ha habido alguno por aquí que... No lo creerías.

—¿Qué?

—No, no...

—Cuenta, venga...

—El gran masturbador, lo llamaban a uno las enfermeras.

—Ay, mamie, no quiero saberlo. No me cuentes nada...

Barbara iba a darle recuerdos de parte de Jasper. Se lo había encontrado en la escalera de casa y le había pedido con mucha vehemencia que lo hiciera. Pero pensó que en aquel momento de la conversación habría parecido que, por una trampa del cerebro, ataba cabos de una forma poco afortunada, y decidió dejarlo correr. Si se acordaba, ya se los daría luego.

—¿Cómo está mi cactus?

—Impecable. Como lo dejaste. Mirando por la ventana todo el día.

—¿Ya me lo cuidas?

—Está en el mismo sitio, mamie. Está perfecto, no te preocupes. Le da la luz, solo lo riego cuando la tierra está seca, le pongo el abono que me dejaste y le hablo cada día. Hago todo lo que me dijiste.

—El cactus pesa como un muerto. El ganapán de la jardinería que lo subió los cinco pisos debe de estar aún de baja. No veas cómo sudaba el pobre muchacho.

—Entre la maceta, la planta y toda la tierra, no me extraña.

—Iba a darle propina y me dijo: «Prefiero sentarme un momento, si le parece bien». Y sí, sí, se sentó en el sofá rojo y le di un vaso de agua, hasta que se recuperó.

Mamie Margaux sacó una crema de manos de la mesilla de noche y se la ofreció a Barbara. Era un gesto que les gustaba compartir. Lo hacían de manera inconsciente, a base de llevar repitiéndolo toda la vida.

—Esta huele bien... —Miró la etiqueta del tubo—. Ah, L'Occitane.

—Creo que me la regaló Jasper.

—Ah, Jasper... Me lo he encontrado en la escalera, le he dicho que venía a... y me ha dado muchos recuerdos para ti.

Su abuela no dijo nada. Las dos continuaron masajeándose las manos a conciencia. Cuando la piel hubo absorbido la crema, mamie aún no había acabado con el inventario de su piso.

—Y aquel chico... ¿aún tiene la habitación?

—¿Marcel? Sí. Ningún problema.

—Abogado, ¿no?

—Sí, sí. Discreto y...

—¿Paga cada mes?

—Está al corriente con el alquiler, por eso no te preocupes. —Dudó si entrar en detalles—. De hecho, se ha marchado unas semanas y ha enviado a su hermano para aprovechar la habitación. Bueno, pero...

—Pero... —La abuela sabía detectar cualquier enojo

en su nieta, por mucho que esta quisiera disimularlo.

—Que el hermano es un cantamañanas. Nada grave, pero los primeros días parecía que el piso fuese suyo, tuve que pararle los pies y a mí estas cosas ya sabes que no me van. Me incomoda tener que decir hasta aquí, chico, que esta no es tu casa.

—Un joven, supongo...

—No tanto. Treinta y tres, me dijo. Y yo le dije: «La edad de Cristo». Y... ¿te puedes creer que él no sabía la edad que tenía Jesús cuando lo crucificaron?

—Si los jóvenes saben quién era Jesús, ya es mucho.

—Este no tiene un pelo de tonto. Es muy espabilado. Es fotógrafo, dice. O por lo menos va todo el día de un lado para otro con las cámaras y la mochila.

—¿Fotógrafo de qué?

—No lo sé. No se lo he preguntado.

—Si es fotógrafo, no te fíes de él, créeme.

Barbara se levantó de la cama y se acercó a la ventana para mirar a la calle.

—¿Este es el árbol que me decías, mamie?

—El más viejo de París. Puedes creértelo o no, pero afuera hay una placa que lo pone.

—*Se non è vero, è ben trovato*...

—Yo te digo lo que pone. Robinia acacia no sé qué no sé cuántos, que plantaron aquí, al lado de la iglesia de Saint-Julien-le-Pauvre, el año 1601, me parece.

—Vayamos a verlo, venga. Salgamos un rato a pasear...

—¿Es que quieres matarme?

—Pero ¿qué dices?

—De frío, me refiero.

—Venga, vamos. Mira... Allí da el sol, mamie.

Recorrieron los dos pasillos de baldosas que había desde la habitación hasta la puerta de la calle. La Viviani era una residencia fundada cuando el hombre llegó a la Luna. Habría podido quedarse como un centro roñoso, destartalado, pero los nuevos propietarios, los herederos de los fundadores, siempre se habían ocupado de la higiene y estaban obsesionados por el mantenimiento. Cada dos años la pintaban de blanco, de arriba abajo. Cada tres, retapizaban las butacas. Cada cuatro, adecuaban la iluminación para que nunca pareciese la sala de espera de una morgue. Allí dentro, nadie debía tener la sensación de estar en capilla. «Claridad, claridad, que tiempo tendremos de estar a oscuras», le había dicho en una ocasión una auxiliar de enfermería a Margaux mientras le cambiaba las sábanas de hilo.

Barbara y mamie salieron a la calle del brazo. Cada una con una bufanda de lana enroscada hasta tan arriba que solo se les veían los ojos. Despacio, se acercaron al árbol. Tenía el tronco ennegrecido, arrugado por las fisuras de los siglos.

—Cuesta creer que sea el más viejo de la ciudad. Yo diría que los he visto más grandes o más antiguos, que eso no sé cómo hay que calcularlo... —Barbara lo rodeó con los brazos—. Tiene un buen tronco, eso no se puede negar.

—Un poco retorcido, ¿no?

—Un poco ladeado... Pero un señor tronco. Tiene personalidad.

—Con cuatrocientos años, como para no tenerla.

—Queda bonito aquí enfrente.

—Sí, mucho. Los perros levantan la pata tan ricamente. Y luego hacen una reverencia porque saben que es un árbol con historia.

Barbara se reía con cada ocurrencia de mamie, como si aún estuviesen juntas en el verano de Sainte-Maxime. Se sentaron en el único banco donde caía un rayo de sol. Con el culo helado, contemplaron el árbol que había sobrevivido al Rey Sol, a los Napoleones, María Antonieta, la revolución, Hitler y Sarkozy. Con el tiempo, habían tenido que apuntalar las ramas más pesadas para que no se desplomase entero.

—La historia pesa —murmuró la abuela, con segundas de una persona que ya oye las campanadas cada cuarto de hora.

Un ciclista, equipado como si se hubiese escapado de la última etapa del Tour, pasó junto al árbol sin tan siquiera mirarlo.

—Cuando haga buen tiempo, ¿sabes qué?, un día podrías salir con el oboe y tocar aquí, en la plaza.

—Ay, niña, pero ¿qué dices?

—No digo que lo hagas ahora. A finales de primavera, en junio, cuando haga bueno...

—¿Qué quieres, que la gente me eche monedas en el sombrero? Seríamos el hazmerreír...

—No veo por qué no.

—Me tirarían tomates.

—Podrías hacerlo el 30 de mayo, un homenaje a mamá. Habría cumplido... sesenta y tres, si no me equivoco.

—El 30 de mayo, sesenta y tres, sí.

—Si murió con... —Barbara contó con los dedos.

—Cincuenta y cinco. Recién cumplidos.

Mamie Margaux lo sabía perfectamente. Si te toca enterrar a tu hija, la última cosa que olvidas es la edad que tenía el día que se apagó el mundo. Puedes haber pasado una guerra, puedes haber sufrido por no volver a ver a tu pareja, puedes haber vivido demasiadas muertes cercanas, las que son ley de vida y las que desafían cualquier ley, pero si te ha tocado la peor de las desgracias, la recuerdas cada día. La edad. Cincuenta y cinco. La fecha. 25 de julio de 2000.

—Me parece —dijo Barbara, buscando palabras que no hiriesen— que tú y yo hablamos poco de mamá.

—¿De Édith?

—De los dos, de mamá y papá, de Édith y de Clément. Ya han pasado ocho años. Aún no.

—En julio se cumplirán los ocho.

—No lo sé. Es una sensación. No digo que sea ni bueno ni malo, mamie. Pero quizá hemos hablado poco... Yo los echo mucho de menos. Si no se hubiesen ido los dos a la vez... ¿Sabes qué quiero decir? A veces no se sabe qué es peor. Al menos ellos no se echaron de menos. Se fueron juntos, en el viaje que tanta ilusión le hacía a papá... Y adiós. Pero también, con los años pienso en ello y me digo... La gente que pasa una enfermedad, como mínimo la familia se puede despedir. Y, por otro lado, piensas... Un infarto, un accidente... Quizá es más cruel para los que se quedan. De repente, buenas noches. Se acaba todo y todo queda en suspenso. No existe una opción que nos deje satisfechos. No existe. Eso está claro. Lo mires por donde lo mires, es una mierda, ¿a que sí?

Su abuela la había escuchado con los ojos clavados en el árbol más antiguo, desnudo de invierno. Antes de dar su opinión, dejó que una pareja que empujaba un cochecito pasase por delante.

—Hablamos poco porque pensamos mucho en ello.

El silencio posterior, tupido como la niebla de la mañana, tuvo un aire a plegaria. Barbara reclinó la cabeza sobre el hombro de su abuela.

—Tienes razón. Hablamos poco porque pensamos mucho en ello.

Poco a poco, mamie Margaux volvió a encontrar la serenidad en la voz.

—Nosotros somos una hoja del árbol. Cada uno de nosotros, una hoja. Bella, frágil, orgullosa... Imperfecta, también.

—Colorida.

—Colorida, sí. O mustia. Delicada.... El árbol es la humanidad, nosotros somos una de sus hojas. Y bailamos mecidas por el viento y necesitamos a otras hojas para vivir y nos aguantamos por la quietud. Édith, una hoja; tu padre, otra. Y Damien. Y tú. Y yo, aquí aguantando. El juego está pensado para que se caigan de una en una.

—Es bonito lo que dices, mamie.

—Una catástrofe —habló con cautela— debe de ser cuando se caen demasiadas hojas de golpe. La guerra, la gripe del 68, el Concorde. La ilusión de tu padre, tú lo has dicho. El viaje que tanto había preparado con Édith. 25 de julio de 2000. Las fechas. Iremos olvidando las cosas, como le ocurre a la pesada de Anine, pero nos quedarán las malditas fechas. Las fechas y el saber qué queremos ser cuando seamos mayores.

—Mamie...

—¿Qué?

—¿Tienes un pañuelo?

# 9. La palabra mágica

A Roger le pareció que la sopa de Chez Richard estaba más buena que nunca. Caliente, francesa y con un toque a algo que no supo identificar que le proporcionaba consistencia.

—¿Puedo retirar el plato? —Laurence llevaba cuatro en la mano izquierda que había recogido de otras mesas. Para aprovechar el viaje, se llevó el bol y la cuchara de Roger.

—Buenísima... —Levantó el servicio para ayudarla a recoger—. Ya puedes decírselo al chef.

—¿Qué chef? —Cargada como iba, abrió los codos—. ¿Tú has visto alguna estrella Michelin en la puerta? Aquí no hay chef. En la cocina tenemos a dos coreanas que hacen de todo. Que los menús tienen que salir por quince euros, ¿qué te crees?

Además de la sopa de cocido, donde había un poco de todo, comió unos huevos al plato con sorpresa y una naranja. Por aquel precio, con bebida, dos rebanadas de pan, una servilleta grasienta y el poquito de Montmartre intuyéndose tras las cortinas rojas, no podía pedir más.

—¿Dónde se ha metido el dueño? —preguntó Roger mientras pagaba en efectivo en la barra.

—Un catarro de caballo, ha dicho. Tiene que estar muy jodido para no venir a controlar.

—Estás de encargada, vaya...

—Ya ves. —La primera sonrisa que Laurence había dejado escapar en semanas.

—Haciendo de jefa quizá no puedas salir a fumar entre las comidas y las cenas, ¿no?

—¿Qué pasa, es que hoy pensabas venir a hacerme fotos? Ahora que te lo habías pensado mejor, ¿verdad?

—No, no... —murmuró—. Ya te dije que...

—¿El ofrecimiento de subir a tu casa sigue en pie?

Roger, con el pie cambiado, reaccionó con tanto aplomo como le fue posible.

—Sí, por supuesto.

—Escríbeme aquí la dirección. —Le plantó la libreta y el bolígrafo de tomar nota en las narices—. Yo ya me pasaré.

—Ah...

—Estarás, supongo... —Ella lo amenazó con la mirada.

—Por supuesto, sí, sí.

—Si no vas a estar, no me hagas perder el tiempo.

—Bueno. Ahora iba a una exposición de... Pero no pasa nada, cambio de planes.

—Así me gusta —dijo Laurence en voz baja, en un tono que pretendía ser racional.

—¿A qué hora sales de aquí?

Se volvió a mirar el gran reloj que había sobre la barra, escondido detrás de las botellas de Cointreau, Chartreuse y Rémy Martin.

—Por lo menos tengo para un par de horas. Aún me faltan comidas por servir. Recoger. Limpiar... Aún me queda trabajo.

Cambio de planes, sí. La exposición de aquella tarde la vería Roger más pronto y a toda prisa. Fue a buscar el metro y se bajó en Saint-Paul, en el barrio del Marais. Fue volando hasta la Biblioteca Histórica de la Villa de París, instalada en un edificio —a medio camino entre palacio y hotel señorial— donde estaba la exposición de fotografías de los parisinos bajo la ocupación nazi. No hacía ni una semana que la habían inaugurado y había oído campanas sobre cierta polémica, pero no había seguido el asunto. Cuando entró en la Biblioteca Histórica —lo que en París, tan aficionados a los acrónimos, llamaban BHVP— sabía que no podría entretenerse. Dejó el anorak y la mochila en el guardarropa y entró en la primera sala oscura sin tan siquiera leer la biografía del fotógrafo. Pasó de largo los plafones explicativos y fue directo a las imágenes.

Al principio, los ojos se le fueron a una foto en color de una mujer con un paraguas en un banco nevado, en las Tullerías. Era la imagen de la placidez. No solo aquella foto respiraba tranquilidad. El París que allí se mostraba —al menos la primera sala— era de una serenidad que no parecía, en ningún momento, la de una ciudad afligida. No se veía la guerra. No se veía la ocupación. Soldados alemanes solo salía alguno, y de refilón, casi como si se hubiese colado en el objetivo por casualidad. Eso sí, de pronto, aparecía una perspectiva de los soportales de la Rue de Rivoli con la hilera de banderas nazis —tan rojas las telas, tan rotundas las esvásticas— en un día de cielo azul, las calles vacías y dos trabajadores en bicicleta. Más allá, una fotografía de un soldado bajando las escaleras de la iglesia de la Madeleine, con un montón de gente pasando a su lado, como si el uniforme y la cruz gamada no les impresionase. La mayoría de las fotografías —magníficas por el punto de vista, modernas en el encuadre— eran las de una ciudad feliz. Con niños jugando con los elefantes en el zoo de Vincennes, con niñas patinando bajo la Torre Eiffel, con los carteles de las grandes salas de cine como reclamo, con mujeres trajinando cachivaches en el mercado de las pulgas y con hombres de bañador ridículo remojándose en el Sena desde el puente du Carrousel. La exposición enseñaba también las terrazas de los cafés más chic, repletas de gente endomingada en los Champs-Elysées o en el Cafè Les Deux Magots. Ni una mesa vacía. Los hombres, con americana, corbata y el Fedora de cinta negra en la cabeza. Las mujeres, bien arregladas, intentaban lucirse con unos sombreros de fantasía y unos zapatos que llamaban la atención. Roger descubrió que los camareros, como pingüinos, ya llevaban en 1940 el delantal blanco, ceñido, que usaba Laurence en Chez Richard de cintura para abajo.

También había mucha vida en los mercadillos callejeros. La mundanidad absoluta. Sin embargo, la gente que compraba y vendía lucía otra indumentaria. Abundaban las gorras planas, de clase trabajadora. Más que americanas y chalecos estilosos, en Les Halles predominaban las batas largas de color parduzco que servían para no mancharse a la hora de andar moviendo cajas de madera y cestos de mimbre llenos de alimentos. A medida que Roger veía fotos y más fotos, sin dedicarles nunca más de veinte segundos, se percataba de que en aquella gama de colores antiguos, mentolados, destacaban los grises y púrpuras. De vez en cuando, no obstante, casi subliminalmente, mandaba el rojo. Nada era agresivo, todo mostraba un cromatismo fácil, de tonalidades acuosas. Al fin y al cabo, pensó, todo tenía el aire descolorido propio de la memoria.

No es que los recuerdos se diluyan con los años, tan solo se les desvanecen los colores primarios.

Cogió el teléfono móvil y se apuntó esta idea sin saber para qué la utilizaría. Luego atravesó las dos últimas salas de la exposición a paso ligero, sin detenerse. Ya eran fotografías en blanco y negro. Las imágenes respiraban un aire más triste y más grave, pero asimismo poético. De pronto, empezaba una pared de fotografías de mujeres montadas en bicicleta. Detenidas o en marcha, todas poseían un rasgo común. Todas aquellas mujeres —puede que hubiese treinta o cuarenta— miraban al objetivo. Como si hubiesen posado. Con sonrisa o sin ella. Abrigadas de invierno o con un pañuelo al cuello de verano, rubias y morenas, con o sin gafas, todas se habían convertido en modelos de un fotógrafo que las retrataba desde un punto de vista bajo, prácticamente como si hubiese hincado una rodilla en el suelo para buscar siempre las mismas proporciones. Por acumulación, las ciclistas tenían un aspecto magnífico. Cuando ya se iba, Roger se fijó en una foto concreta. La había visto antes y no sabía dónde. Juraría que no era la primera vez que tenía delante aquella mirada, aquellas ruedas y la cesta colgada del manillar. Pensó que debía de ser la fotografía de los carteles de las farolas repartidos por la ciudad como reclamo de la exposición y no le dio mayor importancia. Miró el reloj y se marchó.

A la salida de la BHVP recogió sus pertenencias en el guardarropa y vio que, al lado, vendían el catálogo. Pero le pareció muy caro, tenía que hacer cola para pagar y cogió el folleto de la exposición para abreviar. En el metro camino de casa lo leyó y descubrió el nombre del fotógrafo. André Zucca. Efectivamente, tal como le había parecido, todas las imágenes que había visto demasiado deprisa eran del mismo autor, tanto las de blanco y negro como las diapositivas de color plasmadas sobre el papel. Cuando faltaban dos paradas para bajar en Abbesses le vino de pronto, como un latigazo. La fotografía de la ciclista en blanco y negro, aquella imagen que le había sonado en un principio, ya sabía dónde la había visto. Por supuesto. Era la misma mujer de una de las fotos que había encontrado, en un recorte de revista, en la caja de hojalata debajo de la cama de Marcel. Estaba seguro. En cuanto llegase a la habitación, sacaría la caja de Banania y lo comprobaría, pero estaba convencido de que era la misma. Él no se equivocaba con esas cosas. ¿Quién sería? No tenía ni idea. A que era la misma persona, se habría jugado el dedo meñique.

El timbre de casa pilló a Barbara delante del ordenador. Estaba estudiando una oferta para traducir al búlgaro la última novela de Simone Sicilia. La última, porque era la más reciente que había escrito y, sobre todo, porque no escribiría ninguna más. Después de acabarla y de llevar las galeradas corregidas con bolígrafo rojo a la editorial, había escrito una despedida a través de Twitter, había metido la cabeza en una bolsa de supermercado, se la había ceñido al cuello con dos gomas de pollo y había esperado el momento. «Consumada la venganza, no me queda nada que decir. Ahora viviré una experiencia nueva. No os la describiré». Con ochenta caracteres sacudió las redes sociales. Las especulaciones consideraban esto y aquello y exactamente lo contrario. No fueron pocos, los más fieles a la autora, quienes adivinaron cuál era la pista que estaba dando Sicilia. Cuando la policía reventó la puerta de su apartamento y notificó su muerte, el titular abrió todos los informativos del país. Hasta el momento de escribir el tuit, la escritora de la generación del setenta tenía cerca de cinco mil seguidores en Twitter. Al día siguiente, sin que pudiera llegar a verlo, había multiplicado por diez aquella cifra. Giresse & Trésor se apresuró en publicar su libro póstumo. Cuando *El regalo* de Simone Sicilia llegó a las librerías en tapa blanda, el éxito superó las expectativas. Todo el mundo quería saber hasta qué punto su tío, un conocido alcalde socialista de una ciudad a los pies de los Alpes, había abusado de ella desde que tenía ocho años. El bestseller describía cada uno de los encuentros semanales, durante una década, en el despacho del ayuntamiento. Siempre con las persianas bajadas. Siempre con un ritual muy similar. En cada cita, un pequeño regalo. Pierre Sicilia lo negó todo en un principio y lamentó la muerte de su sobrina. A las dos semanas dimitió. A la tercera huyó a México y allí se le perdió el rastro.

El timbre volvió a sonar, con impertinencia. Barbara maldijo que Roger se hubiese vuelto a olvidar las llaves del piso. Se levantó y, sin preguntar siquiera quién es, pulsó el botón del interfono para que se abriese la puerta de la calle y dejó la de casa ajustada, para que no entrase el frío ni se escapase el aire de la calefacción.

Laurence llegó arriba resoplando. Hasta el abrigo le molestaba. Al encontrar la puerta entreabierta, llamó con los nudillos. No se atrevía a entrar sin que Roger le dijera que pasase. Llamó de nuevo, tres veces, esperando una respuesta. Barbara no entendía por qué Roger no entraba sin llamar si la puerta estaba abierta. Se levantó de nuevo con un respingo y fue a ver qué ocurría. Se encontró frente a frente con otra mujer. Ambas se sorprendieron.

—Perdona...

—Buenas tardes.

A Laurence no le salía la voz. No esperaba que le abriese la puerta nadie que no fuese Roger. Y menos aún una mujer. Barbara fue al grano.

—¿Querías algo?

—Debo de haberme equivocado. —Arrugó el papel con la dirección que llevaba en la mano.

—Depende. ¿A quién buscas?

—No lo sé. De hecho... —Laurence pensó en darse la vuelta, pero incluso para huir necesitaba una excusa—. ¿Este es el quinto?

—Sí. Más arriba ya no puedes ir. Pero ¿a quién buscas?

—No sé cómo se llama...

—¿Vas a ver a alguien que no sabes cómo se llama?

—Es fotógrafo. Un chico así... —Una sonrisa tímida pudo más que ella—. Un guapetón español.

—Si es fotógrafo, es aquí.

—Ah... —Abrió los ojos de par en par como un perro asustado. Era el modo de ahorrarse la pregunta de si estaba o no.

—En estos momentos ha salido... De hecho, se marchó esta mañana y aún no ha vuelto.

Barbara no sabía cómo interpretar el silencio coagulado de la mujer que estaba allí plantada. Tras el abrigo tronado, los ojos tristes y la nariz colorada por el frío gélido de la calle, arrastraba un misterio. Puede que compartieran edad, pero parecía mucho mayor.

Laurence no sabía cómo salir de aquella situación incómoda. Se había citado con el cliente del restaurante en casa de él y se encontraba petrificada en la puerta de una mujer esbelta que mostraba la seguridad de jugar en casa y que llevaba el pelo suelto que ya habría querido para sí misma, con la gracia de esas ondulaciones de quien siempre parece que se acaba de levantar. A falta de palabras, Laurence contemplaba a la mujer que sujetaba la puerta y le envidiaba aquellos pómulos marcados y una mirada verde que hacía estremecer. ¿Por qué el fotógrafo había permitido que fuese a follar a su piso, si...?

De repente, Barbara ató cabos.

—Una cosa, chica... ¿Cómo te llamas?

—¿Yo? —Dudó si decir la verdad—. Laurence.

—Mira, me parece que estás pensando lo que no es. El guapetón de Barcelona vive aquí, sí, pero no es mi marido. Ni mi pareja ni nada parecido. Es un compañero de piso, tiene una habitación y yo tengo otra. Se llama Roger. ¿Mejor así?

—¡Hola! —Roger gritó desde el portal. Había oído voces a través del hueco de la escalera y, de inmediato, intuyó la escena. Ya estoy aquí. Subo corriendo. Perdonad...

Cargado como iba, subió los escalones de dos en dos. Barbara no le dijo a Laurence que pasase. Regresó a su despacho con vistas a la traducción al búlgaro de la novela de Simone Sicilia y la dejó, con la puerta abierta, plantada en el felpudo.

—¿Hace mucho que esperas? —No parecía que Roger tuviese intención de pedir disculpas.

—A las seis tengo que volver a estar en Chez Richard.

Roger miró el Casio de la muñeca derecha.

—Me he entretenido más de lo que pensaba. *Desolé.*

Había aprendido que *desolé* servía para todo. Era la palabra mágica. No todas las lenguas tienen una que te salve. Su madre le había contado la suerte que tenían los franceses de tener una palabra así. La decías y te hacías perdonar. La decías y te lavaba la conciencia. La decías y ponías el contador a cero y ya nadie podía reprocharte nada.

Entraron y cerraron la puerta.

Para no distraer a Barbara, que estaba trabajando frente a la ventana, se dirigieron a la habitación de Roger, ahora que Laurence había recordado que se llamaba Roger; ahora que Barbara, tan encerrada en sus propios asuntos, había comprobado que el hermano de Marcel no era tan solo el alquiler de una habitación a fin de mes, sino una persona con vida propia. Un guapetón, como había dicho la mujer de ojos tristes que no se había equivocado de puerta.

# 10. El saqueo inesperado

Aquella noche fingieron.

Después de escaldar dos huevos pasados por agua, Barbara se había sentado en el sofá rojo con una manta en las piernas, se había puesto los auriculares y había incrustado la nuca en el cojín. Escuchaba la música con los ojos cerrados para que Roger, en caso de que saliese de su habitación, se diese cuenta de que no quería conversación. Le gustaban los sonidos vagamente orientales de *Shérézade*. Pese a las veces que la había escuchado —en ocasiones había hecho audiciones con su abuela—, le fascinaba que un ruso como Rimski-Kórsakov hubiese dotado a la partitura de melodías propias de un mundo de sultanes y princesas. Simbad en *allegro ma non troppo*, Bagdad en *allegro molto*, al final de la obra. Su abuela y ella pasaban el rato intentando discernir qué instrumentos tocaban en cada momento —ahora la tuba, eso es un clarinete, ese es el arpa— y buscaban, por encima de todo, el oboe. Los dos oboes que el compositor había colocado en la obra como si supiese que uno de los dos lo tocaría el abuelo Damien el día que su orquesta interpretaría *Shérézade* por última vez, en la última tarde que todos los músicos pudieron tocar juntos antes de que comenzase el drama. El programa de mano, ajeno al saqueo inesperado de tantas vidas, decía que el concierto del sábado 18 de mayo de 1940, en el Teatre du Châtelet, empezaría a las seis de la tarde.

La grabación que estaba escuchando Barbara era mucho más reciente. Su cedé, por mucho que lo pusiese, aglutinaba la sonoridad perfecta del siglo XXI, la sublimidad digital susurrada al oído. La perfección.

Aquella noche, Barbara y Roger decidieron fingir. Fingir que Laurence no había llamado a la puerta, que Roger no la había rescatado, que no se había dirigido a toda prisa hacia la habitación, que la camarera no se había quitado el abrigo, dejado los pensamientos dolorosos sobre la silla y, en un pispás, no había hecho el amor sin remordimientos. Fingir que él no le había pedido, por favor, que ahogase un poco los gritos de última hora y ella, como la que oye llover.

Cuando la camarera se marchó a Chez Richard a servir las cenas, Roger solo salió de la habitación, de puntillas, para ir al baño. Ni siquiera encendió la luz, por si acaso. Si se hubiese topado con Barbara, no habría sabido qué cara poner. Por responsabilidad o por vergüenza. Tampoco habría sido el momento de soltar un *desolé* de los suyos, que se habría podido malinterpretar. En los días que llevaba en París nunca había visto que la dueña llevase a ningún hombre a casa. Ni a ninguna mujer. Nadie, de hecho. En tres semanas, ni una visita. Siempre la veía de cara al ordenador, entregada a un trabajo que hacía con gusto, con pasión, incluso, pero que le absorbía todas las horas del día. Una tarde que Roger hizo que le llevaran una pizza y le ofreció una porción a Barbara, ella le contó a qué se dedicaba. Se trataba, en dos palabras, de hacer casar la novela de una autora con una editorial extranjera que quisiera publicarla. Llegados al mutuo interés, era preciso negociar el precio y las condiciones de los *royalties* con la certeza de que alcanzarían un acuerdo.

Roger volvió a la habitación a tientas y, en calzoncillos y camiseta, se agachó bajo la cama para arrastrar la caja de hojalata. Desde que Laurence se hubo bajado de encima de él para quedarse con el aliento desmayado a su lado, doblada sobre su propio cuerpo, no había pensado en otra cosa. Las ganas de sacar la caja y revolver las fotos eran más fuertes que él, más tentadoras que las caricias tras la explosión, con aquella apariencia de falsa felicidad que dura lo que dura, a veces unos minutos, a veces una cabezadita. Necesitaba cerciorarse de que la imagen que había visto en la exposición cuando ya se batía en retirada era la misma que recordaba de los recortes que había bajo la cama. Extrajo la caja, la puso encima del colchón caliente y la abrió. Dirigió la bombilla de la mesilla de noche para ver mejor y fue extendiendo los recortes de revista. Pasaba las imágenes de una en una, con la habilidad de un crupier, y las iba dejando caer sobre la funda nórdica. Notó que las puntas de los dedos, a pesar de haberse lavado las manos, aún estaban impregnadas del olor de Laurence. Buscaba, revolvía y veía fotografías llenas de detalles, pero no sabía dónde debía mirar. Tal vez las pistas estaban en el texto de la revista más que en las imágenes. Quizá en un pie de foto o en el año de publicación, que, por lo que veía en la parte superior de las páginas recortadas, oscilaba entre 1942 y 1943. En todas partes donde había una fecha, esta se limitaba a aquellos dos únicos años. De pronto, debajo de un recorte en que salía el mariscal Pétain, apareció la foto que estaba buscando. La mujer montada en bicicleta. Frontal, mirando a cámara, con un punto de vista bajo que hacía que la rueda delantera se viese más grande de lo que era. No tenía ninguna duda. Se trataba de la misma fotografía, la misma chica en blanco y negro que había visto en la exposición de André Zucca. La cesta de mimbre, muy bien trenzada delante del manillar, la hacía inconfundible. La cogió y la puso bajo el foco. Más que una mujer era una chica, ahora que la miraba con detenimiento. La imagen tenía una definición de gran calidad y jugaba con la luz como un profesional. Quienquiera que fuese el fotógrafo, sabía lo que se hacía. Dominaba las velocidades y las aperturas de diafragma para transformar un instante en un cuadro de una belleza rotunda. Aquellas fotografías a dos tintas, con tantos grises distintos entre el blanco más blanco y el negro más negro, definían bien los contornos y dotaban al retrato de una gran nitidez. No tenían las tonalidades desvaídas que había visto en las paredes del BHVP en las fotos de unos colores que parecían incipientes. Le dio la vuelta a la foto de la ciclista por si ponía algo, pero en el reverso de la revista no encontró señal alguna. Nada escrito, en ningún sitio. Ni media pista. Se recreó repasando el tenderete de fotografías que había formado sobre la cama y, poco a poco, fue devolviendo los jirones de la publicación destrozada al interior de la caja de sorpresas. Con la excitación del descubrimiento, sin saber aún si era un tesoro o una mera casualidad, volvió a guardarla en su sitio. Debajo de la cama, al fondo de todo, tocando el rodapié.

Luego salió de la habitación para ir a ducharse. Le pareció que Barbara, en el sofá, se había quedado dormida con los cascos en las orejas. Antes de enjabonarse, esperó a que el agua estuviese lo bastante caliente. Una vez enjuagado, el olor de Laurence había desaparecido para siempre.

—Buenas noches —gritó Roger al pasar hacia la habitación, temblando de frío y tratando de no dejar el rastro del agua en el pasillo.

—Nasnoches... —respondió ella, sin ganas.

Al día siguiente algo cambió. Por primera vez, Barbara se interesó por el trabajo de Roger. Después de desayunar un trozo de pan seco con queso, él se había sentado en el sofá con la cámara en el regazo para revisar y descartar las fotos del día anterior.

—¿Seguro que eres fotógrafo? —Ella se acercó por detrás.

—¿Por qué lo dices?

—Llevas muchos días aquí y no me has enseñado nada... Ni una sola foto. Me parece raro.

Barbara se sentó en el respaldo del sofá.

—No quería molestar —dijo él sin dejar de mirar la pantallita.

—Eso será...

—Siempre estás tan... —Roger se dio cuenta de que la había ofendido y reculó a tiempo—. «Concentrada» es la palabra. Veo que a ti te gusta ir a lo tuyo y yo no quiero...

—¿Me gusta ir a lo mío?

—Es un decir.

Roger levantó la vista por primera vez y la miró. Llevaba un jersey de cuello alto, blanco, ceñido.

—¿Sabes lo que he estado pensando? —Se dio la razón con la barbilla, antes de responderse a sí misma—: Que no sé nada de ti.

—No es verdad.

—Nada.

—Sabes que soy hermano de Marcel, que hago fotos, que...

Ninguno de los dos terminó la frase. Barbara habría querido decirle que tuviese cuidado, que aquella mujer ni siquiera sabía su nombre. Roger estuvo a punto de contarle que, sin saber todavía muy bien cómo, se había encontrado en la cama con la camarera del menú de quince euros. Pero ambos, por pudor, por prudencia, por inteligencia, por convivencia, vete a saber por qué, porque no se conocían lo suficiente o porque notaron que quizá empezaba a apetecerles abrirse un poco —porque ser arisco toda la vida es muy cansado—, decidieron fingir que la tarde anterior no había existido. Nadie había visto nada. Nadie había oído nada. Nadie había hecho nada. ¿Laurence? *Connais-pas*.

Al ver que Barbara había dado un paso, Roger se lanzó con una propuesta.

—Me gustaría enseñarte una cosa, en la ciudad. Si te apetece, claro...

—¿Es que pretendes explicarme París, tú a mí?

—No era la idea.

—¿Cómo se llama eso, cuando los hombres nos queréis explicar el funcionamiento de la vida a las mujeres?

—¿Un curso de orientación gratis? —Él se hizo el sueco.

Ella no tuvo más remedio que reírse.

—Tengo interés en que veas una cosa, nada más. Y puede que te siente bien salir. Trabajas demasiado, Barbara...

—¿Quién dice que no salgo?

—A comprar y eso, sí...

—Y a ver a mi abuela a la residencia y tengo reuniones y voy a la editorial y no paro..., ¿no crees?

—Yo no he dicho eso.

—¿Me estás controlando? —Ella, teatralmente ofendida.

—Barbara, oye. Olvidémoslo.

—¿Merecerá la pena que te acompañe?

—Me gustaría que vieras una exposición. Son fotografías, en el barrio del Marais. Si quieres, vienes, y si no, volveré yo solo. Pero he pensado que, antes de que caiga todo lo que dicen que va a caer, querría enseñarte una cosa. Creo, sinceramente, que te va a gustar.

—¿Ah, sí? ¿Por qué?

—Porque tengo ese presentimiento. Una intuición... A mí me flipó.

Barbara se levantó del sofá rojo, se acercó al escritorio y cogió la agenda que descansaba en un atril de sobremesa. Era de piel negra, grande, siempre abierta con una semana a la vista. Las citas las anotaba con lápiz.

—¿En el Marais, dices?

—Sí.

—¿En el Museo Picasso?

—No. Cerca, creo. Lo que yo digo es la Biblioteca Histórica... En la BHVP, como la llamáis por aquí, por lo que he visto.

Ella pasó la página, rodeó una fecha y volvió atrás.

—Se me ocurre una cosa. El próximo viernes tengo que ir a una fiesta de la editorial por allí cerca. Se me ocurre... —Mascó un chicle, sin tenerlo en la boca, y al final se atrevió a decirlo—. Yo te acompaño a la exposición y luego tú me acompañas a la fiesta.

—¿Yo, en una fiesta de escritores?

—Será divertido.

—Seré un pulpo en un garaje. ¿Se dice eso en francés?

—Es un mundo aparte —dijo con desgana—. Aunque solo sea una vez en la vida, tienes que ver una fiesta de estas.

—¿Ah, sí? ¿Por qué? —Él se revolvió.

—Egos con abrigos, autores encantados de haberse conocido que se gustan y se escuchan, críticos pavoneándose, periodistas que comen caliente por un día. Hay que verlo...

—No me parece que tengas un gran concepto de tu mundo...

Se arrepintió de la reflexión. Barbara dio marcha atrás.

—Todo eso lo digo ahora, es verdad, porque llevo mucho tiempo viéndolo y ya conozco a toda esa fauna. Pero... —Se mordió el cuello alto y luego lo soltó—. Reconozco que en un principio son fiestas que deslumbran. Los escritores dicen cosas imaginativas, los editores son gente culta, o no, todo el mundo cuenta mil historias, han conocido a personalidades muy interesantes... Hay personas de las que aprendes cosas y, además, te ríes. Conocerás a gente atractiva, ya lo verás. Atractiva en el sentido intelectual, quiero decir. ¿Vendrás?

—¿Y tú?

Barbara le tendió la mano. Él se la estrechó con decisión. Faltaban cuatro días para el viernes, una eternidad.

—¿Estás segura de que podremos ir? ¿No dicen que va a caer la nevada del siglo?

—¿Cuándo está previsto que...? —preguntó ella.

—La semana que viene. No saben precisar el día.

—Ni caso. Los hombres del tiempo se equivocan más que los editores con los manuscritos que les envían. Con una diferencia: a los sabios que miran un mapa y aseguran que caerá un chaparrón y luego hace un sol que parte las piedras, los errores no les cuestan dinero.

# 11. Los pájaros aman y hacen regalos

El viernes, cuando el rayo de sol dejó de derramarse sobre el cactus, Barbara fue a la ducha. Se tomó su tiempo. Bajo el agua ordenaba sus pensamientos y lo que quedaba del día. Para secarse el pelo tardó todavía más. Con una mano sostenía el aparato que despedía aire caliente mientras, con la otra, se iba levantando las puntas mojadas, que, como un badajo en una campana, insistían en repicar sobre la nuca. Al cabo de un momento, después de acertar con la presilla del sujetador, volvió al baño para maquillarse. En la habitación también tenía un espejo de tocador, pero, con la claridad de la calle en franca retirada, no veía suficiente para perfilarse la línea de los ojos. El último toque, antes de mirarse de arriba abajo y dar el visto bueno, cuando Roger ya estaba protestando en el salón, fue ponerse una gota del perfume de mamie Margaux en el interior de la muñeca y otra detrás de las orejas. Era un aroma vaporoso, con notas de lavanda. Finalmente salió de la madriguera para dejarse ver. Su vestido de cóctel de color borgoña era ajustado, sin escote, de manga larga, y terminaba justo por encima de las rodillas.

Al salir al salón se encontró a un Roger que no parecía Roger. Estaba de pie, impecable, impaciente junto al sofá.

—Vaya. Vas muy arreglado, chico.

Él evitó hacer el comentario inverso. No quiso empatar en un cumplido que habría sido justo y merecido. Pero tenía prisa.

—He buscado en el armario de mi hermano. Yo no tenía ropa decente... —se excusó—. Por suerte Marcel y yo tenemos la misma talla y he encontrado esto. ¿Desentonaré mucho?

Como un modelo tentetieso, abrió los brazos y dejó que Barbara le diese un repaso con un vistazo. Se había puesto un jersey negro de cuello alto y una americana oscura encima. Ella lo miró sin timidez. Ni los tonos ni las texturas acababan de ser los mismos, pero tenía unos buenos hombros, se le intuía un estilo y sabía que en la fiesta a la que irían habría poca luz.

—Muy adecuado. —Al fin y al cabo, después de tres semanas de verlo con vaqueros y jerséis de leñador, se temía algo peor—. ¿Cómo te diría? Un *outfit* muy... parisino.

—Entonces, ¿me queda bien?

—Te queda bien.

—Gracias. —Roger cogió el abrigo de noche de ella para que entendiera que tenía que darse prisa—. Venga, que no nos cierren la expo de fotos.

—¿Preparado para la doble sesión?

—A punto. Con muchas ganas de estar allí.

Abrió la puerta, para que saliesen de una vez.

—Me parece que nunca te había visto sin la mochila —dijo, ya en el rellano del quinto—. ¿Serás capaz de andar sin las cámaras?

—Pues la verdad es que me noto un poco desnudo.

Al pasar por el segundo, Jasper abrió la puerta para saber quién estaba haciendo tanto ruido de tacones. El tac-tac resonaba por toda la escalera. De repente, vio a Barbara y no disimuló su sorpresa. Nunca la había visto subida a unos zapatos tan verticales, con unas medias que le hacían las piernas robustas y con un vestido ceñido color vino que se adivinaba bajo el abrigo cruzado que aún llevaba abierto. No pudo eludir un comentario sobre su elegancia, como si esta fuese una herencia genética de Margaux, un asunto de familia. Jasper, con Hulshoff de inseparable testigo, no desaprovechaba ninguna ocasión para lanzar un piropo a su abuela, aunque fuese de forma indirecta. Preguntó a dónde iban tan guapos, y cuando Roger se disponía a responder, Barbara se le adelantó.

—A una boda. Buenas tardes.

En la calle, la temperatura descendía más rápido que el día. Ella se apresuró a abrocharse el abrigo negro de espiga que le llegaba a los tobillos y, hecho esto, se enfundó los guantes de lana. Él se dio dos vueltas a la bufanda Cambridge que olía a Marcel. Sin prisa pero sin pausa, fueron bajando hasta el Boulevard de Clichy para coger un taxi. A Barbara, entre los adoquines y los tacones de aguja, le habría ido bien colgarse del antebrazo de Roger. Pero no se atrevió. Le pidió, eso sí, que bajasen despacio. Muy atenta, disimuló los peligros que veía por todas partes sin perder el equilibrio ni la dignidad. A él, a su lado, en ningún momento se le ocurrió hacer de bastón.

—¿Qué estará pensando?

—¿Quién? —En la calle no había nadie. Roger no adivinaba a quién se refería.

—Él.

Con el mentón, sin sacar las manos de los bolsillos para que no se le congelasen, Barbara señaló un pájaro que estaba cruzando la calle a saltitos.

—¿Ese? —Ni siquiera se había percatado de que hubiese un gorrión de ciudad ocupado en sus cosas—. ¿Qué quieres que piense? Pues lo mismo que todos. ¿Qué habrá para cenar?

—No seas...

—De donde yo vengo, si algo tenemos son pájaros. —Con la boca tapada le pareció que no se entendía bien lo que decía y se bajó la bufanda para explicarse mejor—. El Ampurdán es una planicie, próxima al mar, repleta de árboles frutales. Para ellos es el paraíso. Un festival. Y para proteger las manzanas de los pájaros, en casa he visto hacer de todo... Vamos, que mi padre te habría podido dar un máster de cada especie.

—¿Y piensan o no piensan?

—¿Quiénes, los pájaros? —Resopló—. Los pájaros piensan, recuerdan, aman y hacen regalos.

Barbara alzó la ceja de la incredulidad. Roger conocía bien la respuesta.

—Un nido. Piensa en un nido. Qué complicado hacerlo, ¿verdad? No se construye solo con el instinto. Hay mucha inteligencia en cada paso de su fabricación, en ir colocando rama a rama con el pico. ¿Alguna vez has intentado hacer un cesto de mimbre?

—Jamás.

—Pues si con las manos cuesta, imagínate hacerlo así... —Escondió los labios y estiró el cuello como un mirlo—. Hay un pájaro en Japón, no sé si es una corneja, que lanza las nueces sobre el asfalto para que, cuando pase un cochc, las rompa y entonces baja a recogerlas para podérselas comer. Los pájaros son la hostia. Se besan para consolarse. Y cuando se muere la pareja, están de duelo. Hasta los hay que sufren depresión.

—Aquí, a veces, es al revés: te entra la depre si tu pareja tarda demasiado en morirse.

—¿Los humanos, dices? —Él no había entendido la broma.

Levantaron la mano al mismo tiempo para parar un taxi blanco que venía libre. Él abrió la puerta para que Barbara pasase primero. Podía parecer galantería, pero era más bien egoísmo: al tener las piernas más largas, no necesitaría sentarse detrás del conductor y viajaría más cómodo. El uno por el otro no dijeron a dónde iban, y el conductor del Peugeot tosió para que se decidiesen a darle una dirección.

—A la BHVP —dijo él, para dárselas de autóctono.

El chófer, que era más de fuera que Roger, no entendió nada. Los miró por el retrovisor por si le estaban vacilando. O para leerles los labios y poder entender el destino.

—A la Biblioteca Histórica... de la Rue Pavée —gritó Barbara—. Al Marais, por favor.

El metacrilato que separaba los asientos de delante de los de atrás amortiguaba el sonido. No parecía que hubiese ningún agujero. Harto de que lo atracasen, o por temor a que pudiesen llegar a hacerlo, el taxista había instalado aquel plástico antibalas que casi había convertido su Peugeot en un coche policial.

—¿Y los pájaros son felices?

—Veo que te ha gustado el tema.

—Te ha gustado a ti... Te has explayado más en cinco minutos que en tres semanas en casa.

Fingió no haberla oído. En realidad, no sabía qué le había dicho porque estaba meditando la respuesta, que no tenía clara.

—¿Felices? No lo sé. Que los pájaros tienen sentimientos, eso seguro.

—¿Y tú?

—¿Yo? —No sabía a qué se refería—. Yo ¿qué?

—Que si eres feliz...

De pronto le llegó el dardo que nunca habría esperado que le lanzase Barbara. Dentro del taxi, más próximos de lo que habían estado nunca, con la rodilla de uno contra la rodilla del otro porque no había más remedio, con mampara rayada delante que no les dejaba ver ni por qué barrio de París pasaban, ella lo dejó sin palabras. Vaya pregunta. Con treinta y tres años, nunca se lo había planteado. ¿Era feliz? Simplemente era. O hacía. Seguía adelante sin hacer balance. Ese tipo de preguntas que vienen solas ya le quitarían el sueño, en todo caso, cuando la vida empezase a deslizarse cuesta abajo. Él, hasta aquel instante, iba, hacía, localizaba, fotografiaba, clasificaba... Vivía. Cada verbo era un movimiento, una acción. Detenerse, o meditar, o echar cuentas eran pretextos para otra fase que ni siquiera se imaginaba. Ya le llegaría el momento del inventario, de añorar a personas y paisajes, de comprenderse a sí mismo, de comparar décadas con melancolía, de evaluar los miedos de la madurez, de resignarse a ese poco de artrosis, de emocionarse ante un hecho pequeño y de contemplar la naturaleza como si fuese finita. Pero no era aún el momento de las grietas. Ya le llegaría la edad de entender a los poetas y de comprarse zapatos cómodos. Mientras tuviese más futuro que pasado, ser feliz lo daba por hecho. En román paladino:

—No tengo ningún motivo para no serlo.

Luego permanecieron unas cuantas calles sin decirse nada.

Cada uno miraba por la ventanilla de su lado. A la izquierda, Barbara veía las columnas de la entrada del Palais Royal y las bombillas encendidas del teatro de la

Comédie Française, donde, con su abuela, había ido a ver algún Molière. A la derecha, Roger intuía ya las terrazas del Saint-Honoré, con una manta en las sillas y una estufa encendida cada dos mesas. Solo los más atrevidos osaban sentarse aquel viernes 28 de marzo que ya había comenzado la cuenta atrás hacia el día siguiente.

Cuando el taxi se detuvo en el último semáforo de la avenida de la Ópera, Barbara se aproximó al oído de Roger.

—¿Tú crees que conseguiremos llegar? —preguntó, en voz baja, asegurándose de que el chófer con cara de pocos amigos no la controlaba por el retrovisor.

—¿Por qué lo dices?

—¿No lo notas? —Levantó el dedo que reclama quietud—. Tiembla como un chihuahua.

—Ahora que lo dices...

—Será que el coche también tiene frío.

—Eso puede ser el motor diésel. O el tubo de escape, que vibra. A veces pasa, si no está bien sujeto... —Roger aguardó a que el taxi arrancase en primera—. ¿Lo notas ahora? En marcha no lo hace tanto... ¿A que no?

—¿Es que también sabes de coches?

—Sé más de motos.

—¿Motos de carreras? ¿Compites en carreras?

—Ni pensarlo.

—¿Compites en carreras con los pájaros?

—No... —Roger se rio abiertamente—. Pero he asistido como espectador toda la vida. Es una pasión. ¿Tú no vas en moto?

—A mí me las prohibieron. «Pobre de ti que te veamos subida a una moto». Mis padres no me dejaban ni ir de paquete.

—¿Y les hacías caso?

—Hija única. Qué quieres.

—En moto, a la larga, todos se caen. Un día u otro, todo el mundo acaba por el suelo. No conozco a nadie que vaya en moto que no haya tenido un... aunque sea un susto. «¿Cuántas, tú?», nos preguntamos unos a otros, y ya sabemos a qué nos referimos. Uno dice: «Yo, tres», «Yo, una»... Cuando hay alguno que dice: «Yo, ninguna», ya puede empezar a rezar...

—Pensaba que ibas a decir: «Ya puede empezar a temblar», como esta tartana.

Se echaron a reír. El taxista cascarrabias se lo reprochó con una mirada sanguínea a través del retrovisor. De nuevo creyó que se reían de él. Tenía inclinación a pensar así.

Roger le contó que no hacía carreras, pero que cada año montaba una aventura que era, casi, como si lo fuese. Más agotadora y más arriesgada que una carrera. Era una apuesta contra el sol. En el solsticio de verano, con tres compañeros motoristas más, con tres amigos, se proponían siempre el mismo reto. En el día más largo del año, tenían que ver cómo salía el sol por el cabo de Creus y luego ver cómo se ponía, un puñado de horas después, en el cabo de Finisterre. Atravesaban toda la península ibérica, del extremo más oriental hasta la punta más punta de la costa de poniente. Del Mediterráneo al Atlántico con luz de día. Tenían que ir a toda leche para hacer los 1 338 kilómetros y llegar al fin del mundo antes de que el sol se hubiese ocultado del todo. A las seis y cuarto de la mañana, en cuanto el día asomaba la nariz sobre el faro del cabo de Creus, comenzaban la excursión a toda pastilla. A las diez de la noche querían estar en Finisterre, y aún les restaría un cuarto de hora de luz para bajar de la moto y contemplar la puesta de sol. De costa a costa. De sol a sol.

—Y entonces, ¿qué? —preguntó Barbara.

—¿Entonces? Nada.

—Hombres.

—¿Qué quieres decir?

—Eso. Hombres. —Le añadió una entonación más despectiva—. ¿Todo eso lo hacéis solo por conseguirlo, para poder contar que lo habéis hecho y ya está?

Lo dejó desorientado.

—No sé. Llegamos allí y entonces cenamos, dormimos, descansamos y al día siguiente vamos volviendo sin prisa, llegamos a la hora que llegamos.

—Está bien... Es como una tradición de amigos, dijéramos. ¿Una vez al año, dices?

—Sí. Hay quien queda para hacer una barbacoa, nosotros hacemos eso. Y ya van seis años. El verano que enterramos a mi padre, mis amigos me vieron un poco así, se les ocurrió hacerlo, nos lo pasamos bien y se ha quedado como una cita obligada con el grupo de la moto. ¿No hay nada que hagas tú una vez al año con tus amigos?

—Rue Pavée. La biblioteca. Hemos llegado —gritó el taxista.

Barbara insistió en pagar. Para abrir el monedero, se quitó los guantes. Roger se los sostuvo, antes de salir cada uno por su puerta. El taxista protestó una vez más porque ella había abierto sin mirar y estuvo a un tris de dejar desparramada una Vespa.

Dentro de la BHVP les sobraban los abrigos. Se los quitaron y los llevaron todo el tiempo en la mano. Roger enroscó la bufanda para guardarla en un bolsillo del anorak. Se veía gente en la exposición, pero no había cola para entrar en las salas. La polémica en los medios y las explicaciones poco convincentes que había tenido que dar el alcalde habían generado una cierta expectación para ver las fotografías de la ciudad bajo la ocupación nazi. Pero a la hora en que llegaron ellos, eran más las personas que salían que las que entraban. Algunas de las que acababan de ver las fotos de André Zucca escribían frases en el libro de oro que habían colocado junto a la puerta de la calle.

—¿Qué quieres que vea? —Barbara entró decidida—. Que sepas que detesto las sorpresas.

—Tenemos que dar una vuelta. Son fotos. París, ya lo ves. París durante los cuatro años de la ocupación alemana de la Segunda Guerra Mundial. Son fotos en color, como no se habían visto nunca.

—¿Las han coloreado para la exposición?

—No. Este fotógrafo era el único que podía hacer fotos en color. El único o el primero. Tenía carretes que el resto de la gente no tenía. Eran diapositivas. Unas doscientas cincuenta, dicen.

—¿No se habían visto nunca?

—Las de color, nunca. Las han expuesto por barrios. Cada sala es un distrito diferente de París.

Barbara avanzaba despacio, un metro por delante de Roger. A veces se aproximaba a una obra, miraba algún detalle, leía de qué calle concreta se trataba y volvía a retirarse para continuar hasta la siguiente fotografía, recorriendo el circuito marcado sutilmente en el suelo. Solo de vez en cuando subrayaba algo.

—Todos los cielos son azules —decía—. No parece París, con estos cielos tan bonitos. —Luego comentaba—: La gente va muy arreglada, ¿no crees? No parece que estuviesen en guerra.

Ella enunciaba y Roger asentía. No quería condicionarla.

—Qué mujeres tan guapas. Qué gafas de sol tan modernas. Las terrazas, a reventar. ¿Has visto el Cafè des Deux Magots? Hasta la bandera. Qué gracia este Mickey Mouse para anunciar que venden entradas de teatro. Mira, finalmente, una mujer con una estrella amarilla en el pecho. Debía de haber muchas por las calles y apenas salen en estas fotos. Y soldados nazis, también muy pocos. Poquísimos. Impresiona tanta gente feliz. Nunca había visto todo esto.

—Ahora entramos en Montmartre —apuntó Roger, de guardaespaldas.

—Cuánta vida en el Boulevard Clichy. El cabaret L'Enfer. El Moulin Rouge era un cine, ¿te has fijado? Espectáculo permanente, dice. Y el Sacré-Coeur tan nevado. Y las calles, ¿has visto qué montón de nieve? 1942, pone. Las farolas ya eran las mismas de ahora. ¿Todas las fotos son del mismo fotógrafo?

—Todas.

—¿También las de la liberación?

—También.

—Qué color, qué fiesta, qué gentío... Banderas francesas, finalmente.

—26 de agosto de 1944. Lo pone aquí.

Claro, 26 de agosto de 1944. Son muy buenas. Todas. Vamos... —Se volvió a mirar a Roger—. Eso lo has dicho tú, que entiendes.

—Muy buenas.

—¿André Zucca?

—Sí. Un apellido italiano.

—Pero era de aquí, del mismo París. Trabajó para los alemanes. Lo contrataron para hacer estas fotos. Propaganda. Pero propaganda muy bien hecha. De ahí viene la polémica de la exposición.

—O sea, que este París no es de verdad.

—Sí que es verdad, porque es real. Pero solo una parte. Él solo encuadraba las estampas de felicidad.

—O de vida normal. Y de normal no tenía nada. —Barbara dudó si debía cambiar de sala o dirigirse ya a la salida—. ¿Se ha terminado?

—No, aún queda una. —El dedo de Roger señaló el

camino—. Aquí están las fotos en blanco y negro que publicaba para una revista alemana. Hay algunas muy bonitas también. Hay una colección de mujeres en bicicleta que tienes que ver, ven.

Volvió a dejarla sola. Él se retiró prudentemente para que Barbara pasease la mirada por todas aquellas mujeres, chicas y señoras que sonreían a la cámara montadas en bicicleta. Todas posaban. Todas estaban cómodas delante del objetivo. Todas estaban espléndidas. Eran un canto a la vida. El manillar arriba, la espalda recta, la colección de sombreros y de zapatos de tacón.

—Qué disparate ir con estos tacones para pedalear. Si tienen más aguja que los míos...

Él no decía nada. Dejaba que Barbara escrutase aquellas imágenes tan bien enfocadas, a cuál más bonita. En una, destacaba a la mujer arreglándose la falda, en otra le gustaban las sombras de los radios de las ruedas proyectadas en el suelo, o le hacía gracia la niña de tres años que dormía como un tronco mientras la madre avanzaba con la bicicleta en la mano camino del Arc de Triomphe. De haber tenido que escoger una, se habría llevado la del perro, peludito y oscuro, asomando la cabeza dentro de la cesta de delante. En todas las fotografías, la ciudad era un escenario soleado, tranquilo y dócil. Sacadas de contexto, nadie habría dicho que las habían hecho sesenta años antes, ni menos aún que fuesen instantáneas de tiempos de guerra y bombas. Roger dejó que los ojos de Barbara, siguiendo el itinerario lógico, llegasen a LA foto. La que había visto en la caja de hojalata debajo de la cama. Era de bella factura. Era imposible pasar de largo. Y, ahora que volvía a tenerla delante, estaba seguro de que era la misma. Se las había apañado para que la dueña del piso lo acompañase a la exposición y para que llegase a tener la imagen de la mujer en bicicleta justo enfrente y tuviese ineludiblemente que mirarla.

—¡No puede ser! —exclamó Barbara.

Él permaneció en silencio. Se situó a su lado, para ver su reacción. Ella se tapó la boca con la mano. E insistió:

—No me lo puedo creer...

—¿El qué? —Inocente.

—Esta mujer... ¿Sabes quién es? ¿Sabes quién me parece que es...?

Ni idea. Era, precisamente, lo que Roger quería saber. Se aproximó para mirar la cartela de al lado.

—Aquí solo está la fecha. No pone ningún nombre...

—Juraría... Juraría que es mi abuela. Mamie Margaux.

—¿Tu abuela? Aquí era una niña.

—¿Qué año pone?

—1942.

—Una jovencita, sí... Tenía... —Pese al impacto, calculó rápido—. Diecisiete. Dieciocho como mucho.

—¿Seguro que es tu abuela?

—Ninguna duda.

—¿Cómo es que estás tan segura?

—Porque la conozco. Mira sus ojos. Es la misma mirada de ahora. Y porque yo a su edad era igualita. Me lo ha dicho siempre todo el mundo y he visto algunas fotos de aquella época.

—¿Esta... la habías visto?

—Esta foto en concreto, creo que no. O no la recuerdo.

Barbara no se había separado ni medio paso de la pared. Tenía la mirada clavada en cada pliegue del vestido de su abuela.

—Esto sí que es una casualidad de esas increíbles —dijo Roger, con énfasis—. Cosas que pasan una vez en la vida... Qué emoción, ¿no?

—Desde luego. Desde luego. No sé cómo...

—Realmente, se la ve muy contenta. Como si hubiese posado para la foto... —Él iba con pies de plomo para no decir lo que no quería verbalizar, pero era lo bastante astuto para que Barbara cazase lo que tenía que entender...—. ¿A ti te cuadra que tu abuela esté en esta exposición?

—¿Qué quieres decir? —De pronto le cambió el semblante—. Tú crees que mi abuela era...

—No lo sé, por eso te lo pregunto —con el tono de la falsa candidez.

—¿Colaboracionista? No es eso lo que nos han contado toda la vida, vamos... —Barbara, desorientada, salió en defensa de los suyos—. Mi familia nunca les siguió el juego a los nazis. Al contrario, nuestra historia es completamente diferente.

Mientras lo aseguraba, deseaba con todas sus fuerzas que la versión de la guerra que le había escuchado tantas veces a Margaux Dutronc fuese tan nítida como la fotografía que tenía enfrente.

# 12. Todos querrían estar en Manhattan

No dijo que no a la copa de champán. Alterada como entró, Barbara agarró la copa de bienvenida y no le duró demasiado. Roger pasó de largo y dejó plantado al camarero, que, con la bandeja en la mano y una sonrisa contratada por los organizadores, recibía a los invitados de aquella celebración exclusiva. Quien no entregaba la invitación, no pasaba. Quien no sonriese a todo el mundo, no podía trabajar en aquel local. Los dueños tenían por máxima que el buen humor se contagia. Aunque fuese postizo.

La fiesta de la editorial comenzaba ya en la alfombra roja de una nave posindustrial que habían decorado con gusto y dinero, como si fuera a celebrarse la boda del defensa central del PSG con la actriz revelación del momento. La fiesta, sin embargo, era para glorificar a Arthur Soto, un autor de Giresse & Trésor que había ganado el último premio Renaudot. Para celebrarlo, Soto se había ido a dar la vuelta al mundo durante tres meses y, de regreso en París, sus editores decidieron dar una fiesta en su honor sin escatimar nada.

—No es un reproche, pero...

Barbara lo interrumpió.

—A estos peros, cuando van detrás de una coma, porque he oído el sonido de la coma cayendo, los temo más que a una vara verde.

—Tranquila... —Roger no quería dejarlo correr—. Sin peros, entonces. Tú me dijiste: iré a la exposición al barrio del Marais porque la fiesta es allí mismo. Saldremos de un sitio e iremos al otro. ¿Me lo dijiste o me lo he imaginado?

—No hemos tardado ni diez minutos de taxi. —Barbara dejó la copa vacía en la bandeja de un camarero que solo recogía y sonreía—. En París parece que todo está al lado, pero todo está lejos.

—Todo está cerca cuando se tienen ganas, ¿no?

—Será eso, sí. ¿Qué pasa? ¿Aún no hemos dejado los abrigos y ya te arrepientes de haber venido?

No le preguntó si ella se arrepentía de haber ido a la exposición. Prefirió, como buen Narbona, cambiar de tema.

—Este barrio, de día, debe tener encanto.

—A ti te saldrían buenas fotos...

El canal Saint-Martin quería ser un pedazo de Ámsterdam en mitad de París. En una esquina, cerca de una de las presas y a cincuenta pasos del puente giratorio, había una antigua fábrica —enorme, de una sola planta— que se alquilaba para fiestas con pretensiones, lo que a partir del cambio de siglo llamaban «eventos». Y aquel era un evento chic. Tenía la calidez de la luz tenue, rincones para sentarse y para beber, la decoración de un bar del Soho de Nueva York, pétalos por el suelo que marcaban el camino hacia el escenario, y una banda que tocaba clásicos del jazz. Era música de acompañamiento. El quinteto de Martinica —cuatro músicos y una cantante con cuerpo de contrabajo y un timbre afinadísimo— también sonreía a los invitados que de vez en cuando los miraban. También se lo habían hecho firmar por contrato. Tocar y enseñar sus dientes blancos. Barbara Hébrard, de Foreign Rights de Giresse & Trésor, conocía bien a todo el mundo. Saludaba tanto a un editor llegado de Italia como a una traductora húngara que vivía en Montparnasse, o al galerista de arte Jean-Pierre Zanardi, gran amigo de Hayet Trésor, la propietaria de la editorial. En la fiesta había mucha elegancia sin corbata, alguna extravagancia con zapatos rojos, jóvenes con estilo riéndole las gracias a Éric Giresse, y un existencialista que había guardado la pipa en el bolsillo de la americana. La cazoleta de la Dunhill se le había quedado por fuera, a la altura del corazón, como un periscopio enfocando a los invitados a la fiesta. Alguien podía pensar que era una cámara que lo grababa todo para un experimento sociológico. Todo el mundo charlaba de pie. Las guapas muy guapas iban de un lado para otro. Los periodistas culturales —pocos y escogidos— seguían la trayectoria de los camareros de los canapés sin que se notase mucho. Solamente en la esquina más alejada de la música fue donde tomaron asiento las vacas sagradas. Allí estaba la corte. La vieja guardia, dispuesta a conceder y retirar la bendición literaria. Con una caricia o dos adjetivos, catapultaban una carrera. Con el mismo poder, les bastaba un comentario levantisco para maldecir a un autor por siempre jamás.

Una mujer a la que Roger no vio llegar, se le acercó por detrás.

—¿Te has fijado? En esta fiesta todo el mundo es *happy*. No parece que haya víctimas de la vida.

Se volvió para ver quién le estaba diciendo aquello. No la conocía de nada. Ella insistió.

—Si rascásemos un poco, ¿verdad?

—Desde luego —le respondió Roger, convencido de que lo habían confundido con otra persona.

Tal como llegó y habló, la mujer se alejó. Discretamente, como un ángel de la guarda. A la espalda, en el estampado de la americana, lucía una calavera gigante con alas.

—¿Sabes quién es? —le preguntó Roger a Barbara.

—Me suena. No es de nuestra editorial. Me parece que es poeta. Una poeta rica.

—Qué contrasentido.

De repente, sin pensarlo, a Barbara le salió decir:

—¿Qué te ha dicho?

—Nada. —Qué pereza tener que contarlo—. No la he entendido bien... Y ahora, ¿qué se supone que tenemos que hacer aquí?

—¿Hablar? Hablar con gente interesante. Escuchar lo que dice el mundo de las letras. Cotillear un poco, saludar, beber, reír... Y esperar a que llegue el homenajeado, hinchado como un pavo. Es normal que el autor esté henchido de orgullo. El premio es importante. Un Renaudot te puede cambiar la vida. Y vete a saber, a lo mejor te sale algún trabajo, un contrato.

Se acercaron al mostrador de las botellas iluminadas a contraluz. Querían ver el espectáculo de cerca. El barman, con el torso desnudo, preparaba los cócteles con acrobacias felinas.

—Quieres decir que es necesaria tanta coreografía para preparar un French Flamingo?

—Perdona... —descentrada—. ¿Qué dices?

—Nada. —Otra vez la pereza de tener que gritar para hacerte oír.

Ella se disculpó.

—Perdona, tengo la cabeza en otra parte.

Él se hizo cargo.

—¿Todavía la foto de tu abuela?

—Me ha... No sé cómo decirlo. He tenido una mala sensación. Me ha dejado preocupada. —Esbozó una mueca—. Quizá debería haberme emocionado verla allí y, más que eso, me ha inquietado.

—¿Quieres que salgamos? —dijo Roger con un vaso largo en la mano. Coca-Cola con Absolut. Al fondo de la nave había una terraza con estufas para que los fumadores pudieran salir a dar unas caladas sin infringir la ley. Allí, sin música, podían hablar mejor.

—¿Qué te preocupa?

A veces las preguntas más cortas son las que más te perturban. Le costó encontrar las palabras.

—No saber. —Intentaba no precipitarse. Necesitaba tiempo para saber qué sentía exactamente—. No sé si mi abuela sabe que existe esa foto. Me preocupa no saber si debo decírselo. ¿Tú qué harías?

—¿No crees que le haría ilusión saberlo?

—¿A los ochenta y tres? ¿En una residencia, cuando no puedes ni subir escaleras, te hace ilusión verte joven y radiante montando en bicicleta?

—Todo el mundo ha sido joven, ella también.

—Pero cuando tienes la vida en orden y has cerrado carpetas... ¿qué derecho tenemos a decirle: «Mira, mamie, ¿has visto esto?»?

—Tú la conoces bien... Yo no puedo opinar.

—Ya no sé si la conozco tanto.

—¿Por qué no iba a gustarle? No es una tortura. Es un recuerdo.

—Una foto suya, en una exposición de propaganda nazi, con todo lo que ella llegó a pasar, con lo que le hicieron a mi abuelo...

Sin encomendarse a nadie, tres conocidas de Barbara que habían salido a encender un Marlboro le pidieron animadamente que les presentase a su acompañante.

—Roger. Roger Narbona. De Barcelona.

Les dio dos besos a cada una. Quisieron tres, a la francesa. Las tres se arrimaron a la estufa. Cuando salían de su radio, el frío les cortaba la cara y las manos.

—Estábamos hablando de pájaros —dijo Barbara, para pasar página—. Sabe muchísimo. Antes me has dejado un tema a medias... —A Roger no se le ocurría cuál. Ella prosiguió—: Has dicho, más o menos, no me hagas mucho caso que no estoy muy centrada... Has dicho que los pájaros aman, ¿no? Que recordaban, que se consolaban a besos... Y entonces has dicho que los pájaros también hacían regalos. ¿Puede ser?

—Y lo hacen, es cierto. Nos los hacen a nosotros. Así es, desde luego. Sí que lo he dicho... —Roger vio seis ojos llenos de interés puestos en él y colocó bien la voz para explayarse—. Pensad en un cuervo o en una garza... Si tú los alimentas, ellos te lo devuelven con un regalo. Fijaos. No pasa mucho tiempo sin que se dirijan justo al lugar donde tú les has dejado la comida. Y ¿qué hacen? Te dejan una frambuesa o cualquier cosa que brille, para que te fijes en que te han hecho un regalo.

—¿Es su manera de agradecértelo? —preguntó la agente literaria veterana, embelesada con la explicación. Ella, tan de ciudad, de pronto se aficionaba a la vida animal.

—Exactamente. —Roger había creado expectación—. Es la prueba de que su cerebro y el nuestro se parecen más de lo que nunca nos habíamos imaginado.

—Algo sobre el comportamiento social de los pájaros y de los humanos leí no hace mucho en el *New York Times* —remarcó la traductora de la obra de Soto al inglés, una mujer con un perfil egipcio, por el corte, por el flequillo y por la negrura de su pelo.

De repente Barbara fue consciente de que su invitado había concentrado la atención de un coro de mujeres. Él, con el vaso de tubo en una mano, gesticulaba a la italiana con la otra mientras hablaba como si supiese. El cuello alto de Marcel y la americana prestada de su hermano hacía ya tiempo que parecían suyos. Tenía buena planta, una voz plateada, y la timidez —si es que alguna vez la había tenido— se la había guardado en el bolsillo. Se explicaba con naturalidad, en un francés impecable pero con un acento que no acababa de ser de allí. De vez en cuando se detenía para buscar una palabra que no recordaba. En medio de un cosmopolitismo parisino tan endogámico, alguien exótico quedaba bien. Era una cara nueva. Y era joven. Y se hacía mirar, por sus ojos vivos de encantador de serpientes. En un instante, la agente literaria veterana, la traductora faraona y una aspirante a novelista que llevaba el sombrero más estrafalario de la fiesta habían rodeado a Roger. Él, para no desentonar con el ambiente, mostraba su mejor sonrisa.

—Entonces, ¿tú eres ornitólogo?

—No, qué va... Es fotógrafo —saltó Barbara para demostrar que lo conocía más que nadie.

—¿Fotógrafo de qué? ¿De puestas de sol?

Dio un trago para pensar en la respuesta. Podía hacerse el interesante o podía decir la verdad.

—Mucho te lo estás pensando, chico...

Apostó por ambas cosas y tiró por la calle de en medio.

—Yo busco el otoño en verano. Busco el agua en el desierto. Busco la música en el silencio.

—Qué bonito —dijo la que dejaba que le asomase el sujetador.

Se oyó suspirar a alguien.

—Y el amor ¿dónde lo buscas? —preguntó la faraona.

Todas rieron nerviosamente. Él se lo tomó con calma. Clavó la mirada en la pupila de la interlocutora y le soltó:

—Señora, yo cuando encuentro el amor no le hago fotos... Le hago vídeos.

—Olé —dijo la mujer en llamas.

—Tú cuando tengas buenas fotos, tráemelas y te montaré una exposición. —Madame Giroud le dio una tarjeta con su nombre—. Tengo la galería a un paso. Si te apetece verla...

Barbara lo agarró del brazo.

—Vamos.

—Pero...

—Vamos, que me parece que ya ha llegado el héroe.

Lo sacó del corro de la excitación y, sin dejar de sonreír, entraron de nuevo en la nave. En el interior, la atmósfera se había ido cargando por los egos, por el alcohol y por las bocanadas hipnóticas del jazz. Con media hora siempre es suficiente.

—Ven. Quiero presentarte a los editores.

Éric Giresse y Hayet Trésor eran un matrimonio que rondaba los sesenta. Llevaban treinta años juntos y se parecían tanto entre sí que la gente del sector creía que eran hermanos, «hermanos gemelos», comentó alguien en la fiesta. El pelo blanquísimo y rapado con la misma máquina, idéntica montura de gafas de contable de la Revolución industrial, la misma raya diplomática en el traje de ella que en la americana de él. Incluso parecía que utilizasen el mismo blanqueador dental. Ambos educadísimos, simpatiquísimos y hospitalarios. Barbara había advertido a Roger que a Hayet le gustaban mucho los hombres. Y a Éric, también.

A falta de hijos, la pareja lo había entregado todo a la editorial. La habían fundado pocos meses después de la muerte del padre de Hayet. El señor Trésor —uno de esos apellidos que determinan el destino de las personas— había ganado mucho dinero, durante muchos años, con la industria papelera. Una vez enterrado —él y su tumor— y una vez leído el testamento, su hija fue declarada heredera universal. Le llovió una fortuna tan grande que pensó que jamás se la acabaría, ni montando un negocio ruinoso. Y, con su marido, decidió abrir una editorial. Giresse & Trésor nacía con la voluntad de publicar solo los libros que les gustasen. Primero debían ser novelas que los atrapasen a ambos. Luego, era suficiente con que ilusionase a uno de los dos. Desde hacía nueve años, desde el fichaje de un gerente que había estudiado en una escuela privada de negocios y tenía un máster de gestión editorial de la Universidad de Utrecht, publicaban a cualquier autor que arrojase números verdes. Por suerte, las autoras a las que Barbara representaba se vendían muy bien. Primero en Francia, luego en el extranjero. Anne Delacourt se acercaba a las veinte ediciones en todo el mundo gracias a la distopía de la revolución de las madres de alquiler. De *El regalo* de Simone Sicilia, cuando se conoció la noticia del suicidio de la autora, se vendieron más de doscientos mil ejemplares en poco más de una semana. También estaba camino de ser un éxito internacional.

En cambio, a Arthur Soto, el protagonista de la fiesta, no lo representaba Barbara desde la editorial. El autor, que se caracterizaba por llevar en verano y en invierno una bufanda azul marino, tenía una agente literaria propia que velaba por sus intereses materiales, inmateriales e, incluso, sexuales.

Para ganar el premio y para pasar a ser autor de Giresse & Trésor, Soto había escrito una historia que el jurado del Renodaut había votado por unanimidad. De ella había destacado tres virtudes: que era una novela muy culturalista, después de unos años de demasiada literatura comercial, que era meticulosa con los personajes y, sobre todo, que exploraba nuevas formas de narrar. Les parecía un acierto que en un mismo párrafo de *Clave de sol* pudiese haber cuatro narradores distintos y que el lector tuviese que hacer el esfuerzo de ir dilucidando quién hablaba en cada momento. No era fácil, pero los miembros del jurado —que la editorial también había invitado a la fiesta con una connivencia sospechosa— consideraban que era una evolución literaria que se debía premiar y estimular.

La sinopsis de la novela ganadora la contó el propio Soto subido a una tarima de terciopelo y con un micrófono en la mano. Los invitados a la fiesta hicieron un círculo para aproximarse al escenario. El quinteto de jazz de Martinica supo callar a tiempo y él, haciéndose el interesante, explicó que cualquier ficción, tanto si era un libro como una película, debía poder contarse en diez palabras. Y él las tenía contadas.

«Cuando Virginie se quedó embarazada, un deseo cruzó su mente».

—¿Qué deseo? —gritó desde la tercera fila un periodista que no se quitó el sombrero en toda la noche.

—Tocar el piano —respondió sin ambages. Al ver enfrente los rostros de expectación, se alargó un poco—. Virginie, antes de quedarse embarazada, nunca había tocado el piano. Luego, una vez que hubo dado a luz, no quiso tocarlo nunca más. Este es el argumento. Quien quiera saber más, que se compre el libro. Por lo que cuesta un solomillo a la pimienta verde en el Hippopotamus, tendréis la historia de una mujer y un piano y muchas cosas que os sorprenderán. ¿Qué más queréis?

Aplaudieron como si hubiesen visto a Picasso pintar el *Guernica* en directo. El autor, ufano en su hora sublime, se bajó de la tarima de un salto. Si no hubiese habido gente en primera fila, habrían tenido que recogerlo. Tuvo la fortuna de que pudieron agarrarlo antes del trompazo. Sin embargo, alguien lo sujetó con tanta fuerza por el antebrazo que acabó dolorido de la muñeca.

—¿Hay algún médico en la sala? —dijo la cantante desde el micrófono del escenario.

La fiesta se prolongó hasta pasada la medianoche. Algunos decidieron continuarla en privado. Barbara y Roger pidieron un taxi para volver a casa. La dársena de Saint-Martin era un mal sitio para encontrar uno. Y la hora, todavía peor que el lugar. El frío, a la intemperie, empezaba a ser insoportable.

—¿Ya te vas? —El ángel de la guarda volvió a sorprender a Roger por la espalda, mientras se ponía el anorak.

—Nos vamos, sí —dijo para enfatizar que eran dos.

—Toda Europa querría estar en una fiesta literaria en París, ¿verdad? —Roger no pudo decir que no a una mujer que continuaba susurrándole al oído—. Pues todos los que hoy están aquí creen que París se les ha quedado pequeño. Todos querrían estar en Manhattan. Buenas noches.

Se puso de puntillas para darle un beso antes de desaparecer en la fiesta, pisando pétalos de hojas de invierno con la calavera alada a la espalda.

—Buenas noches.

—Hay gente pesada en todas partes... —saltó Barbara—. ¿Qué quería?

—Nada.

—Perdona, no es asunto mío... En diez minutos estará aquí el taxi.

Roger la agarró del hombro, como si la abrigase.

—No ha estado mal, ¿eh? Una velada intensa. Entre una cosa y la otra...

—La fiesta se te ha hecho larga. Lo siento.

—No, no... Muy interesante. ¿Quieres saber lo que me ha dicho esa mujer?

—No, no, no es necesario...

—Ha venido y me ha dicho que hacemos buena pareja.

# 13. Odiaba las sorpresas

Martes y viernes. Mamie Margaux tenía marcados los dos días que su nieta iba a verla a la residencia. Eran sagrados, invariables. Cuando el sábado, después de almorzar, se estaba echando una siestecita ante la televisión con un capítulo de *Colombo*, y le dijeron hale, que tiene visita, no esperaba ver a Barbara entrando en la habitación. En un principio, temió que hubiese pasado algo gordo.

—Nada, mamie, ganas de verte. Tan sencillo como eso.

—Pero si viniste ayer... —incrédula.

—Dicen que viene una racha de mal tiempo y me ha apetecido... ¿Te molesta?

—¿A mí? Al contrario.

Mamie, en la butaca alta, se echó un poco de colonia fresca en la frente y en la nuca para espabilarse. Barbara se acercó una silla para poder tocarle las manos. Le gustaba acariciar los dedos desencajados por el oboe de mamie. De vez en cuando recorría una de sus venas azuladas, el surco ineludible de la edad.

Una al lado de la otra, con las infusiones humeando en la mesilla, estuvieron hablando durante casi dos horas.

Antes de irse le dio recuerdos de parte de Jasper, el vecino que no había día que no se interesase por ella, y le preguntó, burlona, si ya sabía qué quería ser de mayor.

—Mira, Barbara, no empieces tú también, que Anine me pone negra...

—¿Todavía te lo pregunta?

—Cada día. Tres veces. Pobrecita, no carbura...

—Y tú ¿qué le respondes?

—Que me lo estoy pensando, fíjate. ¿Qué quieres que le diga? Solo pido una cosa. —La abuela se puso trascendental—. No acabar como ella.

—Seguro que no. Tú tienes la cabeza muy lúcida.

—La cabeza, bah.

—Hasta el martes, mamie... —Le dio un beso en cada mejilla.

Antes de salir de la residencia, Barbara se abrochó todos los botones del abrigo y se puso el gorro de lana. Cruzó el Square Viviani como si la estuviesen persiguiendo, se fijó en lo solo que estaba el árbol más viejo de París, por el frío indómito del invierno, y corrió a su casa. Tenía ganas de contarle la conversación a Roger. No le había sacado el tema a mamie directamente. No le había dicho que había visto una fotografía suya. Nada de la bicicleta ni de la jovialidad radiante. No le mencionó la exposición de la ciudad ocupada. Ni mucho menos, por supuesto, de si había hecho de modelo para los alemanes. Solo le pidió que le volviese a contar cómo había conocido al abuelo Damien y, como si le contase un cuento junto a la chimenea, dejó que hablase, que se explayase, con una historia que Barbara había escuchado docenas de veces, desde pequeña, pero que disfrutaba volviendo a escucharla. Y, en aquel momento, lo necesitaba. Ahora que había visto la foto de su abuela, buscaba algún indicio, alguna pista, alguna incoherencia, algún comentario que diese pie a... Y entonces, destapar la faceta oculta del pasado de su familia. De repente intuía que su guerra no era como se la habían contado toda la vida. Cuando el relato utiliza siempre las mismas palabras, como si fuesen aprendidas, cuando repite las mismas anécdotas, como si se hubiesen fabricado para proporcionar verosimilitud a la historia, comienzas a sospechar que todo aquello esconde algo. Y ahí estaba el mal. El no saber. No soportaba que, de la noche a la mañana, la desconfianza anidase en su interior. Pero había algún misterio que se le escapaba y ya no tenía a su madre para preguntarle, para que disipase las dudas y le aclarase los hechos, si es que ella alguna vez llegó a tener otra versión. No hacía ni veinticuatro horas que Barbara había ido a la exposición de la BHVP y, de pronto, había mirado a su abuela de otra manera. Su historia, contada con la misma voz de siempre, ya no sonaba igual. Corría de camino a casa —mitad a pie, mitad en metro— para compartir con Roger aquella sensación incómoda. El dilema la ofuscaba. Pero finalmente tenía alguien con quien compartir el desasosiego. Bendita novedad.

Piso a piso, subió hasta el quinto con ganas de conversar y la necesidad urgente de orinar. Sabía, no obstante, que con aquellos escalones desgastados no se debía correr, para no tropezar y para no colapsar los pulmones antes de tiempo. Sus pasos eran rítmicos y se tomaba cada piso como una meta volante. Entre el segundo y el tercero se quitó el gorro de lana. Entre el tercero y el cuarto fue desabrochándose el abrigo. Camino del quinto iba ya con la llave en la mano. No había orinado desde antes de salir de casa y la infusión había hecho su efecto.

Entró en casa, lo tiró todo —abrigo, llaves, gorro y bolso— encima del sofá rojo y fue directa al baño. La luz estaba encendida. Al abrir la puerta, se encontró con una mujer desnuda saliendo detrás de la cortina de la ducha.

—¡Perdón!

—¿Hola?

Iba empapada de la cabeza a los pies. No tuvo tiempo ni de coger la toalla que Barbara le había lanzado, una húmeda que había en el colgador detrás de la puerta.

—¿Se puede saber qué coño haces aquí?

—Él me ha dicho que... A mí también me has asustado, ¿sabes? Creía que estábamos solos... —dijo excusándose y enrollándose la toalla por debajo de las axilas—. Total, una ducha rápida... Tampoco hay que ponerse así.

—Pero ¿en mi casa? —dijo con énfasis, irritada, no solo por el susto. Reencontrarse con aquella mujer le revolvió el estómago—. ¿En mi ducha?

Los posesivos le salieron solos, de dos en dos y con

subrayado fosforito. La ofendían el espejo empañado, los pezones oscuros apuntándola y la violación de su espacio más íntimo. En toda la vida, en aquel piso, se habían duchado dos mujeres. Mamie y ella. Y punto. Y no estaba preparada para nada más. Odiaba las sorpresas.

Roger, encerrado en su habitación, oyó un rumor de fondo y adivinó lo que pasaba. Pensó en salir a dar la cara, pero tendría que haberse vestido y tampoco estaba seguro de que, en caliente, hubiese mejorado la escena. Al contrario.

—¿Tú por aquí, otra vez? —Barbara, que había reculado un par de pasos porque el baño tampoco daba más de sí, no estaba para fiestas—. ¿Puedo saber de dónde sales, como mínimo?

—Me ha invitado...

Roger. Se llama Roger. Te lo tiras y aún no sabes ni cómo se llama... Retuvo los pensamientos. Tan solo le señaló el pasillo con un dedo rotundo.

—¡Pasa!

Laurence, en el corto camino hasta la habitación, fue dejando huellas húmedas en las baldosas. Barbara entró en el baño, tiró la toalla de las manos al suelo y, con rabia y poniendo un pie encima, secó el charco de la amiga inesperada de Roger. Cerró la puerta con un golpe seco, para que se oyese; echó el pestillo, se bajó los pantalones y las bragas y se sentó en la taza. Con la cara entre las manos, permaneció así un buen rato. Ni ella sabía cómo afrontar la situación. Roger tampoco sabía cómo debía actuar. Solo le pidió a Laurence que se pusiese rápido el vestido, que saliese sin hacer ruido y que, por favor, se marchase, que lamentaba la situación y que ya iría a comer a Chez Richard a partir del lunes. De camino al restaurante, Laurence nunca había visto caer tanta nieve. Los copos creaban una cortina de cristales de hielo que, de tan espesa, pinchaba.

La guerra fría, la que se instaló desde aquel momento en el piso de Montmartre, solo podía desencallarse con negociación y diplomacia. Pero cuando han soltado la bomba atómica en tu casa, hay un bando que no está dispuesto a poner las cosas fáciles. Y, antes que nada, es necesario respetar el duelo. Pese a la tirantez, Roger trató de arreglar la situación. A su manera.

—*Desolé*.

No sirvió de nada que él saliese de la habitación con el semblante de un cura. Ella, de morros, ni contestó. Se sentó en la silla de trabajo y abrió el ordenador, para que Roger notase que le daba la espalda. De cara a la ventana, se puso los cascos y trabajó un par de horas. Respondió los correos electrónicos que tenía pendientes de los últimos días. De vez en cuando, interpelada por el murmullo sordo de la tormenta, levantaba la vista y se distraía durante un momento mirando el efecto de la ventisca justo enfrente. Ni siquiera se veía el edificio al otro lado de la calle. Ella, partidaria del «de nada, mucho», pensaba que si aquella nevada formidable continuaba mucho tiempo, al mundo no le quedaban ni dos telediarios. Y entonces, si ese iba a ser el fin de todo, qué importancia tenía la ducha, Laurence, la bicicleta, la guerra y la historia. Y los hombres, todavía menos. «Que les den. Si todo se va a la mierda, puede que sea por mi culpa». Y, lejos de calmarse, la bola que sentía en el estómago se fue haciendo cada vez más grande.

Él decidió hacer ruido, en la cocina, para que Barbara notase que rondaba por allí. En un momento u otro tendrían que hablar. No podían eternizar el conflicto. Ni podían hacer como si aquello no hubiese ocurrido. Pero cuanto más tiempo pasaba, más furioso estaba Roger. No entendía que lo castigasen con aquel silencio infantil. Al fin y al cabo, él no había hecho nada malo.

Decidió sentarse en el sofá, a la espera de que ella se quitase los auriculares y dejase la pantalla en reposo. Veinte minutos más tarde, cuando finalmente se dio la vuelta, él la estaba esperando con la frase preparada.

—Lo siento. No soy consciente de haberme saltado ninguna de las normas, pero si me tengo que disculpar, me disculpo. Lo siento.

—¿De qué estás hablando?

—Me las pusiste tú misma el primer día. Las normas.

—Ahora resulta que la culpa va a ser mía, no te lo pierdas...

—Me dijiste... Quien cocina, lava. Quien tiende, recoge. La calefacción no se toca. No sé qué y no sé cuántos.

—Muy bien. Buena memoria. Y ¿qué más?

—No lo sé...

—Vosotros solo recordáis lo que os conviene. El aseo pequeño, para los hombres. ¿Te suena que te dijera algo de eso?

—Sí. Pero me puedo duchar en el baño grande, quedamos así...

—Tú sí. Ella no.

—En el de los hombres no hay plato... —se atrevió a protestar—. Y tampoco es para tanto, me parece a mí.

—Y ¿sabes qué me dijiste cuando acabé de recitar las normas? Yo sí me acuerdo. Que eso era vida de monje. La verdad, chico, no me lo parece.

Así, de sopetón. Barbara no estaba para tonterías. Solo faltaría que en su propia casa no pudiera decir lo que le dé la gana. Encima... Roger comprendió que la conversación no podía enquistarse de aquella manera. De repente, rebajó el tono, pero se dejó de circunloquios.

—Es decir... Si lo voy entendiendo, a ti lo que te jode es que haya traído a esa mujer.

—Me jode... —Barbara no se esperaba esa respuesta—. ¿Sabes lo que me jode? Que todos sois iguales. ¿Sabes cuándo fue la última vez que me encontré a una mujer en el baño? Fue en mi casa y se estaba follando a mi marido. Se estaban enjabonando el uno al otro, no me esperaban y no me oyeron llegar. ¿Qué? Hace ilusión, ¿no?

Visto así... Esto no es tan grave. Roger lo pensó, pero se guardó de decir nada. Barbara recogió dos tazas que estaban en la mesita, se las llevó a la cocina, tiró la bolsita del té y las lavó.

—¿Has ido a ver a mamie? —preguntó Roger sin moverse del sofá.

—No quiero hablar de eso.

—Como me dijiste que...

—Y he ido, sí...

—¿Y?

—No quiero hablar de eso.

—Solo era por saber si habíais hablado de su foto...

—Buenas noches.

Apagó la luz de la cocina, se encerró en su habitación y, hundiendo la cara en la almohada, se dejó caer sobre la cama. Hay días en que habría sido mejor no levantarse.

# 14. La nieve muda

Al día siguiente, cuando se encontraron en el salón, se gruñeron el buenos días. Roger ya salió de la habitación con el anorak puesto.

—¿Adónde te crees que vas?

Le sorprendió tanto la pregunta como la manera de formularla.

—¿Yo? A la tintorería.

—Ya puedes ir quitándotelo de la cabeza.

—¿Perdona? —Él seguía sin adivinar a qué respondía todo aquello.

—No puedes salir de casa.

Se puso de mal humor. No entendía que, de repente, por muy dolida que pudiera estar Barbara, quisiera impedirle salir del piso para ir a recoger los pantalones que se había manchado de mala manera y que había encargado lavar a manos profesionales hacía ya casi una semana. Los necesitaba. Había llegado a París con poca ropa y tampoco tenía tantas mudas.

—¿Has mirado por la ventana? —dijo Barbara, con la calma del mago que sabe que tiene las cartas marcadas.

Roger se acercó al ventanal. En aquel momento caía una nieve muda, con copos de algodón que no tenían ninguna prisa en llegar al suelo.

—Hay un palmo de nieve. Tampoco me asusta... —Se dirigió a la puerta.

—¿Un palmo, dices? Ha caído un metro y medio de nieve en no sé cuántas horas. Ha salido Delanoë para decir: «Parisinos y parisinas, quedaos en casa».

—¿Quién es Delanoë?

—El alcalde. Ha hecho un comunicado. En París, todo el mundo encerrado hasta nueva orden.

Él volvió a mirar por la ventana.

—Es broma, ¿no?

—No.

—¿Por la puta nieve?

—Ya puedes ir quitándote la chaqueta y tomándotelo con calma. En la radio han dicho que no caía una nevada así desde el siglo pasado. Que no se acumulaba tanta nieve, en un mes de marzo, en París ciudad desde hace casi cien años. Lo más extraño de todo es que sea tan entrado el año. Si hoy estamos a... —Roger no se quitó el anorak—. Lunes, 31. Mañana, 1 de abril ya.

Bien al contrario, Roger, contrariado, se fue a su habitación, cargó la mochila con la cámara, se puso el gorro de lana y cogió los guantes. Ya se los pondría cuando estuviese en la calle.

—Me voy a hacer fotos... Con esta nieve y sin gente, hoy será una pasada.

—Sobre todo, recoge los pantalones de la tintorería, que no se te olvide.

Cerró la puerta y bajó los cinco pisos, convencido de que si se levantaba un poco el día y dejaba de nevar, haría unas fotos únicas. El frío extremo y la claridad mentolada serían una combinación ganadora. Al llegar al portal, intentó abrir y comprobó que le costaba. La puerta de la calle se resistía. Forcejeó para moverla hacia dentro. Al tercer tirón lo consiguió. Sin embargo, enfrente se encontró un bloque de nieve. Se había acumulado tanta que le llegaba a la altura de los hombros. Era imposible salir. No había forma de mover aquel tapón, ni de saltarlo por encima. ¿Adónde iba a ir? Detrás de aquel talud debía de haber otro. O ni eso. En Montmartre todo era un mar de metro y medio de nieve, de lado a lado de la calle que no se podía mover. La salida había quedado absolutamente bloqueada. Sacó la cámara y fotografió la puerta tapiada por aquella blancura polar. La nieve de delante aún estaba limpia, con una textura de pastelería. Hecha la foto, volvió al piso.

—¿Ya estás aquí? —Barbara, con toda la ironía de la que fue capaz—. ¿Es que la tintorería cierra los lunes?

—Es acojonante. Tienes que bajar a verlo.

Ella lo estaba esperando con socarronería.

—¿Es que no has podido salir...?

—Nunca había visto una cosa así. —Roger continuaba sorprendido por lo que acababa de vivir. No daba crédito—. ¿Han dicho si esto va a durar mucho?

—Depende... Primero tiene que dejar de nevar, que no tiene pinta, y luego ya veremos.

—¿Qué ha dicho exactamente el alcalde?

—Que paciencia, que mantengamos la calma, que cada familia intente alargar los víveres disponibles porque no se sabe cuántos días tardaremos en hacer vida normal.

—¿Estamos confinados?

—Esa es la palabra que ha utilizado, sí.

—Pero tiene que haber una previsión, habrá insinuado cuántos días estaremos...

Iba de un lado para otro de la casa, como si se estuviese orinando. Finalmente, se desabrochó el anorak.

—Hazte a la idea de que la vida se detiene. No pasa nada. Estamos bien, funciona la calefacción, tenemos comida...

—Es absurdo. —Dejó el anorak sobre el sofá—. En París tiene que haber máquinas que retiren...

—¿Toda esa acumulación? ¿En toda la ciudad? Imposible.

—Esta situación no tiene ni pies ni cabeza. Perderemos días de nuestra vida...

—Venga, hombre, solo serán unos pocos... —Le divertía que Roger se lo tomase tan a la tremenda. Parecía una pantera enjaulada—. Mira, serán los días que tengan que ser. No pienses que mañana será 1 de abril.

—No, mañana será 32 de marzo, si te parece...

—¿Por qué no? El tiempo se ha parado. No está mal. De vez en cuando está bien que ocurran cosas imprevistas. A veces hay causas de fuerza mayor que lo ponen todo patas arriba. ¿Nunca lo habías pensado?

—No. —Fue un «no» ofendido, disgustado.

—Es una buena cura de humildad. Las nevadas de primavera son a veces las peores. La naturaleza de vez en cuando nos pone en nuestro sitio.

—Tócate los cojones. —Se dejó caer en el sofá, apoltronado. Rendido.

Permaneció un instante en un silencio invisible. Roger sacó la cámara de la mochila y miró las fotos del portal tapiado por la nieve que había hecho cinco minutos antes. No valían mucho. Las borró todas, menos una. La guardó para tener un recuerdo de aquella nevada histórica. La del 32 de marzo de 2008.

Barbara se sentó delante de su ordenador y navegó por los periódicos digitales. Todos recogían en portada las palabras del alcalde. Quien más quien menos, todos los medios publicaban fotografías que enviaban los vecinos hechas desde sus casas y que iban colgando en las redes sociales. Otros publicaban fotonoticias que eran postales. Cuando aún se podía pasear, cuando la nieve todavía no había paralizado la ciudad, los periódicos habían podido fotografiar los bancos helados de las Tullerías, las indiscretas pisadas de un perro en el puente de Alexandre III, la nieve virgen que cubría la Rive Gauche junto al Sena, o las palas enharinadas del Moulin de la Galette como seguramente no las habían visto nunca ni Renoir ni Toulouse-Lautrec. Ningún viento habría sido capaz de mover las aspas de aquel molino con un peso tan enorme encima. De repente, la ciudad de la luz, cubierta de nieve, era un paisaje en blanco y negro. «París escondida», titulaba *France Soir*.

—Por tu experiencia... —Roger hizo la pregunta con intención despreocupada—. Pasado mañana ya podremos salir, ¿verdad?

—No lo sé. Nunca había visto algo así... —Ella respondía sin volverse. Seguía dándole la espalda—. De donde yo soy, apenas nieva una vez cada veinte años... Y nunca con estas magnitudes.

—Ya.

—A ti lo que te molesta, quizá... —se frenó.

—¿Qué? Dime...

—Lo que lamentas es no poder ir a ver a la camarera.

Un golpe bajo. Lo encajó porque se lo esperaba.

—Oye, hazme un favor... Firmemos una tregua. ¿Me puedes mirar, por favor?

Ella hizo girar la silla para tener a Roger cara a cara. Era consciente de que se había excedido, no sabía por qué le había salido aquella vena, pero no era el momento de aflojar.

—¿Qué pasa?

—Me parece que ya me he disculpado... Si tenemos que pasarnos dos o tres días aquí encerrados, tengamos la fiesta en paz. Es mi propuesta. Ya sé que estamos en tu casa y es tu espacio y todo lo que tú quieras, pero yo no puedo salir volando por la ventana.

—Me parece un pacto... inteligente. —Barbara no pudo evitar la pulla—: Sobre todo, viniendo de ti...

Ambos coincidieron en una leve sonrisa que tenía más de pipa de la paz que de compromiso sincero.

Por la tarde continuó nevando sin prisa. Cuando parecía que todo lo que tenía que caer ya había aterrizado, la fábrica de copos volvía a ponerse en marcha. El cielo gris de última hora no presagiaba que el tiempo fuese a cambiar antes del día siguiente. Barbara se había sentado en el sofá para telefonear a mamie y preguntarle si en la residencia estaban bien. Hasta arriba de nieve, también, pero les habían dicho que no tenían de qué preocuparse, que todo estaba bajo control. Barbara le contó que había bajado al segundo a ver a Jasper, por si necesitaba algo. El hombre la obligó a que viese su despensa y ella comprobó que estaba más llena que la suya. Por él no tenía que preocuparse. No le faltaba de nada. Estaba preparado para la guerra. Incluso se habían echado a reír porque Jasper se había provisto de toneladas y toneladas de papel higiénico por si los necesitara. Roger, desde su habitación, oía de fondo la conversación entre Barbara y su abuela. No prestaba atención pero esperó a que terminase para dejarse ver. Se había quitado el jersey de cuello alto y se había quedado con una camiseta gastada de la Universidad de Harvard.

—¿Has estado alguna vez?

—¿Dónde? —Roger no sabía a qué se refería.

—En Harvard, hombre.

—No, no... —Se sentó en el sofá, en el otro extremo—. Me la regaló no sé quién...

—Allí, cuando llega la gota fría, es mucho peor que aquí... Estas nevadas ocurren cada año.

—Pues te lo regalo.

—Vale la pena ir... Yo estuve una vez, una semana, para un seminario de literatura sobre tramas de posguerra en la novela norteamericana.

—Apasionante.

—Mucho. ¿Te ríes de mí?

—No, no... —Roger se puso serio. Era su truco para que no se le escapase la risa—. Tú, que has leído tantas novelas de tanta gente, que has visto tantos textos, con toda seguridad, que te han puesto la piel de gallina...; tengo desde hace días una pregunta que me ronda la cabeza. ¿Tú por qué no escribes?

Barbara se quedó de piedra.

—¿Yo?

—Sí, claro. Tus propias obras. No sé. Aunque sean cuentos, que a eso todo el mundo se atreve.

—¿Sabes? Nunca me habían planteado esa pregunta. Es más —se descalzó y puso los dos pies debajo del culo, encima del sofá—, ni siquiera yo me la había planteado nunca.

—Y ¿podrías improvisar una respuesta?

—¿Ahora?

—No, la quiero para pasado mañana. Ahora, sí, claro. ¿Tenemos algo mejor que hacer? En esta casa, por no haber, no hay ni tele. Ni libros.

—Eh, eso sí que no. Por ahí no paso. Mi ordenador y mi *reader* están llenos de libros.

—Eso no son libros, mujer. Yo digo libros de verdad, de papel.

—También hay uno de papel.

—El que le regaló tu abuelo a tu abuela, es verdad...

—Te lo enseñé, ¿verdad? La dedicatoria que le escribió es tan... ¿Te fijaste?

—Me hablaste de él, pero no me la llegaste a...

Barbara puso los pies en el suelo e hizo ademán de levantarse. Roger la detuvo poniéndole la mano en el antebrazo.

—Voy a buscártelo —dijo ella.

—Luego.

—Para que lo veas...

—No te escaqueees. —La soltó, viendo que Barbara volvía a sentarse y que nunca habían tenido un contacto tan prolongado—. Primero responde la pregunta que te he hecho.

—Necesito tiempo para pensármelo, Roger. No es algo que pueda ventilar así como así.

—Si algo tenemos es tiempo.

—Eso es verdad. —Le dio la razón con un asentimiento de barbilla.

—¿Qué te parece? En pleno siglo XXI, de pronto, nos regalan tiempo para conversar como hace ciento cincuenta años. ¿Hay algo mejor? ¿Hay algo más antiguo? Si tuviésemos chimenea, ya seríamos nuestros tatarabuelos. —Se frotó las manos, las separó y volvió a entrelazarlas para decirle: «Ya estás tardando»—. ¿Así pues?

Entonces Barbara, despacio, fue desgranando sus pensamientos. Qué remedio.

—No escribo porque no tengo nada que decir. No escribo porque no sabría. No escribo porque me gusta más leer que escribir. No escribo porque hay millones de personas que ya lo hacen y que lo hacen muy bien. En Francia puede que haya dos mil con más gracia de la que tendría yo si me pusiese a contar una historia. No tengo imaginación, ni habilidad, ni tengo gente tan apasionante a mi alrededor a la que absorberle la vida y ponerla en un libro que oscile entre la realidad y la ficción.

—Gracias, eh...

Ella ni lo escuchó. Se había tomado en serio la respuesta. Ahora que había empezado a mirar en su interior, necesitaba continuar con la introspección.

—Y no lo hago, en definitiva, porque soy muy consciente de que en la vida hay dos tipos de persona: los protagonistas y los comparsas. Y yo soy de los segundos.

—Tampoco tienes que menospreciarte.

—Cuento la realidad, tal como es. Los protagonistas tienen titulares, salen en la radio, los entrevistan. Cuando se mueren, son noticia. Alguien paga la esquela por ellos, incluso. Son escritores, pero también son políticos y empresarios y cantantes. La mujer de Sarkozy...

—¿Cuál de ellas?

—La tercera. —Tenía el nombre en la punta de la lengua—. La cantante... Carla Bruni. Era modelo, es cantante, es la primera dama de Francia... En cada momento ha sido protagonista. *Chapeau* por ella. Los comparsas, en cambio, que solo tenemos el papel de ir tirando, nos limitamos a saber quién es ella, a veces compramos sus discos, canturreamos *Quelqu'un m'a dit* sin complejos y, si tenemos suerte y contactos, quizá un día podemos ir a ver un desfile de moda en un palacete elegante donde ella caminaba por la pasarela. De repente, cuando la tenías delante, hacía una cabriola y se volvía por donde había venido. Ya está. Has visto a un protagonista de cerca. A los comparsas nos hace ilusión. A veces te encuentras a un protagonista en un restaurante. No pasa nada. Está montado así. Ellos son pocos, nosotros somos muchos. La mayoría, en el mundo, en toda la historia de la humanidad, somos secundarios, somos relleno, somos morralla... Lo tenemos asumido y digerido. Pero también tenemos derecho a ser felices, caray. Y a veces incluso lo somos más que los protagonistas.

—¿Felices? Por supuesto. Fíjate en ti misma...

—¿Te lo tomas a risa?

—No, no...

—¿Qué pasa? A mí me gusta mi trabajo. Estoy en el mundo de los libros, tengo la suerte de vender derechos internacionales de una novela y me encanta. Seguro que lo disfruto más que muchos de los escritores ante los que la gente hace cola para que les firme un libro y que llenan teatros cuando hacen la presentación de su última bufonada. ¿Qué pasa? ¿Por qué me miras así?

Roger había alzado una ceja, incrédulo.

—Si me lo permites... ¿Puedo añadir un poco de pimienta al tema?

—Solo puedo decir que sí, ¿no?

—Esa es una visión muy conformista de la vida. Dado que todo está predestinado, no hace falta tener ambiciones, ¿no? A ti te ha tocado de comparsa y a otra persona de protagonista. Mala suerte. Las cartas ya estaban repartidas.

—No es eso. ¿Quieres una infusión, Roger?

—No.

—A veces sucede que incluso gente normal, porque se lo curra, o porque sabe jugar a tenis o porque escribe una distopía que se convierte en un bestseller, aquí y en Melbourne, pasa del anonimato al estrellato. Y en ese momento, el cuento de hadas todavía nos gusta más porque el don nadie ha llegado a ser protagonista. Y eso pasa y tú lo sabes. No me digas que no.

—Se han dado casos, sí...

—Pero es tan infrecuente que, cuando ocurre, sale en los periódicos. ¿Por qué? Porque es noticia.

No encontró ningún argumento rápido para rebatir el de ella.

—¿Has salido tú alguna vez en un periódico?

—No, ni falta que hace. ¿Y tú?

—Yo... —No era el momento para la versión larga. Describió la corta—. Es que yo durante un tiempo trabajé en uno. Era fotógrafo en un periódico.

—Eso es diferente.

—Desde luego. No tiene nada que ver. Como mucho,

mi nombre aparecía en vertical firmando una foto, y gracias. Por cierto... —Necesitaba cambiar de tercio—. Hablando de dedicatorias. ¿Tú no ibas a enseñarme no sé qué de tu abuelo...?

—¿Ahora sí? ¿Ya está? —Se levantó del sofá—. ¿Damos ya el tema por zanjado?

—Mujer...

—Pues gracias por la terapia. ¿Qué me has dicho de la infusión?

—Que no. Gracias.

Barbara fue a su habitación, que antes había sido la habitación de mamie. En un caso y en otro, el libro siempre había estado en el mismo sitio. Encima del tocador, delante del espejo, como si cada día fuese a abrirlo y leerlo y releerlo hasta aprendérselo de memoria. Al instante regresó con el volumen en las manos.

—Es el último regalo que mi abuelo le hizo a mamie.

Le puso en las manos una edición antigua de *Las mil y una noches*. Roger lo sostuvo con cuidado. Las páginas, con algunas esquinas deterioradas, se aguantaban por la quietud. El lomo mostraba las costuras de un encuadernado cosido a conciencia.

—¿Lo has leído?

—Creo que... ¿*Las mil y una noches*? —Estuvo a punto de mentir, pero pensó que lo descubrirían y optó por decir la verdad—. Aún no.

—Es el libro que todo el mundo conoce y nadie ha leído.

—Pues me consuela saber que no soy una excepción.

—Lo abrió por la mitad, pasó algunas páginas y lo olió—. ¿De qué va?

—Uf, vaya pregunta...

—Cuéntamelo como si tuvieses que venderme los derechos internacionales, venga.

Ella cerró los ojos, pensó cómo contarlo y comenzó a desgranar una sinopsis atractiva, como si fuese una venta a un cliente potencial. Puso en ello la pasión de cuando tenía un editor al otro lado de la mesa.

—Shahriar es el rey persa que, cada mañana, decapita a la mujer con la que ha pasado la noche. La ejecuta porque está convencido de que todas las mujeres son infieles como lo ha sido la suya. Sin embargo, hay una mujer, Sherezade, la hija del visir, que para no convertirse en su siguiente víctima tiene una idea genial. Cada noche le cuenta un cuento extraordinario, pero lo hace con una peculiaridad. Cuando sale el sol, deja la narración en el punto álgido para que el rey, al día siguiente, quiera saber cómo prosigue el folletín y no la mate. De esta manera, gracias al suspense, Sherezade se asegura el poder seguir viva durante mil y una noches.

Roger dejó que terminara la síntesis y, travieso, sonrió.

—Todo eso me sonaba de la época del colegio, seguramente. Buena explicación.

—Gracias. ¿Me la compras o no? ¿Quieres publicar la novela?

Dudó.

—Hoy no se podría escribir una historia como esa.

—¿Cómo que no?

—Todo el mundo anda con pies de plomo. Puede que la escribiesen, vale, pero no la publicarían. Un tema así, lo prohibirían...

—No, hombre, no, la literatura está por encima de todo eso. En una expresión artística vale todo. Todo el mundo tiene que ser libre de escribir lo que le apetezca.

—¿Un asesino en serie de mujeres? Imagínatelo... No te lo compraría nadie.

—Al contrario. Míralo de otro modo. Esta es una gran novela sobre el poder de la palabra. Ella, Sherezade, solo hablando consigue amansar a la fiera. El poder de la palabra, sí. Hablando se entiende la gente. Es la victoria del pacifismo. Es una novela adelantada a su tiempo.

—No sé, no sé... Quizá sí, Barbara, tú eres la que sabe de todo eso.

Volvió a agarrarla del antebrazo. En esta ocasión, sin embargo, pretendía ser una felicitación. Ella le dio unos toquecitos en la mano que tenía encima.

—¿Te han venido ganas de empezarlo o qué?

—¿El libro? —Negó con la cabeza como diciendo «si no hay más remedio...»—. La dedicatoria, sí. ¿Puedo leerla?

—Para eso te lo he traído.

Ella retiró la mano para buscar la página y arrastró la mirada hacia la derecha hasta dar con ella. Tenía la dedicatoria delante. Barbara vio cómo los labios de Roger murmuraban lo que el abuelo Damien había escrito para mamie, con tinta azul, más de sesenta años antes. La letra era clara, ligeramente trémula, con la grafía nerviosa. El texto, en cambio, centrado en medio de la página, respiraba calma. Despacio, Roger descubría las sílabas mientras las recorría con el anular.

*Margaux*
*Mis noches no fueron tantas. Pero en todas y cada una, la necesidad de volver a ver tus ojos me mantuvo vivo.*
*No se puede querer más de lo que te quiero.*
*Música y mil y un besos,*
*Damien*

# 15. El sonido de la tentación

Lo primero que hizo Barbara nada más levantarse, antes de lavarse la cara, fue mirar por la ventana. Primero el cielo, monótono. El gris plomizo de París se había hecho fuerte y no había manera de que se disipase. El viento ya no dominaba como en días anteriores, cuando la tormenta de nieve parecía que se lo iba a llevar todo por delante. Aquel martes confinado, en cambio, tenía el aire de un día pacífico, sin precipitaciones. Las chimeneas de los tejados de Montmartre, ajenas a los pronósticos de los meteorólogos, echaban humo a toda máquina y desafiaban la inmovilidad el paisaje urbano. Luego miró la calzada. El manto de nieve continuaba cubriéndolo todo y, solo con contemplarlo, te contagiaba el frío en el cuerpo. Sin ducharse, se puso el mono azul que le cubría de los pies hasta la capucha, se subió la cremallera hasta arriba y salió a prepararse una tostada con aguacate.

En la cocina, Roger había hecho café para los dos.

—Sí que te has levantado pronto...

—Buenos días, Barbara. Tengo muchas cosas que hacer...

—Ah, ¿sí?

—Pero no voy a hacer ninguna. Qué fastidio de tiempo.

—Paciencia, chico... El mal humor no nos va a ayudar mucho si tenemos que quedarnos aquí encerrados.

—Por una vez, voy a tener que darte la razón.

—Anoche puse la radio —dijo ella con la boca llena—. Dicen que esto va para largo. Puedes hacer fotos de interiores. El piso da de sí, ¿no te parece? El cactus gigante, la radio antigua. ¿Quién no querría fotografiar una buhardilla de París por dentro? Esta misma cocina todavía conserva el encanto de la abuela. Seguro que nunca has fotografiado unas baldosas así...

—Mucho cachondeo a mi costa, veo yo. No todo el mundo tiene la suerte de teletrabajar, como tú.

Roger la agarró por la cintura, con las dos manos, para poder pasar por detrás de Barbara sin rozarla. Lograda la proeza, abrió la nevera. Con la pizca de frío en la cara, la contempló como quien busca inspiración.

—¿Cuántos días crees que habrá que aguantar con lo que tenemos?

—Dicen que cuatro o cinco no nos los quita nadie.

—¿Tantos? Hoy te haré yo la comida... Te vas a chupar los dedos. —Roger dejó caer la puerta de la nevera, que se cerró sola, herméticamente—. ¿A qué hora quieres la comida en la mesa?

—¿Qué me vas a hacer?

—Sorpresa... Tú ponte a trabajar y ya lo descubrirás.

Terminada la tostada, Barbara se dirigió al escritorio con la taza de café en la mano. No tuvo que encender el ordenador porque siempre lo dejaba en reposo. El informático de Giresse & Trésor había enviado un comunicado a todos los trabajadores advirtiéndoles de que la vida de su aparato dependía del número de veces que lo encendiesen y lo apagasen, y, por tanto, les rogaba que intentasen ahorrarse tantos arranques como fuese posible. La pantalla sí la dejaban en negro. Era mejor que dejasen el ordenador en reposo y la pantalla apagada. Ella le hacía caso y, así, enseguida podía abrir el documento e ir al grano. Preparó el portafolios de la novela póstuma de Simone Sicilia para enviarlo a tres editoriales latinoamericanas que estaban interesadas en comprar los derechos de manera conjunta. Eran tres sellos de Buenos Aires, Lima y Montevideo que solían hacer una sola oferta económica para poder traducir y distribuir las novelas en sus respectivos países. Si una de las tres no se sumaba al proyecto, adiós, muy buenas. No obstante, Barbara sabía que nadie quería dejar escapar *El regalo* de Sicilia porque, después del suicidio de la autora, comunicado por ella misma a través de Twitter, el libro se vendía como churros en todos los países donde ya habían adquirido los derechos y traducido. El morbo que despertaba una niña de la que había abusado su tío, violada por ese conocido alcalde socialista, escrito en primera persona como venganza, y con el suicidio mediante la bolsa en la cabeza como colofón de una historia que salió en todos los periódicos, era imbatible. ¿Quién podía reprimir la curiosidad por una tragedia sobrecogedora como esa? Barbara, en el documento para enviar a los editores latinoamericanos, añadió la lista de los libros más vendidos de no ficción en todos los países donde ya habían publicado el libro de Sicilia. Las lideraba todas. Un bestseller.

Roger cerró la puerta de la cocina y se puso a preparar el sofrito de tomate y cebolla para hacer los macarrones de su abuela. Para un día que tenía todo el tiempo del mundo, y que no era lo de siempre —prepararse una pasta cocida con una salsa de bote y a correr—, quería esmerarse y hacerlos con el cariño con que se los había visto cocinar siempre a su abuela, rama de padre, de los Narbona. La yaya Maria. Ella, con el delantal de cuadros blancos y azules atado por detrás, empezaba rallando tomates que, previamente, había escaldado para desnudarlos con mayor facilidad. Con el tomate preparado, pelaba las cebollas, las cortaba en daditos diminutos y los ponía a dorar en una sartén con medio dedo de aceite. En cuanto la cebolla comenzaba a tomar color —lo notaba antes por la nariz que por los ojos—, le añadía el platazo de tomate rallado. El olor no tardaba en extenderse por toda la casa. La yaya Maria le habría echado butifarra. Le habría quitado la piel y, con la carne desmenuzada, la habría pasado por la sartén, puede que con la propina de cuatro setas. En la nevera de su piso, sin embargo, Roger se conformó con la carne picada de ternera destinada a convertirse en hamburguesa y con medio *magret* de pato que estaba envasado al vacío aguardando la ocasión. Mezcló ambas carnes bien desmigajadas y fritas y las añadió al tomate y a la cebolla, que, poco a poco, había ido desapareciendo del sofrito. Con la espátula de madera fue removiéndolo todo durante siete minutos. Cuando lo tuvo preparado, apagó el fuego, lo tapó y lo dejó reposar hasta la hora de comer.

—Huele muy bien —dijo Barbara cuando el chef salió de la cocina.

—Manjar de dioses. ¿Te va bien a las doce y media?

—¿Ya te has acostumbrado a almorzar a la hora francesa?

—Tampoco tenemos nada que hacer... —musitó Roger—. Ya que nos ponemos, cuanto antes mejor.

A mediodía, puso a hervir la olla de agua. Antes de las doce y cuarto, echó la sal y la pasta. Trescientos gramos de *rigatoni* con estrías, a los que, según la yaya Maria, se les adhería mejor la salsa y el alma del cocinero. Escurrida la pasta, volvió a echarla a la olla para mezclarla bien con la salsa de la carne y el sofrito. Dispuso todo en la única bandeja que pudo encontrar en la cocina y repartió el queso rallado por encima —medio paquete de gouda— antes de meterla en el horno. En los tres minutos que tardaría en gratinarse, Roger puso la mesa con un mantel limpio y aún le dio tiempo a abrir una botella de vino tinto. Un Beaujolais joven que encontró en la despensa.

—*Voilà*. —Dejó la bandeja encima del salvamanteles y se quitó los guantes de cocina—. En mi país decimos «a la mesa y a la cama, a la primera llamada».

—Esto me hace muchísima ilusión —dijo ella, levantándose de la silla de trabajo y pasando a la silla del comedor—. Anda... *Rigatoni*. Qué buena pinta. Y cómo huele...

—Macarrones de la abuela. En Italia dicen: *La pasta non aspetta*. ¿Te los sirvo yo?

—Hombre, ya que has hecho lo demás... Que el servicio sea completo, qué menos.

—¿Gratinados?

—Claro, claro...

Le sirvió un buen plato. Uno para cada uno, y aún quedaban en la bandeja para repetir. Ella sirvió el vino. La copa llena.

—Me parece que, en París, es la primera vez que me cocina alguien. Y no sabes la ilusión que me hace. —Sopló el tenedor y probó los macarrones—. Mmm... Buenísimos. Excelentes, chico...

—A ver... Unos macarrones. Tampoco es *nouvelle cuisine*...

—Si hiciesen una encuesta, con una muestra representativa y un margen de error bajísimo, y preguntasen: «Usted qué prefiere, ¿un plato de toda la vida o el invento del siglo?», sabes qué ganaría, ¿no?

—Si la gente fuese sincera, sí.

—Pues eso. Felicita a tu abuela.

Roger levantó los dos brazos al cielo, como había visto hacer a Messi para dedicarle un gol a su abuela Celia. Se rieron por el gesto de homenaje a la cocinera y comieron y repitieron macarrones de la yaya Maria, y bebieron y charlaron.

—Se te da bien cocinar...

—Solo las cosas básicas. Aunque me gusta.

—Tampoco te quites mérito, que ya lo hacen los demás. La vida funciona así.

En el momento del postre —Roger se levantó a buscar un plátano, a Barbara no le apeteció nada más—, ella hizo una pregunta sin segundas intenciones.

—¿A ti te quedan abuelos?

—Ya no. Cero de cuatro. No tengo tanta suerte como tú.

—Mamie vale por cuatro, eso es cierto. Deberías conocerla. Cuando esto termine, me acompañas un día a la residencia...

—No te digo que no...

—Lo que me da pena... Quizá ahora no tanto porque ya tengo una edad, pero cuando era una niña sí que recuerdo que me daba rabia no haber conocido a ninguno de mis dos abuelos. Veía a mis compañeras del colegio, que tenían abuelos y abuelas, y yo en cambio... Ley de vida, supongo.

—Claro. Y tus padres, ¿están bien?

El silencio de Barbara se hizo denso. Él no quería meter la pata...

—Me parece que no los has mencionado nunca desde que estoy aquí en el piso...

—Están muertos. Los dos.

La información escueta. Con cuatro palabras se había ventilado a padre y madre y sus biografías cercenadas precipitadamente.

—Lo siento. —Roger se excusó con mirada furtiva—. Debían de ser jóvenes...

—Un accidente. El 25 de julio del 2000. —Después de ocho años, a ver si alguna vez podía hablar sin emocionarse—. Iban a hacer el viaje de su vida. Servía para celebrar los cincuenta y cinco de mi madre, que había cumplido en mayo. Lo habían preparado los dos con ilusión. Habían ahorrado durante mucho tiempo. Cada mes, uno y otro iban poniendo dinero en una hucha en forma de Ford Mustang descapotable que tenían únicamente para el viaje... Se pasaron unos cuantos años preparándolo, y ya ves... Vaya broma. Vaya mierda. Al menos se fueron ambos al mismo tiempo.

—Un accidente... ¿De coche?

Negó con la cabeza. No le apetecía hablar de ello y Roger se dio cuenta. Cuando iba a cambiar de tema, Barbara se le adelantó con una pregunta.

—¿Tú te acuerdas del accidente del Concorde?

—Uf... Me suena...

—Iban de París a Nueva York para empezar un crucero por el Atlántico. Nada. El año 2000, número redondo. Ciento nueve muertos. No se salvó ni uno...

—Hostia. Siento habértelo preguntado, Barbara...

—No es culpa tuya... No pasa nada. —Ahora sí, detuvo una lágrima con el dedo. Después respiró hondo y prosiguió—. El único Concorde que se cayó en toda la historia, también es mala suerte, ¿no? Una lotería macabra. Y piensas... Las casualidades. Una cosa lleva a la otra... Siempre se encadenan las fatalidades para que ocurra un accidente así... Al menos la investigación fue clara, dicen. Las desgracias, cuando lo piensas, no pasan nunca por una sola causa. Y tú estás años y noches sin dormir, pensando, y si... Si la pista hubiese estado limpia no habría reventado el neumático, si los restos de la rueda no hubiesen hecho explotar un depósito del motor, el avión seguro que habría despegado, y si... Las tragedias están llenas de condicionales que no tienen marcha atrás. Y si... Y si, nada. Todo a tomar por saco en un momento.

—Muy duro. Muy duro para ti...

—Y para mamie... Mi abuela tuvo a mi madre nada más terminar la guerra, y tener que enterrar a una hija... Vamos, es lo peor que te puede pasar en este mundo.

—Y una muerte así... No veas.

Ella permaneció con la mirada confundida.

Él no sabía cómo continuar. Lo probó del único modo que se le ocurrió.

—¿Cómo se llamaban?

—Mi padre, Clément. Mi madre, Édith. Dos buenas personas. No se me ocurre un mejor resumen.

—Y los padres de una hija que, cuando se deja conocer, merece mucho la pena.

—Gracias.

Roger se sintió en deuda con Barbara. Había llegado el momento de contarle algo sobre él. De él y de Marcel.

Pero tenía que esperar el momento justo. Aquel silencio de recogimiento pertenecía solamente a Barbara y a la memoria de sus ángeles.

Aguardó a la noche para crear la situación. Sabía que las costumbres de Barbara antes de irse a dormir se parecían mucho de un día para otro. Se sentaba en el sofá rojo y, con la sala en penumbra, leía en su tableta o su *reader* o como puñetas se llamase, hasta que los bostezos podían más que ella. Entonces cerraba la pantalla, decía buenas noches y se iba directamente a sobar. Antes de que Roger detectase en ella los primeros indicios de sueño, preparó dos tés verdes y los dejó sobre la mesa baja que tenían a los pies del sofá.

—Vaya. ¿Y esto?

—He pensado que te apetecería...

Se sentó en el otro extremo del asiento de tres plazas, el lado más en penumbra del salón. Había estado pensando en cómo empezar su relato. Pero, a la hora de la verdad, no lo conseguía. Ella tampoco alzaba la vista de su libro, y le sabía mal interrumpirla. Pero las palabras le quemaban más que el té y había llegado el momento de contárselo a alguien, por primera vez.

—La conversación de este mediodía, mientras comíamos... Me ha hecho pensar en una cosa.

Lo dijo como si no tuviese importancia. No obstante, Barbara notó en el aire, en el tono, en no sabía muy bien qué, que Roger necesitaba hablar.

Mal vamos, había pensado él alguna vez, cuando te da vergüenza contar la muerte de tu padre. Peor aún si lo que te inquieta es contar su vida. Pero tenía que hacerlo.

—¿En qué has pensado? —preguntó Barbara mientras giraba el cuerpo, para no tenerlo de perfil.

La calma de la noche y la luz tenue del escritorio invitaban a decirlo todo en voz baja, despacio, como quien no tiene prisa por revelar el secreto que lo había acompañado demasiado tiempo. Roger sopló y se abrasó los labios con un sorbo de té. A la hora en que ya todo estorba, se recolocó el cojín de la espalda y se lanzó a contar la historia de su padre.

—Todo lo que ahora sabemos de mi padre no lo he descubierto yo. Me lo ha ido contando Marcel a medida que, con paciencia y curiosidad, ha ido tirando del hilo. Una vez que lo hubimos enterrado, en el cementerio de Fontanilles, en un día de junio con el calor sofocante de un mes de agosto, mi madre prefirió continuar viviendo a tientas. De aquel episodio no quiso saber nada. Se olía cómo había ido la historia, pero para mantener intacta la memoria de mi padre decidió ponerse la coraza de la ignorancia. No se lo reprocho. Incluso puedo llegar a entenderla. A mí la policía municipal me aconsejó que me olvidase del asunto. Aunque por entonces yo trabajaba en un periódico, me vinieron a sugerir que no me metiera. Olvídalo, me dijeron del modo en que hablan los que tienen las cartas marcadas. Quizá hablaban así porque ellos sabían qué se escondía detrás de aquel final o porque me vieron en estado de shock, o porque fui yo el primero en encontrar a mi padre. Por lo que sea, les hice caso. No quise implicarme en aquella decepción familiar que nos podía arrastrar a todos. Solo Marcel, como abogado que es y también porque va con su carácter, ha querido saber la verdad. Por su trabajo, él tiene contacto con jueces, toma cafés con fiscales y ha hablado con policías y con todo Dios que está en el mundo tenebroso de aquellos vecindarios. Y dice que en el Ampurdán, que es un lugar donde nunca pasa nada, si escarbas un poco, en cada surco de tierra labrada y en cada bala de paja se puede esconder una historia que nadie se habría atrevido siquiera a imaginar. La de mi padre es una de ellas.

Josep Narbona, el pequeño de siete hermanos, fue payés toda su vida. Día a día, año tras año, todo tenía apariencia de absoluta normalidad. Siempre dio la impresión de sentirse cómodo con la rutina, que tiene mala fama porque puede parecer aburrida, por repetitiva y por estacional, pero según se mire también da seguridad. En la rutina siempre sabes qué zapatos te tienes que poner, decía él. Mi padre no hizo otra cosa en su vida que mirar el cielo, calzarse las chirucas y vivir pendiente de los manzanos y de la fruta. De niño fue al colegio de posguerra, el que le correspondía, el que estaba cerca de casa. Iba a Torroella, al mismo al que habían ido sus seis hermanos, y pasaba por los cursos de puntillas, sin encariñarse nunca con ninguna materia. Puede que fuese más de números que de letras, pero no era mucho de nada y nunca se le pasó por la cabeza ir a la universidad. Ni por asomo se le ocurrió alejarse de casa. Su tierra era la vida entera. Lo habían preparado para aquella rutina —otra vez— y no era capaz de ver mucho más allá. Conformista por naturaleza, le había tocado eso, pues eso. Era de esas personas que parece que nazcan con la vida decidida. Comprometido con el trabajo y con la tierra, más de una vez había asegurado que él nunca se casaría. Pero con estas afirmaciones ocurre que, cuanto más te jactas, más probabilidades tienes de que te lo puedan recordar toda la vida. Todo cambió, precisamente, cuando los franceses llegaron al pueblo. Fontclara se revolucionó. Primero, la desconfianza hacia los Bazin. ¿Qué vienen a hacer estos aquí? ¿Qué se les ha perdido en el culo del mundo? Luego, espiar a la familia. Qué compraban, qué comían, cómo vestían, cuáles eran sus horarios, si iban a misa o si dejaban de ir. El recibimiento frío y poco cordial hacia la familia Bazin duró hasta que los jóvenes de la zona conocieron a Fabienne, con aquellos rizos que se veían a la legua, y todos la quisieron en su pandilla. No había muchas chicas por aquellos lares, y los chicos, de Fontanilles hasta Palau-Sator, corrieron a hacerse los machitos delante de ella. Mi padre siempre había sido simpático. Más bien, gracioso. Dicen que de joven todavía más. Él, en aquella época, no hablaba francés, pero se hacía entender con una gesticulación que conseguía que Fabienne se partiese de risa. En casa siempre reinó el buen humor. Mi padre lo mismo contaba un chiste que hacía un juego de palabras o se las apañaba disfrazarse con un sombrero de Napoleón hecho con una servilleta. Eso fue siempre así, hasta el último momento, cuando todo se torció. En aquel entonces, cuando mi padre dejó de tener la sonrisa fácil, tendríamos que haber notado que algo pasaba. Y, seguramente, mi madre lo veía, y nosotros lo sospechábamos, pero nadie se atrevió a preguntarle si necesitaba ayuda. Y unos por otros, no supimos reaccionar. El miedo, ya se sabe, es una puerta agrietada.

Barbara tocó la taza. Ya se había enfriado lo suficiente para tomar un primer sorbo. En el edificio de enfrente, al otro lado de la calle, una niña le dio a su padre un beso de buenas noches y apagaron la luz.

—Me gusta ver los rituales de cada noche.

Roger, en el cenagal de su recuerdo, ni se dio cuenta. Ni la escuchó.

—No te creas que fue un padre que se lo echaba todo a la espalda. Al contrario. Con la educación, con la disciplina, con Marcel y conmigo, muchas cosquillas y un sinfín de risas, pero a la hora de almorzar, se almorzaba, y para cenar, se cenaba a la primera llamada, y con la mano encima de la mesa, con la espalda recta, la servilleta en el regazo y, te gustase o no, había que acabarse todo lo que hubiera en el plato, sin rechistar. Con las notas del colegio, lo mismo. Se sentaba en su butaca, la que estaba frente a la chimenea, le llevábamos la libreta y él, de arriba abajo, iba repasando las calificaciones asignatura por asignatura. Las notas de Marcel solían ser mejores que las mías. Si lo habíamos aprobado todo, nos decía «tengo la sensación de que podrías hacer un poco más», nos devolvía la libreta y hasta la próxima evaluación. Así íbamos pasando los trimestres hasta que llegaban las notas finales y, entonces, se limitaba a decir, astuto como era: «Parece que este año no repetiremos». Era su manera de expresar, de nuevo, la satisfacción por la normalidad. El colegio, como un trámite. Cada curso, una gestión que debía despacharse sin muchos miramientos. Una vez en que me había despistado y me quedaron tres por Navidad, mi padre miró las notas, vio los suspensos, respiró profundamente y, cuando pensé que habría rayos y truenos y granizada seca, me miró, me devolvió la libreta y me dijo: «Habla con tu madre, ella podrá ayudarte más que yo».

A él, en cambio, no pudieron ayudarlo cuando lo necesitó. Su drama no llegó de la noche a la mañana. Se fue gestando poco a poco, a base de años. Por lo que ha deducido Marcel, todo debió de comenzar los jueves. Era el día que, lloviese o tronase, iban a jugar a las cartas. Cenaban todos juntos, todos hombres —a veces eran ocho, a veces diez, pero él no fallaba nunca— y luego empezaban la partida. Jugaban a la butifarra, un juego que allí conoce todo el mundo. Te hablo ya de mis padres recién casados. Seguramente ni había nacido mi hermano cuando ya se habían instaurado los encuentros de los jueves en el bar del pueblo. Te lo puedes imaginar. Fumaban, bebían, se reían mucho y se jugaban cuatro perras. Las apuestas, por lo que nos han dicho, siempre fueron lo de menos. Cuando Pep volvía a casa —porque para sus amigos siempre fue Pep Narbona—, mi madre ya llevaba horas durmiendo.

Un jueves, en mitad de una partida de cartas, uno de ellos dijo: «¿Habéis oído que van a abrir un casino en Peralada? Podríamos ir un día». Debía de hacer cuatro o cinco años que había muerto Franco y, con la llegada de la democracia, también llegó el juego regulado, como negocio. Ya no era necesario ir de excursión a Francia para entrar en un casino. De todos los amigos de la pandilla de los jueves en Fontclara, solo uno había ido una vez. «¿En Montecarlo?», le preguntaron. No. No se acordaba de dónde estaba exactamente, pero les hablaba de la ruleta, del *rien ne va plus* y de la mesa de *black jack* con el entusiasmo de un niño en un parque de atracciones. De repente, todos sintieron curiosidad por conocerlo. Si se corre, Peralada estaba a treinta minutos por carretera desde casa. Había que llegar a la carretera nacional y, una vez allí, seguir hacia arriba con los dos coches. La gracia de aquel casino, que allí sigue, era que lo habían ubicado en un castillo. La fortificación, que tiene un aire medieval, contrasta con los colorines de unas máquinas tragaperras que no dejan de sonar a todas horas. El tintineo de las monedas es, al poco tiempo, el sonido de la tentación. La entrada, con los dos torreones, daba al casino un aire de castillo encantado. Para ellos era la alfombra roja de bienvenida a un mundo nuevo, el país de las maravillas. El lujo, los tapetes verdes, el girar de las ruletas, las arañas del techo, los crupieres con esmoquin, los hombres con corbata, las mujeres con vestido de noche. A mi padre, el de las chirucas, aquel ambiente, que no era el suyo, le provocó una fascinación creciente. Volvió a casa y relató la experiencia. Parecía un adolescente que hubiese visto el primer rascacielos. A Marcel y a mí nos trajo una ficha a cada uno como recuerdo. Y nos contó que allí dentro no se funcionaba con dinero, sino con aquellas fichas redondas y planas decoradas con unas cenefas que crean adicción. Cada uno, según el color, tenía un valor diferente. Las que nos regaló, te lo puedes imaginar, no valían gran cosa. Veinticinco pesetas, como mucho.

Después de aquel verano, los amigos de Fontclara, sin decir nada en casa, decidieron que, una vez al mes, aparcarían la butifarra e irían al casino. Hacia Navidad, ya eran dos jueves al mes los que iban con los dos coches a Peralada. No regresaban hasta poco antes de salir el sol. Había días en que mi padre se metía en la cama y, al cabo de una hora, se duchaba para estar de nuevo en el campo como si no hubiese pasado nada. Pero pasaba.

Por lo que ha podido saber Marcel, porque los amigos de la pandilla han ido hablando, con cuentagotas, pero al final todo el mundo larga más cosas de las que querría, nuestro padre se aficionó a la ruleta. Llegó a jugarse mucha pasta cada noche. Las fichas tenían cada vez más valor. Acabó pasando de cambiar el dinero por fichas y dejaba caer los billetes directamente sobre la mesa. Se obsesionaba con un número y apostaba al quince, pongamos por caso. Y hasta siete, ocho o nueve tiradas consecutivas se lo jugaba todo al quince. Llegaba a dejar un billete de cinco mil pesetas que el crupier ya sabía que era una apuesta por el quince, impar, negro. La bola giraba y después de vueltas y más vueltas se detenía en un número que no era el suyo. Un día, alguien que merodeaba alrededor de la ruleta y que tenía a mi padre fichado, lo invitó a una partida de cartas. «¿Te gusta el póquer? Puedes ganar mucho dinero», le dijo. Y se lo creyó. Lo hicieron pasar a la trastienda del casino, lo invitaron a un vaso de vino, le presentaron a unos jugadores con pinta de no haber roto un plato en su vida y empezaron a jugar. Por lo que le cuentan a Marcel, sus amigos le advirtieron que no lo hiciera. A los del grupo que intentaron entrar en la sala de la partida, como observadores, les prohibieron el acceso. Con buenas palabras, pero con rotundidad. ¿Qué le pasó a mi padre, solo, allí dentro? Nadie lo sabe. De camino a casa, las versiones coinciden en que estaba tan contento que pidió conducir y que, cosa insólita, no paró de canturrear las coplillas que había aprendido de pequeño. Dicen que cuando pararon a orinar junto a la carretera, los que se quedaron dentro del coche le registraron los bolsillos de la americana: llevaba unos fajos de billetes tan gruesos que no había manera de cerrar el botón del bolsillo interior.

El primer día ganó al póquer. Pero no cada día fue así. Marcel está convencido de que aquel jueves a nuestro padre lo engatusaron. Le dieron carnaza para que picase. Y mordió el anzuelo. Se lo clavó en el paladar. Pero esa historia, querida Barbara, ya te la contaré mañana. Ahora, como la del libro de tu abuelo..., a dormir.

# 16. Una buena racha

Llamó a mamie Margaux para darle los buenos días y preguntarle cómo iba todo. En la residencia Viviani habían decidido, qué remedio, que nadie podía salir al jardín terapéutico. Y aún menos a la calle. No era un capricho médico. Sencillamente, la nieve lo prohibía. Puede que allí, en el quinto *arrondissement*, no hubiese caído tanta nieve como en la colina de Montmartre, pero no se trataba de comparar. Desde las ventanas de la planta baja de la residencia ni siquiera podían ver cómo había quedado el árbol más antiguo de París. De la iglesia de Saint-Julien-le-Pauvre, al otro lado de la Square Viviani, apenas intuían el campanario que asomaba por encima del talud de nieve pegado a la ventana. «Histórico» era, por primera vez, un adjetivo que describía la realidad sin ningún tipo de exageración banal. Histórico, en una ciudad donde en los últimos trescientos años habían ocurrido tantos hechos con entrada larga en la enciclopedia, no era un calificativo comodín. Entre revoluciones, guillotinas y guerras devastadoras, la gran nevada del siglo XXI era una pausa que, a la gente mayor, que ya había visto de todo, tampoco es que les quitase mucho el sueño.

—Paciencia, Barbara —dijo Margaux con el teléfono en la oreja—. En la vida todo pasa.

—Me alegra saber que te lo tomas así.

—Nosotras no podemos hacer nada en todo esto. También la nieve se fundirá.

—Un día de estos, es verdad.

—Baja a ver a Jasper, por si necesita algo.

—Ya tenía pensado hacerlo, no te preocupes.

—Comprueba que el grosor que se haya acumulado sobre el tejado... que no pese mucho.

—No puedo asomarme a mirarlo, mamie. ¿Cómo quieres que me suba por fuera?

—Pero estate atenta a que el techo no se combe...

Barbara puso los ojos en blanco con la displicencia de Dios cuando cuenta ovejas porque no puede dormir.

—De momento, la casa aguanta. Y si hay humedades, tampoco podré llamar a nadie.

—Y no comas mucho estos días, que no puedes salir a quemarlo...

—Mamie, por favor. ¿A qué viene eso? Hago yoga, ya lo sabes. No he dejado de hacerlo. Ahora lo practico en casa. Ya me sé las rutinas. Me meto en mi habitación y...

—¿En tu habitación? Y ¿por qué no lo haces en el salón?

—Porque no estoy sola.

—Tendrías más espacio.

—Tengo de sobra. Extiendo la esterilla a los pies de la cama y...

—¿No estás sola? —Alargó el interrogante, como si de pronto hubiese hecho un descubrimiento—. ¿Con quién estás? El chico que alquila la habitación... ¿Cómo se llama? El de Barcelona...

—Marcel.

—Y ¿qué tal? Porque tener que encerrarse en casa con un desconocido...

—Bueno... Marcel no está. Ahora está su hermano...

—¿Un hermano? —Arrastró aún más la entonación.

—Mamie... Ya te lo conté. Te he llamado para saber cómo estabas, no para que me controles, que tengo cuarenta y un años...

—Tampoco seas tan tiquismiquis... A ver si no se te va a poder decir nada.

—¿Verdad que yo no te pregunto con cuántos viudos de esos tan presumidos te has confinado tú en tu hotelito?

—Qué cara tienes. Esos viejos echan un tufo cuando se te acercan...

—Ay, mujer, que te van a oír...

—Quién quieres que me oiga, si están todos sordos como una tapia...

—Mamie, te veo muy suelta... Si no hay nada nuevo, nos llamamos mañana, a ver qué tal...

—Hoy no va a nevar, eso han dicho en la radio. El primer día en no sé cuántos, dicen.

—Mejor. A ver si aciertan, entonces. Un beso.

—Un beso grande.

El día, en el piso de Montmartre, transcurrió lentamente. Barbara se sumergió en su trabajo. No paró de hacer llamadas a editores de países en los que la nieve había pasado de largo o, al menos, no los había obligado a recluirse. Todos le preguntaban por la situación insólita de París, todo el mundo lo había visto en las noticias, y ella respondía con las palabras de mamie: también la nieve se fundirá.

Roger salió poco de la habitación. Hacía semanas que se había acostumbrado al hedor que, de vez en cuando, ascendía por el patio de luces como un eructo agrio. Con el ordenador portátil sobre la cama, navegó por páginas que pudiesen arrojar algo de luz sobre André Zucca y los recortes de las fotografías que tenía en su tesoro, en la caja de hojalata debajo de la cama. La historia parecía, en realidad, menos enrevesada de lo que podía sospechar. Pero seguía sin averiguar qué pintaba la foto de la abuela de Barbara, mamie Margaux —tan guapa, tan joven y tan distinguida— en aquella polémica exposición. A juzgar por los comentarios en internet, se continuaba debatiendo sobre el agravio de seguirle el juego al nazismo, sesenta años después de la ocupación de París. Exposición «poco apropiada» era el calificativo más suave que podía leerse en las redes. Con la ciudad paralizada, la BHVP también estaba cerrada. De hecho, todas las bibliotecas, museos y equipamientos públicos habían echado la persiana. Nadie habría podido subirla, tampoco nadie habría podido acudir. Todo el mundo en su casa y vete a saber hasta cuándo.

A la hora de comer, pactaron el menú. Roger se puso el delantal y preparó un buen plato de patata y verdura para los dos. No les apeteció nada más. Se terminaron la botella de Beaujolais que habían abierto la vigilia, cascaron cuatro nueces y, luego, cada uno regresó a su mundo. En todo el día, nadie mencionó la historia del padre de Roger y Marcel. Barbara, que se moría de ganas de saber cómo continuaba, hubo de esperar hasta la noche. Sentados en el sofá rojo, cada uno en un extremo, con la uña de luna espiando por la ventana, se atrevió a iniciar la conversación. Cuando la infusión empezaba a enfriarse, sacó el tema.

—Ayer dejamos a tu padre en un momento interesante. Estaba ganando dinero, mucho dinero, en la mesa de póquer.

Roger ya se lo esperaba. La escasa luz del salón —solo estaba encendida la lámpara de lectura— invitaba a las confidencias. Se desabrochó un botón de la camisa y se pasó la mano por el hombro en busca del hilo de la concentración.

—Pep Narbona, prácticamente sin darse cuenta, entró en una espiral perniciosa. —Tomó un sorbo de té verde y arrancó—. Mi padre esperaba que llegase el jueves para ir a Peralada a echar la partida de póquer. Pasaba un rato por la ruleta, soltaba unos billetes que no tenían retorno y, sentado en el taburete alto de primera fila, aguardaba a que lo llamasen para la partida. Alguien se presentaba para recogerlo, él lo seguía con discreción hasta la trastienda y, una vez cruzada aquella puerta con el rótulo de privado, sus amigos de Fontclara lo perdían de vista. Había días en que la timba de póquer se alargaba tanto que ni siquiera lo esperaban para volver a casa. Al terminar, si no los encontraba porque el casino ya estaba cerrado, mi padre sabía que tenía que pedir un taxi que lo llevase al pueblo.

Un día el taxi frenó delante de casa a la hora en que los gallos ya estaban cantando. Mi padre le pidió al conductor que esperase un momento allí aparcado, en el pedregal enfrente del portal. Él no llevaba un real encima. Lo habían desplumado. Entró en casa. Abrió el bolso de mi madre y cogió el monedero para sacar dos billetes, el precio del trayecto. Mi madre, a la que no se le escapaba una, notó al día siguiente que alguien había revuelto sus cosas. O por lo menos no estaban como ella las había dejado. Si no hubiese echado de menos los billetes no habría dicho nada, pero como se trataba de dinero que había volado sin que nadie la hubiese avisado, intentó averiguar qué había pasado. Esperó a la hora del almuerzo y, antes de que terminásemos el primer plato, nos acusó a Marcel y a mí de haberle robado dos billetes de no sé cuánto dinero. O uno o el otro. No sospechó de nadie más. Mi padre, sentado en la cabecera de la mesa, continuó tomándose la sopa de *galets* y se calló como un puta. Luego, cansado como estaba, sin inquietarse ni un ápice por el incidente, se echó una siesta con los brazos cruzados sobre la mesa. Ya podíamos gritar, ya podíamos hacer ruido de platos en el fregadero, ya podía estar alto el volumen de la televisión que él, después de comer, se dormía como un tronco con la frente apoyada en los brazos. Aquel día, ni el episodio del dinero de mi madre logró quitarle el sueño.

No sabemos cuánto tiempo duraron aquellas partidas de póquer. Años, seguramente. Marcel, poco a poco, ha ido siguiendo el rastro de las cuentas corrientes y de las inversiones de mi padre. En los últimos años, salían más que entraban. Cada mes se cortaba más y más jamón, y cada vez se rozaba más el hueso. Cuando los ahorros personales fueron menguando, tiró del dinero de la empresa. Frutas Narbona, las mejores de Girona, era un buen negocio. Suerte de las manzanas, y más suerte todavía que no hubo ningún mal año. Pero con mi padre ya muerto, cuando Marcel pidió todos los libros de contabilidad, fue hacia atrás y comprobó que había muchos asientos extraños. Movimientos inexplicables. Partidas que no estaban donde les correspondía. En definitiva, un caos. Él mismo había montado un tinglado para que no se notase cómo iba haciendo malabarismos para pagar sus deudas.

Para que se entienda lo que voy a decirte, Barbara, hay una cosa que tienes que saber. Desde que el turismo comenzó a descubrir la Costa Brava y se construyeron pisos en primera línea de mar, Frutas Narbona tenía una buena costumbre. Una vez pagados los impuestos, destinaba una parte de los beneficios a comprar un piso en la playa de Pals, delante del agua. Cada año, uno. En lugar de repartir dividendos, compraba apartamentos para alquilar a turistas. Llegó a tener unos cuantos. De un mismo edificio, la empresa de mi padre había llegado a tener todas las plantas bajas y todos los áticos con las mejores vistas. Ocho, en total. Pero, igual que entraron, los fue perdiendo uno a uno. Para sorpresa de todos, primero vendió los áticos, para tener dinero y así poder continuar explotando el filón. Los bajos, en cambio, directamente se los jugó a las cartas. Y los perdió. Y cuando ya no tuvo ni los pisos, también empeñó alguna máquina que tenía por el campo. Y, luego, alguna joya de mi madre, de esas joyas de antes, modernistas, con unos pedruscos que te habría encantado ver porque antes, cuanto más payés era el payés, más grande era el brillante. Una manera como cualquier otra —mero espíritu rural— de demostrar que no era menos que nadie.

Todo eso perdió mi padre. Cuando no era por culpa de un trío de jotas, era por un póquer de ases que anhelaba que le saliese pero que nunca acababa de llegar. Él estaba convencido de que aquello que las cartas le arrebataban, las cartas se lo devolverían. Solo necesitaba un golpe de suerte. Una buena racha. Creía que la fortuna tenía esas cosas: igual que de repente te daba la espalda, del mismo modo podía favorecerte. Él creía en el azar. Rotundamente. Pero estaba tan ciego que no se daba cuenta de que aquello iba de otra cosa. Lo estaban timando, partida a partida, jueves a jueves. Y aunque sus amigos del pueblo se lo advirtieron y le dijeron: «Pep, ¿no crees que te estás pasando de la raya?», «Pep, quizá deberías tomártelo con calma», «Pep, la bola de nieve se está haciendo demasiado grande, ¿estás seguro de que no acabarás metiendo la pata hasta el fondo?». Y él allí, dale, más tozudo que una mula.

En aquella época yo había empezado a trabajar de fotógrafo. Es un decir. Había entrado como aprendiz en una tienda de toda la vida del centro de Pals donde revelaban carretes y, sobre todo, hacían fotografías de carné al instante. Cuando de higos a brevas entraba alguien en el establecimiento, que regentaba una mujer más seca que un ripio, el ritual siempre era el mismo: «Siéntese en el taburete, abróchese este botón, mire a cámara...». Tú disparabas y ellos salían, en plano corto, multiplicados por cuatro. Con la guillotina separaba las imágenes, recortaba el marco blanco como quien se corta las uñas, las ensobraba en una funda con el nombre de la tienda y ya podían presentarse en la comisaría de Palafrugell a hacerse el pasaporte para salir de viaje.

Una tarde, cerca ya de la hora de cerrar, entró un hombre preguntando si allí hacíamos fotografías de boda. No sabía la respuesta y no le dije que no. Contó que se casaba su sobrina y que, como regalo, él pagaba las fotografías de los novios. Quería todo el álbum. En casa de la novia mientras se preparaba, el padrino entregando el ramo, la llegada en coche a la capilla de S'Agaró, la ceremonia completa sin perder ni un solo detalle, el lanzamiento del arroz y, después, las fotos con los invitados en los jardines de La Gavina, que es un hotel donde se casan los ricos más ricos. Hablé con la dueña de la tienda, me preguntó si me veía capaz, dije que por supuesto y me saqué un buen jornal. Como una cosa lleva a la otra, al cabo de diez días de entregar el álbum a la sobrina, su tío volvió a la tienda. Antes de felicitarme por el reportaje, me dijo que era no sé qué del *Diari de Girona*. Debía de ser un cargo tan importante que ni lo entendí. Era una de esas personas que a las primeras de cambio te entregan la tarjeta de visita con su nombre, para impresionarte, como si fuese alguien. Sí me dijo que había vuelto para hacerme una propuesta. Su periódico necesitaba un corresponsal de fotografía en el Bajo Ampurdán. El que tenían lo había dejado y querían a alguien que, moviéndose en moto, pudiese ir a hacer una foto y sirviese para todo. Que retratase la alineación del equipo de Palamós, que cubriese un incendio en el Montgrí y que, cinco minutos después, estuviese en La Bisbal porque el consejero de salud inauguraba un centro de atención primaria. No tuve que pensármelo mucho. Le dije que sí al señor de los cargos. De pronto, el tío de la novia me cayó mejor. Nunca nadie había confiado tanto en mí. Dejé la tiendecita de Pals, donde, para ser sincero, había bostezado más que sacado fotos de carné. En cambio, trabajando en el periódico me pasé dos años de acá para allá. Me pagaban a tanto el desplazamiento y la gasolina de la moto aparte. Así, para sacarme algo que se pareciese a un salario, me convenía que me encargasen muchas tareas cada día, en una comarca donde, durante diez meses al año, no pasan muchas cosas. Noticias, pocas. Interesantes, menos. Es algo propio del fotoperiodismo. Por cada fotografía un poco decente que puedes hacer, disparas mucha mierda en una porrada de actos que no se acaban nunca. Tú no sabes lo que les gusta a los alcaldes salir en los periódicos con un pie de foto que ponga su nombre. Cuanto más pequeño es el pueblo, con más columnas de periódico sueñan. Supongo que aquí en Francia pasa lo mismo, pero en mi tierra, la cantidad de discursos, plenos municipales, inauguraciones y homenajes que se celebran paralizan el país. Les falta agenda para tantos actos. Total, que cuando fui consciente de la realidad, intenté convertir mi trabajo en una actividad más divertida. Me camelé a policías locales de todas las poblaciones un poco grandes, las de más de mil habitantes, para que si sucedía algo noticiable, fuera de la normalidad, me avisasen antes que a nadie.

Un mediodía, los del periódico me enviaron al castillo de Púbol porque iban a colgar un cuadro de Salvador Dalí en la casa-museo del pintor. Lo habían comprado o lo habían recuperado o lo que fuera, la cuestión es que yo estaba fotografiando a las autoridades ante un paisaje onírico, orgullosos de haber logrado que aquella pintura volviese a casa, e iba notando que el teléfono me vibraba en el bolsillo trasero. Ni siquiera silenciaba la llamada. Dejaba que vibrase mientras fotografiaba a toda aquella gente encantada de haberse conocido. El teléfono se cansaba de avisar y, un instante después, vibraba de nuevo. Cuando pude, me aparté del grupo y atendí la llamada. Un policía de Gualta me avisaba de que acudiese al estuario del Ter, que encontraría material para el periódico. Si me apresuraba, sería el primero en llegar. «¿Dónde, exactamente?». No tenía que llegar a las playas. Debía seguir el último tramo del río. «En la acequia —me dijo—. Ya lo verás». No me dio más pistas. Nunca había corrido tanto con la moto. Adelantaba a los coches con línea continua. Aerodinámico que es uno. Un Valentino Rossi. Me sentía importante. Por primera vez, periodista. A partir del cruce de Gualta, reduje la marcha. No quería pasar de largo y tener que volver atrás. En el llano, con el río siempre a mano izquierda, vi un coche de policía con las sirenas azules encendidas. Ya lo tenía. Me bajé de la moto, me quité el casco y preparé la cámara. Me la colgué encima de la cazadora y, decidido, me fui a ganar el Pulitzer.

—¿Qué pasa? —pregunté.

—*Exitus*.

No entendí nada.

—Un cadáver —me aclararon.

El policía que me había llamado fingió no conocerme. El cuerpo estaba del revés, con la cabeza en el agua y los pies hacia fuera. Desde donde yo me había situado no lo veía bien. El matorral me ocultaba la escena. Para hacer la foto, también habría tenido que meter los pies en aquellas marismas.

—No podemos tocarlo hasta que venga el juez —dijo el más joven de los policías.

—Pero puede que no esté muerto... —apunté yo.

—¿Cómo quieres que...?

—¿Cómo lo sabéis? ¿Cómo estáis tan seguros?

Por la razón que sea, los hice dudar. Vi cómo se miraban entre ellos y, sin decirse nada, intuí lo que estaban a punto de hacer. Tanto uno como el otro, los dos policías, metieron las botas en el agua. Iban decididos a sacarle la cabeza del agua. Yo me preparé. En cuanto le diesen la vuelta, dispararía sin parar. Tenía el ojo en el visor y el dedo preparado. No era fácil agarrar el cuerpo del hombre y les pesaba como un… A la una, a las dos y a las tres. Coordinaron los movimientos, le dieron la vuelta y comencé a disparar. Era mi padre. Tenía el rostro desfigurado a golpes. Había sangre por todas partes. Enseguida volvieron a dejarlo caer.

—¿Convencido, chaval? —me dijo el policía amigo, secándose las manos en las perneras.

—Muerto y rematado. Esto es un asesinato —dijo el otro.

—¿Estás bien? Te has quedado pálido.

Me senté en el suelo con la cara en las manos. No recuerdo mucho más. Tan solo el horror de ver a mi padre, de verlo de aquella manera, y de haberlo fotografiado como si fuese un pedazo de carne del que hacer una noticia. Mi padre. Le había dicho buenas noches antes de irme a dormir y, cuando volvía a verlo…

—¿Qué pasa? ¿Nunca habías visto un muerto?

—A ese pájaro le han dado una buena paliza…

Con la cabeza entre las rodillas, me quedé sin aire de tanto llorar.

—Tampoco es para tanto… ¿Es que acaso lo conocías?

Señalé que no con la cabeza, entre sollozos. Desesperado.

Solo tres días después, pasado el entierro, el responso y el último padrenuestro, Marcel comenzó a atar cabos. Con el tiempo, con paciencia, insistiendo, hablando con todo el mundo, persiguió la verdad. Mi padre no supo frenar. Enganchado al juego, las deudas lo sepultaron. A final, sus amigos de Fontclara tenían razón. «¿Estás seguro de que la bola de nieve no se está volviendo demasiado grande, Pep?». Mi padre pagó el precio de no poder devolver todo lo que debía. Lo había perdido todo y continuaba debiendo una barbaridad. Y alguien se lo cobró. ¿Quién lo hizo? Marcel tiene esperanzas de que algún día se sepa todo. Pobre inocente.

—Y tú, ¿qué hiciste con el carrete? —preguntó Barbara, poniendo su mano encima de la de él.

—Lo velé. Enseguida. Aquella misma tarde, de regreso en casa, agarré la cámara y la abrí para que todo se volviese negro. No tuve cojones de revelarlo. No quería volver a ver la cara destrozada de mi padre. Ojalá no la hubiese visto. Ojalá no hubiese ido. Lo habrían matado igual, pero el recuerdo sería muy diferente. Tenía un problema y no supimos prestarle ayuda.

—Roger, Dios mío... —Barbara retiró la mano de encima de la de Roger, se tomó impulso para levantarse del sofá, se acercó y lo agarró por el hombro, con complicidad—. No sabes lo mucho que lamento toda esta historia.

Un tacto nuevo. La confidencia. De pronto, la proximidad.

—Con el tiempo piensas muchas cosas. Muchas. Pero una cosa es una adicción, un trastorno obsesivo... Y otra es que asesinen a tu padre...

—Y que te digan que no quieras saber qué pasó.

—Frutas Narbona... —Sonrió con resignación—. Las mejores de Girona... Y la manzana podrida, en casa. Y no supimos verlo. ¿Sabes qué es lo más triste? Preguntarse en qué momento tu padre pasa de héroe a convertirse en la necrológica de una página de sucesos de un periódico local.

—No te hagas mala sangre.

—Es fácil decirlo... Pero...

—Las cicatrices, ¿verdad?

—Siempre están ahí.

—A la larga dejan de doler, pero esa tirantez siempre nos recuerda quiénes somos.

# 17. La mentira de Valldemossa

Barbara y Roger se conformaban con el aislamiento del día y solo esperaban que llegase la noche. Habían construido su momento. Uno para escuchar la narración, el otro para contarla. Confinados a la fuerza, se les hacían largas las horas aguardando el momento de las confidencias.

—Si tuviésemos televisión...

—¿La necesitamos?

—Quizá nos distraeríamos más durante el día —dijo Roger, que iba por casa con una camiseta de la selección escocesa de rugby que había encontrado en el armario de su hermano.

—Si tuviésemos televisión estaríamos histéricos —afirmó Barbara—. La cuenta atrás hacia la normalidad no se acabaría nunca. Aparecerían especialistas a todas horas explicándonos teorías eficaces para retirar la nieve. A cuál más espabilado. Pero en la práctica no funcionaría ninguna, porque nunca se había visto nada parecido en París. Eso sí, todo el mundo andaría dando lecciones. Todos sabrían. Y, mientras tanto, nos irían metiendo el miedo en el cuerpo. Nos dirían a cada instante el número de muertos a causa de la nieve. Pondrían un contador en pantalla. La gente que empieza a morirse de hambre porque se ha quedado con la despensa vacía. Nos informarían de cuántos tejados se han hundido por minuto, cuántos sin techo han palmado por congelación... Cada hora nos dirían el número de infartos de miocardio que no han podido ser auxiliados porque no hay forma de que las ambulancias lleguen al domicilio del siniestro. Y cada dos por tres nos repetirían cómo se hunde la economía. Qué bien, ¿no? ¿De verdad necesitas el relato catastrófico constante? ¿Te ayudará todo eso a que la nieve se funda antes? ¿Acaso te interesa saber cómo cae el PIB en picado con cada nuevo día que continuamos enjaulados en casa?

—Tú no tienes tele, pero es como si la tuvieras...

—¿A que no podemos hacer nada? Pues tranquilidad. Ya me lo dijo ayer mamie cuando la llamé por teléfono: paciencia.

—A ti esto ni te va ni te viene —la provocó con sorna.

Barbara tardó un tiempo en reaccionar.

—¿Qué quieres decir con que ni me va ni me viene?

—Que tú tienes trabajo, y que puedes continuar con él porque estás acostumbrada a hacerlo desde casa...

—Mira... En mi opinión, unos días encerrados de vez en cuando, sin tener que ver a nadie, le irían bien a todo el mundo. Si por mí fuese, lo podrían poner como tradición. No estaría nada mal.

—Conmigo no cuentes. Si esto dura mucho más, saltaré por la ventana. ¿Por qué me miras así? ¿No me ves capaz? Solo son cinco pisos.

A la hora de comer, Roger calentó unos volovanes de pescado que encontró en el fondo del congelador. Prefirió no mirar la fecha de caducidad. Dos por cabeza y vas que chutas. Por la tarde, mientras el sol comenzaba a declinar, Barbara —segundo día consecutivo con el mono azul de la cabeza a los pies— puso música en el salón. La voz luminosa de Ella Fitzgerald cantando *Summertime* en medio de tanta nieve sonaba más como un deseo que como una auténtica contradicción. Despreocupada, Barbara iba tarareando algunas de las canciones, que a Roger no le sonaban de nada. La música y los Narbona no hacían buenas migas. El jazz, todavía menos, porque no era previsible. De pronto, a media canción, la vitalidad de Fitzgerald enmudeció de golpe. Se apagaron las luces y la música. Se habían quedado a oscuras como si, en casa, se hubiesen fundido los plomos. También se apagó el reloj del horno y el del microondas, y la nevera soltó un ruido agudo en señal de rendición. La luz se va del mismo modo en que se acabará el mundo. Sin avisar.

—Mierda.

Barbara puso el móvil en función linterna y se dirigió al armarito de los contadores, junto a la puerta. Esperaba que hubiese saltado el diferencial. Pero, por lo que veía, todos los mandos parecían estar en su sitio. Ninguno hacia arriba.

—Aquí está todo bien. —Abrió la puerta de casa para echar un vistazo al rellano. El hueco de la escalera también se había oscurecido de repente—. Parece que no es cosa nuestra. Todo el edificio está igual.

Con cuidado de no tropezar, Roger se acercó a la ventana y miró a la calle.

—Afuera tampoco hay. —Pegó la frente al cristal—. Me parece que en el edificio de enfrente están como nosotros. No se ve nada de nada. Ni una sola luz encendida en ninguna parte. Las tres calles, a oscuras.

—¿Chappe y Tardieu, a oscuras? Íbamos demasiado bien. Un apagón general. —Ella volvió a dejarse caer en el sofá—. Lo que nos faltaba... Esperemos que no tarde en volver la...

—¿No eras tú quien hablaba de paciencia y tranquilidad?

Barbara le lanzó un cojín.

Casi al instante, sonó el teléfono. Era Jasper, nervioso. Preguntaba si en casa de ella también se había ido la luz. Barbara se ofreció a bajar al segundo por si le faltaba algo. De momento, no hacía falta. Le insistió en que no dudase en llamar en caso necesario. Al hombre solo le preocupaba, si el apagón duraba mucho, qué iba a pasar con la comida que tenía en el congelador.

—Seguro que será breve, Jasper. En un pispás nos lo arreglarán.

Barbara no se habría ganado la vida como vaticinadora. Tres horas más tarde, toda la calle continuaba a oscuras. Por lo que decían en la radio —suerte que en el piso de mamie aún había cosas que iban con pilas—, al parecer la afectación había dejado sin luz a todos los vecinos de Montmartre y La Villette, y una parte del noveno *arrondissement*, en la zona de la Ópera.

Lo peor era que, sin luz, tampoco tenían calefacción. La primera hora la soportaron bien. Luego, los dos grados del termómetro exterior se empezaron a notar dentro de la casa. Barbara iba por el piso con una manta encima, como si fuese una capa. Roger, granítico, decía que él estaba bien hasta que un escalofrío le recorrió el espinazo. «El frío se nota más en los pisos altos», se lamentó Barbara. Al final le tuvo que dar la razón a mamie y a una frase que le había escuchado más de veinte veces. Otra realidad de la cual su abuela se había quejado en más de una ocasión era que las ventanas de una buhardilla antigua nunca cierran como es debido. Pero en aquel momento lo único que podían hacer era aceptar el frío que iba calando los huesos y cruzar los dedos para que la luz volviese pronto y no tuviesen que dormir con las sábanas frías. Su abuela no tenía ninguna frase sobre dormir en camas húmedas y heladas, pero le sobraba experiencia de los años de la guerra.

—Si mi padre estuviese aquí —Roger no pudo evitarlo—, seguro que apostaría fuerte sobre la hora a la que volverá la luz.

—¿Es que hoy es el día del humor negro?

—¿Sabes qué? —dijo Roger, tapado con la colcha en un extremo del sofá—. Parecemos dos viejos esperando la muerte, los dos aquí sentados a oscuras. Esperando que la muerte venga a recogernos... El autobús, por mucho que lo esperemos, está claro que no va a pasar.

—Cuando quieres eres muy bobo. ¿Tú nunca te has casado?

—¿A qué viene eso ahora? ¿Me lo preguntas en serio? Ni hablar... Soy demasiado joven para enterrarme en vida. Aún no se me ha pasado el arroz. Pero en una cosa tienes razón... —Pensó en si decirla o no—. Estoy llegando a esa edad en que reconozco que estoy mejor vestido que desnudo.

—Caray. —Era la última afirmación que Barbara esperaba oír por boca de Roger—. Y ¿hasta ahora no era así?

—No, qué va. El otro día me miré y pensé...

—Oye, chaval, no seas tan presumido. Pareces francés...

—Bueno, por parte de madre, sí. Algo de eso hay.

—¿Cuántos me dijiste que tenías?

—¿Yo? ¿Años?

—Sí.

—Treinta y tres. Y es cierto, hasta ahora, me miraba y...

—Pues para el carro, chico... No seas idiota. Porque si a los treinta y tres ya estás mejor vestido, a mis cuarenta cumplidos, a lo mejor tengo que ponerme un abrigo largo hasta los pies para que alguien me mire.

—Qué va. Tú estás muy bien, Barbara.

Se quedaron parados. Uno por decirlo, la otra por escucharlo. Pero en la oscuridad no podían verse las caras. Tan solo intuían las formas de la incomodidad.

—¿Sabes que nadie me había dicho algo así desde mucho antes del divorcio?

Se le pasó por la cabeza responder «no quería ofender» o «estás muy bien… para tu edad, quería decir», pero guardó silencio. No era el momento de soltar ninguna de las dos inconveniencias. Trató de reconducir la conversación. Se le llama astucia.

—Un mal divorcio, ¿no?, por lo que dijiste un día…

—No. El divorcio estuvo bien. Lo que fue una condena era el matrimonio. ¿Quieres que te lo cuente?

—Mujer, yo… La noche se ha puesto tétrica. Tú misma. Tampoco tenemos mucho que hacer…

—Me fue bien el otro día contarte el accidente de mis padres.

—Lo que necesites. —Con un argumento así, Roger no tenía ninguna otra salida.

—Un momento. —Barbara tuvo una idea.

Encendió dos velas de sobremesa y las dejó encima de su escritorio. Al menos, con la llama temblorosa, serían algo más que dos presencias en penumbra. Se ovilló en el sofá con los pies debajo del culo, como una gata convertida en bolita. Se echó una segunda manta y se dispuso a contar una vida donde el amor y el desamor eran vasos comunicantes.

—Mi matrimonio, decía, fue una condena. Puede que si nos ponemos a pensarlo, todos lo sean, ¿no? El mío, seguro. El problema es que no me di cuenta hasta que ya era jodidamente tarde. Lo más frustrante es... En realidad, todo lo es. Pero que tú hayas remado desde el primer momento para llevar la barca a buen puerto, con abnegación y ganas, y luego compruebes que él ya se subió a la barca sabiendo que, cuando le conviniese, la haría zozobrar hasta volcarla, me consume de rabia.

Cuando conocí a Maurice, yo huía de una relación absurda. Alfred, con quien había salido casi dos años, se había ido a trabajar a Roma. Se dedicaba a la restauración de obras de arte, y si en alguna ciudad hay madonas, santos y esculturas para ir reparando, era esa. Me olí que se iba a quedar años allí. Cada vez nos veíamos menos, las cartas fueron espaciándose en el tiempo y, poco a poco, nos dimos cuenta de que lo nuestro no iba a ninguna parte. Fui yo quien le propuso que lo dejáramos y él, la verdad, no puso muchas pegas. Me fue bien así. Yo ya había conocido a Maurice en una fiesta de unos amigos comunes. Habíamos quedado para tomar un café al lado del anfiteatro y me parecía un chico muy limpio, que se afeitaba cada día y que se hacía el nudo de la corbata grueso, a la inglesa, como me gustaba a mí en aquel momento. Parecía un ministro socialista de nueva hornada, alejado de las antiguas maneras de hacer política. Parecía un ministro, pero era un vendedor. Y como todo comercial tenía labia, era simpático y me supo ganar por la oreja. A mí no me endosó ningún seguro, pero charlando horas y horas, paseando por la Camarga, se me vendió a sí mismo. Y lo compré. Entero. Sin pensármelo mucho.

Mi madre, cuando lo conoció, me dijo: «¿Maurice? ¿Estás segura?». Aquellas dudas maternales, expresadas con un menosprecio que se podría haber ahorrado, hicieron que me inclinase a pensar que podría ser el hombre de mi vida. Mamie Margaux, que lo conoció la primera Navidad que él pasó por casa a saludar, me guiñó el ojo, en mitad de la merienda, para darme su aprobación. No me hacía falta el visto bueno de mi abuela, pero saber que lo tenía me ratificaba en que esta vez sí que había acertado. Porque Maurice era muy hombre, fuerte, valiente, corpulento. Y un poco presuntuoso, también. Sobre Alfred, por ejemplo, mi abuela siempre había dudado que le gustasen las mujeres. Y ya te puedo decir yo que sí.

Me casé con Maurice —maldita sea la fecha— la primavera del año siguiente. No me apetece mucho hablar de ello, pero, las cosas como son, anduve todo el día como flotando. Me dejaba llevar de aquí para allá, y yo iba encima de una nube de algodón. Fue un viernes de sol, sin una pizca de viento. El día soñado. Lo celebramos en un restaurante que Maurice conocía por motivos profesionales, en la boca del Ródano. Todos dijeron que el lugar era idílico, la comida suculenta y el servicio esmerado. Qué lástima de fiesta, lástima de vestido y lástima del dinero que se gastó todo el mundo. Solo te digo que, en un arrebato, quemé el álbum de fotos.

Pero, en aquel momento, iba todo como una seda.

En mi primer cumpleaños que pasamos juntos, una vez casados, el 10 de marzo de 1998, me llevó a pasear en coche, salimos de Arles, se metió por unos caminos entre viñedos y, cuando consideró que al cielo le quedaban veinte minutos de vida, paró el motor. «No te muevas», me dijo, y fue hacia el maletero —por entonces teníamos un Volvo de culo grande—. Volvió con una botella de champán y dos copas. El champán estaba frío y yo, aturdida por la sorpresa, le pregunté que cómo lo había hecho. Me dijo que llevaba una neverita en el maletero y pensé que era extraño que yo nunca la hubiese visto. Se la prestaron para la ocasión, me dijo. Y yo, con la emoción del momento, me olvidé de ese detalle, que, probablemente, era lo de menos. En el instante de brindar, en mitad de aquellas hileras de cepas, con un cielo naranja como solo ves en la Provenza a finales del invierno, Maurice estuvo encantador. Me miró a los ojos, me besó en el cuello y me susurró una frase que nunca olvidaré:

—Piensa en algo que hoy te haya hecho feliz, piensa en una cosa que te haya hecho reír en el último año y piensa en un lugar magnífico que hayas visto en tu vida.

Me pareció un regalo espléndido. Las preguntas merecían que me lo pensase un momento. Pero la primera respuesta la tenía clara. Aquel juego, propuesto como si fuese improvisado, me había hecho feliz el día de mi cumpleaños. Era original, personalizado y me obligaba a pensar. La situación, el champán, el ocaso, él mismo con su pose más seductora... A veces los mejores regalos no hay que desenvolverlos.

¿Qué me había hecho reír en el último año? Él. También él. Muchas veces. Podía escoger. Me decanté por la noche en que habíamos ido a jugar a los bolos y él, haciéndose el entendido, se había ido deslizando hasta media pista. No podía parar de rodar. Los dedos se le habían quedado atascados dentro de los tres orificios y, en el momento de tirar la bola, no se pudo soltar y salió detrás, patinando por la pista. El parqué, tan encerado, hizo el resto. Cuando se levantó del suelo, toda la gente que estaba en la bolera, que no era poca, se puso a aplaudir y él intentó ponerse en pie como si formase parte del espectáculo. Incluso saludó como una gimnasta al final del ejercicio, y yo me partía de risa. No podía parar, vamos.

¿El lugar magnífico? Tampoco había viajado tanto, ni los Hébrard éramos de ir a destinos exóticos. Elegí Sainte-Maxime. El primer verano que fuimos solas mi abuela y yo, en un hotel. El Centrum. Una habitación para las dos. Yo aún era una niña. Una tarde, como si hiciésemos una travesura, cambiamos la cena por un helado en la playa. Había un chiringuito de cara al mar. Nos quedamos un rato bajo el toldo que proyectaba sombra, sentadas en una silla con los pies en la arena. Se fue haciendo de noche y no necesitamos nada más. La voz de mamie, la compañía delante de un azul imposible, la sal en la piel, la ausencia de miedos. Si ahora me preguntas de qué era el helado, no me acuerdo. Pero podría decirte cualquier sabor y todos serían verdad. Es lo que tiene hacernos los recuerdos a medida, que podemos apañarlos como mejor nos convenga. Y magnificarlos. La literatura está llena de historias así. Ya en aquel tiempo, recién casados, había empezado a trabajar en Giresse & Trésor. Lo hacía desde la pequeña oficina a las afuera de Arles. Aún no me dedicaba a vender a autoras en el extranjero. Ello llegó un poco más tarde, pero sí que me permitía comenzar a ganarme la vida sin las angustias de tener que mirar la cuenta corriente dos veces a la semana. Maurice y yo alquilamos un piso a medias. Ambos estuvimos de acuerdo y lo hicimos a partes iguales. Si lo pintamos a medias, si vivimos en él los dos, los pagamos a medias. Ese fue mi razonamiento. Él insinuó primero que podía ponerlo todo, pero debió de ver que yo torcía el gesto y, en ese sentido, nunca puso ninguna pega y ni siquiera le dio importancia. Me gustaba que su familia tuviese dinero pero no alardease de ello. Él nunca hizo ostentación de nada, las cosas como son.

Maurice tenía una correduría de seguros. Su padre había fundado el negocio y él lo había continuado. Tenía un despacho en el mismo centro de la ciudad. Unos bajos. Contaban con una veintena de trabajadores en nómina, pero el mejor de todos era él. Tenía mucha gracia para endilgarte una póliza aunque no la necesitases. Te aseguraba el coche nuevo a todo riesgo como te hacía un contrato para el hogar, como te endosaba un seguro de vida por si te morías, o te hacía firmar un seguro de deceso para que a tus herederos no les costase un ojo de la cara tenerte que enterrar o incinerar y la caja de madera y las estampitas y el coche fúnebre y la biblia en verso. Pero el negocio redondo, para Maurice y para su padre, no lo hacían con todo eso, que habría sido a base de ir cobrando pellizcos que si de esta comisión, que si de aquella otra comisión, sino que el plato fuerte estaba en los seguros de empresa. No tenían escrúpulos en encasquetar pólizas a todas las compañías medianas y grandes de la zona. Hubo un momento en que, de toda la región de la Provenza y hasta Marsella, cubrían casi un noventa por ciento de las grandes fábricas. Otra cosa no, pero dinero no les faltó nunca. El suyo —yo lo calé enseguida— es un negocio de ratas, es el súmmum de la letra pequeña. Él siempre me decía que yo era de letras, pero que él todavía más. Porque cuando ocurre una incidencia, se trata de leer y releer el contrato hasta que encuentras la cláusula que, en un momento dado, te puede exonerar de pagar la indemnización. «Eso no entra» y «eso no lo cubre» son dos de las frases que más veces le oí decir por teléfono en nuestros cerca de siete años de casados. Siete años de teatro. Está claro que nuestro fracaso tampoco lo cubría ninguna póliza. Estaba cantado, pero no estaba firmado. Hay que joderse. El seguro de divorcio no existe. Ese que sería necesario, ese no lo hacen. Eso solo se ve en los ricos muy ricos de Hollywood que firman documentos prematrimoniales por si acaso. Como si el amor se pudiese plasmar en un contrato, ¿verdad?

Las primeras sospechas de que Maurice me engañaba, no me preguntes por qué, ya las había tenido durante el viaje de novios. No te rías, Roger, que te estoy viendo...

—Yo no he dicho nada...

—Fuimos a Mallorca una semana entera. Luna de miel. Siete noches en tres hoteles diferentes. Primero en

Palma, luego en un hotel con todas las estrellas colgado del cabo Formentor y, para terminar, en un hotelito, en Valldemossa, que es el que más me gustó. Teníamos una especie de suite donde, si asomabas la cabeza por la ventana, veías los campos de la casa de Chopin. Todo muy bien colocado, muy ordenado, perfecto. Llegamos después de almorzar. Una vez allí, cuando estuvimos instalados y yo ya me había cambiado de ropa para estar cómoda y no movernos de la habitación, él me dijo: «Salgo a estirar las piernas». Me dijo que lo acompañase, eso es verdad. Pero ahora, con los años y habiendo reescrito toda la historia en mil y una ocasiones, estoy convencida de que me lo dijo porque sabía que me daría pereza volver a cambiarme. Total, que se marchó solo a dar una vuelta. Una vuelta larga. Tardaba tanto que comencé a preocuparme. Más que preocuparme, inquietarme quizá sea la palabra. Pero me resistía a llamarlo. No nos habíamos distanciado más de cuatro pasos desde la boda y no quería que pensase que, la primera vez que nos alejábamos, aunque fuese un ratito, ya lo estaba controlando. A mí no me habría gustado que lo hiciese. Y me abstuve. Un rato. Cuando ya hacía como una hora y media que me había aprendido de memoria cada una de las molduras del techo de la habitación, no pude más. Lo llamé. Lo hice desde el teléfono de la habitación. Comunicaba. Nada que decir, pensé. Alguien lo habría llamado para un asunto del trabajo y lo han entretenido. Un cuarto de hora más tarde, o puede que no hubiesen pasado ni diez minutos, volví a llamar. No quería llamarlo desde mi móvil y lo volví a intentar desde el aparato que había en mi mesilla de noche. Nada. Seguía comunicando. Fui a ducharme para quitarme de encima el cabreo y pensé que ya volvería cuando le viniese en gana. Cuando cerré el agua, él entraba por la puerta.

—¿Amor mío? —gritó.

—Estoy aquí.

Me había duchado con la puerta abierta para que el vapor no empañase el espejo. Y, qué caray, para oírlo llegar si aparecía mientras me aclaraba. Esperaba que viniese a decirme hola y a darme un beso, pero se sentó en el sillón que había al lado de la cama y encendió la televisión. Con el albornoz húmedo, fui a sentarme en su regazo.

—He pasado un poco de angustia... —le dije, dócil.

—¿Por mí? Huy, estás muy mojada, chata.

—Has tardado un poco. —Le estampé un beso seco—. ¿Hasta dónde has ido?

—Nada. Una vuelta por el pueblo, ya ves... Todo esto es precioso... En realidad, tiene unos colores y una vegetación que se parecen mucho a los nuestros, ¿no crees?

Lo dijo él, Maurice, que nunca más volvió a hacer ningún comentario sobre ningún paisaje. En ningún sitio. En siete años. Jamás, ni uno.

—Estaba pensando... ¿Dónde se habrá metido mi marido...? —le desabroché el botón de la camisa y deslicé dos dedos a la altura de su pecho—. Estaba pensando... A ver si me lo habrán secuestrado, ahora que he encontrado al amor de mi vida...

—Ya sería mala suerte, sí.

—También he pensado... A ver si lo han llamado por algo del despacho y lo están molestando en plena luna de miel.

—¿A mí? No, no. Qué va. No he hablado con nadie.

Le tiré de un pelo del pecho, como si estuviese jugando. Él, impertérrito.

—Ay, perdona. —Yo, inocente.

—Sí que me ha llamado alguien... —Tardó en reaccionar—. Un teléfono de España, pero no lo he querido coger. Debía de equivocarse.

—Seguro.

Diez segundos después, que pasaron lentos como una procesión española, me devolvió el beso y me dijo:

—Si tan preocupada estabas, haberme llamado, mujer...

¡Tuvo los santos cojones de decirme: «Si tan preocupada estabas, haberme llamado, mujer»!

Al volver de Mallorca, todas mis amigas querían ver fotos de la boda y que les contase el viaje hasta el más mínimo detalle. Yo con quien más confianza tenía era con Mireille. Más que confianza, amistad verdadera. Había sido mi compañera de colegio en todos los cursos, sus padres eran como mis padres y todo el mundo decía que nos parecíamos mucho. No éramos dos gotas de agua, pero sí existía cierta semejanza. Por el modo de llevar el pelo sobre el hombro, por cómo nos reíamos con los ojos, o por cómo las dos, muy expresivas, tendíamos a gesticular con las manos cuando hablábamos. A veces pasa, ¿verdad?, que las mejores amigas se van pareciendo sin pretenderlo. Es cierto que con Mireille, con tantas horas de pupitre juntas y no pocas excursiones familiares de fin de semana, nos habíamos ido mimetizando. Estaba claro que, si tenía que disipar mis dudas, solo podía hacerlo con Mireille. Con ella y con nadie más. En un momento de intimidad, se lo insinué. Ni siquiera me dejó terminar. «Imposible —me dijo—. Quítatelo de la cabeza». Y lo manifestó con tal rotundidad que le hice caso. «Vamos mal si ya empiezas con esos celos. Tú nunca habías sido celosa», me dijo. Y tenía razón. Incluso me sentí culpable. «Olvida ese episodio, por amor de Dios». Seguí su consejo. No volví a pensar en todo aquello hasta que, años después, las pistas se volvieron evidencias. Aquella había sido la primera mentira. La mentira de Valldemossa. Siempre hay una que es la primera. Y luego cuesta mucho parar.

—También debe de crear adicción —dijo Roger.

—En su caso, seguro. Fue una relación de mentira. De principio a fin.

Roger esperaba escuchar el inventario hasta llegar al divorcio. Pero no llegó. Barbara se levantó del sofá con la manta a cuestas y se le escapó un bostezo que pudo más que ella.

—El desenlace, mañana, amigo mío.

—Mujer, tampoco es tan tarde...

—¿Entiendes ahora cómo se sentía el rey de *Las mil y una noches*?

—¿Jodido?

—Intrigado. ¿Sabes qué dice el libro? «La llegada del alba sorprendió a Sherezade y entonces se calló».

—Mujer...

La protesta de Roger no sirvió de nada.

—Tú también me lo hiciste... Y me aguanté.

—Pero Barbara... Si dejas tu divorcio a medias, tendrás pesadillas. Y con este frío. Y con lo negra que será la noche de hoy.

—La llegada del alba sorprendió a Sherezade y entonces... se calló.

# 18. Amor mecánico

En Montmartre y en La Villette y en una parte del *arrondissement* de la Ópera nunca habían deseado tanto que saliese el sol. Había pasado toda la noche sin luz y, en los pisos donde la calefacción dependía de la electricidad, estaban congelados. El amanecer estaba previsto a las siete y media, pero, en aquellos días extraños, cualquier contratiempo era posible en París. El día se despertaba con niebla —impertinente y tozuda—, y hasta que el sol no entrase por la ventana y los calentase un poco, les seguirían castañeteando los dientes. En las estancias con ventana, eso sí, ya podrían ver y habría menos riesgos de toparse con cualquier cosa en mitad del paso. En la habitación de Roger, la claridad del patio de luces tardaba más en penetrar. Lo despertó la vibración del móvil, que estaba enchufado, en el suelo, encima de la maleta abierta. Lo había puesto a cargar esperando que, durante la noche, los abonados recuperasen la luz. Sería el modo de saberlo. Cuando abrió un ojo, no se reconocía. Hacía años que no dormía con calcetines. Pero ni con la colcha y una manta por encima del edredón había tenido bastante. A media noche, de hecho, se había levantado a ponerse unos calcetines y el primer jersey que había pillado en el armario de su hermano. Dejó que sonase el teléfono hasta que se cansó. Al ver que medio minuto después insistían, salió de la cueva para ver quién era.

—Eh... El hombre de la toga... Buenos días. ¿Se puede saber qué quieres tan temprano?

—¿Tan temprano, dices? En Toulouse son las doce pasadas. ¿Es que en París funciona diferente?

—¿Qué pasa, Marcel?

—Nada. Todo muy bien.

—Te noto... eufórico.

—Sí. Ha salido la sentencia. Bueno, no ha salido todavía, pero me la han filtrado. Esto es Francia, ya sabes que aquí, con la bolsa abierta, se te abren todas las puertas...

—¿Y?

—Hemos ganado el caso. Y no tenemos que pagar ni las costas.

—Anda, qué bien. Felicidades. Me alegro mucho.

Roger se mostró efusivo sin saber ni cuál era el caso, ni quién era el cliente al que defendía su hermano, ni de qué delito se le acusaba, ni por qué el juicio se había alargado tanto. Solo sabía que Marcel lo había llamado un día para decirle que se iba a Toulouse, por un caso importante, que estaría unas semanas, puede que un mes, fuera de París y que le prestaba la habitación, que ya estaba pagada, por si quería ir a hacer su proyecto de fotografía becado por la Escuela de Arte de Girona. Marcel iba a la suya.

—¿Sabes lo que significa eso?

—¿Que te suben el sueldo?

—No.

—¿Que te hacen socio del bufete de abogados?

—De momento, tampoco. Ya me gustaría. Quiere decir que ya puedo volver a París.

—¿Cuándo?

—Mañana.

—No, hombre, Marcel. ¿En qué mundo vives? ¿No has visto que en París estamos confinados en casa, que no podemos salir?

—No es para tanto.

—Que no, que no, que te lo juro. Aquí no hay quien se mueva. Ahora mismo no tenemos luz desde ayer a no sé qué hora. La nieve aún bloquea los portales. Es increíble. Surrealista. No es que no nos dejen salir, vaya... Es que ni siquiera se puede intentar. Seguro que lo has visto. No hay metro, ni transporte público ni nada de nada... Aunque quisieras, no puedes volver.

—Roger...

—¿Qué?

—Que te conozco como si te hubiera parido, tete. Tú no quieres que vaya a París...

—No es eso.

—¿Qué pasa? ¿Todavía no has acabado el trabajo?

—Tengo una cosa a medias, en eso tienes razón...

Marcel abrió una segunda línea de investigación.

—Te has enamorado...

—Sí. Del cactus. ¿Cómo quieres que...?

—Pero la habitación es mía, ¿eh? Por cierto, ¿todo bien con Barbara?

—Ya ves, resignada, como todos. Encerrada. Qué remedio.

—Es buena tía. Ella va a su aire. No molesta...

—Sí... —Roger buscó la palabra—. Es maja.

—Me he pasado todo este tiempo en Toulouse en un hotel cerca del Palacio de Justicia. Un tres estrellas, cómodo, pequeño. No me puedo quejar... Pero ya tengo ganas de tener mis cosas, mi armario... Qué coño, y que tengo que volver a París a trabajar. ¿Roger? ¿Me oyes? —insistió, confuso por el silencio en el auricular—. ¿Roger? ¿Hola?

—Estoy pensando... Y ¿por qué no vas a ver a mamá unos días, mientras aquí se funde toda esta mierda y el alcalde nos da permiso para volver a la vida normal...? ¿Cuánto tiempo hace que no vas a Fontclara?

—Oye... Hagamos una cosa. Me informo de lo de París. Desde hace unos días, con esta historia del juicio y los alegatos finales, ni siquiera he echado un vistazo a los periódicos, y miro cuándo puedo ir. Ve pensando qué vas a hacer con tu vida... En mi cama no vamos a dormir tú y yo.

—Claro que no.

Colgó.

Vaya cagada.

Habría necesitado una ducha de agua muy caliente

para resucitar y quitarse el frío del cuerpo, pero el depósito de agua caliente también iba enchufado a la corriente y la broma ya había ido demasiado lejos.

A Barbara no le dijo nada de la llamada de Marcel. Ella había oído en la radio que quizá en un par de días dejarían que la gente volviese a circular por la ciudad. Quizá. Eso si no nevaba otra vez, y si las temperaturas subían un poco y ayudaban a que se fundieran todos los bloques de hielo, cada día más negruzcos. Quizá, el adverbio de los indecisos. Y si, finalmente, el ayuntamiento podía hacer que funcionasen las máquinas que demostraron no estar preparadas para una precipitación de tan gran magnitud y durante tantos días como la que había castigado París en pleno siglo de la vanidad humana. Un fenómeno meteorológico un poco extremo se había convertido en una cura de humildad para todos.

—¿Y de cuándo tendremos electricidad no dicen nada en la radio?

—Hasta que no arreglen la torre que se cayó...

—Es una vergüenza. Pensaba que estas miserias solo pasaban en mi país.

—Me preocupan la nevera y el congelador... O nos comemos todo lo que se va descongelando o...

—Pero ¿cómo vamos a cocinar, si no podemos?

En el instante en que la desesperación doméstica se abría paso en el piso de Barbara, volvió la luz. De repente, como un milagro. Igual que llegan los ángeles, sin que nadie los oiga. De pronto, toda la tecnología de la casa se puso en marcha. El horno, el ordenador pegado a la ventana, los cargadores de móvil. El reloj del microondas, en las 0.00, celebró la vuelta de la corriente saludando con destellos intermitentes.

—Primero en ducharme... —se lo pidió Roger.

—No sabía que era una competición. Pero yo tengo que ponerme a trabajar, ahora que he recuperado el ordenador...

Roger hizo la concesión. Él, después de todo, no tenía nada que hacer. Y, además, tenía claro que aquel piso era de Barbara y que él tan solo era un realquilado de una habitación y, encima, gratis.

Con el agua caliente, ella se quitó el frío que se le había metido dentro. No tuvo prisa en alejarse de aquel chorro de agua que le iba enjuagando el jabón y las ideas. Por una vez, se secó el pelo con el secador y, después de tres días, se vistió como si tuviese que salir de casa. Unos vaqueros negros a juego con las botas de suela de goma y, por encima, una camisa verde con botones. Por detrás la dejó larga, como un tapaculos por encima de los pantalones. Por delante se la remetió, solo un poco por encima de la hebilla, de manera desenfadada.

Fue cómoda por casa durante el día. Solo por la tarde, una vez encendidas las dos velas y al ver que Roger ya se había sentado en el sofá a la espera del relato de cada noche, se quitó las botas. Descalza, haciéndose un masaje en la planta de los pies, retomó el libro de los hechos de su matrimonio con Maurice.

—Nuestro piso de Arles tenía cuatro habitaciones. La de la cama doble era la más grande y tenía dentro uno de los dos baños de la casa. El pájaro de la inmobiliaria que nos lo alquiló la llamaba «suite». «El tercero A tiene cuatro habitaciones, una de las cuales es una suite». El anuncio sonaba bien. Puede que aquel espacio tuviera pretensiones, pero para mí suite era una palabra con connotaciones de cierto lujo, y nuestro dormitorio era un espacio funcional y nada más. Allí dormíamos, nos duchábamos, nos vestíamos y, cada vez más esporádicamente, hacíamos el amor. Él era más de noches. Yo, de siesta de fin de semana.

La habitación del fondo, la única que no daba a la calle, era el cuarto de los trastos, allí metíamos la ropa de fuera de temporada, maletas, la escalera, la tabla de planchar, todos los cachivaches que habrían incordiado en cualquier sitio o que no eran menester a diario. Luego, en las dos habitaciones pequeñas, que habrían sido de los niños si alguna vez hubiésemos tenido hijos, teníamos un despacho mínimo para cada uno. También en eso íbamos a medias. Él no era mucho de llevarse el trabajo a casa, pero sí acumulaba un montón de documentación que tenía clasificada en cajas de colores para diferenciar los recibos de casa, los del coche y los extractos bancarios que guardaba desde la mayoría de edad, por si acaso. Los cajoncitos del mentiroso. Lo tenía todo bien rotulado, para saber en cada momento dónde estaba cada cosa. Nunca tiraba nada. Las escrituras las guardaba en una caja fuerte grande, a la vista, en un rincón de su despachito. Servía también como chifonier, encima del cual había puesto una foto nuestra, enmarcada, al lado de un retrato de sus padres, de cuando celebraron los cincuenta años de casados. La combinación de la caja fuerte solo la sabía él. Recuerdo que cuando la compró sí que me la dijo, y me enseñó que había que girar no sé cuántas vueltas a la derecha hasta oír el clic y no sé cuántas a la izquierda hasta oír el clac definitivo. Si alguna vez hubiese querido guardar ahí los anillos buenos, le habría tenido que pedir a él que me la abriese. Visto lo visto, dudo mucho que me hubiese dejado ver lo que guardaba allí dentro.

Mi despacho, en cambio, era un caos de libros a medio leer. Tenía buena luz, un sillón ergonómico para los que pasamos horas frente a la pantalla y un ordenador del año de Maricastaña. No me pasaba muchas horas allí porque las echaba todas en el trabajo. Cuando empiezas en un sitio nuevo quieres impregnarte del negocio, tienes curiosidad por todo, quieres ofrecerte para hacer cualquier cosa y nunca ves el momento de marcharte. Si algo teníamos en común Maurice y yo es que los dos éramos currantes por naturaleza y teníamos la suerte de que nos lo pasábamos muy bien con lo que hacíamos. Nunca nos venía de cinco minutos antes de volver a casa.

Quizá tendría que haberme dado cuenta de que aquello era una señal. Si no te mueres de ganas por volver y decir «hola», quitarte los zapatos y estar con tu pareja, mal asunto. Si decides que no hace falta tener hijos porque «Barbara, ya estamos bien como estamos», vuelve a ser un indicio de que el camino solo puede acabar en un precipicio. Yo, todo eso, no supe detectarlo a tiempo. La frase es suya: «ya estamos bien como estamos». La dijo él cuando hablábamos de dar el paso, de si lo buscábamos, que yo ya empezaba a tener una edad... Imagínate, me casé con treinta y uno y a los treinta y tres comencé a pensar que ya me estaba haciendo mayor para tener un hijo. Hoy casi me darían un premio por tener un bebé a aquella edad. No lo tuvimos porque él me aduló con otra mentira. No es que ya estuviésemos bien como estábamos, sino que un hijo en común habría significado tener un vínculo conmigo para siempre. Y él, por lo que se vio después, hacía tiempo que los lazos los tenía en otro sitio.

Decidí hablar de ello con Mireille, mi amiga. Quedamos para salir de tiendas un sábado por la tarde como habíamos hecho tantas veces y, entre tienda y tienda, la invité a comer una sacher en una pastelería que nos gustaba mucho.

—Maurice y yo estamos en una fase que... —No sabía cómo definírselo—. No es aburrimiento.

—Rutina, quizá...

—No. Es amor mecánico. He estado pensando en ello y si es mecánico, no es amor —le dije.

—Tú siempre juegas con las palabras y los adjetivos. Se nota que eres muy leída.

—Soy del sector, sí. Pero ¿me entiendes o no?

—Por lo que me dices, nada que no les haya pasado a todas las parejas en la historia de la humanidad, Barbara.

—Pues vaya mierda de consuelo. —Me descolocó. Y me revolví—. Entonces, ¿a Robert y a ti también os pasa?

—Uf... Seguramente.

Permanecimos veinte segundos sin decirnos nada. Ella comía y yo buscaba el concepto mirando por la ventana. Más o menos, lo encontré.

—Todos sabemos cómo funciona lo de los matrimonios, Mireille. Yo vi a mis padres, hasta que... En fin... Ya he visto a tantas parejas que pasan de la ilusión al ir tirando..., y se conforman. Todo eso ya lo sé, no me chupo el dedo.

—¿Qué quieres decir?

—Pues que me parece que nosotros, Maurice y yo, hemos pasado demasiado rápido de la pasión a la cohabitación, del amor a la amistad y de la amistad al compañeros de piso...

—Compañeros de piso... Con derecho a siesta los fines de semana.

—No es eso. —Pinché el último trozo de sacher que había compartido con Mireille—. Creo que hay algo más...

Y entonces, a bocajarro, le vomité el episodio del squash. Desde que Maurice había tomado las riendas de la correduría de seguros de su padre, había decidido que los viernes harían jornada intensiva. No pararían para comer, todos alargarían el horario hasta las tres, terminarían más pronto y así, los trabajadores tendrían la sensación de que podían empezar el fin de semana un poco antes. Un pacto de buen rollo con los empleados, a los que siempre es bueno tener contentos. Esta era una máxima de Maurice. Él, sabiendo que yo no acababa hasta las siete, aprovechaba los viernes por la tarde para ir a jugar a squash. Para ser amateur, lo hacía bastante bien. Tenía mano con los deportes. De joven había ido a clases de tenis, y cuando llegó el invento del squash se apuntó porque, al ser a cubierto, también podía jugar cuando llovía y, sobre todo, porque corría la teoría de que, con una hora, te quitabas de encima todo el estrés de la semana. El squash te pone al límite. Para el corazón es un bombeo muy intenso. Y allí, a golpe de raqueta o a culetazos contra el cristal, te desahogas y te olvidas de las malas pulgas. Es verdad que volvía a casa baldado, y cuando sacaba la ropa sucia de la bolsa podías escurrir la camiseta y los pantalones porque llegaban absolutamente empapados.

—Hace ahora ocho días —le dije a Mireille— tuve que salir de la editorial para llevar unos paquetes a correos, que no está lejos de las pistas de squash donde juega Maurice. Al ser viernes, pensé que de cinco a seis estaría en la pista, que podría darle una sorpresa y que, presumido como es, le gustaría que fuese a verlo jugar. Entré en el club, decidida, sin detenerme en la recepción. La única persona que había estaba reservando pistas por teléfono, la saludé con la mano y la chica me vio pasar. Las ocho pistas parecían ocupadas. Había cuatro en la planta baja y cuatro más en el piso de arriba. El golpeteo de las bolas con las raquetas resonaba por todas partes. De vez en cuando se oía el frenazo en seco de una zapatilla sobre el parqué o el grito de alguno de los jugadores echando los hígados por salvar un punto. En la planta baja no estaba Maurice ni nadie que yo conociese. Subí al otro piso. Las luces de tres de las cuatro pistas estaban encendidas. Aquello parecía un club de hombres. En ninguna pista había mujeres jugando. Eran las seis menos cuarto, lo vi en el reloj digital del vestíbulo. Mi marido no estaba en la pista cinco, ni en la siete ni en la ocho. Y la pista seis estaba vacía, con la puerta abierta y los fluorescentes apagados. Volví a la planta baja para comprobar que me había fijado bien y que Maurice no estaba jugando en ninguno de aquellos cuatro partidos. Luego pensé que quizá les habían dado la pista seis, que había ganado el partido pronto y que debía de estar en los vestuarios, duchándose después de la victoria. Lo esperé en el bar. Un cuarto de hora. Media hora... Estuve allí hasta las siete. Pero no apareció nadie. Pasé de nuevo por recepción. La chica estaba otra vez hablando por teléfono y esperé a que...

—Perdona, la pista de Maurice Papin... ¿me la puedes cobrar?

Miró el mapa de las pistas y las horas. Frunció el labio inferior...

—¿Qué pista era?

—La seis, creo. La seis a las seis. Fácil. Maurice Papin...

—No.

—Puede que estuviese a nombre de su compañero... ¿Ya la han pagado?

—No. La pista seis la han anulado hoy. Han llamado para decir que no podían venir.

—Ay, tienes razón. Hoy no podían, es verdad. *Sorry*... Gracias.

—De nada —me respondió mientras entregaba una toalla doblada a un socio que acababa de entrar.

A las siete, como si hubiese salido del trabajo, me fui a casa y traté de no darle importancia. Imposible. Durante una hora me subía por las paredes. Él llegó a las ocho, como cada viernes. Venía duchado. Llevaba su colonia de siempre, una Eau d'Issey que le había regalado yo y que, sobre su piel, tenía un olor único. El de siempre. Ni más ni menos. Me dijo que tenía hambre. O puede que mucha hambre, no sé, no me acuerdo. Siempre volvía hambriento de squash.

—Mientras pones la mesa, dame la bolsa, que voy a poner la lavadora —le dije.

Él, sin dudar en ningún momento, me la dio. Era la bolsa de siempre, una Adidas negra de la que sobresalía el mango de la raqueta. Se la había regalado yo un año por Navidad. Abrí la cremallera con el pulso a doscientos. Iba sobre seguro respecto al hallazgo inminente. Era el policía a punto de decomisar cinco kilos de cocaína en un control del aeropuerto. La excitación era máxima. Podía irse todo al garete en un instante. Una vez retirada la raqueta, del interior de la bolsa de deporte salieron dos calcetines hechos un gurruño. Y una toalla húmeda. Y una camiseta tan sudada como los pantalones y los calzoncillos. Me puse a olisquear. Estaba todo empapado pero no olía mal. Estiré la camiseta a contraluz. Las manchas de sudor estaban, más o menos, donde debían estar si alguien con el cuerpo de Maurice hubiese estado dándole caña al squash durante sesenta minutos de reloj. Sudor en el pecho, en la barriga, los rodales en las axilas... Lo metí todo en la lavadora y la puse en marcha para que no me oyese llorar.

Mireille escuchó toda la explicación sin abrir la boca. Luego me dijo:

—Es todo muy raro, Barbara. ¿Es posible que jueguen en otras pistas?

—¿En Arles? ¿Cuántas conoces tú?

—No sé. —Y entonces me dijo una cosa que me dio que pensar—. ¿Por qué no le comentaste nada?

—No lo sé. Llevo una semana pensándolo. ¿Puede que por miedo? Por miedo a perder la parte de Maurice que me queda. Probablemente sea eso. Mira si soy burra... Por miedo a haber fracasado en un proyecto común que pensaba que nos habíamos tomado con ilusión para que saliese bien. Por miedo a saber la verdad. Por miedo a pensar que estoy viviendo con un mentiroso tan sofisticado que construye coartadas con una precisión criminal. Con la frialdad de un asesino en serie...

—No será para tanto, Barbara...

—No, claro que no. Espero que no... ¿Sabes por qué no lo hago, Mireille? Porque lo quiero.

Después de aquello y por una cuestión de supervivencia, en casa continuamos como si nada. Al contrario. Puede que él volviese a tener las atenciones, el buen humor y los detalles de tiempo atrás. De pronto, encendía velas aromáticas en la habitación o se presentaba en casa con media docena de ostras para que las compartiésemos, solo con una poco de pimienta molida, que es como me gustan a mí, aunque me hagan estornudar. Yo seguía con la mosca detrás de la oreja, pero tengo que reconocer que él, cuando quería, sabía comportarse. Las partidas semanales de squash, eso sí, mantenían el día y la hora fijos. Un viernes, incluso, llegó a casa con un ojo morado porque un pelotazo le había dado en el hueco ocular. El morado tardó unos días en desaparecer y cuando le preguntaban qué le había pasado, él soltaba una bromita que no me gustaba nada. «Mi mujer me pega», decía entre risas. La segunda vez que se lo oí decir, delante de unos vecinos del rellano, me puse seria y le pedí, por favor, que no volviera a decir aquello nunca más. Y él venga a reírse...

Sin embargo, no sé si dos o tres meses después de mi conversación con Mireille, Maurice comenzó a comportarse de un modo inesperado. Se mostraba celoso. Él conmigo. ¿Te lo puedes creer? Me decía cosas que nunca me había dicho. ¿Dónde vas hoy? ¿Con quién has quedado? Esta tarde has vuelto más tarde, ¿no? De repente empezó a preguntarme cosas de Samu. Obsesivamente. Samuel trabajaba en Giresse & Trésor. Su tarea no tenía nada que ver con la mía, pero es verdad que nos entendíamos bien, que charlábamos y que, en ocasiones, íbamos a comer juntos. Algunos días, antes de volver, cuando hacía buen tiempo, nos acercábamos al parque a tomar un café. Él, en la editorial, corregía textos y, de vez en cuando, hacía informes. Desde la central de París le enviaban un original y Samu, después de leerlo, redactaba tres folios sobre él. Hacía un resumen de la obra, daba su opinión con un comentario crítico y, al final, en negrita, decía si recomendaba o no su publicación. Un trabajo mal pagado para tener tanto poder. Un buen informe podía hacer feliz a un autor novato. Uno malo, en cambio, podía echar a perder la vida del aspirante a novelista que se rindiese ante el primer escollo. Samu, mayor que yo, era un hombre interesante, con criterio, un pozo de sabiduría, y yo me entendía bien con él. ¿Y qué? Nunca pensé en él como otra cosa que un compañero de trabajo. Pero Maurice se obsesionó con él. O quizá solo lo fingía. Eso lo pensé después, cuando, pasado el día de autos, reconstruí toda la cronología de los hechos una y otra vez. ¿Sabes eso de Napoleón, que la mejor defensa es un buen ataque? Hasta el punto de que una mañana Samu llegó al trabajo con el semblante desencajado, nervioso como un demonio. Vino y me dijo:

—Creo que me siguen.

—¿Quién?

—Alguien. Un detective privado.

—Pero ¿por qué lo crees?

Quizá había leído muchas novelas, pero lo cierto es que una persona con sudadera, capucha y unas Reebok de correr maratones lo estaba esperando en el portal de su casa, había entrado en la misma panadería que él a comprar el café con leche para llevar, se había subido al mismo autobús y se había bajado en la misma parada. Demasiadas casualidades. Y no parecía esconderse.

—Y ahora ¿dónde está?

Nos acercamos a la ventana y descorrimos la cortina para mirar la calle. Si el detective montaba guardia, lo veríamos desde el primer piso de la editorial. En cuanto pegamos la nariz al cristal, el encapuchado sacó el teléfono móvil y nos hizo una ráfaga de fotografías. Nada más retirarnos del antepecho y soltar la cortina, el chico se largó con un esprint. Ya en la esquina, lo perdimos de vista.

—¿Tenía o no tenía razón? —preguntó Samu, temblando—. ¿Qué crees que quiere?

No se lo pude decir. Me lo guardé para mí. Yo sabía que las compañías aseguradoras estaban acostumbradas a trabajar con espías. Es su pan de cada día. Me olía que aquella era una señal sutil que me estaba enviando, sin decírmelo, mi marido. Era una manera de controlarme, de decirme: «Puedo saberlo todo de ti». Solo me faltaba esperar al día en que Maurice, en casa, provocara que prendiera una mínima chispa por cualquier nimiedad para, así, mostrarme la fotografía como si fuese una carta ganadora. «Toma, aquí tienes la prueba. La revelación». Y yo me sentiría mal, acorralada, por algo que no tenía nada que ver conmigo, sino con él y su mente perversa. Pero ese encontronazo no llegó a ocurrir. Cuando me temía el rifirrafe, pasó algo peor. Decidí quedar con Mireille para contarle el nuevo incidente y el comportamiento tan extraño y tan inesperado de mi marido. Ella estaba al corriente de todo y yo prefería seguir confiándoselo todo a una sola persona.

Después de escucharme, me vino a decir que todo eso eran imaginaciones mías, que era imposible que el buenazo de Maurice contratase a un detective para seguir a un compañero de trabajo, y que si patatín que si patatán con un puñado de argumentos para quitarme la idea de la cabeza. Y, entonces, ocurrió. Ella, mi mejor amiga, la compañera de la que nunca me había separado desde que éramos pequeñas, las dos gotas de agua, me dijo que me relajase y me propuso un ejercicio que me iba a venir muy bien...

—Tú tienes que calmarte y pensar, por ejemplo... En algo que hoy te haya hecho feliz. Luego piensa en algo te haya hecho reír en el último año. Y, tercero, piensa en un lugar magnífico que hayas visto en tu vida. Verás como te irá muy bien.

Me la quedé mirando. Ella me sostuvo la mirada con la misma sonrisa imbécil con la que me había hecho la propuesta. Fijamente. Me salió decirle: «Sí, es un juego interesante, ya lo haré, gracias, a ver si así se me pasa todo».

—Al final no será nada... —le dije.

—Ya verás como sí. A veces hacemos muchos aspavientos por nada —tuvo los ovarios de responderme.

De pronto se desplomaron las torres gemelas. Así me quedé yo. Abajo Maurice y abajo Mireille. Mi mejor amiga y mi marido. Los dos a la mierda en un momento. ¿Cómo había sido tan idiota de no darme cuenta? ¿Por qué me había equivocado tanto, confiándoselo todo a quien me la estaba pegando desde vete a saber cuándo?

La miraba, envalentonada ante mis narices, tan segura de sí misma y de su secreto tan asqueroso, y no podía saber qué me dolía más. No puede haber una infidelidad más perfecta que el *by-pass* que me habían hecho a mí. Aún no sé cómo no la estrangulé. La tenía delante y la dejé marchar. Preferí esperar el momento adecuado y preparar la trampa, para que nadie pudiera decirme nunca más que eran imaginaciones mías.

A mediados de enero le dije a Maurice lo que le decía cada año. Urdí un plan para aquellas fechas.

—El cuatro de febrero es el aniversario de mamie Margaux. ¿Voy yo sola a París o vienes tú y hacemos una escapada?

—Ve tú, amor.

—¿Saco entonces billetes para mí sola?

Todo eso se lo pregunté con el portátil abierto en la mesa del comedor.

—Tira, tira... Dile que a principios de febrero son fechas de mucho trabajo.

—La excusa de cada año.

—No es ninguna mentira...

—Y como mínimo es coherente, tienes razón.

Continué mirando billetes de avión de Marsella a París, buscando el vuelo más económico.

—¿Cuántos cumple la abuela?

—Mira... Si voy sola, no tengo que ir con el pito en el culo. Voy un día, duermo en su casa y vuelvo al día siguiente. Mamie también se pondrá más contenta...

—Claro. Bien pensado.

—Me imprimo la tarjeta de embarque y así ya la tengo. Me voy el cuatro por la mañana y vuelvo el cinco después de comer. ¿Vale?

—Lo que tú consideres, amor mío.

—Mejor, sí. Y así también paso por la central de la editorial, que está bien que me vean la cara de vez en cuando.

La impresora escupió las dos tarjetas de embarque. Ida y vuelta. Las cogí y las doblé.

—¿Ves qué bien? Es fantástico. —Las guardé en mi bolso—. Ya tengo los billetes y he podido escoger ventanilla en los dos trayectos.

—Con lo que te gusta a ti ver las nubes de cerca, Barbara.

—Así me parece que tengo a mis padres más cerca. En los aviones, ya lo sabes, solo me subo por necesidad.

El cuatro de febrero vine aquí, a este piso, a felicitar a mamie. Ella, cuando me abrió la puerta, me montó el espectáculo de cada año. «Qué sorpresa, Barbara. Pero no hacía falta que vinieras, que tienes mucho trabajo». Y entonces me abrazó y me llenó con todos los besos que no me había dado los últimos meses. Le encantó la planta que le regalé —la compré en el aeropuerto— y una cajita de *marron glacé* que sabía que, con lo golosa que es, la volvían loca. Bueno, la vuelven loca todavía hoy. Aquel día, como te puedes imaginar, yo no tenía la cabeza en mi abuela, ni en la comida —salimos a comer una *bouillabaisse* a La Mère Catherine— ni en nada de lo que nos dijimos en la sobremesa. Sería incapaz de repetir ni una sola palabra de aquel cumpleaños. Sí que estaba pensando en la hora a la que haría la llamada. Justo antes de salir de este piso, justo aquí, sentada, lo recuerdo como si fuese ahora, telefoneé a Maurice desde mi móvil. Se puso enseguida. Le dije que París estaba fantástico, que lo echábamos de menos y, en voz baja, le propuse que felicitase a mi abuela.

—Te la paso. —Y le di el teléfono a mamie inmediatamente.

Maurice hizo de Maurice. Estuvo encantador. Se excusó por no haber ido, insistió en que lo sentía muchísimo y le comentó que yo ya le había dicho que la abuela estaba cada día más joven. Mentía, ya, incluso en eso. Mi abuela me devolvió el teléfono.

—Hasta mañana, Maurice.

—Hasta mañana, ratita —me respondió.

Los cojones. Mi vuelo de París a Marsella era a las siete de la tarde. Regresaba aquella misma noche. En una hora de mucha angustia estaba en el aeropuerto de Marsella-Provenza. En dos, estaba en Arles. En un momento aparqué debajo de casa, el lugar de los hechos. La zona cero.

Si había maquinado fríamente aquella situación como lo habría hecho él, si había urdido todo aquel plan, solo tenía una salida: ser valiente. Ya no había marcha atrás.

Entré en el portal, cogí el ascensor y subí hasta el tercero A. Nuestra casa. No sabía por cuánto tiempo, pero, hasta aquel momento, nuestra casa. Introduje la llave en la cerradura y, nada más abrir la puerta, ya noté tres cosas: el olor de la vela del dormitorio, un juego de luces que no era habitual y el ruido del agua de la ducha. Los sonidos de nuestra casa los conocemos con los ojos cerrados. La puerta de la habitación estaba entornada. Antes de entrar, vi la cama deshecha y unos zapatos de mujer. Los recordaba bien porque los habíamos comprado juntas. Entré en la suite, expulsé todo el aire helado que me quedaba en los pulmones, me senté en el colchón y, aguantándome el llanto, escuché cómo se divertían. Dos minutos eternos de tortura. Por mi cabeza pasaron todos los pensamientos al mismo tiempo. Centrifugué la rabia, el odio, la bilis... Pero esperé a que cerrasen el agua para decirles solo una cosa.

—Maurice, Mireille... No quiero ni que salgáis.

Silencio.

—No quiero veros nunca más.

No me hicieron caso. Primero salió él poniendo el grito en el cielo porque yo debía volver al día siguiente. Luego asomó la cabeza Mireille, compungida, que lo único que hacía era llorar como una magdalena. Había salido corriendo a ponerse las braguitas. A buenas horas. Yo me levanté y salí de la habitación porque no quería ni tenerlos delante. Desde el marco de la puerta y con unas fuerzas que no sé de dónde saqué, me salió darles instrucciones. Nunca me habían salido tantos imperativos seguidos.

—Os vestís, os largáis y luego, hacedme un favor... —Los dos me miraron atemorizados—. Pensad en algo que os haya hecho reír en el último año. Ya veréis qué bien os va a sentar. Pero nunca me digáis, NUNCA, me entendéis, cuántos años hace que os estáis riendo a mi costa. No quiero saberlo.

—Pero...

—Tú cállate.

—Barbara, yo...

—¡Que os calléis! Sois dos hijos de puta.

Y así, el día del cumpleaños de mamie se terminó mi matrimonio. Pero bah. Lo peor es que también se acabaron las ganas de confiar en las personas, aunque parezcan buenas personas.

# 19. Las escaleras ni suben ni bajan

¿Cómo se soporta lo que es insoportable?

Aquella noche se fueron a dormir temprano. Cada uno en el frío de su cama se hizo la misma pregunta. Él pensaba en la infidelidad del marido de Barbara y en la trágica muerte de sus padres. Desde que se lo había contado no se lo quitaba de la cabeza. Un avión despega, vuela hacia una ilusión y cuando esperas que te telefoneen para decir ya hemos llegado, la policía llama al timbre de tu casa, te comunica que ha habido un accidente y que no ha habido supervivientes. Del todo a la nada en medio segundo. Sin posibilidad de despedirse. Ni una palabra de gracia. Punto final. Los dos juntos, pero solos. Sin poder ni terminar una conversación. Con un final escalofriante que nadie merece y que se hace difícil imaginar. ¿Quién se fue primero? ¿Se dieron cuenta?

Con dos ausencias que, de repente, te caen encima —madre y padre— y que pesan demasiado. ¿Cómo se soporta un golpe así?

Con el único remedio que existe, seguramente.

A Barbara, con pijama de hombre, la cabeza en la almohada y los ojos cerrados, le venía a la mente el asesinato del padre de Roger. Un castigo cruel. La espiral de juego, la obsesión, la adicción, el torbellino imparable, las deudas de Pep Narbona hasta acabar como un despojo en una acequia con la cabeza dentro del agua. ¿Cómo se sigue adelante?

De la única manera posible.

Viviendo.

Viviendo, ya ves. Están mal vistos los gerundios. Barbara lo había discutido en alguna ocasión con los correctores de la editorial, pero sostenía que, si van solos, utilizados de forma aislada, no indican ni presente, ni pasado ni futuro. Y todo lo que puedes hacer después de una calamidad es eso, vivir. Al margen del tiempo, acompañado de los recuerdos, arropado por la pena. Pasado el duelo, si es que alguna vez pasa, acostumbrarte al ir tirando y tomarte el camino que te queda por delante como una oportunidad. Las nubes son carrozas que te transportan, y no una condena que te obliga a arrastrar los pies.

Entre una cosa y otra, Barbara estaba demasiado alterada para poder dormir. El relato de su matrimonio la había desvelado. Se había enrabietado, otra vez, como si fuese un dolor de hacía solo unos días. Se levantó, se puso unos calcetines de piel de cordero por encima de los pantalones de pijama y se acercó a la habitación de Roger. Aguzó el oído por si lo oía roncar. Tenía la puerta cerrada, como siempre, tanto de día como de noche. Llamó con los nudillos.

—¿Puedo entrar?

—Eh...

—¿Estás durmiendo?

—No. —Carraspeó—. Ya no. Pasa.

Entró y se quedó plantada a los pies de la cama. Roger encendió la luz de la mesilla de noche —una insulsa bombilla de cuarenta vatios— y se incorporó.

—¿Te pasa algo? ¿Te encuentras bien?

—Sí, sí, pero... Disculpa si estabas durmiendo.

—Que no, mujer, tranquila. Era broma. ¿Cómo quieres que pille el sueño hoy? Estaba pensando en todo lo que me has contado.

—Si no te importa, necesito que hablemos de ello. Todavía un poco más. —Intentó abrocharse el botón del cuello del pijama. No había ni botón ni ojal—. Hasta ahora solo has oído mi versión...

—Siéntate.

—Quiero que me digas lo que piensas. Por favor.

—Siéntate, mujer.

Ella puso el culo en el borde del colchón, como si le diera apuro. Roger levantó la almohada para ponerla contra el cabecero y se reclinó para quedarse sentado. De cintura para abajo, se tapaba con el edredón.

—¿Yo...? ¿Cómo lo veo...?

—¿No me has dicho que le estabas dando vueltas?

—Nada concreto, en serio.

—Me interesa.

—Bueno... —Roger, entre la espada y la pared—. No es fácil decirlo. Yo no conozco a Maurice. Mi madre siempre dice una cosa: no juzgues y no serás juzgado. Lo dice ella pero la frase es de algún santo... En cuanto a infidelidades, cada uno sabe las suyas, supongo. —Titubeaba y no sabía dónde quería ir a parar—. De hecho, eso es algo que habrá pasado toda la vida...

Subterfugios de hombre. Cuanto más seria es la conversación, más perdido anda. Ella lo notó de inmediato.

—Mírame bien —lo interrumpió—. No quiero compasión. ¿Qué piensas tú?

Roger se tapó la nariz, para resoplar dentro del edredón.

—Que el engaño en mayúsculas, lo que de verdad escuece, es la alta traición de Mireille. Que te lo haga tu mejor amiga. Una putada lo mires por donde lo mires.

—Te agradezco la sinceridad. —Respiró hondo—. Llevo tantos meses sin saber con quién hablarlo...

—¿Ella ha intentado...?

—¿Contactar conmigo? —Se inclinó hacia delante, puso la frente en el colchón y volvió a incorporarse—. Por tierra, mar y aire... ¿Llamadas que he cortado? Unas cuantas. Dos cartas que he roto sin leer. Un día, incluso, se presentó en la parada del autobús de la puerta de casa, esperando que yo saliese para... Me decía que quería explicarse, que tenía derecho a hacerlo, que por favor la escuchase. Yo caminaba rápido y ella detrás de mí, como una garrapata, suplicando que le concediese cinco minutos y que... Al final, después de ignorarla, me planté, me paré en seco y le dije que o me dejaba en paz por los siglos de los siglos y desaparecía de mi vista o me encargaría de contarle a Robert, su marido, todo lo que había descubierto de ella y Maurice.

—¿Y lo hiciste?

—Estuve tentada en más de una ocasión.

—Y ¿tú crees que su marido vivía en la inopia y no sabía nada de nada?

—Quizá lo sospechaba, no lo sé. Por mí no supo nada... —Sonrió por primera vez en toda la noche—. Directamente.

No volvieron a hablar de Maurice. De Robert, tampoco. Barbara ni siquiera sabía si la pareja continuaba junta después de su sutil venganza. Con ellos había hecho cruz y raya. Ya había salido bastante trasquilada. El tema fue Mireille. Mireille y todas las angustias que le había causado que la persona que lo sabía todo de ella, con la que había compartido tantas cosas juntas desde que eran pequeñas, fuese quien le hubiera asestado el hachazo mientras seguía mirándola a los ojos y riéndole las gracias como si nada, como si no se estuviese follando a su marido. De los hombres ya hacía tiempo que no esperaba gran cosa. Pero Mireille, con quien había atravesado media Europa con un interrail la primera vez que sus padres las habían dejado viajar solas, con quien se había fumado su primer porro, con quien había compartido los secretos más íntimos propios de cada edad, a quien había acompañado a la ginecóloga a escondidas de todo el mundo cuando había pillado unas cándidas no sabía dónde, incluso con quien se había consolado cuando murieron sus padres... Édith y Clément, pobres, conocían muy bien a Mireille. Y la querían. Había dormido muchas veces en su casa, años atrás. Si supiesen sus padres que esa misma Mireille, su amiga del alma, con quien había ido a escoger su propio vestido de novia, era la amante de su marido... No podía contar las ocasiones en que, después, al procesar toda la película adelante y atrás como si fuese una máquina antigua de cine mudo, había llegado a pensar que Maurice y ella ya estaban enrollados antes incluso de la boda. De hecho, si alguna vez se volviese a encontrar con Mireille cara a cara, le pediría que le respondiese una pregunta. Solo una. La llamada. La larga llamada que hizo Maurice desde Valldemossa durante la luna de miel en Mallorca, ¿te la había hecho a ti?

Barbara estaba convencida de la respuesta. Esa intuición, precisamente, es lo que le había generado tanta desconfianza. Si no puedes creer en quien más creías, entonces ¿qué? Y Roger estaba de acuerdo, a partir de la experiencia de la muerte de su padre, de lo doloroso que es el descubrimiento retroactivo. Porque si ya es duro enterarse de que tu padre es ludópata y que tiene deudas y que no las puede pagar, peor aún es enterarse cuando lo han matado de una paliza y tener que echar la vista atrás para rehacer los últimos años de su vida, cuando el hombre aparentaba una cosa y era otra completamente distinta. Y ella añadía que cuando son tu amiga y tu marido los que te han jodido pero bien, ya no puedes confiar en el mundo. Si es duro perder de golpe a las dos personas más cercanas, aún lo es más ver que ya no tienes ningún entorno seguro. Todo se tambalea. Adiós a la amiga, a tomar viento el marido, y entonces aparecen todas las dudas. Y él respondía que entendía esa sensación de quedar desprotegido. Y Barbara hablaba del tema, que nunca sale en los periódicos, de cómo volver a confiar en la gente después de un episodio así. Y él decía que, después de todo, las escaleras ni suben ni bajan, que todo depende de nosotros. Y ella contaba el caso de Simone Sicilia, víctima de los abusos de su tío, que lo había denunciado todo en un libro vengativo antes de suicidarse. Y él preguntaba si lo habían editado en Giresse &Trésor y Barbara respondía que sí, y él le decía que por favor se lo pasase que querría leerlo.

—Roger. ¿Puedo pedirte una cosa?

—... —Ni sí ni no, a aquellas horas.

—No quiero dormir sola esta noche.

Permaneció en silencio. Necesitaba pensar si la había entendido bien. Sus ojos, ávidos de compañía, como no los había visto nunca hasta entonces, le respondieron. Sí, le había pedido lo que le había pedido. Roger abrió el edredón como un padre que deja entrar a su hijo cuando tiene pesadillas. Estaba tan desconcertado que solo le salió decirle una cosa.

—Con una condición... Que dejes la oveja fuera de la cama.

Ella se rio con nerviosismo, se quitó los dos calcetines de piel de cordero que le llegaban hasta la rodilla, los dejó caer discretamente y, en un instante, notó el confort de unas sábanas calientes.

Por la mañana, ella se despertó primero. Le bastó un hilo de luz vertical que se filtraba por la rendija de la puerta para jugar a adivinar la hora. En realidad, ella se había ido desvelando durante la noche. No era su cama, no era su almohada y aún no sabía cómo se había atrevido a pedir si podía dormir acompañada. De vez en cuando, cuando se volvía y abría un ojo, contemplaba a Roger, durmiendo a dos palmos de ella. Poco a poco, la claridad del patio de luces le fue definiendo la silueta y le dibujaba las facciones. Llevaba unos cuantos días sin afeitarse. La barba era muy negra, de pelo duro, a juego con unas cejas de trazo grueso. La piel alegre de los treinta y pocos no insinuaba arrugas ni alrededor de los ojos. La respiración, tranquila, transmitía la paz de los no fumadores. No tenía prisa por que se despertara. Le gustaba mirarlo y pensar que sin el confinamiento nunca habría podido conocer bien a un chico que había llegado a su casa, hacía no tantas semanas, con ínfulas de dueño de bar musical. El 32 de marzo permitía llenar los días con conversaciones y momentos que, en condiciones normales, no tendrían cabida en el calendario.

Roger abrió un ojo.

—Buenos días.

—Buenos días... —respondió él, volviendo a cerrarlo. En la nebulosa de los primeros instantes, tuvo que hacer memoria. ¿Por qué estaba Barbara en su cama?—. ¿Todo bien?

—Mmm, mmm... —respondió ella, positiva.

Después de aquella afirmación gutural, le pareció que Roger volvía a dormirse. No quiso molestarlo. Lo observó durante cinco minutos que avanzaron a paso de tortuga. Cuando el corazón le dijo basta, Roger se despertó solo, sereno como si oyese canciones de lluvia. Barbara, con la cabeza encima de la mano y el brazo sobre la almohada, lo estaba esperando con la frase preparada. Había tenido tiempo de meditarla.

—Hace más de un año que no hago el amor.

El titular sonó como quería. Contundente, informativo. Sin que pareciese un lamento o un grito desesperado. Lo dijo con las palabras contadas y dejó que el tono hiciese el resto.

—Yo no hago favores, Barbara. —Dicha semejante idiotez que la dejó de piedra, Roger reptó para acercarse y la besó en los labios—. Yo solo lo hago cuando tengo ganas. Y ahora, contigo, me apetece mucho.

El segundo beso fue más largo. Con el tercero ya se agarraban la cara con las manos, se miraban muy de cerca y dejaban que los ojos rieran, llevados por la sorpresa. Y por la ilusión de las cosas inesperadas, que aceleran el bumbum del corazón. Bajo el edredón no hubo prisas. Cada prenda que se quitaban era un juego respetuoso. Ropa fuera. Hasta que, cuerpo a cuerpo, se entrelazaron las piernas para notar una calidez nueva. Luego se abrazaron. Pecho con pecho, Barbara y Roger sellaron una alegría compartida. Necesitaban sentirse protegidos en los brazos del otro y se recrearon en el momento. Poco a poco, dejaron que el tacto los guiase por el camino del deseo.

Cuando se fundieron uno dentro del otro, ya era mediodía.

Al terminar, siguieron tumbados, con la mirada en el techo y con campo abierto para las caricias. Rendidos a una situación impensable una semana antes, se entregaron a los sonidos dulces y las palabras pequeñas. Ella, que se había puesto la chaqueta del pijama pero no se la había abrochado, le reprochó el «yo no hago favores» perdonavidas que, en aquel momento, se podía haber ahorrado. Él se la devolvió. Bromeó con el «hace más de un año que no hago el amor», que había sonado a súplica. En voz baja, se fueron picando el uno al otro mientras reconocían que, el día que se conocieron, Barbara pensó que él era un creído de marca mayor y Roger admitió que no entendía cómo su hermano Marcel podía vivir en el piso de una tía tan arisca.

—¿Sabes lo que me tomaría ahora?

—No tenemos —respondió ella sin ninguna intención de moverse de la cama.

—Leche con Banania.

—¿En serio? ¿Te gustan esas gachas de plátano?

—¿No es como un batido de cacao?

—¿Tú por qué crees que se llama Banania? A ver, listillo... Ah, claro, tú eres el rey de las manzanas y el plátano no lo detectas.

—Oye...

—En cualquier caso... Me parece que en esta casa nunca hemos tenido de eso.

—¿Estás segura? —Le acarició el pezón con un dedo, con mucho cuidado.

—Ay, Roger, ¿a qué viene eso...?

—Chiiist... —Le puso el mismo dedo sobre los labios. Barbara fingió mordérselo.

—¿Adónde vas?

Roger pasó por encima de ella y saltó del colchón. Se puso los calzoncillos de la vigilia, la camiseta de dormir, y se tumbó en el suelo, junto a la cama. Ella insistió.

—¿Se puede saber qué estás haciendo?

Él ya estaba bocabajo, con medio cuerpo bajo el somier. Hubo de estirar el brazo para tocar la caja con los dedos. Con ambas manos, la arrastró hasta extraerla.

—He encontrado un tesoro... Cierra los ojos. ¿Estás preparada?

—Ay...

—Que los cierres. No sé, igual tú ya sabías lo que había aquí abajo.

—¿Bajo la cama? Ni idea.

Depositó la caja de hojalata de Banania sobre la cama.

—Ya puedes abrir los ojos.

Barbara los abrió sin saber lo que iba a encontrar.

—¡Banania! —Se rio—. ¿Esto es de tu hermano?

—No creo. ¿Nunca habías visto esta caja?

—Nunca.

—¿No te suena de nada?

—No. —La tocó y la sacudió—. Pensé que pesaría más.

—Ábrela.

Ella la destapó con la cautela que requieren las sorpresas. De inmediato se le escapó un oh. Y otro. Lo tenía delante y no se creía lo que estaba viendo.

—¡Es la foto de mamie!

—Es tu abuela, ¿verdad?

—La misma foto que vimos en la exposición.

—¿A que sí?

—Qué casualidad. La misma bicicleta, la misma postura. Por supuesto que es ella... ¿Cómo es posible? ¿Qué es todo esto?

Barbara se fijó en que debajo había muchos más recortes de fotografías en blanco y negro. Todas parecían ser de la misma revista. ¿Quién era toda esa gente?

—¿Tu abuela nunca te había hablado de esto?

—Nunca. Me acordaría.

—¿Y tu madre?

—Tampoco. Pero mis padres nunca vivieron aquí... —De pronto, frunció el ceño—. Oye, y tú, ¿qué haces hurgando en cosas que no son tuyas?

—Pensé —se hizo el pillo— que era una caja de mi hermano...

—Ya.

—Y... —de repente cayó—. Ahora entiendo todo ese interés en que viese la exposición de... ¿Cómo se llamaba el fotógrafo de la polémica?

—Eso es lo de menos.

—Tú ya habías visto esta foto. Primero la habías visto aquí...

Juguetón, desafiante, alzó una sola ceja.

—¿Tú crees que yo haría algo así, Barbara?

—Eres un tramposo —le pellizcó el muslo—. ¿La habías visto antes aquí o no?

—No responderé sin la presencia de mi abogado, y mi abogado es mi hermano y en estos momentos está en un juicio que, por cierto, me parece que le ha ido bastante bien.

—¿Qué más sabes de estos recortes, de esta historia? —Hablaba, nerviosa, con la imagen de su abuela en las manos—. ¿Has investigado?

—Todas son fotos de la guerra. Básicamente de los años de la ocupación nazi de París, por tanto...

—A partir del verano de 1940. La juventud de mamie, cuando no era abuela, ni madre. Cuando tenía... ¿qué? Quince o dieciséis años. Puede que diecisiete.

¿Cómo se soporta lo que es insoportable?

Detrás de aquellos recortes de revista estaban los años más siniestros de la guerra.

Margaux en blanco y negro. Jovial, pese a todo. Elegante y guapa montada en la bicicleta. Iluminada por alguien que sabía. Aquella foto del museo, tan bien definida, escondía una historia.

La de mamie Margaux y el amor de su vida.

Solo ella la conocía.

# MARGAUX

# 20. El eco de las botas

El descapotable aparcó, sin estridencias, en la puerta del Théatre du Châtelet. Del coche bajaron cinco soldados alemanes uniformados de la cabeza a los pies. Tenían una misión, determinación para llevarla a cabo y la consigna explícita de no ser antipáticos con los músicos. De la Conciergerie hasta la plaza del teatro solo había que cruzar el Pont-au-Change por encima del Sena. Podían ir a pie y habrían llegado enseguida, pero prefirieron presentarse con el coche. Imponía, asustaba y otorgaba oficialidad al encargo.

El ensayo del concierto prosiguió, indiferente al alboroto en la calle. La orquesta, antes de la hora del almuerzo, seguía la partitura de Schubert y la batuta del maestro Delphin Moureau, un director comedido en la gesticulación, pero más expresivo en la mueca. Las butacas de la platea estaban vacías. Tan solo en la penúltima fila, en una silla de madera, Ferdinand dormitaba en compañía de las notas de la octava sinfonía. Había ido andando desde casa por una ciudad desierta y, como cada día, para que el camino se le hiciese más corto, había ido contando los coches que habían quedado abrasados por la entrada de la Wehrmacht en la ciudad y abandonados por el éxodo masivo de los días posteriores. Habían pasado cuatro meses y nadie había retirado aquella chatarra. Algunos de los automóviles, de hecho, continuaban todavía panza arriba. Contar —coches abandonados, esvásticas colgando de las farolas, mujeres haciendo cola con la cartilla de racionamiento en la mano a la puerta de algún establecimiento— era una manera como cualquier otra de entretenerse y de no pensar demasiado en el horror que les tocaba vivir. O sobrevivir. Finalmente, Ferdinand enfilaba la orilla derecha del Sena y se plantaba en el trabajo. Una vez en el teatro, aquel martes había seguido las rutinas de siempre, ajeno al mundo de amenazas, muertos y bombas. Se había puesto su bata caqui y había empezado la jornada mucho antes de que llegasen los músicos cargados con sus instrumentos. Con todo el teatro para él, era el momento en que podía hacer ruido sin que nadie lo mirase mal. Había cambiado las bombillas fundidas de encima del escenario, había calzado la tarima del director, que se había quejado de que bailaba, había ido toda la mañana de un lado para otro y, en el momento en que había podido sentarse para escuchar cómo sonaba la orquesta, se adormiló. Desde el tiempo de las sirenas y los aviones, Ferdinand, como tantos otros compatriotas atemorizados, dormía con un ojo abierto. En la guerra, el sueño nunca llega a ser totalmente profundo. Comoquiera que él fuese quien estaba más cerca de la puerta, Ferdinand fue el primero en notar el ruido. Aquel murmullo venía de fuera. Enseguida lo percibió muy próximo. Un portazo, unas pisadas y unos pasos apresurados que no eran un buen presagio. El eco de las botas de los soldados nazis. Llevaba meses oyéndolas y no se acostumbraba a aquel ziszas sin sentir un escalofrío. En un abrir y cerrar de ojos tuvo cinco soldados a su espalda. Ferdinand, por acto reflejo, se puso de pie. El director notó que los violinistas que tenía más cerca miraban de reojo hacia el fondo de la sala. Él, sin dejar de mover la mano de la batuta, giró el cuello para averiguar qué estaba distrayendo a sus músicos. Sospechaba de dónde procedía aquel revuelo. Cuando vio los uniformes plantados al fondo de la sala con las hebillas relucientes, volvió a concentrarse en su orquesta. Continuó dirigiendo como si nada pudiese alterarlo, ni a él ni a Schubert. Tampoco los soldados quisieron interrumpir el ensayo. Todos, sin decírselo, dejaron que se impusiese la música hasta que terminó el primer movimiento con la tregua final bien colocada. Entonces sí, las botas acompasadas se hacían oír mientras avanzaban por el pasillo de la platea. En el escenario, los músicos dejaron sus instrumentos en reposo. El director —las cejas blancas cerca de los setenta— se enjugó la frente con un pañuelo arrugado que volvió a guardarse en el bolsillo.

—Señor, ¿en qué les podemos ser útiles?

—Supongo que no era Mendelssohn... —preguntó el único oficial que llevaba gorra de plato.

—No, señor. Schubert, la octava.

—Suena bien.

—Gracias. Son muchas horas de...

El oficial, que bordaba un francés enfadado, no estaba para cháchRAS. Un soldado con gorra blanda sacó un papel doblado y le lo entregó al oficial.

—Aquí hay más gente que la semana pasada. —Barrió la orquesta echando un vistazo—. Hoy no hay sillas vacías.

—No me es posible hacer pan sin harina —respondió el director Moureau sin intención alguna de ánimo de provocar.

El oficial se puso las gafas para leer el documento.

—Voy a decir, uno por uno, los nombres que había en esta orquesta el último día que vinimos. Ya saben cómo funciona. Al escuchar su nombre, les pido que se levanten. —Comenzó la lista escrita a máquina desde arriba del todo—. ¿Delphin Moureau?

—Presente... Disculpe que no me ponga de pie. Hace ya rato que...

Lo cortó con la mirada.

—¿Usted es el director de la Orquesta Pierné o es el payaso de la sala?

—Perdone, señor. —Comprendió que no era el momento de hacerse el valiente y depuso la batuta encima del atril.

—No quiero que me respondan. No digan nada. Cuando oigan su nombre, se levantan y se callan. ¿De acuerdo? Archambault. —Un fagotista se puso de pie—. Beaulieu. Bélanger. Chastain. Cornett...

Se fueron levantando. Un violinista, un clarinetista, un violonchelo. El de los timbales continuó en pie. Los tenía por orden alfabético.

—Daniau. Fontaine. Forestier. Herzog. —Vio que nadie se levantaba—. ¿Herzog?

—No está —dijo el director.

—¿Herzog? —preguntó de nuevo, como si hubiese oído llover—. ¿Herzog, oboe? ¿No está?

—Se lo llevaron ustedes... —respondió el electricista desde el fondo de la sala—. Hace siete días.

Los cinco uniformados se volvieron de golpe. El oficial, con la pregunta preparada, aguzó la vista para ver quién había hablado.

—Y usted... ¿Usted quién es?

—El electricista. —También se puso en pie—. El electricista del Châtelet.

—¿El nombre?

—Dutronc. Ferdinand Dutronc.

—¿Era amigo de Herzog?

—No, señor. Lo conocía de aquí, claro.

—¿También es usted judío?

—No...

—¿Tiene algo más que decir?

—No, señor.

—Pues cállese.

—Ferdinand... ¿qué más?

—Dutronc, señor.

Con un bolígrafo que un soldado se apresuró a entregarle destapado —todo el mundo tiene un papel en la guerra—, el oficial apuntó el nombre de Dutronc en lo alto de la lista y continuó bajando por el abecedario. Fontaine, Hidalgo, Jordan, Lefebvre, Martinez, Miralles... Con cada nombre se aseguraba de que el maestro dejase el instrumento en la silla y se levantase con la resignación de los perdedores. Acabada la página, unos cuantos hombres se habían quedado sentados en medio de la orquesta. De una ojeada, los tuvo a todos contados.

—Bueno. Veo que ha habido siete fichajes, director...

—¿Puedo hablar?

—Si es para decirme lo de la harina, ya lo he entendido a la primera.

—Quiero decir, si se me permite, que una orquesta necesita a todos los músicos. Schubert compuso lo que compuso para un número determinado de violines y de percusión y de viento de madera y... Si los maestros se han ido de París o si... Yo tengo que buscar otros, ¿me comprende? Necesito cincuenta y cuatro músicos. El concierto es el domingo que viene.

—¿La octava sinfonía?

—Sí, señor.

—Aquí estaremos.

—Será un honor tocar para ustedes.

—No sabe cómo me gusta, director, que en París nos hayan recibido así de bien...

De repente, un plato metálico cayó al suelo. El estruendo inoportuno asustó a todo el mundo. Uno de los soldados puso su mano en la empuñadura de la pistola. Mirailles, violonchelo, se había quedado blanco como el papel. Nadie tenía ganas de reír. Uno por uno, el oficial pidió a los siete músicos que aún no estaban en la lista que se levantasen y se identificasen. Se lo requirió por secciones. El último que permanecía sentado era de viento.

—¿Mi nombre? Damien Devère.

—¿Eso es un clarinete? —Lo señaló con el bolígrafo.

—No, señor. Un oboe.

—Es el segundo oboe —aclaró el director.

—Entonces usted ocupa el lugar de... —Miró el papel—. ¿Herzog?

—No lo sé. Intuyo que sí, señor.

—¿Lo conocía?

—No sé quién era, señor.

—¿No es usted muy joven para tocar en una orquesta?

—Veintiún años, señor.

—¿Puedo decir algo? —intervino de nuevo el director. Aguardó a que le concediesen el permiso con una caída de ojos—. Podría decirle que, dadas las circunstancias, tampoco hay mucho donde elegir. Pero prefiero decirle la verdad. Devère es muy bueno. No lleva ni cinco ensayos con nosotros y... nos ha sorprendido a todos porque, a pesar de parecer tan joven, es un virtuoso.

Damien temió que, de repente, el oficial lo hiciese tocar. No le apetecía nada, en mitad de aquella situación, tener que hacer una demostración de sus dotes. Maldito trauma. En sus inicios musicales, cuando aún no había pasado de la flauta al oboe, cuánto odiaba a sus padres cuando lo obligaban a hacer un pequeño concierto delante de la familia que había ido a casa para la sobremesa del domingo. El peligro, sin embargo, pasó de largo. Súbitamente, el oficial parecía tener prisa.

—Ya conocen las normas. Pueden tocar, pueden ensayar, pueden celebrar conciertos y continuar con la vida musical, pero ni un judío más en esta sala. Ni en los escenarios, ni en las orquestas ni en los teatros. —Dobló las gafas y se las guardó—. ¿A qué hora es el concierto?

—A las cuatro de la tarde, señor. Como siempre.

—Nos veremos el domingo.

La despedida —«nos veremos el domingo»— tuvo más de información que de amenaza. Pero enseguida el eco de las doce botas resonó de nuevo por el pasillo en dirección a la salida de la sala. No necesitaban marcar el paso para demostrar quién mandaba. El orgullo iba a juego con el uniforme. La orquesta tardó en reaccionar. Nadie decía nada, nadie se sentaba, y los instrumentos continuaban en el suelo o descansaban sobre las sillas. El director, el primero en respirar profundamente, concedió diez minutos de descanso. La mayoría de los músicos, cuando hubieron calculado que los soldados ya se habrían marchado, aprovecharon el sol de octubre para salir a fumar a la plaza.

—¿Damien Devère? —Lo había esperado en el pasillo. Era un hombre con la barbilla partida—. Me presento. Soy Ferdinand, el electricista.

—Ya lo he oído. Ha sido valiente, señor.

—O inconsciente, según se mire. Ferdinand Dutronc. —Le ofreció la mano, fuerte.

—Se la ha jugado. —Se la estrechó con dedos de músico.

—No he dicho nada que no fuese cierto.

—Puede que sí, pero cualquiera les lleva la contraria... ¿Se llevaron ellos a Herzog?

—Es un disparate lo que están haciendo con los... —Ni la palabra se atrevían a decir—. Tendrías que haberlos visto la semana pasada. Se lo llevaron a él y a cuatro más como él. Herzog era de los más veteranos de la orquesta. Un buen hombre, padre de tres hijos, pero, pobre gente, con un apellido que los señala.

—Siento tener que cubrir su plaza.

—Tú a la tuya, chico, como todos. Es la guerra. Has hecho muy bien. ¿Salías a fumar?

—No —se excusó con la rotundidad de la respuesta—. Necesito tener los pulmones limpios. Hay compañeros que fuman como carreteros, pero para tocar es mejor no...

—Por supuesto.

—Pero si usted salía, lo acompaño.

—No hace falta. Pero te lo agradezco. Te molesta si... —Sacó un paquete de cigarrillos del bolsillo de la bata de botones.

—Adelante.

—Me fumo cuatro al día. La cosa no da para más.

Ferdinand se encendió uno en la platea y, juntos, atravesaron el vestíbulo hacia la calle. Damien, con una maraña de rizos en la cabeza, era hablador por naturaleza. En los diez minutos de la pausa —que fueron diez porque el director Moureau era de una disciplina tozuda— le contó que para él era un honor formar parte de la Orquesta Pierné, que tenían mucha suerte de que fuese una de las cuatro grandes compañías a las que los alemanes habían dejado continuar con su programación, que había muchas otras orquestas y bandas que se habían tenido que disolver, y que muchos músicos, de todas las edades, andaban buscando trabajo donde fuera. Él había tenido mucha suerte de que lo cogiesen en la primera audición, pero muchos de sus compañeros, que acababan de salir del conservatorio o que tenían ya una carrera larga, se estaban ofreciendo para dar clases particulares, a precio de saldo, y poder ganarse algún franco. «Todo el mundo busca trabajo», dijo. Había escasez, en todos los sentidos. Tan solo hacía cuatro meses que la Wehrmacht había entrado en París y, a cada día que pasaba, la situación se volvía más peliaguda. Semana tras semana iban a peor. Todo el mundo lo comentaba, sin miedo a que los alemanes los entendiesen, y era verdad. No existía la tensión de los primeros días, pero la ciudad estaba cada día más vacía. De gente, de alimentos, de vida y de tiendas. Entre los que habían echado la persiana, los que habían huido —hacia el sur, hacia el campo, en busca de la zona no ocupada—, y aquellos a los que no se abastecía de comida, los establecimientos tenían cada vez menos. Ferdinand lo escuchaba y asentía con la cabeza. Llegará un día —dijo Damien— en que nos venderán filetes de carne que parecerán cajas de cerillas. Dijo que él y su familia —padre, madre y una hermana más pequeña—

vivían a dos manzanas de Les Halles y que allí, en el mercado, todavía se veía movimiento y tenían la suerte —remarcó, la suerte— de que aún podían encontrar, más o menos, un poco de todo.

—Yo vivo en la Rue Chappe, Montmartre arriba, en el dieciocho. Mucha gente de allí se ha largado. Hay casas abandonadas. Edificios enteros en los que no hay nadie. Ahora, de vez en cuando, ves que regresa alguna de las familias que se marcharon con la ocupación. Lo recogieron todo en pocas horas y se fueron cargados como mulas, se llevaron consigo incluso el colchón de matrimonio. Y ahora ves como algunos, poco a poco, van volviendo.

—En Les Halles también hay gente que... De hecho, no puedo decirlo muy alto, pero mis padres y mi hermana huyeron el día antes de que entrasen y ahora, cuando han visto que no tienen a dónde ir, han vuelto al piso, y a aguantar, qué remedio.

—Allí, a los pies de la colina, hay más vida. Tenemos los cabarets de Clichy, los prostíbulos de Pigalle... Ese es el tipo de carne que quieren ellos. Se vuelven locos estos soldados, como si nunca hubiesen visto unos pezones.

—Supongo que tienen que demostrar su poder.

—Sí. Con nuestras mujeres.

El director Moureau solo necesitó medio grito para tener a todo el mundo frente al pentagrama a la hora en punto. No hizo discurso alguno. Se limitó a levantar la batuta para crear el silencio sereno. La concentración.

La magia del instante antes de la música. Una vez que retomó el ensayo, consiguió que la *Sinfonía inacabada* de Schubert invadiese la sala como —más o menos— sonaba en su cabeza. Grave y misteriosa como el alma humana al principio, delicada y a pellizcos en la coda final. No podía hacer milagros. Con siete músicos nuevos, ¿qué quieres?

El concierto del domingo salió como el director había previsto. Mejor la cuerda que el viento, más concentrados al final que al inicio y, con la sala llena, cualquier nota que se hubiese podido escapar quedaba más disimulada. Deseaba que el público no hubiese notado una entrada precipitada del clarinete y, por su experiencia, estaba convencido de que solo los melómanos habrían percibido que la viola había desafinado al principio del segundo movimiento. El público local, satisfecho por la cierta apariencia de normalidad, aplaudió a rabiar. El oficial alemán y sus soldados, que habían ocupado las mejores filas de platea, salían ufanos pensando que el espectáculo se había hecho para ellos. Además, el hecho de que en Francia se tocase música de un compositor alemán lo consideraban un honor de conquista.

Ferdinand había visto el concierto entre bambalinas. A falta de regidor —que había desaparecido del mapa el mes de junio con la ocupación—, él mismo se encargó de bajar el telón después del último aplauso. Mientras los músicos recogían y comentaban la jugada, se acercó a Damien Devère, que en ese momento estaba guardando el oboe en su funda.

—Enhorabuena. Un buen debut con la Orquesta Pierné.

—La verdad... Qué sentimientos tan extraños. Pero ha sonado bien, sí. El director ha venido ahora a darme la mano. Una buena señal, ¿no?

—La mejor. Moureau es un hombre adusto.

—¿A ti te ha gustado?

—Yo no entiendo de música...

—Una manera de decir que no te ha convencido.

—Al contrario. Hoy me habría gustado venir acompañado...

—¿De tu mujer?

—Mejor todavía. De mi hija. Ella... —dudó si decirlo. Si se hubiese callado, se habría acabado la historia—. Ella también quiere tocar el oboe.

—¿Ah, sí?

—De hecho, me preguntaba...

—¿Qué? Dígame... —Damien sonrió—. ¿Le plantó cara a un oficial con los galones en la solapa y no se atreve a hablarme a mí?

—Me preguntaba... Nada. Si tú, quizá, podrías darle alguna clase. Me haría mucha ilusión. Pagaríamos algo, por supuesto... Lo que pudiéramos, ya sabes cómo andamos todos...

—¿Dar clases de oboe? ¿Yo? Nunca se me había pasado por la cabeza. —Pero ¿por qué no?, pensó—. ¿Cuántos años tiene la niña?

—Ahora debe de tener... dieciséis. Se llama Margaux.

# 21. Pensaríais que es Louis Armstrong

Damien y Margaux se conocieron la semana siguiente de una manera tradicional. El padre, Ferdinand Dutronc —electricista y lo que se terciase del Théâtre du Châtelet desde hacía diecisiete años— hizo las presentaciones. Esperó a que la orquesta terminase el ensayo matinal del sábado para reunirse con Damien en el vestíbulo principal, frente a las perchas del guardarropa, y le soltó la frase que casi se había aprendido de memoria.

—Esta es mi hija y, como te adelanté después del concierto, tiene unas ganas locas de aprender a tocar el oboe.

—¿Has visto el ensayo? —preguntó el músico, justo antes de darle tres besos a la chica.

—Sí, desde luego. Ha sido fantástico —Ella convirtió su entusiasmo en formalidad—. Mucho gusto.

—¿No es demasiado mayor la niña para empezar a tocar un instrumento? —dijo el padre, de esa forma en que se expresan los padres cuando hablan demasiado.

—¿Tarde? Nunca es tarde para aprender nada —respondió Damien convencido—. En la familia tenemos un conocido, donde veraneábamos antes de que comenzase todo esto, en la Bretaña, que se compró una trompeta cuando cumplió cincuenta años. Se la compró sin haberla tocado nunca. Si lo escuchaseis ahora y os tapaseis los ojos, pensaríais que es Louis Armstrong.

Padre e hija se rieron sin saber de quién les hablaba. Él, que había tenido prácticamente una semana para meditar la oferta de Ferdinand, insistió.

—El problema no es que tú tengas...

—Dieciséis años.

—Perfecto. El problema es si yo sabré lo suficiente para enseñarte. —Acarició la funda del oboe—. Lo toco, sí. Con nadie he pasado momentos como con él. Me han pillado aquí porque las circunstancias son las que son, y es un honor formar parte de la Orquesta Pierné, pero... no soy un profesor de oboe. Jamás he dado clases. He recibido muchas, sí. También he tenido unos buenos maestros... Pero en cuanto a experiencia, nada de nada. Si tú estás dispuesta, y tienes ganas, intentémoslo, por supuesto. Siempre tiene que haber una primera vez. Nos toca vivir en un tiempo en que todo es nuevo, ¿verdad?

—Desde luego.

—Todo es diferente, nos tenemos que adaptar a las circunstancias y hacemos cosas, qué remedio nos queda, que nunca habíamos pensado que haríamos —dijo Ferdinand.

—Bueno, si tú quieres que te enseñe, seguro que valdrá la pena. Y, además, yo creo que lo conseguiremos.

—Y yo también —dijo ella, fascinada por el entusiasmo que desprendía aquel chico cuando hablaba.

—No se hable más, pues —sentenció el padre, que, previamente, ya había pactado cuánto podría pagarle al profesor debutante.

Cada clase particular le saldría por siete francos y una pieza de fruta. La que tuviese, la que pudiese conseguir dependiendo de la semana.

Cerrado el trato con un apretón de manos, Ferdinand regresó al escenario para arreglar la lamparita del atril del director. No era el capricho de un tiquismiquis con poder. El maestro se había quejado de que, de vez en cuando, la bombilla fallaba. Parpadeaba, y si las notas temblaban dentro del pentagrama, mal asunto. «Parecen hormigas huyendo», le había dicho Delphin Moureau sin perder el sentido del humor.

Cuando Margaux y Damien se quedaron solos, se sentaron en el banco de la entrada del teatro y él le preguntó: «El oboe precisamente, ¿por qué? ¿Por qué no la flauta, el fagot, el clarinete?». Ella, sobreponiéndose a la vergüenza, le contó el hecho que la había impresionado, puede que más de un año atrás, en aquel mismo teatro. Su padre le había dicho que lo acompañase, que iba a ver una obra de Prokófiev. Estaba convencido de que *Pedro y el lobo* le gustaría. Y acertó. Ella no sabía qué iba a escuchar y aquello, la sorpresa de que cada personaje tuviese un instrumento propio, le pareció la mar de divertido. Era original. Miraba la obra con la boca abierta y pensaba en cómo se las había apañado el compositor para saber casar cada sonido con un protagonista. El clarinete para los pasos del gato. La flauta, tan delicada, para el pajarillo. Los timbales eran los hoscos cazadores. El abuelo, entrañable, se movería con las notas del fagot. Las tres trompas eran los peligros del lobo, tan seguro del poder de sus colmillos. Y Pedro —el osado Pedro— se la jugaría siempre con el rasgueo de las cuerdas. Pero lo que más le gustó, con diferencia, fue la voz del pato. El sonido dulce del oboe tenía tanto amor en sí mismo, concentraba tanta belleza cuando aparecía en escena que llegó a emocionarse. Era la primera vez que la música le hacía derramar una lágrima. Allí, con el culo pegado a la silla de madera, Margaux notó el vínculo especial entre ella y aquel instrumento. Desde esa matinal de la fascinación, se había puesto pesada en casa. No había día en que no les dijese a sus padres que quería tocar el oboe. Pasaron los meses, entraron los alemanes en París, les llovieron las bombas de la Luftwaffe, familias amigas comenzaron un éxodo sin saber adónde y ella prosiguió con su chaladura. Al final, su padre había encontrado a alguien que se comprometió a enseñarle.

A Damien Devère, en pocas semanas, se le acumulaban los golpes de suerte. Los alemanes habían liberado a su madre después de haberla detenido en una batida callejera indiscriminada, a él lo habían contratado para una orquesta de renombre y, además, había surgido la posibilidad de dar unas clases particulares gracias a las cuales podría llevar un dinero, y un poco de fruta, a casa.

—La Pierné busca un oboísta. ¿Te podría interesar?

—Hombre, ¿a ti qué te parece?

—Uno de los dos que había... Ya sabes cómo van hoy las cosas. Con el Estatuto del Judío ya no les dejan ni tocar. ¿Te interesa o no?

—Que sí, mucho...

—De hecho, ya le he hablado de ti a Delphin Moureau. Es un buen director. Es muy suyo, como todos los directores, pero tiene una buena batuta...

—Si me coge, no te fallaré.

—Joder, vaya si te cogerá. Tenemos conciertos programados, con la *Inacabada* dentro de ocho días y, entre los compañeros que se han marchado y los que se han llevado esos hijos de puta, vamos cortos de todo.

Damien Devère y Mecuentan Lefebvre habían ido juntos al colegio durante un montón de años y, en más de un curso y en más de dos, habían compartido pupitre. En aquella época, Lefebvre ya era un chico diferente al resto. Desde muy pequeño tocaba el violín. Era el único niño de la clase —en un colegio donde todo eran niños— que tocaba un instrumento y, cuando llegaba al aula con aquella funda más grande que él, despertaba la curiosidad en todos sus compañeros. La abría, sacaba el violín y el arco, tocaba tres notas a escondidas y era el héroe. En la hora de gimnasia, en cambio, todo el mundo lo veía sufrir. Los profesores también se daban cuenta del mal rato que pasaba. Pero, sin una pizca de compasión, con la certeza pedagógica de que lo que no mata nos hace más fuertes, lo obligaban a dar la voltereta, aunque no quisiera. A base de imperativos, el profesor le explicaba cómo debía encogerse primero e impulsarse después para conseguirlo. Pero Lefebvre estaba tan bloqueado que no lo lograba. Con aquellos tics militares, todavía era peor. A veces incluso temblaba. Era entonces cuando, sin miramientos, el profesor lo agarraba, lo ponía frente a la colchoneta, lo hacía agacharse, lo sujetaba por la nuca con una mano, le pasaba el otro brazo por detrás de las rodillas y, a la de tres, lo ayudaba con la cabriola. Si se levantaba con las piernas torcidas, lo obligaba a repetirla. Una y otra vez hasta que se ponía en pie lo bastante recto, con actitud marcial y el alma hundida.

El sufrimiento del pantalón corto terminaba cuando aquel chico canijo se encajaba el violín en la clavícula. Con quince años ya daba conciertos en pequeñas salas de París. Tocaba el *Rondo capriccioso* de Saint-Saëns y dejaba a todo el mundo asombrado por su virtuosismo. De inmediato se hizo un pequeño nombre en el círculo musical de la ciudad. En cuanto Delphin Moureau tuvo una plaza libre en la Orquesta Colonne, preparó una audición con él, le dijo: «Hoy tocarás la quinta de Mahler con todo el grupo» y, después de escucharlo, le dijo: «Empiezas el lunes». Eso sí, le puso las dos manos sobre los hombros, lo miró a los ojos y le advirtió que sería el más joven de todos los músicos.

—A una orquesta no va uno a lucirse, sino a contribuir. Todos al servicio de la partitura. ¿Estamos?

Y Jean Lefebvre estuvo de acuerdo. Jean era su nombre. Mecuentan era el mote que le habían puesto sus amigos y que se le había quedado incluso en su propia casa. A veces firmaba así en documentos insustanciales. Mecuentan L. Al principio le había molestado que se mofasen de él, pero intentar atajarlo habría sido peor. ¿Qué habría conseguido con enfadarse? Debía admitir que tenía la manía —él lo llamaba «costumbre»— de empezar a contar cosas, anécdotas o chismorreos con un «me cuentan» ineludible. Eso sí, siempre era muy cuidadoso en no revelar sus fuentes. No se recordaba un solo caso en que hubiese traicionado a quien le había comentado algo. Y esto también: nunca contaba nada relacionado con su propia vida.

En las últimas semanas, desde el discurso por la radio del mariscal Pétain a los franceses solicitando su colaboración con las fuerzas vencedoras del Tercer Reich, Mecuentan Lefebvre sentía la necesidad de compartir los rumores que le llegaban. Para no meter la pata, lo contaba a quienes creía que, como él, se resistían a tragarse que la ocupación de media Francia fuese para siempre y que el nuevo orden europeo fuese definitivo.

Me cuentan que Hitler vino a París de madrugada, que solo mostró interés en ver la Ópera por dentro y que se marchó enseguida. Meada de perro para marcar territorio. Me cuentan que los alemanes requisan las cámaras fotográficas. ¿Lo sabíais? Como país ocupado que somos, ahora tenemos prohibido hacer fotos. Me cuentan que estos *kartoffeln* saquean los pisos de los judíos, de los americanos y de los ingleses y se llevan todos los cuadros que encuentran. Usan el Jeu de Paume como almacén. Las obras buenas se las llevan a su país. Me cuentan que Radio-Paris, qué asco de emisora, se ha instalado en el 116 de los Champs-Élysées. Tened cuidado, amigos, porque me cuentan que hay gente que se dedica a falsificar cartillas del pan. Me cuentan que saben quién trafica con esas cartillas. Me cuentan que nuestro director, el maestro Moureau, tiene un amante. Y me cuentan que no es una mujer, precisamente. Me cuentan. Mecuentan Lefebvre. Si no hubiese sido violinista de la Orquesta Pierné, habría sido un buen periodista. O un espía de primera. Cuando alguien se lo decía, en voz baja, él se limitaba a sonreír.

Damien le contó a Margaux que Mecuentan siempre había sido igual de canijo, que el hecho de que debajo de aquellos pómulos huesudos no hubiese mejillas no era una consecuencia de la guerra. Ya en el colegio comía como un pajarito. En más de una ocasión, Damien, que sí había sido un muchacho de vida, se le zampaba el plato del rancho del colegio que a Lefebvre no le apetecía. A cambio le pedía que le dejase copiar los deberes del cuaderno de matemáticas. Margaux lo escuchaba y se reía, pero solo tenía una fijación: saber qué día comenzarían las clases de oboe y dónde las harían. Ella, por seguridad, propuso hacerlas en su casa. Una tarde a la semana, al salir del colegio. Su padre, si no tenía función, ya estaría en casa a la hora de la clase. Su madre, por las tardes, no volvía hasta que cerraban las Galerías Lafayette. Era dependienta. Trabajaba en el edificio del Boulevard Haussmann, en el noveno *arrondissement*, a cincuenta minutos a pie desde casa. Michelle había empezado de aprendiza en la sección de perfumería y, con los años, la habían ascendido a la planta de ropa de mujer. Vendía tanto alta costura para la burguesía del barrio como vestidos listos para usar, moda de calle para el día a día de París. Desde el mes de junio, sin embargo, la tienda había perdido casi toda su clientela. Las fieles de toda la vida, si se habían quedado en la ciudad, se encerraban en casa, aterrorizadas y con pocas ganas de exhibirse. Si alguna salía, no estaba ya para gastar en vestidos y faldas. Era preciso ahorrar por lo que pudiese ocurrir y pasar con la ropa que cada una tuviese en el armario. La consigna corría de casa en casa gracias al boca a boca. Por lo que contaba su madre a la hora de cenar, desde el inicio del otoño, en las Galerías Lafayette solo entraban soldados alemanes. Nunca uno solo. Iban de dos en dos o, en ocasiones, en grupo. Subían por unas escaleras, bajaban por las otras y se les iban los ojos. Todos ellos quedaban fascinados por la cantidad de productos que decían que no habían visto nunca en su país. Los compraban, hacían que se los envolviesen y los empaquetaban para enviar por correo postal a su casa. Aunque fuese comida. Michelle, que tenía nociones de alemán y una sonrisa perenne detrás del mostrador, aseguraba que, a pesar de todo —y subrayaba el a pesar de todo—, aquella gente, dentro de la tienda, se comportaba con corrección. Allí no parecían gentuza. Preguntaban, se hacían entender, querían saber el precio de las cosas, pagaban el importe marcado en francos sin regatear y, después, decían *merci*. Muchas veces hasta en francés. Cuando salían, con el paquetito en las manos, no daba la sensación de que fuesen asesinos.

El día que Damien y Margaux se conocieron, Mecuentan Lefebvre se los encontró charlando a la puerta del teatro. Con la funda del violín bajo el brazo y un brío impropio de un músico, les dijo:

—Me voy a la Rive Gauche. Me cuentan que han abierto una librería alemana, solo para soldados alemanes, y no me lo puedo creer.

—¿Adónde dices que vas?

—Al Boulevard Saint-Michel, esquina con la Place de la Sorbonne. Quiero verlo con mis propios ojos.

—Mecuentan... —Damien lo conocía como nadie.

—¿Qué pasa? —dijo sin dejar de caminar.

—Ándate con cuidado. No los provoques.

—¿Yo? No te preocupes.

—Recuerda que la guerra no puedes ganarla tú solo.

# 22. Un milagro a la vuelta de cada esquina

La suerte.

Sus compañeras de las Galerías Lafayette hablaban a menudo de ella, durante las largas horas en que nadie pasaba por la tienda. En la planta de mujer, las dependientas —uniforme azul, pelo recogido según instrucciones de la empresa— comentaban que, de una manera o de otra, tenían que matar el tiempo. Charlar las distraía de la miseria de la calle, de las duras tristezas y de la incertidumbre que, de repente, había calado en sus familias. Hablaban del azar y llegaban a la conclusión de que, en una guerra, tenía una faceta aún más cruel. Entre vivo y muerto, en ocasiones, solo existía un hilo de fortuna demasiado fino. La derrota era para todos, pero en algunas casas la desgracia se había cebado más que en otras. Michelle era la primera en reconocer que tenía suerte porque a su marido no lo habían reclutado para ir al frente. Él, en el Châtelet, con su bata de electricista, con un puñado de avellanas en el bolsillo, podía actuar como si la guerra pasase al margen de su jornal. Pese a todo, Ferdinand estaba en París y, hasta aquel momento, en las visitas de los alemanes al teatro lo habían dejado en paz. Los maridos de sus tres compañeras, en cambio, se habían ido de casa porque Francia los reclamaba para plantar cara al demonio. Incluso dentro de la mala suerte, se podía establecer categorías.

Nathalie —fulares, pañuelos y complementos— sabía que a su marido lo habían enviado cerca de Tours y, de vez en cuando, puede que una vez por semana, recibía una carta escrita con tinta de soldado. Nathalie sospechaba que él le contaba mentiras para que no se preocupase. Al final de cada carta, que cada semana se le hacía más corta, terminaba diciéndole una gran verdad: te quiero. Y con cada carta, cuando lo leía, se emocionaba, se emocionaba igual. Qué combinación tan extraña crean la añoranza y el miedo cuando se mezclan.

Marion, encargada de la ropa íntima, ni siquiera sabía dónde había ido a parar Romain. «Únete al frente» era la consigna que los hombres se iban diciendo unos a otros antes de junio. Y él, miedoso por naturaleza, no tuvo valor para esconderse. Pensó que sería todavía peor escaparse y se resignó a su destino. Tenía clarísimo cuál sería. Se había puesto el disfraz del ejército, se había mirado en el espejo del recibidor de casa y, con un llanto de niño pequeño, se había venido abajo diciendo que no quería ir. Tenía el presentimiento de que los alemanes entrarían cuando quisiesen y arrasarían, como lo habían hecho en Verdún el año 16. Veía venir la ola gigante a punto de engullirlo y ya era imposible escapar. Estaba convencido de que él, débil de cuerpo y de espíritu, no llegaría a Navidad, y de nuevo le entraba la llorera. Las palabras de esperanza de Marion no lo consolaron. Las caricias tampoco. Cuando pasaron a recogerlo al portal de su casa y lo hicieron subir al camión gris, ni siquiera tuvo fuerzas para levantar la mano y saludar a su mujer, que todavía lo animaba y le decía que «todo va a ir bien, Romain, ya verás como sí». Desde que se había ido, y de eso hacía ya casi seis meses, no había tenido ninguna noticia. *Pas de nouvelle, bonne nouvelle*, repetía Marion en voz alta, delante de sus compañeras, para no desesperarse.

Sin que entre ellas mediase competición alguna, Marthe era la que más había sufrido con la entrada de los alemanes en la ciudad. Solo dos meses después de casarse se había quedado viuda. Pasaba el duelo en el trabajo y, cuando tenía que atender a los soldados de la cruz gamada y se hacían los amables para pedirle una falda para su mujer, se le revolvía el estómago. Les habría vomitado encima. Frédéric, su marido, que Dios lo haya perdonado, no se resignaba a que los esbirros de Hitler fuesen los nuevos amos de París. ¿Qué pretendían demostrar con aquel desfile marcial de cada mediodía por los Champs-Élysées desde del Arc de Triomphe hasta el obelisco de la Concorde? ¿Por qué niños franceses por los cuatro costados de pronto querían ser soldados alemanes cuando jugaban a guerras? Un día de agosto, desafiando el toque de queda de las once de la noche, Frédéric salió de casa. Aunque Marthe le rogó que no se saltase la orden de confinamiento, que no se hiciese el héroe, él tuvo necesidad de tomar el aire. Dijo: «Me voy hasta los Inválidos y vuelvo, no tengo que encontrarme con nadie...». Se dieron un beso y ya no volvió a verlo más. ¿Qué hizo? ¿Qué se traía entre manos? ¿Con quién se encontró? ¿Por qué no regresó a casa aquella noche? Ya nunca lo sabría. En cuanto el día clareaba, Marthe salía en su busca y esperaba un milagro a la vuelta de cada esquina, pero este no llegó. No consiguió encontrarlo. La pesadilla continuaba y se maldecía a sí misma por no haber frenado a su héroe. Si la angustia por la desaparición de Frédéric se prolongó tres días, el modo de enterarse de su muerte fue aún más devastador. De camino a las Lafayette, Marthe vio el nombre de su marido —Frédéric Rameau— en un cartel colgado en la calle, en una fachada, cerca de la Kommandatur, en la avenida de la Ópera. Su nombre estaba entre el de otras siete personas más, todos hombres. Las palabras que encabezaban el rótulo estaban en alemán y Marthe no entendía lo que ponía. No quería preguntárselo a los uniformes verdes que estaban montando guardia con un cigarrillo en la mano cinco portales más allá. Abordaba a la gente que pasaba por la calle, cada cual, a su aire, yendo o viniendo del Palais Royal. Angustiada, a todos les hacía la misma pregunta.

—¿Sabe usted alemán?

Unos decían que no, otros ni le contestaban, algunos incluso le giraban la cara, que era una manera de decir «a mí no me metas, que esto es una guerra».

—¿Sabe qué pone aquí? —Martha volvía a hacer la pregunta—. ¿Usted sabe alemán?

Y continuaba insistiendo. A hombres, a mujeres, agarrándolas por el codo. Cada vez más desesperada. Un transeúnte, un hombre mayor que se había librado de ir al frente, miró el rótulo sin dejar de caminar.

—Pone... —Le bastó con un vistazo—. Estos son los fusilados de hoy.

Nunca supo qué había hecho aquella noche. Nadie le dijo cómo lo habían detenido, ni si se había resistido. Si había intentado ponerse en contacto con ella. Ni siquiera sabía dónde había ido a parar el cuerpo acribillado a balazos de su querido Frédéric. La ausencia de detalles es una tortura más de la guerra.

Marthe, a pesar de la desesperación, no dejó de ir a trabajar ni un solo día. Por la locura de tener que fingir que no había pasado nada. Para que no la implicasen en vete a saber qué. Su jefe, al conocer la noticia, le dio una palmada en el hombro y le pidió que por favor se arreglase, que estaba muy pálida. Era una consigna de la empresa. Maquillaos, poneos tan guapas como podáis y, sobre todo, sonreíd a todo el mundo, de unos o de otros. La gente ya lo pasa bastante mal afuera. Cualquier cliente que ponga los pies en nuestros almacenes tiene que entrar en un pequeño oasis. La miseria, el hambre y los rostros demacrados, aquí dentro, no tienen cabida. Michelle, Nathalie, Marion y Marthe se arreglaban cada día. Entonces, cuando el otoño de París comenzaba a virar hacia el invierno, Marion les enseñó un sistema para ahorrar en medias. Se quitó el zapato de salón del uniforme de la tienda y puso el pie encima del taburete que tenían detrás del mostrador.

—¿De qué color queréis que parezcan las medias?

—De color carne —dijo Michelle.

—Pues cogéis... un lápiz de ojos negro y en un momento las tendréis.

Marion, con cuidado, le quitó el capuchón y, desde el talón hasta el pliegue posterior de la rodilla, dibujó una línea tan recta como pudo por el centro de la pierna.

—¿Qué?

Se puso recta para que la mirasen.

—Comparad una pierna y la otra. ¿A que en esta parece que lleve una media?

—Desde luego.

—¿Y si las medias son negras? —preguntó Nathalie, poco convencida del invento—. Se vería una pierna blanca con una línea oscura en el gemelo...

—Chicas, también tengo un truco para esas... Os untáis un poco de una loción de Elizabeth Arden para oscurecer las piernas, luego os pintáis una raya de arriba abajo y ya tenéis unas medias negras de seda. Impecable.

—Seguro que esas no se estropean.

—Ni una carrera en las medias. Te lo aseguro. Baratas y, oye, te durarán toda la vida.

—Hasta que pases por la bañera, eso sí.

—Estás hecha una vendedora de primera, Marion.

Las cuatro se rieron con ganas y comenzaron a jugar a imaginar de qué color se las pintarían para cada ocasión, cuando todo aquello terminase, porque nunca ninguna guerra ha durado para siempre.

Damien llegó a Montmartre con la camisa sudada. Abrigado como iba, la caminata desde Châtelet le había hecho efecto. Se aseguró de que el edificio de la esquina de la Rue Chappe con Tardieu fuese la casa de la familia de Ferdinand Dutronc.

Llamó al timbre del quinto. Al momento oyó que lo llamaban desde el cielo.

—¡Damien! ¡Aquí arriba!

Él levantó la barbilla y, pese a la oscuridad, vio a Margaux asomada al alféizar de la ventana, saludándolo discretamente.

—Está cerrado, ¿verdad?

—Sí, sí —respondió él después de tirar de la puerta.

—Espera un momentito.

Desapareció dentro y enseguida volvió a asomar la cabeza con una cuerda. Con la habilidad de haberlo hecho muchas veces, fue haciéndola bajar por la fachada del edificio con el zigzag de una serpiente. En la boca llevaba atada una llave.

—¡Suerte que tu padre es un manitas! —gritó Damien mientras esperaba que terminase de llegar la cuerda—. Es el quinto, ¿verdad?

—Hasta arriba del todo, sí. Lo siento.

Damien subió los escalones de dos en dos. Después de una tarde de ensayos y de atravesar medio París, todavía le quedaban fuerzas. Era la ilusión de un reto nuevo. Estaba a punto de dar la primera clase de oboe a una chica que jamás había tenido uno en las manos. De camino a casa de Margaux, había estado pensando en veinte formas distintas de comenzar. Cuando llegó arriba, escogió una.

—Cierra los ojos.

Margaux, sentada a la mesa en la que cada día de su vida había cenado con sus padres, obedeció. Damien le puso el estuche delante, lo abrió, agarró las dos manos de la nueva alumna y las situó encima del tesoro.

—A ver cuántas partes encuentras.

—Uf. Esta es una. —Palpó un tubo de cuello redondo.

—Ve sacándolas con cuidado... Yo la cojo. Trae.

Margaux tocó otra parte.

—Esta es más larga, ¿verdad?

—Correcto. El cuerpo es más largo. No abras los ojos, que te estoy vigilando.

—No, no.

—Te queda una.

—Esta de aquí... Esta es más corta. ¿Puede ser?

—La cabeza, sí, señora. No los abras todavía... —Damien montó el instrumento en un santiamén—. Abre los ojos...

—Oh —exclamó Margaux.

—Esto es el oboe.

—Es... una obra de arte.

—La gente lo ve así, de una sola pieza, pero es importante que sepas que tiene tres partes: la cabeza, el cuerpo inferior y la campana, que redondea el sonido, que es la primera parte que has sacado.

—Es fabuloso.

—Si no lo tuviésemos en tres partes, no podríamos limpiarlo. Y es imprescindible hacerlo siempre después de tocar. Todo esto es madera. Si no lo abriésemos y no lo secásemos cada vez, la humedad de nuestra saliva lo iría estropeando enseguida. La madera se pudriría y... Y esto nos tiene que durar muchos años, quizá toda la vida. Ten, ¿quieres sujetarlo?

No supo disimular la emoción de tener el oboe entre sus dedos. Lo sostenía con la delicadeza con que habría sujetado a un bebé que no fuese suyo. Damien le enseñó cómo debía manipularlo. Con la mano derecha abajo, soportando el peso del instrumento, y la mano izquierda arriba para tocar las llaves superiores.

—Hay veintitrés llaves. Y todos los dedos tocan, se utilizan todos... Menos uno. ¿Cuál dirías?

Se lo pensó.

—El pulgar, este. —Margaux movió el de la mano derecha.

—Exactamente, porque se queda debajo y aguanta el oboe. Ahora bien... —Damien estaba sorprendido de su habilidad como profesor—. Tú crees que con el instrumento así, sonaría. ¿Tú podrías tocar?

—¿Yo? Ay, madre... —Miró el instrumento de arriba abajo—. No sé, falta como... la lengüeta para tocar...

—Bravo, Margaux. Existe una cuarta parte, que es la más pequeña de todas y la más importante. Lo que tú llamas lengüeta, se llama caña. —Extrajo una de un bolsillo del estuche—. Esta es para ti. La caña es el elemento principal. Sin esto, no suena. Es el nexo entre tú y el oboe. Esto va dentro, ¿ves...?

Damien agarró el instrumento y, con pulso de cirujano, introdujo en él el tudel. Tan solo la punta de la caña permaneció fuera.

—Puedes ponértelo en la boca, nadie más lo utilizará. Un momento... —la frenó en seco—. Primer consejo: oculta siempre los dientes. Pon la boca en forma de M... Muy bien. Ahora, poco a poco, aprieta los labios a media caña...

—¿Así?

—Perfecto. Aprieta la caña pero sin cerrarla del todo, para que pueda sonar. Y ahora, tú misma, suelta el aire. Un truco. ¿Te lo cuento?

—Por supuesto.

—Piensa en soltar el aire por un canal muy fino, muy concentrado, muy tubular, y, es importante también, a mucha velocidad, si no, no sonará.

Lo intentó. A la primera, Margaux no lo consiguió. Retiró la silla de la mesa para estar más cómoda, se concentró y probó de nuevo. El corazón le iba a cien, como si estuviese a punto de dar el primer beso. Insistió aún una vez más en expulsar el aire con precisión.

—El aire, a más velocidad. Más canalizado, piensa en ello.

De repente sacó un sonido. Un primer sonido que estaba en las antípodas de la música. Apartó el oboe de la boca y se rio, nerviosa, como si hubiese dado un gran concierto. Damien se puso de pie y la agarró por los hombros para felicitarla.

—Ya puedes decir que has tocado el oboe.

—Sí, claro... —sarcástica.

—Entre lo que acabamos de escuchar y el *Concierto número uno* de Albinoni no hay tanta distancia...

Luego volvieron a extraer la caña, dejaron el oboe encima de la mesa y se pasaron el resto de la tarde haciendo una sola cosa: practicar con la caña. Cada uno con la suya. Damien sacaba un sonido y Margaux tenía que copiarlo. A veces más grave, a veces más agudo, uno más breve y otro más sostenido en el tiempo para ver hasta dónde aguantaba ella sin marearse. Cuando le salía una vibración ridícula o un silbido que parecía un globo deshinchándose se morían de risa. Margaux jamás había dicho que aquella pieza delicada, más diminuta que un cigarrillo, que a ratos parecía un silbato de feria, fuese lo que haría sonar el instrumento que la había enamorado.

Cuando Damien salió del piso, Ferdinand aún no había llegado a casa. A media escalera el músico se cruzó con una señora que subía y le dijo buenas noches.

—Buenas noches —respondió ella—. Hay poca luz en esta escalera.

Con el abrigo abierto quedaba a la vista el uniforme azul del trabajo. Sabía que trabajaba en las Lafayette. Supuso que sería Michelle, la esposa de Ferdinand. Era la primera vez que veía a la madre de Margaux. Se parecían mucho. De refilón, pensó en cómo sería de mayor. De repente, Damien ya conocía a toda la familia Dutronc.

Mecuentan Lefebvre, con la funda del violín en el regazo, se había quedado esperando a que cayese la noche. Había salido del ensayo, se había despedido de Damien, que le había dicho que se iba a casa de Ferdinand Dutronc, y había ido andando hasta la Place de la Sorbonne. No estaba lejos del teatro. Una vez allí, se había sentado en un banco de la calle, justo enfrente de la librería alemana. Durante la tarde, había observado el escaso movimiento que había en la esquina con el Boulevard Saint-Michel. En más de una hora, solo había visto entrar a dos soldados y a un hombre vestido con ropa de calle que rondaba los sesenta. Le bastó ver su rostro baboso para deducir que debía de ser un petainista, un entregado a los vencedores, un traidor —como tantos que empezaba a ver— que se iban acomodando a la nueva situación. Seguramente había entrado a comprar un libro en alemán, aun sin conocer el idioma, que le sirviese de salvoconducto si alguna vez tenía un problema. La pareja de soldados —cada uno con un volumen bajo el brazo— salió al cabo de diez minutos. En cuanto estuvieron en la calle, el más alto de los dos soltó un gran eructo y comentó que prestaría el libro a sus compañeros de regimiento.

—¿Prestarlo? Yo se lo alquilaré —dijo el otro, ventilando el aire con una mano—. Lo he comprado para hacer negocio.

Mecuentan no alcanzaba a ver qué habían comprado, pero sí había estudiado lo suficiente en Leipzig para comprender de qué hablaban aquel par de *kartoffeln*. Fueron los dos últimos en salir antes de que un hombre rubio —casi albino— apagase las luces, saliese de la tienda, bajase la persiana y cerrase con llave aquella librería que tenía dos escaparates de cristal a cada lado de la puerta. Ya hacía días que Mecuentan tenía controlado que, en los escaparates, al igual que dentro de la tienda, solamente había libros en alemán. Para joder. Para recordar que en París se habían vuelto las tornas. Para señalar que habían conquistado la capital de la cultura y que se meaban en ella. Para demostrar que eran los amos del mundo. Todos estos pensamientos corroían a Mecuentan y a Samuel Bardollet, el compañero de piso que llevaba tiempo controlando cualquier movimiento desde el otro lado de la plaza.

Con la ciudad muda, cuando el encargado de pelo rubio debía de estar ya en su casa, cuando se hubieron asegurado de que en la plaza no quedaba un alma, Mecuentan hizo la seña que Bardollet estaba esperando. Silbó las cuatro primeras notas de la quinta de Beethoven y su amigo entendió que empezaba el baile.

—¿Tú o yo? —preguntó mientras se sentaba en el banco, al lado de Lefebvre.

—Tú lo pones y yo vigilo. Habíamos quedado así, ¿correcto?

—Sí.

—Pues ahora no cambies los planes.

—¿Lo tienes preparado?

—¿A ti qué te parece?

—¿Estás nervioso o qué te pasa?

—No. Pero no me toques los cojones, ¿me oyes?

—¿Tú crees que es el momento?

—Es ahora o nunca, Samu.

—Si nos pillan...

—Ahora no hay peligro. Hazme caso. No hemos montado todo esto para ahora...

—De acuerdo. Lo pongo, lo activo y me largo hacia arriba por Vaugirard.

—Y yo tiro por detrás de la universidad.

—Nos vemos en casa.

—Suerte, compañero —dijo Mecuentan Lefebvre antes de abrir la funda del violín.

Samuel Bardollet sacó de ella un pequeño artefacto. Mecuentan Lefebvre, con dedos de violinista, peló un cable, lo enroscó con el otro que ya llevaba deshilachado de casa y, en un abrir y cerrar de ojos, tuvo la bomba entre las manos.

—Ahora ve con cuidado... —dijo mientras le entregaba el artefacto a Samuel, con el cuidado de quien cede un bebé que llora.

Mecuentan cerró el estuche, se puso de pie y, como si nada, comenzó a avanzar de espaldas a la librería.

—Tú corre, Samuel, corre...

Bardollet, paticorto, se acercó a la tienda con el corazón a doscientos. Colocó la bomba a los pies de la puerta, calculó que tendría unos veinte segundos de margen y corrió como un poseso. Corría y contaba. Nueve, diez, once... Le dio tiempo a salir de la plaza y llegó a Vaugirard. Cuando iba por los dieciséis, diecisiete, dieciocho, el estrépito seco de la explosión lo levantó del suelo medio metro.

El estruendo de los cristales hechos añicos resonaron por todo el barrio. Solo uno de los escaparates permaneció intacto. Los otros tres, y la puerta, destrozados. De inmediato se pusieron a ladrar todos los perros de los alrededores.

Operación completada.

—Que se jodan esos hijos de puta.

No creía que lo hubiese visto nadie.

La suerte.

# 23. Las notas no te engañan

Antes de presentarse en casa de los Dutronc, Damien se preparaba las clases. Se planteaba un objetivo y, cuando lo tenía definido, buscaba el modo en que a Margaux le resultase más fácil y entretenido llegar a él. Con el entusiasmo que le ponía la chica, nada se hacía cuesta arriba. Pero todo requería su tiempo. Un día, antes de comenzar la sesión, Damien le pidió que pensase en un niño pequeño.

—Cuando ronda el año, no se pone de pie y echa a andar como si nada. Primero gatea, luego se sostiene, después se cae de culo, y hay un día en que da dos pasos y se tambalea, hasta que cada vez camina un poco mejor. Con el oboe es lo mismo. Primero tiemblas porque piensas que no lo vas a conseguir. Luego andas a trompicones. Y todo llega, poco a poco. Es igual con cualquier instrumento. Hay un proceso. No se pasa del nada al todo como quien enciende una cerilla.

Otro día, mientras sacaba las piezas del estuche, le dijo a Margaux que se dejase de pamplinas románticas, que en el aprendizaje no hay inspiración, hay trabajo.

—¿Quieres que te diga el verdadero truco para tocar bien el oboe? Horas.

Y Margaux, que para reírse achinaba mucho los ojos, le respondió que quizá llegaría el día en que te tomarías una pastilla y sabrías tocar un instrumento. Irías a la farmacia y dirías: «Mire, aquí tiene la receta. El médico me ha dicho que, si me tomo esto tres veces por semana a la hora de cenar, el mes que viene ya sabré tocar el violín. Si la alterno con esta otra píldora, desayuno y almuerzo, el violín y la viola. Y a finales de año ya podré tocar el paso a dos de *El lago de los cisnes* y la gente me aplaudirá».

Otro día —cada vez les apetecía más verse para estar juntos— Damien le contó qué hacía Rimski-Kórsakov con sus alumnos de primero en el conservatorio de San Petersburgo. Los reunía y les adelantaba cómo iba a ser el curso: «Al principio, yo hablaré y ustedes me escucharán. Luego, hablaré menos y ustedes empezarán a trabajar. Y al final, yo ya no diré nada en absoluto y ustedes trabajarán sin descanso».

—¿En qué punto estamos nosotros?

—¿A ti qué te parece?

—Que tú ya hablas menos y yo... —llevándose el oboe a la boca— trabajo mucho y bien.

Finalizada la cháchara, iban al grano. Se sentaban uno al lado del otro porque a Margaux le iba mejor para copiar los gestos de Damien, en lugar de verlo como si fuese un espejo. Se fijaba en el modo de poner los ocho dedos para sacar el si bemol, la nota más grave. Él estaba muy encima de ella. Le corregía las turbulencias. Le hacía encontrar la estabilidad necesaria para que el aire no tuviese variaciones de sonido. Insistía en que la presión de los labios sobre la caña fuese la adecuada. La interrumpía cuando percibía que todo sonaba plano, sin vida. Repetían tres notas, una y otra vez, hasta que ella era la primera en darse cuenta de que le salía como estaba escrito en el pentagrama.

—Las notas no te engañan, Margaux.

—Pero no siempre suenan igual.

—Porque el sonido que saca un instrumento es, siempre, el alma que sacas de tu interior.

—Tengo que hablar... a través del instrumento. ¿Es eso?

—Exactamente. Una vez tuve una profesora, una mujer mayor que había nacido en Kiev, que me arrancó el oboe de las manos y me dijo: «En un registro más grave, tienes que pensar que eres un fagot. En un registro medio, tienes que pensar que eres un clarinete. Y en un registro más agudo tienes que pensar que eres una flauta. Tú imita otros instrumentos e, inconscientemente, tu sonido irá hacia allí».

—Mejor me apunto con esa profesora, y así aprenderé más rápido...

—Pero no te lo pasarás tan bien.

Margaux no quiso darle la razón, pero se ruborizó. No era consciente de que se notase en la cara lo placenteras que eran aquellas horas.

—Venga, no te distraigas. —Damien, cuando vio que estaba en las nubes.

Él, muy pendiente de la colocación de las manos, no dejaba de exigir. Ella era una esponja. Lo absorbía todo a la primera.

—El meñique, el de la mano izquierda, manipula cinco llaves. Estira más el dedo pequeño...

—Tú tienes la mano más larga... —protestaba Margaux.

—No mucho. Tú también tienes que llegar, sin problemas.

—A ver...

Margaux dejó el oboe en el regazo y le presentó la palma para comparar la longitud de los dedos. Reclamaba que Damien le pusiese su mano encima. No se resistió al juego de la alumna.

—No hagas trampas —insistía ella, pendiente de que no hubiese ni medio milímetro de diferencia en la base del pulgar.

Encajaron las manos. Ella la tenía más fría.

—Te saco este trocito de falange y gracias, no tienes excusa.

—Porque tú llevas las uñas muy redondas. A ver... —De repente, Margaux le había agarrado la izquierda y se la había dejado muy abierta.

—¿Sabes leer las manos? —musitó Damien.

No respondió. Se limitó a escrutar las cuatro líneas que conviven en la palma y nadie sabe para qué sirven. Para dar conversación, quizá. Margaux miraba fijamente. Prestaba la atención de quien observa el mapa del tesoro en busca del atajo.

—Te felicito, Dami, esta es la línea de la vida. —La

recorrió con su dedo, haciéndole cosquillas—. ¿Has visto qué larga es?

—En serio... ¿Estás segura de que cuenta mucho lo larga que tengas la línea de la vida en una guerra?

Había dicho la palabra.

Las clases, las vibraciones del oboe, las horas que pasaban juntos, eran un oasis. Los dos solos, se aislaban del mundo. Desde el quinto piso, no se veía a alemanes paseando con la cabeza alta, como si fuesen los dueños de la ciudad. Ni siquiera asomándote a la ventana se contemplaban el miedo, ni la moral por los suelos, ni las colas del hambre, ni las bolsas de agua caliente que los ancianos metían en la cama para combatir el frío del invierno. Y, pese a todo, las estaciones pasaban. De los cielos de tregua del verano a la grisalla tormentosa de enero. Entre medias, el día a día de miseria y el arrastrar de pies. Con cada mes, la misma historia. Represalias. Escarmientos. Detenciones. Deportaciones. Las cuatro estaciones. Los prisioneros de primavera quizá ya estaban muertos en otoño. ¿Quién sabía algo de los hombres que se habían alistado por voluntad o por fuerza? ¿Quién podía saber qué había sido de los soldados que habían encarcelado? En el colegio de Margaux no se hablaba de eso. En la orquesta de Damien fingían que no pasaba nada. Entre ellos, discutían de partituras. En la pausa de los ensayos, uno decía que había escuchado la quinta sinfonía de Beethoven, siendo jovencito, y que se había quedado a vivir allí. Otro añadía que Beethoven era el genio más temperamental, en contraste con otros compositores más comedidos. Hablaban de música, siempre música, nunca de la personalidad de los creadores. Otro respondía que Ravel era un reloj: todo en él sonaba con una precisión insólita. Y cuando alguien se atrevía a comparar entre un músico francés y uno alemán, comenzaba el prurito de la incomodidad y enseguida aparecía alguien que cambiaba el rumbo de la conversación. Por si acaso. De sobra sabían en la Orquesta Pierné cómo se las gastaban los alemanes. Ellos eran la Orquesta Colonne de toda la vida, pero, por supervivencia, los habían obligado a cambiar de nombre. Édouard Colonne era judío. Había líneas que no se podían traspasar.

La buhardilla de Montmartre no era un refugio. Para ellos dos era el paraíso. Después de cerca de un año de acostumbrarse a la vida truncada, ella intentó tocar la entrada del pato de *Pedro y el lobo*. Llevaba seis días ensayando, a escondidas, para sorprenderlo. Había invertido muchas horas. Sus padres le reprochaban «otra vez esa canción» y ella repetía e insistía. Hasta que llegó la tarde en que Damien subió los cinco pisos con el estuche a la espalda y sus rizos de artista y, de pronto, Margaux lo recibió con dos imperativos nada habituales en ella.

—Siéntate y escucha.

Ella se tomó su tiempo. En busca de la concentración y la voz del pato. Cerró los ojos para interiorizarlo. Con los labios, ablandó la caña... Comenzó a tocar y la música fluyó.

Era un pato torpe. Las notas más graves de la partitura lo presentaban así, remolón y mustio. Luego, en cambio, cuando el lobo se lo come y el pato revive, Margaux sabía sacar la misma melodía, pero con un color diferente. Con el oboe había sabido cambiarle el carácter. Ya era un pato espabilado y feliz. Podía describirlo tal y como lo había pensado el compositor y, mientras lo tocaba, le parecía un milagro.

Damien estaba fascinado. No se esperaba aquel pequeño concierto que Margaux le había preparado en secreto, sin decirle nada. Más impresionado estaba todavía de que hubiese fallado tan pocas notas. No quiso decírselo. Solo era momento para aplaudir que se hubiese atrevido a tocarlo y que hubiera sabido ver la diferencia entre el patito mohíno y el pato revitalizado.

—Esto no me lo esperaba, Margaux. Bravo.

—¿Qué tal? —El corazón le iba a mil.

—Impresionante. De verdad.

Se levantaron de la silla y se abrazaron. Margaux, todavía con el oboe en la mano, rodeaba a Damien por encima de la cintura. Él la comprimía con sus brazos fuertes. No le incomodaba en absoluto el pelo de ella en su mejilla. Estaban a gusto. Permanecieron así un rato. Ella habría querido quedarse a vivir en aquel abrazo.

De vuelta a casa andando, París le pareció menos cansada y teñida de soledad. De pronto, las fachadas habían recuperado la elegancia solemne de su ciudad. Caminaba por el Boulevard de Magenta y pensaba en los ojos ilusionados de Margaux esperando el veredicto de su concierto particular. No se podía creer que le hubiese sostenido de la mano con la excusa de leerle la línea de la vida. Le gustaba ver lo decidida que era Margaux Dutronc. Cómo había llegado a serlo, poco a poco, a medida que entre ellos había crecido la confianza o que se había hecho mayor. En febrero había cumplido los diecisiete y ya era toda una mujer. Cuando se abrazaron la sintió muy cerca. En el sentimiento y en el tacto. Y le gustaba recordar lo que habían hecho después. Se habían vuelto a sentar y, cada cual con su oboe, habían tocado la melodía del pato al unísono, sincronizadamente, como si fuesen los dos instrumentos de una orquesta. Tocaban con un ojo en la partitura y, con el otro, se miraban y sonreían. Un montón de sensaciones nuevas para una tarde que él no podría olvidar.

—¿Damien? ¿Damien Devère?

Alguien lo llamó desde una esquina lúgubre. Tan a oscuras que escuchaba al hombre que pronunciaba su nombre con dificultad, pero no lo veía.

—¿Quién es?

El hombre dio dos pasos al frente.

—¿No me ubicas? —preguntó con la voz apagada—. ¿Es que estás fingiendo que no me conoces o qué?

Damien, asustado, se acercó para mirarlo a los ojos. Le sonaba su cara, sí.

—De la orquesta, creo...

—Caliente.

—¿Mirailles, quizá?

—Caliente, caliente...

—El chelo, ¿no? Ahora sí.

—Michel Mirailles, me llaman MM.

—No jodas. A mí en el colegio me llamaban Dédé.

—El más joven y el más guapo de la orquesta. Aquí lo tenéis...

—A veces todavía firmo DD. —Al aproximarse, notó que el aliento de Mirailles olía a vino caliente—. ¿Qué haces por aquí?

—Esperando el toque de queda. No te preocupes que cuando tenga que volver a casa ya estaré allí.

—Durmiendo la mona.

—¿Quién? ¿Yo? —Hacía esfuerzos por mantenerse de pie—. Invítame a una copa, venga... Todavía hay un bar abierto aquí, dos calles más abajo.

—Ya lo conozco. Está lleno de uniformes verdes hasta la hora de las brujas.

—¿Y qué? No van a hacerte nada. Son como los perros: si no les dices nada, ellos no te molestan.

—Me voy a casa, Mirailles...

—Ven conmigo, vamos, que no te van a molestar...

Intentó agarrarle la mano, y él se zafó.

—A casa, que no he visto a mi madre en todo el día.

—Por supuesto... Eres un niño que aún vive con sus padres.

—Con mi madre. Mi padre...

Miraillles le pellizcó las mejillas con una mano para hacerlo callar.

—Mira qué piel tan fina.

Y cuando lo tuvo preparado, con la boca formando un círculo, le estampó un beso en los labios.

—Pero qué coño haces, hombre. —Damien le apartó la mano y dio un empujón—. Pero tú estás loco o qué...

Miró a un lado y a otro, preocupado por si alguien había visto aquel beso robado. Si hubiese sabido cómo hacerlo, le habría pegado un puñetazo. Prefirió secarse los labios con la manga. Era un saco de nervios.

—Si nos hubiesen visto, mañana estaríamos muertos. Eres un desgraciado.

—No te preocupes, hombre, a mí no me harán nada los alemanes...

—¿Cómo estás tan seguro? —limpiándose aún los labios.

—Lo sé... —Michel había hablado de más y rectificó—. Lo sé y punto.

—Buenas noches, Miraillles. Vete a casa. Llevas una buena curda.

—¿Sabes qué? —Lo agarró por la solapa para que no se marchase—. A mí en el colegio también me llamaban MM. Michel Mariquita.

—Pues felicidades. A mí no...

—Pero tú... —Iba a decirlo y se frenó a medias—. Dédé, qué mono eres.

—Yo, ¿qué? —No iba dejarle pasar ni una más—. «Pero tú...», ¿qué has querido decir?

—En la orquesta todos lo saben. Todo el mundo lo comenta, vamos.

—¿El qué?

—Que el director, el gran Delphin Moureau, te eligió para la orquesta porque...

—Habla.

—Te lo pasaste por la piedra.

—¿Yo...? Es absurdo lo que dices, Miralles. Estás muy borracho.

—Dicen que le tocaste muy bien... el oboe.

—¡Eso no es verdad! —gritó, alterado.

—Todo el mundo sabe que a Moureau le gustan jovencitos y delgaditos...

—Yo no sé nada de todo eso. A mí no me ha puesto la mano encima. Ni el director ni nadie.

—Yo sí... —dijo orgulloso, levantando el dedo.

—Tú eres un imbécil. Y no bebas más. *Auf Wiedersehen*.

Le salió así, para hacerlo más rotundo, y se marchó pitando a su casa.

Al día siguiente, en el ensayo del mediodía, Miralles no se acordaba de nada. Se extrañó de que Devère pasase por en medio de los atriles para ir a buscar su sitio en la orquesta, que él le diese los buenos días y que el oboísta ni siquiera le insinuase una respuesta. Tan solo le dedicó una mirada airada. En algún lugar lejano presentía una especie de pesadilla, vaga y remota, en que Damien Devère aparecía por algún lado, pero, aunque le hubiesen prometido el final de la guerra, habría sido incapaz de recordar dónde se habían encontrado y qué se habían dicho. Damien sí. De pe a pa. Hasta el punto de que, en la pausa del ensayo, se fue directo a Mecuentan.

—Cuéntame todo lo que sepas de nuestro chelo. Todo es todo.

Como siempre, Mecuentan Lefebvre estaba bien informado. O al menos lo parecía. Lo recitaba todo con una credibilidad que solo admitía el amén. En más de una ocasión le habían dicho que se había equivocado de oficio. «En la radio te ganarías mejor la vida que con el violín».

—¿De Michel Mirailles, dices?

Y a partir del asentimiento de Damien, comenzó a cantar lo que le había llegado por fuentes muy diversas. Lo tenía todo en la cabeza.

—Me cuentan que es de bragueta abierta, que no le gusta dormir solo y que no se le conoce mujer o amiga. Me cuentan que no lo encontrarás en el One Two Two, el burdel de la Rue de Provence, tan concurrido estos días. Me cuentan que empina el codo y que toca mejor en los conciertos de tarde que en los de mañana porque aún arrastra la resaca. De esto doy fe.

—Y yo también —dijo Damien.

—Me cuentan que lo vieron entrar en el 52 de los Champs Élysées. Allí está la sede central del Propagandastaffel. Me cuentan que tienen una cincuentena de oficinas por toda la zona ocupada, pero ¿dónde va Goebbels cuando viene a París? Al número 52. Hasta tiene un despacho allí, porque es un emplazamiento clave. Es desde donde se dirige toda la organización del departamento de propaganda. Me cuentan que no se hace nada sin que lo apruebe el comandante Schmidtke, Heinz Schmidtke. Me cuentan que allí deciden la programación de Radio-Paris, y dicen qué artistas pueden tocar y cuáles no. Desde allí controlan nuestros periódicos que se han entregado a los alemanes. *Le Matin*, el *Paris-Soir*... Desde allí censuran y persiguen. No dejan que nadie publique nada que ataque a Hitler o que dañe la imagen de la Wehrmacht. Periódicos impresos en francés, pero escritos en alemán. Me cuentan que son ellos los que prohíben que en nuestros cines proyecten películas americanas. Las inglesas, tampoco. Me cuentan que en el 52 de los Champs Élysées no se les pasa nada por alto. Son una máquina sofisticada. Un arma de guerra. Pues me han dicho que, una mañana, vieron a Michel Miraille entrando en el Propagandastaffel y al cabo de dos semanas comenzaba a hacer crítica de ópera, con seudónimo, en el *Je suis partout*.

—¿Qué es el *Je suis partout*? —preguntó Damien.

—La revista que está por todas partes. El semanario que señala a judíos y comunistas en medio de reseñas de arte y cultura. Ya era prensa fascista antes de que llegasen los fascistas.

—Entonces... ¿es como *Signal*? ¿Propaganda nazi?

—Peor. Hay días que publican nombres de judíos polacos, checos, rumanos que están en París, y ponen su dirección para que vayan a cazarlos.

—¿Qué seudónimo utiliza Miraillesʔ

Mecuentan Lefebvre, por una vez, puso cara de ahora me has pillado. Lo sabía, pero no se acordaba. Lo tenía en la punta de la lengua, pero no le salía. Le daba tanta rabia no poder responder la pregunta que cerró los ojos hasta que le dolieron las pestañas y, en un último intento esforzado, soltó un nombre como la serpiente que escupe el veneno.

—Jean du Silence.

# 24. El deseo, realidad

Cuando Margaux salía de casa, su padre siempre le decía «ten cuidado». Su madre solía decir «sé inteligente». Uno apelaba a los miedos, la otra a la responsabilidad. Parecía que se hubiesen repartido los papeles, pero nunca había sido así. Eran dos frases espontáneas que, poco a poco, a medida que Margaux había ido creciendo, se habían convertido en una muletilla familiar sin que ninguno de los tres reparase en ello. Ve con cuidado o sé inteligente eran, en definitiva, la fórmula sutil con que cada uno había elegido decirle te quiero sin que se notase mucho. Cuando Margaux bajaba sola a la calle siempre era, eso sí, con permiso de su padre o de su madre. A menudo de ambos. Si durante el día tenía previsto hacer algo —más allá de la rutina de ir y venir del colegio—, debía avisarlo por la mañana. Después, con Michelle detrás del mostrador de las Lafayette y Ferdinand haciendo de manitas en el teatro, ya no habría modo de avisar. Un sábado por la mañana, mientras Michelle estaba en el aseo, Margaux entró y ajustó la puerta para que su padre no la oyese. La conversación no sería fácil.

Le había dado tantas vueltas que no sabía cómo afrontar la situación. Aprovechó que su madre se estaba pintando los ojos a un palmo del espejo para soltarlo.

—Mañana por la tarde... En principio, mañana quedaré con Damien.

—No sabía que mañana tuvieseis clase.

—No, no...

—¿En domingo? Debe de tener concierto.

—Por la tarde no. Si tocan, será mañana por la mañana.

—Seguro que tu padre lo sabe...

—Seguro. —No encontraba el modo de decirlo. Margaux, estando su madre descalza, ya le sacaba dos dedos y tenía que mirarla ligeramente hacia abajo—. Mañana no haremos clase, mamá. Damien, de hecho... Me ha preguntado si puedo ir al cine con él.

—¿Al cine? —La miró extrañada—. ¿En París? ¿A tu edad? ¿Tú y el profesor de oboe?

—Ay, mamá, no es el profe de nada... Es Damien, ya hace más de un año que viene por aquí...

—Pero ¿tú, al cine? No lo entiendo.

—Me ha dicho que lo paga él, no te preocupes por el dinero.

Dejó de pintarse, se separó del espejo y la miró a los ojos.

—No me gusta. No lo veo bien. Ya no es el dinero, que también. No se te ha perdido nada en el cine... No tengo nada contra ese chico, pero... ¿Qué vais a hacer en el cine los dos solos? —Volvió a perfilarse el contorno con el lápiz—. No me gusta.

—Mamá, por favor... Nunca pido nada.

—No me gusta que vayas, ya lo he dicho.

—Llevamos dos años encerrados en casa, tengo diecisiete años, vamos al Boulevard des Italiens... Quedamos en Le Caméo, bajo en bicicleta, vemos la película y me vuelvo.

—O sea que ya sabíais qué ibais a ver y todo...

—Quedamos ayer, sí. Ahora no tendría modo de decirle que... Ya lo sabes.

—No lo sé. Yo no sé nada.

—Mamá, por favor. Te lo pido por favor... Venga. Por una vez...

—Precisamente, porque es la primera vez que pides algo así.

—Tú lo has dicho. Te lo estoy pidiendo, no te lo estoy diciendo.

—Solo faltaría, niña.

—Podría haberlo hecho sin que os enteraseis. Otro día, mientras tú y papá estáis en el trabajo...

—No rompas la confianza que tenemos en ti.

—No la rompo, caray. Por eso os lo digo...

—Yo... Ahora no sé qué decirte.

—Sí o no. No es tan difícil, me parece. ¿Sí o no?

Michelle suspiró. Todo aquello la cogía de nuevas y tenía que andar con pies de plomo. Tal vez sí había llegado el momento de confiar en Margaux. Aunque fuese más alta que ella, seguía siendo su niña. No tenía por qué pasarle nada, la ciudad vivía meses de una calma ordenada, no se oían casos de chicas que hubiesen salido solas y... Después de todo, los cines estaban abiertos y se había convertido en la gran distracción de los perdedores, una nueva manera de intentar olvidar su condición. Aunque fuera solo durante un rato.

—Mamá... —Le dio un beso suave en la mejilla—. Te lo pido por lo que más quieras del mundo.

—Cuidado, mujer —dijo sin ablandarse—. A ver si vas a hacer que me salga de la línea...

Debía mantener sus principios. No sabía si Margaux estaba preparada para salir con quien fuese, pero ella, como madre, seguro que no. De repente le temblaban las piernas. Sabía que debía mantenerse en el no, pero dijo que sí. Tal cual, pero no le salió comunicarlo con palabras rotundas. La cesión no debía parecer una capitulación.

—¿Qué iréis a ver?

—*Falsos culpables*, me dijo Damien. Se la ha recomendado el director de la orquesta...

—¿*Falsos culpables*? No he oído hablar de ella. —Se miró al espejo y vio a su madre treinta años atrás—. Espero que os guste.

—¿Eso significa que sí? —ilusionada—. Mamá, ¿me dejas ir?

Su madre dejó caer los párpados para certificar un permiso concedido a regañadientes.

—¿Qué te vas a poner?

—He pensado en... Ahora te lo enseño.

Echó a correr hacia su armario y regresó con una falda de cuadros y dos blusas camiseras, una con cuello y la otra sin solapas. A su madre le bastó con un vistazo.

—Tienes que arreglarte más. Un poco más, Margaux, que mañana es domingo. Y a los alemanes les tiene que dar rabia ver que, a pesar de todo, continuamos siendo las más elegantes del mundo. Fantasía, sombreros divertidos, zapatos a la última moda. Que se mueran de envidia... Que piensen que no nos han vencido del todo. Esa es la consigna.

—¿Qué consigna?

—Es el secreto que tenemos entre nosotras, las mujeres de París.

—¿Entre mujeres os decís esas cosas? Y yo que me lo creo...

—Que sí. O no hace falta ni decírnoslo. Nos miramos por la calle y ya nos entendemos. Nos guiñamos un ojo. Es una contraseña para decirnos que ellos nunca podrán tener nuestro glamur. Es una manera de meter el dedo en la llaga. Que se den cuenta de que nunca podrán tenerlo todo.

—Mamá... Vaya historias os montáis. Son soldados. ¿Quién se va a creer que todo eso les interesa?

—Te lo digo yo, que lo veo cada día en la tienda. Les afecta más de lo que te piensas. Querrían que sus esposas tuviesen nuestro estilo, ese saber vestir que tenemos aquí. —Murmuró algo que Margaux no entendió—. Estaba pensando...

—Dime, mamá.

—Nada. Las dos en este aseo tan pequeño, hace mucho calor.

—No era eso...

—Pensaba que podrías coger algo de mi armario, si quieres... Mañana lo decidimos, si te apetece. A ver... Que tampoco parezcas una señora, eso tampoco...

—Sobre todo que Damien no se asuste.

—O que no te reconozca...

—¿Te imaginas? Eso sí que sería grave.

—Eso es imposible. Ay, señor... —Agarró a Margaux por la cintura y sacudió a su niña—. Pero mira qué diablillo estás hecha.

Se rieron juntas.

—¿Qué pasa ahí dentro? —preguntó el padre desde su sillón orejero, moviendo la ruedecilla de la radio para sintonizar la emisora.

—Nada, nada. Tu hija, que se nos ha hecho mayor de repente.

El domingo, mientras la ayudaba a vestirse, Michelle se volvió cómplice de los nervios de la adolescente. Había una guerra ahí fuera, Europa era un inmenso campo de batalla, pero el mundo de Margaux no abarcaba más que aquella tarde. Damien, el cine y los *Falsos culpables*. De hecho, la película era lo de menos. No quiso decirlo en voz alta, pero —bien lo sabían los tres— sería la primera vez que iría al cine sin sus padres. Tampoco comentó que, por primera vez, no se sentaría en la butaca de en medio. Iba a ser, y eso sí que era importante para ella, la primera vez que saliese con un chico. Pero no quería repetírselo porque la mera aparición del verbo salir en su cabeza le provocaba una sensación nueva, perturbadora. Una mezcla de escalofrío, ilusión y mariposas en el estómago. Todavía se inquietaba más pensando en si sabría manejar cada momento de la cita. ¿Qué hay que decir? ¿Cómo tienes que comportarte? ¿Dónde enseñan todo eso y por qué nadie se lo ha explicado? Con tantos nervios, a la hora de comer ni siquiera tuvo hambre.

Se había hecho un moño alto, para que se le viese la cara. Se había rizado las pestañas para remarcar sus ojazos. Se había puesto un vestido de su madre porque la había convencido de que, de todos, era el que más le resaltaba la piel. Era de un color verde primavera, estampado con unas lunas blancas, que le cubría las rodillas. Cuando se miró en el espejo, supo que era ese y ningún otro. Los que se había probado antes no la favorecían tanto. Encima del vestido, un abrigo tirando a granate, con aspecto de capa, y un pequeño sombrero a juego que se puso ladeado para no aplastar el moño. Estaba todo pensado. Todo tenía un motivo. Los zapatos de tacón, también. Con cordones. Serían más cómodos para pedalear.

Su madre, en la puerta de casa, la repasó aún una vez más. Luego la agarró por los hombros y le dio un beso de los que no se dan porque sí.

—Sé inteligente —le dijo en tono de confidencia.

El tac-tac de sus pasos en cada escalón, bajando los cinco pisos, era el eco de la prisa por no llegar tarde. Los Dutronc guardaban la bicicleta detrás del portal de casa.

Allí no molestaba y confiaban en que nadie se la robase. En todo el edificio solo quedaba una mujer, en el tercero, que se había quedado viuda cuando todo aquello de Tours. Desde el éxodo del primer junio, había mucha tranquilidad en la escalera. Demasiada, decía a veces su padre.

Margaux se estiró el vestido por debajo del abrigo, se subió al sillín, puso los pies en los estribos y dejó que las ruedas se deslizasen por el empedrado de Montmartre sin tener que pedalear. De Clichy al Boulevard des Italiens, el traqueteo ya era menor. El camino, de pronto, se volvía más llano. Tenía que esforzarse más, pero los adoquines no eran tan incómodos, los pechos le bailaban menos y las ganas de ver a Damien podían más que cualquier otra cosa. No quería embalarse, que no pareciese que huía de ninguna fechoría y llamase la atención de alguna patrulla apostada en una esquina. No quería correr más de la cuenta, sobre todo, porque la última cosa que se habría permitido era llegar sudada a la primera cita. A las tres en punto. En la puerta del cine.

Damien —traje gris, chaleco y corbata estrecha— ya la estaba esperando bajo el rótulo de Le Cámeo. Las letras rojas, verticales y gigantes y, debajo, él. Como si el cine lo señalase.

—Creo que es la primera vez que te veo sin el estuche.

—Es que puede que sea la primera vez que salgo de casa sin el oboe en un montón de años. —Le dio la mano para que bajase de la bicicleta—. Dos besos, ¿no?

—Tres. Que esto aún es Francia.

Ella ató la bicicleta a una farola. Damien ya había comprado las entradas, que llevaba en el bolsillo de la americana. A la espera de que abriesen la puerta de la sala se distrajeron con las fotografías de la película colgadas en la vitrina. Mataban el tiempo, más o menos, como la gente endomingada a su alrededor. Algunos hombres apuraban el cigarrillo y se acercaban a la acera para hacer caer la ceniza con un golpe seco de dedos.

—¿Tú sabías que la película era alemana? —preguntó Damien.

—¿Yo? Cómo iba yo... Entramos igualmente, ¿no?

—Lo que tú digas.

—Si ya has comprado las entradas... Tenemos que aprovecharlas.

—¿Puedo decirte una cosa? —Pensaba hacerlo igualmente—. Vas muy guapa, Margaux.

—Sí, ¿verdad? —Dejó escapar una risa sincera—. Qué bien.

—Nunca te había visto tan elegante.

—¿Has visto? —dijo ella, dando una vuelta sobre un pie.

Eran los terceros en la cola para entrar. La sala estaba en penumbra y olía a terciopelo reseco, a ventilador de proyector y a agua de pachuli.

—Elige. ¿Dónde quieres sentarte?

Margaux contempló todo el mar de butacas vacías. Había tres filas enteras, las de media platea, reservadas para los alemanes. Con una cadena bastaba para recordar quien mandaba también allí dentro.

—Mejor tenerlos delante que detrás... ¿Te parece bien, Damien?

—Donde quieras tú... Pero date prisa, que la gente va entrando y...

—Ay. —Por qué lo escogía él, caray—. Pues estas mismas, tanto da.

—¿Aquí en el rincón?

—¿No te parece bien?

—A mí me parece bien todo.

—¿Demasiado atrás?

—Atrás del todo, querrás decir.

—Tranquilo... —dijo Margaux, sentándose junto a la pared—. Hoy no tienes que ver al director de orquesta. ¿Eres miope o qué?

—¿Yo? —Se sintió atacado.

—¿Eres miope y no me lo habías dicho?

Cuando se apagaron las luces —bendita sensación— se acercó a la butaca de él y le hizo una confesión al oído.

—En la última fila no tendré que quitarme el sombrero.

Se aseguraba de no tapar a nadie. Solo ella sabía con cuántas horquillas lo llevaba sujeto, y luego le resultaría imposible volver a colocárselo. Harta de tanto susurro, una mujer sentada dos filas más adelante se volvió y los mandó callar.

—¡Chiiiiiist! —El dedo amenazador, perpendicular a los labios.

Durante un rato permanecieron en un silencio sepulcral. Con sus padres, en el cine nunca había tenido que regañarla nadie. Puede que hacerse mayor fuera eso.

Desafiar, molestar, probar los límites, sentarte al lado del chico que te gusta, percibir una excitación nueva y que, de repente, una señora quejica se dé la vuelta para estropearte la felicidad.

*Falsos culpables* era una historia de pareja sin sustancia. Ellos dos estaban tan pendientes uno del otro con el marcaje de reojo que apenas seguían el hilo de las desventuras de los protagonistas. En la sala, en cambio, la atención era máxima. Si hubiese volado una mosca, se habría oído. Ellos, a la suya, ajenos a la pantalla. Aquella tarde de domingo estaban a punto de escribir la primera página de su propio guion. Ambos lo notaban —en la respiración, en la quietud, en la tensión latente—, pero ninguno de los dos se atrevía a hacer avanzar la historia. Hasta. Hasta que. Siempre hay un momento en que un solo gesto marca toda una vida. Magia.

A mitad de película, Margaux apartó su mano del regazo y la dejó caer, muerta, en el espacio minúsculo entre butacas. No buscaba nada. Tan solo esperaba. Damien, que llevaba tiempo con los brazos cruzados, se tomó su tiempo en desenredarlos. Tampoco se podía precipitar. No quería dar ningún paso en falso. Pero su corazón se aceleraba del modo en que lo hacía justo antes de comenzar un concierto. Movió los dedos de los pies dentro de los zapatos para que no se le secase la boca. Un compañero de la orquesta le había dado ese consejo tiempo atrás, y, llegado el momento, había decidido ponerlo en práctica. Despacio, dejó que su mano izquierda cayese, también, en zona neutral. Sin dejar de mirar la pantalla, se encontraron. Margaux, con el anular, le hizo dos caricias sobre un dedo para decirle hola. Él, por prudencia, se lo pensó antes de reaccionar. Contestó, con el mismo tacto mudo. Un dedo, suave, sobre un dedo. Era la manera de responderle sí, soy yo, estoy aquí. Margaux, al quite, interpretó que en aquel juego clandestino volvía a ser su turno. La nueva caricia —igual de sutil y respetuosa— la hizo ya con todos los dedos sobre la mano caliente de Damien. De pronto, con la vista al frente y los brazos caídos, escondiéndose bajo el asiento, se encontraron las manos. Primero entrelazaron los dedos y se quedaron inmóviles en el secreto. Se recrearon. Para disfrutar del momento, para serenar la emoción, para asegurarse de que aquello estaba pasando de verdad. El deseo, realidad. Al cabo, cuando se cogieron de las manos, palma con palma, sí que se miraron. Iluminados por la claridad de la pantalla, se hablaron con los ojos. Sus miradas decían lo mismo. Alegría, satisfacción, pavor. La recién estrenada complicidad. La efervescencia del amor. Absoluta y entregada. No había dos personas más henchidas de gozo en París en aquel momento. Ya no se soltaron de las manos hasta un instante antes de que se encendiesen las luces.

Esperaron a que todo el público saliese por el pasillo central de la sala. Animados como estaban, se les hizo largo el desfile de unas setenta personas, en fila india, mientras comentaban los detalles de la película en voz baja. Damien no dejaba de mover los dedos de los pies para no tener la boca seca. Margaux, absorta, miraba hacia delante como si la película aún continuase. Tenía que disimular no sabía muy bien por qué.

—¿Somos falsos culpables tú y yo? —preguntó él, sentado, cuando los dos últimos espectadores pasaban a su lado.

—¿Culpables de qué?

Se acercó a ella al ralentí, pero con la seguridad de que ambos se morían de ganas.

—De esto.

El primer beso fue breve. Breve pero dulce. El segundo tuvo todavía más intención. Al ver que Damien cerraba los ojos, Margaux lo copió. «Será que se hace así», pensó. Descubrió que, a oscuras, notaba mejor los labios, tiernos y tan sumamente finos. Reparó en lo curioso, y tan placentero, de la sensación de tener una lengua jugando con la suya. Allí dentro eran el gato y el ratón que, de pronto, se encontraban para hacer las paces. Cerraban los ojos —ahora lo entendía— para saborear un mundo que súbitamente se abría ante ellos. Se besaban con el alma y perdían la noción del tiempo. Él le ponía la mano en la nuca y ella respondía para buscar la simetría. Dar y recibir. El encanto de hacerlo a medias.

—Vamos...

—Un momento... —dijo Margaux, volviendo a buscarle la boca.

—Temo que nos quedemos aquí encerrados. —Si tardaba mucho en levantarse, la erección debajo del pantalón quedaría a la vista de todo el mundo—. Venga, vamos.

—Ya pareces mi padre. Siempre con prisas por marcharse de todas partes.

Respiraron hondo y se levantaron. Antes de llegar al vestíbulo se abrazaron. Para el primer beso de pie, ella se puso de puntillas.

A la salida quedaron deslumbrados por el sol de media tarde. En la calle, los alemanes armaban jaleo y se saludaban entrechocando las botas, qué manía. La gente se desperdigaba en todas direcciones y, bulevar arriba, se había formado otra cola para entrar en la sesión de las seis, que no tardaría en empezar. La bicicleta de los Dutronc se había quedado en medio de la cola y hubieron de pedir permiso para que les dejasen paso y desatarla.

—Y ahora ¿qué, Margaux?

—¿Qué de qué? —Estaba tan aturdida que no entendía si la pregunta se refería a los minutos siguientes de aquel domingo singular o si esperaba una respuesta sobre cómo aquellos besos les iban a cambiar la vida.

—¿Quieres que hagamos algo?

Le gustó ver, con la claridad de la calle, que los ojos de Damien brillaban como debían de brillar los suyos.

—Le he prometido a mi madre que volvería con luz de día.

—Es pronto, mujer...

—Pero es el primer día que he pedido permiso y... —Le acarició la barba afeitada—. Nos conviene que nos dejen hacer más cosas, ¿verdad? Prefiero ir volviendo a casa.

—Te acompaño un trozo, si no te molesta.

—Cómo me va a... —Juguetona, le apretó la barriga—. Pero ¿qué dices? ¿Cómo quieres que me moleste?

Enfilaron el bulevar a pie sin tocarse. Solamente, como si se tratase de un descuido, dejaban que las manos se encontrasen. Él le llevaba la bicicleta, agarrada del manillar. Ella, a su lado, caminaba con paso jovial. Los nervios de la ida habían desaparecido. Ahora había complicidad y bromas, en el paseo y en el espíritu. La escalera de caracol infinita del primer amor. Siempre hacia arriba, siempre dando vueltas sobre un mismo eje sin que se adivine nunca un final.

—No me acompañes más, Damien, que te estás alejando mucho de tu barrio. Me pasaría la tarde contigo, pero...

—¿Cuándo nos veremos?

—¿Cuándo es la próxima clase? Eres mi profesor de oboe, ¿te acuerdas?

—¿Profe de qué? —se hizo el sueco—. Y pensar que todo esto es gracias a *Pedro y el lobo*...

—¿Puedo darte un beso, Dami?

—¿Aquí? ¿En la calle?

Miraron hacia ambos lados. Solo una mujer mayor, sentada en un portal, los detuvo de aquello que tanto anhelaban.

—Hasta el martes, pues.

—Te esperaré en casa, con muchas muchas ganas, Damien.

Soltarse las manos se les hizo un mundo.

Margaux se colocó bien el abrigo, se estiró el vestido por debajo y se montó en la bicicleta. La brisa le acariciaba el rostro. Pedaleaba alegre, con la emoción de recordar cada tacto y cada movimiento antes del primer beso. Y la sensación de aquellos labios y una lengua dentro de ella. Jamás habría dicho que, sin preguntárselo a nadie, le hubiese salido tan bien. Y a la primera. Tendría que haber abierto los ojos para verle la cara. Así recordaría a Damien en aquel preciso instante. Pedaleaba y estaba radiante. La cara fresca, las vibraciones estrenadas, el corazón contento. Cerca de Notre-Dame-de-Lorette aflojó el ritmo. Una antigua barricada obligaba a circular en zigzag para esquivar sacos y adoquines. Se bajó de la bicicleta para ir más despacio. De repente, un hombre con un brazalete que no supo identificar levantó el brazo para que se detuviera.

—Señorita. Un momento.

Margaux no dejó de caminar, recelosa. El hombre tenía un buen aspecto, hablaba francés y llevaba una cámara de fotos colgada del cuello.

—Qué fantástica tarde de domingo —dijo el hombre—. Qué cielo, qué sol... Usted, tan guapa, con el sombrero, con esta bicicleta. ¿Me permitiría que le hiciese una foto? Ahora hay una luz perfecta... Esto hay que aprovecharlo.

—¿Una foto? ¿A mí?

—Si no le importa.

«Ojalá todo fuese tan fácil», pensó.

—¿Aquí?

—Aquí… Está un poco a contraluz. Pongámonos al revés, usted hacia allí.

Margaux cambió de dirección.

—Así…

—Sería perfecto si… No quiero molestar, perdone.

—Qué. Dígame…

—Si pudiera montar, sería tan bonito…

No se lo tuvo que repetir dos veces. Se subió a la bicicleta, puso un pie en la acera para sostenerse y el otro en el pedal.

—¿Hacia dónde miro?

Él clavó el ojo en el visor de la Leica.

—Con la cabeza un pelín hacia la izquierda. Como si yo no estuviese…

—¿Así?

—Perfecto. Sonría un poco, mujer, que es un gran día…

Desde luego. No lo sabía bien aquel fotógrafo callejero. Margaux no tuvo necesidad de forzar la sonrisa.

—¿Ahora?

—*Eccoli qua*.

Ya la tenía. La composición soñada. Frontal, mirando a cámara, con un punto de vista bajo que hacía que la rueda delantera se viera más grande de lo que era. La cesta de mimbre, tan bien trenzado, delante del manillar. Detrás, luces y sombras sobre la fachada. Enfrente, una muchacha de una belleza rotunda. París, la elegancia a pesar de todo. Una más para la colección.

# 25. Te buscaré bajo la lluvia

Se entendieron con la mirada. Gajes del oficio. El violinista Mecuentan Lefebvre —siempre un ojo puesto en la partitura, el otro en el director— estaba acostumbrado a vivir con la vista aguzada. Samuel Bardollet y él tuvieron claro enseguida que volverían a hacerlo. En cuanto Mecuentan comentó que había pasado por la librería alemana junto a la Sorbona, nada más contar que la habían reabierto con el nombre de Rive Gauche y que la gente entraba y salía como si nada, decidieron cuál iba a ser su próximo objetivo.

—¿Lo repetimos?

—¿Por qué no?

—Tantas veces reabran la librería, tantas veces se la volaremos. ¿Qué se han creído esas ratas?

Bardollet salía poco de casa. Solo lo imprescindible. En las escasas ocasiones en que se atrevía a bajar a la calle, todavía se negaba a colgarse la maldita cruz que lo identificase como judío. Antes de dar un paso en falso, calculaba los riesgos, preparaba la ruta y, enclenque como era, trataba de pasar desapercibido y no dar opciones a levantar sospechas. Sin el sueldo de la fábrica y escondido en casa durante dos años, Samuel había convertido el comedor en un taller —modesto y rudimentario— donde se dedicaba a falsificar cartillas de pan. Ni los más expertos notaban la diferencia. Luego, salía con el paquete bajo el brazo, vendía las cartillas en el mercado negro y volvía a su guarida. Cuestión de supervivencia. Mecuentan, que se había ganado a pulso el sobrenombre porque lo contaba todo en cualquier parte, le guardaba el secreto. No se lo contó a nadie. Se jugaban demasiado. Uno y otro.

—Cuando les hayamos reventado la librería, quizá deberíamos hacer algo con Maurice Chevalier —dijo Bardollet, con las partes del artefacto dispuestas delante de él como un rompecabezas antes de iniciar la partida.

—¿El cantante? ¿Qué pasa con él?

—No dejo de oírlo en Radio-Paris.

—«*Radio-Paris ment, Radio-Paris ment, Radio-Paris est allemand*». —Mecuentan canturreó la letra que la resistencia se había inventado de la sintonía de la emisora traidora.

—Chevalier ya es uno de los suyos. Creo que se pasa el día en la radio esa. Canta en directo. Puede que tengamos que darle un escarmiento... —Bardollet levantó la mano para que su compañero no dijese nada—. Este cable lo enrollábamos así, ¿verdad?

Mecuentan inclinó la cabeza para verlo de cerca. Era —mirada ignorante, aire chapucero— un estudiante de medicina ante su primer paciente en la sala de operaciones.

—No sabría qué hacer, Samu. Tú eres el experto.

—Es que ahora no recuerdo si...

—Tú, atento a que no nos explote, joder.

—Se me ocurren maneras más heroicas de morir en una guerra...

—La otra vez, ¿tú crees que este... —señaló un cable rojo— lo pasamos por debajo?

—Y yo qué sé.

—Si esto nos estalla aquí, no saldremos en los libros de historia, tienes razón.

—No saldremos ni en la novela de un aprendiz.

—No me hagas reír, coño, que esto es delicado.

Samuel Bardollet manipulaba la bomba con el tacto de una niñera. Poco a poco, iba atando cabos. Dudaba menos de lo que parecía.

—¿Cuándo quieres hacerlo?

—Mañana —respondió, concentrado, sin apartar la vista—. Dijimos mañana, ¿no? Cuando hayan cerrado la librería... ¿Tú tienes concierto?

—Ensayo. Un Rimski-Kórsakov.

—¿Un ruso? —Bardollet, extrañado—. ¿Os dejan tocar a un compositor ruso?

—El director tiene mano con esa gentuza. Ya sabes cómo es Delphin Moureau, una anguila. Sabe estar a buenas con todo el mundo.

—Y los *kartoffeln* quieren demostrar que no son malas personas, que aquí se hace vida normal. Son cabrones, pero listos.

—¿Mañana entonces?

Mecuentan puso la mano para que Samuel se la chocase.

—Volveremos a hacerlo —dijo con la osadía de los valientes.

Para corresponder a su gesto de complicidad, Samuel le chocó los cinco dedos a cámara lenta, para no provocar una detonación inesperada.

—Supongo que mañana ya habrá dejado de llover.

—Espero, desde luego. Detesto tener que correr con los adoquines mojados.

Un poema desnudo. El cofre del tesoro. El instante infinito. El juego de manos. La luz de los sueños. La voz de hombre. *Sine qua non*. Una fiesta en un bosque. Elegir el color del lápiz. Vestido de hada. Repetir tu nombre diez veces seguidas, con diferentes entonaciones. El olor a hierba mojada. Mirar, callar, amar. Te buscaré bajo la lluvia. Cada palabra, una estrella.

Margaux había escrito, en su cuaderno de tapas amarillas, las quince maneras de notar el amor. Cada día, después de verse con Damien y pasar un rato juntos —el que fuese, aprovechado hasta el último segundo—, se encerraba en su habitación y expresaba la sensación del día. Pasaba por el cedazo la forma en que ella la había sentido y, después de cribar su esencia, mojaba la pluma en el tintero y lo escribía con letra bonita. Quería hacerlo breve. Con tres palabras mejor que con cuatro. Pero sentía tanto, con tanta pasión, y todo era tan nuevo que en ocasiones no lo lograba. En sus encuentros día sí día no después del primer beso en la calle, el oboe se fue quedando arrinconado. Todo era fuego y risas. Los padres de Margaux, ajenos a lo que estaba pasando en su casa, le pagaban igualmente la clase al joven profesor. El muchacho, por el qué dirán y por no resultar sospechoso, las cobraba igual. Siete francos y una manzana, ¿qué más quieres? Pero había días en que la pareja se animaba charlando, o Margaux se enredaba en el regazo de Damien para comérselo a besos y, entonces, ni siquiera abrían el estuche. Los días que montaban el instrumento, colocaban la caña y la humedecían, pero, a la hora de ponerse a tocar, ya se les había vuelto a secar.

—¿Te lo puedo leer? —dijo ella mientras sacaba el cuaderno íntimo del cajón.

—¿El qué?

—Lo que me inspiras. Cada día que te veo, anoto un pensamiento. —Lo abrió por la página concreta—. ¿O prefieres leerlo tú mismo?

—No, no...

—¿Preparado? —Margaux dejó que pasase un ángel.

Un poema desnudo.

El cofre del tesoro.

Lo decía todo despacio.

El instante infinito.

Damien saboreaba cada concepto. Jugaba a adivinar qué le había suscitado cada imagen. A veces asentía con la cabeza, como si hubiese adivinado de dónde provenía el sentimiento de Margaux, su querida Margaux, la chica que le había provocado tal conmoción que ya no sabía dónde tenía el norte, el sur, la cabeza y el corazón.

—Ahora te toca a ti.

—¿El qué?

—Decir lo que sientes por mí.

La miró con ternura. Pero pocos segundos después arrugó la nariz. No quería improvisar ninguna metáfora. No se atrevía. No quería quedarse corto, no quería pasarse de cursi. Cogió el oboe, ablandó la caña con los labios y dejó que la música lo rescatase. Con los ojos cerrados, tocó con todo su sentimiento. Aquella melodía era un mar en calma. Margaux también cerró los párpados para transportarse a aquel lugar. Terminado el solo, sincronizaron la vuelta a la realidad.

—¿Qué ha sido eso tan bonito?

—Un regalo.

—¿Para mí?

—Para los dos. Hemos empezado a ensayar *Sherezade*, de Rimski-Kórsakov, y me encanta. Este es el segundo movimiento, un caramelo para el lucimiento del oboe.

—Ya lo he oído, sí. —Extasiada—. Es precioso. Tiene ese algo oriental...

—Escucha estas notas —dijo Damien, antes de repetir el inicio—. Qué viaje musical, ¿verdad? El fagot dibuja el tema principal del príncipe Kalendar y entonces entra el oboe y le contesta esto. Es la misma melodía que la del fagot, pero todo suena más fresco, con más color.

—Tú siempre más.

—Me hace mucha ilusión tocarlo. Aquí dialogo con el arpa, tendrías que escucharlo...

—Da sensación de paz.

—Te has fijado... Qué bien. Con toda la orquesta es precioso.

—Qué nervios, todo el mundo concentrado en ti en ese momento. Yo me moriría. De vergüenza, quiero decir.

Damien volvió a tocar toda la melodía entera. Luego lo enlazó con sus pasajes en otros movimientos de las mil y una noches. Esto es el barco de Simbad, le decía. Aquí estoy con la flauta, el clarinete y el violonchelo. Hablaba y contagiaba su entusiasmo. En el tercer movimiento, en cambio, superpongo mi voz con las violas y es, te lo prometo, de una belleza extraordinaria. Es el momento del joven príncipe y la joven princesa.

—Somos nosotros dos.

—No exactamente. Espero que nosotros tengamos un final mejor.

Margaux le arrebató el instrumento, lo dejó con delicadeza encima de la cama, se sentó encima de Damien y le dio un beso en cada ojo.

—Te los quitaría, de lo bonitos que los tienes.

—Tú más, Margi.

—Ahora... ¿Ahora ya te puedo decir que te quiero?

—Seguramente no tanto como yo a ti...

—¿Cómo puedes decir eso? —juguetona, llenándole la cara de besitos—. ¿Cómo puedes decir eso, Dami? Yo siempre te querré un poquito más que tú a mí.

—¿Eso cómo se mide? ¿Por las diez veces que dices mi nombre con diferentes entonaciones?

—No te rías, tonto.

—Eso me encantaría escucharlo...

—¿Por tu vanidad?

—Por mi curiosidad.

—Pues ahora te aguantas, creído.

Los labios. La boca. El olor. Mirar, callar, amar. Se recrearon durante un buen rato. Primero en la silla. Luego apartaron el oboe y se tumbaron en la cama. El juego de manos. Despacio, Margaux le desabrochó los botones de la camisa. De arriba abajo. Se entretuvo despeinándole los pelos del pecho. Jugaba con ellos con dedos gráciles. Le gustaba estrenar las sensaciones nuevas poco a poco.

—Cuando me marche hoy, ¿qué vas a apuntar? —preguntó Damien con el torso desnudo.

—Tendré que pensármelo.

—¿Puedo apuntártelo yo?

—¿En mi cuadernito? —De repente no sabía si le hacía ilusión o le daba pena.

Se levantó, miró encima del tocador de Margaux por si encontraba un papelito donde poder estampar un vaticinio. Con un lápiz de carpintero, escribió una palabra, lo dobló y lo puso debajo de la almohada.

—Esta noche, cuando te vayas a dormir, lo abres. A ver si coincide con la palabra que habrás escrito tú en el cuaderno.

—¿Qué te apuestas que sí?

—Si la adivinas... Amor eterno.

—No te creo.

—Soy un joven de palabra.

—Una pista.

—Y qué más... —Damien pensó una—. Es una sola palabra. Solo una.

Aquella tarde, Margaux consumió una vela entera, con el cuaderno al lado, esperando abrir la prueba de amor destilada. Al final, cuando sus padres comenzaron a insistir con que se fuese a la cama, que mañana tenía que ir al colegio, se decidió. Humedeció la pluma en tinta negra y, con su mejor caligrafía, escribió una sola idea. Una única palabra. La esencia del día. Después, con nervios por desvelar la solución del juego, corrió a meter la mano bajo la almohada. Encontró el papel escrito por Damien. Lo abrió. Una sola palabra.

Sherezade.

Lo mismo que ella había escrito en el cuaderno. Sherezade.

Amor eterno. Se lo había ganado.

—¡A dormir, Margaux, por favor...! —gritó su madre desde la habitación de al lado.

Al día siguiente, de camino a las Lafayette, Michelle se cobijó en un portal. Con el paraguas no tenía bastante. El viento lo volvía del revés y, con la tromba de agua que caía, se empapaba hasta media pierna. Los truenos, enfadados, hacían temblar farolas y fachadas. Su eco ronco lo envolvía todo. Tenía la sensación de que cada trueno retumbaba más cerca. Pero los relámpagos no podían durar toda la mañana. El cielo negro, por más que luchase por no hacerse de día, acabaría cediendo. Sabía muy bien que, en París, las revueltas duran un cuarto de hora. Solo había que tener paciencia y esperar. Permaneció un rato resguardada, viendo cómo delante de ella las gotas se convertían en burbujas por efecto de los charcos. Cuando el temporal amainó un poco, prosiguió su camino hacia el trabajo, con cuidado de no resbalar.

—Veinte minutos tarde, señora Dutronc. —El encargado de planta, Monsieur Bigote antipático, la estaba esperando con un dedo sobre la esfera del reloj.

—¿Qué quiere, con una tormenta así?

—Séquese y cámbiese... Y que no se repita.

—Calla, mamarracho —musitó con cuidado de que no la oyese.

Se puso el uniforme azul, se arregló el peinado, se retocó los labios y se dirigió a su planta. En su departamento había una calma extraña. Marthe, Nathalie y Marion, en silencio, era toda una novedad.

—Buenos días —dijo Michelle.

Prácticamente no le respondieron. A santo de qué aquellas caras tan largas. Había llegado tarde, de acuerdo. Un día. No veía que hubiese para tanto, no como para semejante recibimiento.

—¿Por qué me miráis así..., si se puede saber?

Continuaban contemplándola con desprecio, sin quitarle los ojos de encima. Se defendió, por si acaso, para no dejarse pisotear.

—Todas hemos llegado a deshora alguna vez y no por eso...

—¿Qué es esto? —Marion la interrumpió.

Cogió la revista que tenía en las manos y se la tiró, abierta por una página concreta, al cristal del mostrador. Para sacudirse la rabia acumulada, dio un golpe encima con la mano abierta, como si quisiera matar una mosca. Inevitablemente, los ojos de Michelle fueron a parar a la foto de la revista.

—¡Es Margaux! —Le salió de dentro, con la alegría espontánea de ver a su hija fotografiada, tan guapa, en blanco y negro, montada en la bicicleta de la familia.

Marthe, Nathalie y Marion se miraron y compartieron la mueca, ofendida, de ahora no te hagas la inocente.

—Ya nos había parecido que era tu hija... Por eso te lo decimos, Michelle.

—Pero qué hace aquí... —Marion, inquisidora.

—No pretenderás decirnos que no lo sabías... —Nathalie, incrédula.

—¿El qué? —Michelle, aún atónita—. ¿Que iba a salir esta foto? Ni siquiera tenía constancia de que se la hubiesen hecho.

—¿No te ha dicho nada...?

—¿La niña? No.

—¿Quién se va a tragar eso, guapa?

Michelle no podía dejar de mirar la foto. Conocía el abrigo, el sombrero y la sonrisa franca de su hija. Estaba realmente espléndida. Sabía, sin ninguna duda, el día exacto que le habían hecho la foto. Dos domingos atrás. No tenía ni idea, en cambio, de quién se la habría podido hacer. No creía que Damien tuviese una cámara. Y, menos aún, que se atreviera a sacarla a la calle. Si se la hubiesen visto, se la habrían requisado y él, prudente, nunca se la jugaría. Levantó los ojos de la revista y, a su alrededor, comprobó que sus tres compañeras de trabajo, con las que jamás había tenido un problema, de pronto la observaban con los ojos inyectados en sangre.

—¿Qué pasa? —A la defensiva—. Es Margaux, sí. Me parece que está guapísima.

—Pero... ¿es que no has visto dónde ha salido? —Marthe, con furia, cerró la revista y le puso la portada en las narices—. *Signal*, la revista de los nazis.

—¿Qué pinta aquí tu hija, ensayando posturitas para los alemanes?

—No sé nada yo... —Michelle, con cada acusación, encogía un poco más los hombros—. ¿En serio pensáis que...? Tiene que ser un malentendido. Margaux no está metida en nada de todo esto.

Marthe se rio con sarcasmo y habló como si Michelle no estuviese presente.

—¿Quién se piensa esta que va a creerla?

Nathalie sí se dirigió a ella. Maternalmente, le colocó bien la solapa del uniforme azul y luego, con toda la calma que pudo, le hizo la pregunta que llevaba un rato corroyéndola.

—A ver... Tu marido no ha tenido que ir al frente,

vuestra hija sale en esta revista a favor de los alemanes y tú... ¿quién eres, una espía?

—Por favor, Nathalie, ¿cómo puedes decir eso? No os inventéis historias. Todo tiene una explicación, supongo.

—¡No! —la interrumpió Marthe—. Hay cosas que no tienen explicación. Ni justificación. Porque a mi marido lo han matado estos hijos de puta y no sé ni dónde está y quizá nunca lo sepa. Porque al marido de esta, aquí donde la ves, lo reclutaron para ir a la guerra dos meses después de casarse y no lo ha vuelto a ver... Y vosotros, los Dutronc, vais por París tan campantes, como si no pasara nada.

—Sabíamos cosas... Sabíamos que tenéis el carné de racionamiento de familia numerosa... La gente ya tiene los dedos grises de tanta hambre, el trozo de carne que nos corresponde han vuelto a hacerlo más pequeño y vosotros, en cambio, ración doble de leche y de carne. Dos años haciendo trampas. Aprovechándoos de los favores de los alemanes.

—¿A cambio de qué? ¿Acaso te crees que no nos damos cuenta?

—Nosotras no nos chupamos el dedo.

—Y solo nos faltaba esto de hoy. Ahora, la niña, haciéndoles de modelo...

—Las bicicletas. La gente las cogió para huir al exilio y vosotros la utilizáis para posar delante de esta gentuza.

—Toma. —Nathalie arrancó la página de la fotografía con rabia y se la estampó en el pecho—. Métete a tu hija donde te quepa.

—Los colaboracionistas nos dais asco. As-co.

Michelle pidió clemencia, arrollada por otra tormenta que lo arrastraba todo.

—¿Queréis escucharme un momento? —Hablaba y le temblaba el labio.

—No.

—Pero...

—¡Que no!

El escupitajo de Marthe impactó de lleno en su mejilla. Michelle estaba tan perpleja que tardó en reaccionar. Cuando se hubo limpiado con la manga, un hilo de tensión le permitió sostener la mirada dura de Marthe, que estaba a pocos centímetros de ella.

—Deberías pedirme disculpas. Por lo que has hecho y por lo que habéis dicho.

—Encima... Perdón... ¿de qué?

Marthe, furibunda, se abalanzó sobre ella. Le arañó la cara, y Marion y Nathalie tuvieron que sujetarla por los brazos porque habría continuado hiriéndola con las uñas. Michelle, mientras tanto, se aovillaba y se tapaba los pómulos con las manos para protegerse, para que no siguiesen encarnizándose y porque, tanto como el arañazo, le dolía que los acusasen de haberse vendido a los ganadores. Se escondía porque, en el fondo, había llegado a dudar de si los Dutronc hacían algo malo para que, de repente, sus tres compañeras de trabajo pensasen que eran unos traidores. ¿Quién más podría creerlo? Las verdades ofenden, pero todo aquello era mentira. Ellos, los Dutronc, Ferdinand y ella, se las arreglaban como podían, como tanta gente. ¿Ella, espía? Si no hacía otra cosa que servir, callar y obedecer.

—¿Qué pasa aquí, señoras? Hagan el favor... —El encargado del bigote mustio puso orden de mal genio—. Por el amor de Dios... ¿Qué pensarán nuestros clientes?

—Pero si no ha entrado nadie en toda la mañana... —respondió Nathalie con insolencia.

—A trabajar y a callar, todas. Y usted —señaló a Michelle con la barbilla—, haga el favor de ir a lavarse la cara.

Recogió la página con la fotografía y, con la vista en los zapatos, se marchó al tocador del aseo para las trabajadoras de las Lafayette. Se aproximó al espejo para mirarse la herida. Enseguida lo decidió. En casa, cuando le preguntasen por la marca de la mejilla, diría que un gato la había atacado en plena calle. Con el estruendo del aguacero, uno negro, que no sabía de dónde había salido, le había saltado encima y le había estropeado el día.

# 26. Una noche. Puede que dos

Mecuentan se levantó temprano y, sin quitarse el pijama, se puso a tocar. Los violines de la *Sherezade* de Rimski-Kórsakov tenían pasajes de un fraseo muy delicado. Era una melodía preciosa pero complicada, como toda obra maestra que se interpreta por primera vez. Practicaba para buscar la perfección. Lo intentaba una y otra vez. No quería que el director tuviese que volver a detener el ensayo para pedirle que se concentrase en la mano izquierda. Con una sola humillación había tenido suficiente. Samuel, en la habitación de al lado, dormía como podía. Ni queriendo se había acostumbrado al ñecñec de su compañero de piso. Lo desvelaba más la música que la inquietud de saber que aquella tarde tendría función. Saldría de la guarida, se reuniría con Mecuentan en la plaza de la Sorbona y, cuando se hubiesen asegurado de que en la librería alemana ya no quedase nadie, dejarían el regalito en la puerta y saldrían corriendo. Uno por Vaugirard arriba, el otro por detrás de la universidad. Media hora después se encontrarían en casa para celebrarlo con un vaso de vino y actuar como si nada. Habían repetido cada gesto, cada movimiento, una docena de veces. La sincronización era crucial. La superstición, también. Si una vez, aquella noche en que llovía a cántaros, les había salido bien, repetirían el patrón.

Lo primero que hizo Samuel al despertarse fue maldecir el puto sonido del rasguear de cuerdas. Luego se lavó la cara con poca agua y miró por la ventana. París amanecía con el cielo despejado, de un azul sofisticado. Ni los pájaros osaban perturbar un decorado de una quietud sospechosa. Aquella mañana, con el estómago vacío, abrió el cajón del pan con la esperanza de roer un mendrugo, aunque estuviese seco. Pero encontró lo mismo de cada día: nada.

—Anteayer me hablaron de un chaval... ¿Sabes el pequeño de los Bailac? A los tres años creía que una naranja era una pelota. Nunca había visto una naranja... Era la primera vez que...

—Ya te he entendido. Buenos días.

—Buenos días. —Samuel le colocó bien la partitura encima del atril—. Por cierto, te sale de fábula eso que tocas.

—Gracias.

—Suena tan bien que no hace falta que lo repitas tanto.

—Tenemos concierto el próximo fin de semana.

—En serio, Mecuentan, ya lo tienes. No ensayes más, créeme. No le des más vueltas. No hace falta que lo repitas...

—Sí que estás irónico de buena mañana. —Dejó el violín encima de la mesa.

—Ve con cuidado... —lo alertó Samuel con una media sonrisa—. No te equivoques de funda.

Dentro del estuche del antiguo violín de Mecuentan estaba el artefacto que Samuel Bardollet había estado preparando, poniendo los cinco sentidos, durante las dos últimas tardes. Un artefacto que había pergeñado, con rabia, durante meses, desde la batida del velódromo de invierno. En una sola noche de julio habían desaparecido casi todos sus amigos judíos. En aquella redada nocturna no solo de habían llevado a los hombres, como habían hecho hasta entonces en los primeros años de guerra. Mujeres, niños y familias enteras, también. A miles. Personas arrancadas de sus camas, detenidas y conducidas hacia el velódromo del quince *arrondissement*, donde se pasaron cinco días sin agua ni comida. Después... Nadie en París sabía dónde llevaban a toda aquella gente. Ni siquiera Mecuentan tenía una hipótesis.

Samuel se había librado porque, manitas como era, se había construido un escondite en el terrado del edificio. Había aprovechado el ángulo que formaban dos chimeneas para montarse una madriguera minúscula donde encerrarse si la cosa se ponía fea. Sabía que en aquella caja de zapatos sin fisura no se podía quedar muchas horas. Se moriría de asfixia. Pero se la tenía que jugar. La alternativa siempre era peor. Y, llegado el momento, la noche del 16 de julio de 1942, su escondite secreto le había salvado la vida.

Había decidido montar el cubil el día que Mecuentan llegó a casa con una tarjeta verde que había recogido en la calle. A mediados del primer mes de mayo desde la ocupación alemana, cuando no hacía ni un año de la invasión de Francia, los judíos aún no estaban obligados a llevar la estrella amarilla en la ropa. La policía francesa había hecho correr una circular que, en pocos días, se había extendido por toda la ciudad. Era una tarjeta de color verde, firmada por un comisario francés, en la que se solicitaba a todos los judíos extranjeros que habían llegado a París como refugiados que acudiesen al gimnasio Japy para un control rutinario, con una manta y comida para un día. Allí —según la circular que Mecuentan había llevado a casa— se les entregarían papeles y se regularizaría su situación. Si no lo hacían, podrían recibir «sanciones severas». Por estas dos palabras, algunos sospecharon que aquello sería una encerrona. Muchos otros cayeron de lleno en la trampa. Fue la razia de la tarjeta verde.

—Si es cierto lo que les han hecho a los checos, a los polacos, a los..., seguro que un día de estos vendrán a por nosotros —pronosticó Samuel—. Para ellos somos judíos y punto. Se la trae floja de dónde seamos.

—Claro que es verdad, Sam. Tan de verdad como que no sabemos dónde se han llevado a toda esa pobre gente. Quizá los hayan deportado a sus países.

—No te lo crees ni tú, amigo mío.

Al día siguiente, temiéndose que pudiesen cazarlo como a un conejo, comenzó a construirse el escondite en la azotea de casa. En él solo cabría media persona y no podría quedarse mucho tiempo. Él, bah, con poco espacio tenía suficiente. Alguna ventaja debía tener ser poca cosa y poderse doblar como un faquir de feria ambulante.

Volvieron a repasar el plan. Por la tarde, cuando Mecuentan hubiese terminado el ensayo de *Sherezade* con toda la orquesta, Samuel lo estaría esperando en la puerta del Châtelet. Llevaría el estuche del antiguo violín, con la bomba dentro. Mecuentan saldría del teatro con el estuche de su instrumento en la mano. Sin prisa pero sin pausa, los dos músicos se dirigirían a la plaza de la Sorbona. Cuando llegasen, la librería alemana ya debería estar cerrada. Para asegurarse, esperarían sentados en un banco de la esquina charlando tranquilamente. Sin prisas. En el momento en que no detectasen ningún *kartoffel* en las inmediaciones y cuando no pasase nadie por la calle, Samuel se acercaría al escaparate más próximo a la puerta, abriría el estuche y, en menos de siete segundos —lo tenía calculadísimo— activaría el artefacto para que explotase medio minuto después. Él, con la funda en la mano, correría hacia Vaugirard. Mecuentan, como quien no quiere la cosa, echaría a andar en dirección a la universidad. Se encontrarían en casa, de cualquier modo. Si surgía algún problema...

—Todo irá bien. No habrá ningún problema. Nos lo sabemos todo al dedillo.

Por más credibilidad que tuviese Mecuentan, también tenía derecho a equivocarse.

Sí, Samuel acudió a recogerlo después del ensayo. ¿Llevaba la funda con la sorpresa dentro? También.

Fueron andando hasta la plaza y, efectivamente, la librería ya tenía las luces apagadas. Se sentaron en el banco, como habían acordado, y cuando tuvieron claro que había llegado el momento, se pusieron de pie. Uno se encaminó al escaparate al lado de la puerta y Mecuentan, canturreando en voz baja para apaciguar los nervios, se dirigió a la Sorbona. Samuel abrió los dos cerrojos del estuche a la vez y, con las manos sudorosas, activó el explosivo antes de contar siete. En ese instante, se abrió la puerta de la librería.

—*Halt! Halt!* —gritó un soldado alemán.

Samuel echó a correr en dirección a Vaugirard. El soldado que había salido de la librería le disparó mientras huía. Con la segunda ráfaga, le dio en una pierna. Renqueante, aún fue capaz de andar unos metros más hasta que otro tiro, en la espalda, lo hizo caer al suelo. Sam, malherido, quedó tumbado bocabajo. Todo sucedió muy rápido. El mismo soldado, uno solo, se acercó y lo remató con dos disparos en la cabeza. En cuanto la sangre empezó a manar a borbotones, la bomba hizo estallar todos los cristales de la librería. Mecuentan, abrazado a su violín como si fuese un escudo, giró en la esquina por detrás de la Sorbona y no tuvo más remedio que correr unos metros. Con el miedo metido en el cuerpo, decidió que no podría volver a su casa. ¿Hasta cuándo? Ya lo pensaría cuando pudiese pensar. De momento, había que largarse.

La Gestapo se puso enseguida manos a la obra. El día después del atentado, convocaron al cuartel general al soldado que había disparado. Acudió a la avenida Foch, 84, aportó el estuche del violín que había salido volando hasta unos portales más allá y narró los hechos. Dijo que solo había visto a una persona, que era a quien había matado cuando huía y que él mismo había tenido la suerte de perseguirlo. Si se hubiese quedado montando guardia dentro de la librería, seguramente el difunto sería él. El jefe de la sección de la Gestapo estaba de muy mal humor. Hizo bajar a dos científicos del laboratorio para analizar el estuche con lupa. El único nombre que tenían era el del luthier en una etiqueta antigua. Pocas pistas. Tenían también las fotos que habían hecho del fallecido una vez que lo hubieron retirado de la calle. E intuían que, de algún modo, la resistencia provenía de un entorno musical. En París, eso y nada era lo mismo. Era la aguja en un pajar. El jefe de la sección no se andaba con chiquitas a la hora de dar órdenes.

—Buscadlo y preguntad en todas partes. Registrad el conservatorio. Interrogad a todo el mundo que entre y salga de las Juventudes Musicales. No dejéis ningún cabo suelto. De algo tiene que servir el tener infiltrados en todas las orquestas. Tampoco hay tantas. Es ahora cuando nos tienen que ayudar. Alguien tiene que saber algo. Ante la duda, ya sabéis cómo actuar. No descansaréis hasta que me traigáis al comando de este atentado. Los quiero a todos, ¿entendido?

Se preparó un gargajo y escupió en las botas de los

cinco soldados que tenía delante. Estos entrechocaron los talones, alzaron la mano, gritaron a favor del Führer y se afanaron en la tarea.

En una guerra, todo el mundo corre. Primero, el éxodo. La huida desesperada hacia no se sabe dónde, tan solo por la necesidad de escapar antes de que sea demasiado tarde. Para aquellos que se quedan, el refugio. Las prisas por ponerse a cubierto cuando suenan las sirenas. Todo el mundo bajo tierra, cuanto antes mejor. El esprint hacia búnkeres, guaridas o estaciones de metro. Todo sirve. Jean Lefebvre, violinista de la Orquesta Pierné, conocido como Mecuentan por su don para enterarse de mil y un rumores y esparcirlos aún con mayor celeridad, ni siquiera pudo correr. Cuando notó la mano de un soldado en el hombro, supo que no valía la pena ni intentarlo. Al instante se encontró con ambas manos a la espalda. Otro hombre de verde le había arrebatado el estuche. Estaba a solo un par de calles del teatro y ya no llegó al ensayo.

—¿Qué hay aquí dentro?

—El instrumento —respondió con frialdad.

Los seis soldados que lo rodeaban no se fiaban en absoluto. Iban a dejar el estuche encima del capó del coche hasta que uno de ellos, el que llevaba más galones en la solapa, les aconsejó con la mirada que no lo hiciesen. Abrieron la puerta de atrás, pusieron la mano en la nuca de Mecuentan y, a golpes, lo ayudaron a subir. Se le sentó un soldado a cada lado y cerraron las puertas. Nada más arrancar, le taparon los ojos con un pañuelo y le dijeron que no se preocupase, que el camino sería corto. Temió que se lo cargasen pronto. El trayecto, sin embargo, duró literalmente un minuto. Tenía claro dónde lo habían llevado. Al otro lado del río, a la Conciergerie, convertida en prisión de los alemanes.

Lo hicieron bajar del coche de malos modos. Sin decirle nada más, tan solo por abrir puertas y cerrojos, sentía que iban atravesando salas. Con los ojos vendados y las esposas puestas, lo arrastraron escaleras abajo sin avisarlo de dónde empezaban y dónde terminaban los escalones. El último tramo lo bajó rodando. Sin dirigirle ni media palabra, dos forzudos lo levantaron por las axilas. A tientas como iba desde que lo habían detenido, el oído y el tacto se le agudizaron a la fuerza. Una puerta crujió frente a él. Le quitaron las esposas sin miramientos y lo empujaron al vacío. A su espalda se cerró la puerta metálica y echaron hasta tres cerrojos. Cada uno sonaba más definitivo que el anterior. La sentencia, la ejecución y la muerte.

Antes de atreverse a hacer nada, esperó un momento, inmóvil, de espaldas a la primera pared que palpó.

—Hola... —dijo con un hilo de voz, por si respondía alguien.

El silencio era absoluto. Despacio, se deshizo de la venda. No ganó mucho. El sótano no tenía claridad de ningún tipo. Era un calabozo húmedo sin una sola ventana, ni un ojo de buey, ni un solo rayo de luz que se colase bajo la puerta. Negro absoluto, como si ya la hubiese palmado.

Se pasó horas hecho un ovillo contra la piedra fría. No tenía modo de saber cuántas. Una noche. Puede que dos. En algún momento lo vencía el sueño, el miedo o un hambre feroz. Cuando se adormilaba, sin embargo, le volvían las imágenes de Samuel corriendo, Samuel abatido por la espalda, Samuel tumbado en el suelo y el soldado aproximándose y reventándole la cabeza con dos disparos. Y el reguero de sangre de su amigo Samuel Bardollet, extendiéndose por los adoquines. Cuando sacaba fuerzas de flaqueza, se levantaba y buscaba un agujero en la pared donde poner el ojo para pedir auxilio o para ver si... Nada de nada. Solo de vez en cuando escuchaba unos chillidos que llegaban desde más allá de la oscuridad.

—¿Jean Lefebvre? —lo llamó alguien desde el otro lado de la puerta.

—Sí...

—Póngase la venda en los ojos. Avísenos cuando esté preparado.

Le costó hacerlo. Le temblaban los dedos. De nervios, de hambre, de debilidad. Descorrieron los cerrojos y lo agarraron por los brazos.

—Nos vamos de excursión —le dijeron en un francés socarrón.

Apenas podía subir las escaleras. Poco a poco, percibía la claridad por los contornos del antifaz. Subió dos pisos, lo sentaron en una silla y le destaparon los ojos.

De repente, aquel resplandor le dañaba las pupilas. Necesitó un momento para acostumbrarse. Cuando pudo enfocar, vio que enfrente estaba sentado un hombre fuerte, calvo, vestido con los pantalones y las botas de la Gestapo. En la parte de arriba, en cambio, solo llevaba una camiseta sin mangas que marcaban unos pectorales de boxeador. Los brazos, a la vista, eran de un campeón de los pesos pesados. El hombre miraba por encima de la cabeza del detenido, como si detrás del Mecuentan hubiese alguien que tuviera que darle permiso para comenzar el interrogatorio.

—¿Cómo se llama?

No respondió.

—Díganos su nombre.

—Ya lo saben.

—Queremos que lo diga usted. —Miró por encima de la cabeza de Mecuentan.

De pronto, notó un latigazo seco en la espalda.

—Va a decirnos su nombre, ahora...

—Jean.

—Jean... Veo que va recuperando la memoria. Jean... ¿qué más?

Señaló que no con la barbilla. Y, al instante, recibió otro varazo.

—No sea tozudo, hombre —dijo, perdonavidas.

—Ya saben cómo me llamo —respondió, disimulando el escozor ardiente de la herida.

—Jean Lefebvre. Díganos ahora el de su compañero...

Mecuentan esperó recibir un nuevo ataque por detrás.

Cuando ya creía que se libraba, llegó el azote todavía con más furia.

—¿Se niega a hablar?

Otro zurriagazo.

—Piense que su amigo ya está muerto. Ya no puede hacer nada por él.

El dolor lo hizo inclinarse hacia delante. Con una rodilla en el suelo, el torturador soltó la fusta y volvió a sentarlo en la silla. El interrogador forzudo no tenía prisa.

—Hemos estado en su casa. ¿Vivían juntos?

No dijo ni pío. Y volvió a recibir.

—Samuel Bardollet, su compañero, era judío. Uno menos... ¿Usted también lo es?

Negó con la cabeza.

—Y entonces... —paternalista—, ¿por qué ese odio hacia los alemanes?

Mecuentan levantó la vista para mirar a los ojos a su interrogador. No solo tenía los brazos de boxeador. La nariz parecía arrugada por alguna paliza.

—¿Dónde más tenían previsto poner bombas?

Silencio.

—Después de nuestra librería, ¿dónde más?

Labios apretados. Varazo por detrás. El boxeador alzó la mano para que el verdugo detuviese los latigazos. Pausadamente, se levantó, se acercó a Jean Lefebvre y lo agarró por el cuello.

—¿Sabe dónde estamos?

Mecuentan no abrió la boca.

—En la Conciergerie, así la llaman... Un francés tan francés como usted debe de saber quién murió aquí al lado, en este mismo edificio. ¿Le suena el nombre de María Antonieta? Diga... ¿Le suena?

Se limitó a asentir bajando la mirada.

—Sabe cómo murió, ¿verdad? —Le apretó la nuez con dos dedos que eran dos tenazas—. Qué gran invento la guillotina.

Lo soltó. Mecuentan se quedó doblado en la silla. Cuando ya parecía que daban el interrogatorio por finalizado, el boxeador le soltó un gancho que le hizo saltar los dientes y desplomarse en el suelo.

Luego, desapareció todo el mundo y lo dejaron solo, con la cara inflamada y la espalda abrasada. Al cabo de unas horas regresaron el boxeador calvo que llevaba la voz cantante y el soldado que cumplía órdenes. Después de comer, el interrogador había cogido frío. Se había puesto la camisa del uniforme por encima de la camiseta, pero no se la había llegado a abrochar. En cuanto habló, el aliento a vino impregnó la sala.

—Jean Lefebvre... Le he dicho que hemos estado en su piso, ¿verdad? En su casa hemos encontrado muchas cosas. Y hay una que no nos ha gustado mucho. Está muy feo falsificar cartillas de racionamiento de pan... Es poco patriota, ¿no le parece?, aprovecharse del hambre de sus compatriotas...

Mecuentan escuchaba sin abrir la boca.

—Alguien como usted, que se aprovechaba de su gente, díganos, quién más los ayudaba en sus atentados.

Todo eso no lo hacían ustedes dos solos, ¿no? ¿Quién más había? ¿Dónde se reunían?

Cuanto más callase, más recibiría. Pero le quedaba el orgullo.

—Debería colaborar. Encubrir a más gente no tiene sentido. Cuando usted se esconde, ¿dónde se esconde?

De pronto se dio cuenta de que por la tarde habían cambiado de estrategia. Ya no preguntaban cosas que sabían. Ya no le atizaban para escarmentarlo y para que cantase. De momento, no le tocaban ni un pelo.

—En su casa también hemos encontrado un montón de partituras. Resulta que es usted músico. De la Orquesta Pierné. Violinista, ¿no?

Resopló para no decir nada.

—Una profesión bonita. Pero tiene que saber una cosa... Ha sido una lástima, pero mientras limpiábamos su piso, el violín se ha caído y se ha roto. Supongo que no sería un Stradivarius de esos tan caros... Por lo que me dicen, ha quedado hecho añicos. Lo siento.

La ironía como tortura.

—A ver esas manos de violinista...

El boxeador extendió los dedos, para que el detenido copiase el gesto. Mecuentan, de mala gana, lo hizo. En ese momento, el soldado volvió a esposarlo y colocó una mesita entre el interrogador y la víctima. Lo agarró por las muñecas y le puso las manos encima de la superficie blanca.

—Una buena manicura de violinista. Unos dedos perfectos... —dijo el interrogador—. Ahora dígame, quién más estaba con Samuel y usted...

Mecuentan cerró los ojos con la misma fuerza que los labios. El boxeador, de pronto, le arrancó una uña. Los gritos de Mecuentan se oyeron desde la otra orilla del Sena.

—¿Quién más formaba parte del comando?

Le arrancó otra uña. La del anular.

—¿Quién lo habría ayudado a huir?

Cambió de mano. El otro anular también quedó en carne viva.

—Díganos el nombre.

Jugaba a la simetría. Fuera la uña del índice, también. Los alaridos del violinista incomodaban al boxeador.

—Un nombre. Hijo de puta.

Cuando hubo extirpado ocho uñas a golpes de furia, cerró el puño y, como si fuese un martillo, golpeó con fuerza encima de cada uno de los dedos hasta romperlos. Uno por uno.

Ya no le dijeron nada más. El boxeador y el soldado abandonaron la sala y no volvieron a entrar. Dejaron que Jean Lefebvre se fuese apagando, solo, sin que nadie supiese de qué había muerto. En los días posteriores, los rumores sobre las causas de la desaparición de Mecuentan corrieron por toda la orquesta. Hubo versiones para todos los gustos. Probablemente, ninguna cierta.

# 27. Aquella antigua manera de amar

*Querida Margaux:*

*Te escribo desde casa con el corazón en un puño. Tal y como van las cosas, no sé si saldré de esta. Todo sucede muy rápido y me aterra pensar que no pueda volver a decirte cuánto te quiero.*

*Las noticias vuelan estos días. Y nuestra orquesta, por desgracia, está inmersa en medio de la tormenta. Hoy he sabido que anteayer detuvieron a Mecuentan Lefebvre cuando venía hacia el teatro y, a partir de ahí, cómo se desenredará la madeja, solo lo sabe Dios. Pero me temo que no será bueno para mí ni para nosotros.*

*Mecuentan es un amigo mío y, por el modo en que ha desaparecido, empiezo a hacerme a la idea de que no volveré a verlo. Es muy cruel imaginar qué será de él. Y cómo, de pronto, dejaré de ver a alguien que ha estado a mi lado toda la vida. Ha sido un compañero de colegio que ha llegado a ser compañero de orquesta, y me entran escalofríos al pensar que ya no tocaremos juntos nunca más. Espero equivocarme, pero...*

*Me entran escalofríos, sobre todo, cuando pienso cuál será su final.*

*Te presenté a Mecuentan el mismo día que tú y yo nos conocimos, en la puerta del Châtelet. Ahora las malas lenguas de la orquesta, que también las hay, dicen que Mecuentan era un activista de la resistencia. Dicen que Mecuentan y un compañero suyo que no conozco reventaron dos veces la librería alemana que estaba —y todavía está— cerca de la Sorbona. No sé. Yo no me lo acabo de creer. Pero el director, Delphin Moureau, nos ha contado que cazaron al socio de Mecuentan, un chaval que fabricaba bombas y al que hirieron los alemanes y, en lugar de rematarlo, lo torturaron hasta que ha cantado lo que querían oír. Yo no tengo ni idea de si las cosas fueron así. Nadie sabe nada con certeza. La verdad, en tiempos de guerra, escasea mucho. La realidad es que a Mecuentan se lo ha tragado la tierra.*

*Yo, como te puedes imaginar, no tengo nada que ver en todo eso. ¿Qué ha pasado? No sé decirte. Nos movemos siempre en la incertidumbre en esta maldita ciudad desde que el demonio entró en sidecar. Lo que sí sé es que Mecuentan se quedó tres días en mi casa. ¿Escondido? Él nunca me lo dijo. La semana pasada me pidió que le hiciese un favor, me contó a que a su piso no podía volver, y yo —qué podía hacer— le dije que sí, que por supuesto, que podía quedarse los días que hicieran falta. Él también lo habría hecho por mí, sin poner pegas ni preguntarme por qué. No es verdad que en una guerra todo el mundo se vuelva egoísta, como dicen. Hay gente que se ayuda. Mucha. Y lo hace de corazón, arriesgándose por las buenas personas. Y Mecuentan era una buena persona, caray. Y un amigo.*

*Si te escribo, Margaux, mi Margaux, es porque tengo miedo. Mucho miedo de que yo sea el siguiente. ¿Por qué? Porque ya ves cómo están las cosas. Porque aquí todo el mundo aguza el oído y todo el mundo habla, porque aquí, para salvarte, si es necesario se delata al vecino, al conocido, a quien haga falta. Y todos vamos cayendo como moscas.*

*Hitler es el diablo y esto parece que nunca vaya a terminar. Los franceses hemos perdido, y el gobierno de Vichy se entregó para salvar el pellejo. En nombre de la patria se rindió y regaló el país. Yo de eso no entiendo, pero sí le veo un final a esta situación. La BBC, que sabes que la escucho a veces, dice que sí, que habrá un día en que esta pesadilla terminará. Pero si tiene que llegar una ayuda internacional, que no tarde, porque esto es muy duro y muy largo.*

*Puede que para mí ya sea demasiado tarde.*

*¿Cuál es mi pecado? Ninguno, querida Margi. Yo no he hecho nada de nada. Y tú lo sabes. Los músicos que hemos podido tocar en las grandes orquestas hemos sido unos privilegiados. No hemos tenido que ir al frente y, dentro de lo que cabe, los alemanes nos respetan. Tú sabes que vivo para la música y para estar contigo tanto tiempo como la situación nos lo permita. Es la primera vez que estoy enamorado. Y no es posible estarlo más. Jamás habría dicho que el amor pudiese producir estas sensaciones. Con cada beso, oigo cantar a los ángeles y los arcángeles. Cada día que estamos juntos, la alegría es tan grande que ni Ravel podría describirla con notas. Cada nube que está sobre nuestras cabezas se disipa cuando tú me miras, querida Margaux. Tu risa es mi salvación.*

*Tú eres muy joven. Tienes toda la vida por delante. No dejes que esta gente te la arruine. Tú ve a la tuya. Haz siempre lo que quieras. Intenta ser feliz. Mejor dicho: sé feliz. Hazlo, aunque sea por mí.*

*Y, pase lo que pase, no dejes de tocar. Lo haces muy bien. Cada día mejor, patito mío. Las notas nunca te engañan, ¿recuerdas?*

*Cuida de tu padre. Es una buena persona. Tienes que saber que en el teatro se ha metido a todo el mundo en el bolsillo. El señor Ferdinand se hace querer porque, incluso en estos tiempos en que todo el mundo tiene días grises, él nunca tiene un no para nadie. Quizá todos tendríamos que haber hecho como él. Estar bien con todos. Buscarnos pocos problemas. Eso es humano. ¿Qué tiene de malo el instinto natural de supervivencia? Aún no sabemos quién escribirá este episodio de la historia en que estamos inmersos. No sabemos cómo se juzgará todo esto, pero, en el día a día, nuestra situación, la de los ciudadanos de París de buena fe, no va de cobardes y de valientes. Entre la colaboración entregada y la resistencia activa hay muchos matices que hemos vivido de cerca. Y es ahí donde, quizá, procuramos estar la mayoría de los franceses que nos hemos quedado en territorio ocupado. Se acabe esto como se acabe, nunca le reproches nada a tu padre. Ha hecho, seguramente, lo que tenía que hacer. Ha buscado lo mejor para ti y tu madre. Digan lo que digan, la suya es una postura comprensible. Acomodarse a lo que hay, afanarse en vivir, seguir adelante y esperar que vengan tiempos mejores. Sobrevivir, sí, ese es el verbo sagrado de nuestros tiempos. Sobrevivir con la esperanza de que esta pesadilla de los ale-*

*manes no puede durar siempre. Ni Hitler será eterno. Habrá un momento en que, inevitablemente, tendrá que acabar este mundo de miedo, de hambre y de sirenas.*

*Me consuela pensar que, con cada hoja que arrancamos del calendario, el ocaso de los dioses está un poco más próximo.*

*Y cuando llegue el día, cuando termine la barbarie, yo solo desearé estar contigo. Para vivirlo. Para que los dos juntos formemos, si tú quieres, una familia. Este es mi anhelo nunca expresado y aprovecho para decírtelo.*

*Queridísima mía, me estoy animando, ¿no crees? Y no sé si este es, precisamente, el lugar y el momento para decir estas cosas. Pero lo escribo tal cual me sale, porque me lo dicta el corazón, porque ya no tengo nada que perder, y porque me imagino tus ojos bonitos leyendo estas líneas. Te aseguro que, si ahora y aquí, yo pudiese tener la lámpara mágica del cuento de las mil y una noches y me concediese un deseo, nada me apetecería más que saber que, andando el tiempo, tú y yo encenderíamos una chimenea esperando el momento en que un bebé nos llamase padre y madre. ¿Te imaginas lo bien que tocarían el oboe nuestros hijos? O puede que eligieran tocar el fagot, para hacernos la puñeta.*

*Margaux, patito mío... No bajes nunca los ojos por nadie.*

*Permíteme que te lo diga una vez más. No se puede querer más de lo que te quiero mientras te escribo esta carta que no querría que tuvieses que leer. Eres mi vida.*

*Te quiero con aquella antigua manera de querer.*

*A toda costa, sin guardarme nada.*

*D.D.*

*Posdata*

*He dudado si escribirte esta carta. Una vez escrita y sin ni siquiera atreverme a releerla, he dudado mucho si debía procurar que te llegase. He dudado, nuevamente, por miedo. Por miedo a que te debilite leerla. Por miedo a que pueda llegar a perjudicarte. Si alguna vez alguien la encuentra, no me perdonaría que este escrito te pudiese incriminar en cualquier cosa en la que no has tenido nada que ver... He dudado de todo, en definitiva, por miedo a que esta sea la última vez que puedo «hablar» contigo. Nada me daría más rabia en este mundo, querida Margaux. Si se diese el caso, he pensado incluso si un adiós en silencio te lo pondría más fácil. No lo sé. Todo es tan complicado y extraño que se me hace muy difícil pensar con tanta niebla a mi alrededor. Perdóname, en cualquier caso. Sencillamente, me ha salido hacerlo así, con el corazón.*

*Espero haber gastado tinta en vano y que tú y yo podamos reencontrarnos. Si no es mañana, pasado mañana. Yo, de momento, solo he puesto la letra. La música, a cada hecho que la vida nos depara, la tienes que poner tú.*

*Siempre tuyo.*

Damien dobló las tres hojas de la carta y las metió en un sobre. No puso remitente. Por fuera solo escribió una cosa:

*Para M. D. (en caso de necesidad)*

Luego miró el reloj y se percató de que debía apresurarse. Los ensayos previos a los conciertos eran sagrados y Moureau se ponía de mal humor si no estaban todos los músicos ante el atril, con la partitura preparada, noventa minutos antes de que abriesen las puertas al público. Se hizo el nudo de la pajarita, se vistió con el traje oscuro de los días de función y, delante del espejo, se pasó los dedos por el pelo, para ahuecarse los rizos. No le gustaba que se le pegasen tanto a la frente.

Con la carta en el bolsillo del abrigo, la bufanda enrollada al cuello y el estuche del oboe en la mano, Damien se dirigió al teatro a ritmo del *allegro molto* del segundo movimiento de Rimski-Kórsakov. Camino del trabajo, preocupado por la desaparición de Mecuentan, tenía la sensación de que no sería un sábado cualquiera. Miraba a un lado y al otro esperando que, al doblar una esquina, algún uniforme verde le preguntase adónde pensaba que iba. Temía que, en una emboscada, una patrulla apareciese por sorpresa, le diesen el *Halt!* y le preguntasen: «¿Es usted Damien Devère?», y entonces apaga y vámonos. En la calle, sin embargo, no había gente ni ruido. Hacía meses que solo los alemanes tenían gasolina y por el empedrado de la ciudad ya no circulaba ningún vehículo que no llevase una cruz gamada. Las pocas mujeres que caminaban hacia la cola del hambre lo hacían arrastrando los pies. El desánimo y el hambre iban haciendo mella en ellas semana tras semana. Pese a todo, por dos patatas y media coliflor irían donde fuese necesario y aguardarían de pie, resignadas, el tiempo que hiciese falta.

Frente al Hôtel-de-Ville, a pocos pasos del Châtelet,

Damien se fijó en que la suela de uno de sus zapatos comenzaba a abrirse por delante, como una boca de ballena. Llegó despacio al teatro, que estaba al lado, intentando ocultar la cojera sobrevenida por culpa del zapato. No tenía otros. En la puerta, el cartel anunciaba el concierto del día con grandes letras. *Sherezade*.

Atravesó el vestíbulo, entró en la zona de camerinos y se asomó al escenario. En la sala ya había algunos compañeros afinando los instrumentos. Las percusiones y las cuerdas le daban las buenas tardes y Damien, maquinalmente, les respondía «buenas» con la boca pequeña. Los de viento, ocupados, devolvían el saludo con las cejas. Él, tratando de no molestar a nadie en el eslalon entre atriles, llegó a su sitio y dejó el estuche del oboe encima de su silla. Ajeno a aquella riña de gatos, Ferdinand, con una rodilla en el suelo, se estaba asegurando de que la tarima del director estuviese bien calzada. Era la manía de Delphin Moureau, que no quería que pareciese que dirigía el concierto desde un terremoto. Cuando Ferdinand levantó la cabeza, se topó con unos zapatos en las narices. Miró hacia arriba para ver quién se le había plantado delante...

—¿Qué se ha estropeado ahora? —Enfrente, sin embargo, se encontró con Damien—. Hola, chico...

—Buenas tardes, Ferdinand. Cuando termine...

—Enseguida. —Sacudió la madera con ambas manos—. Por mucho que bote y salte el director, esto hoy no se va a mover, aunque baile un fandango.

El electricista resopló para levantarse. No hacía mucho que para ponerse en pie no le hacía falta hacer palanca con las dos manos sobre una misma rodilla.

—¿No tendrá un minuto?

—Y hasta dos —dijo Ferdinand, sin adivinar qué se traía Damien entre manos.

—Vamos al... —avanzó entre bastidores—. Aquí hay mucho jaleo.

Cuando lo tuvo delante, el electricista se dio cuenta de que aquella no iba a ser una conversación cualquiera. Le bastó un vistazo para detectarlo.

—¿Qué ocurre? Tienes unos ojos...

—¿Yo? —inocente—. ¿Qué les pasa?

—Parece que hayas visto al lobo.

—¿La verdad? Por eso quería verlo... Puedo estar metido en un lío de los gordos.

Entonces fue Ferdinand quien se puso en guardia.

—¿Qué ha pasado?

—Han pillado a Mecuentan... Uno de los violinistas.

—Ya sé quién es.

—Lo han detenido.

—Ya lo sé. ¿Y?

—Yo puedo ser el siguiente, Ferdinand. Espero que no, pero el siguiente puedo ser yo. Tengo un presentimiento...

—Anda... No nos preocupemos antes de tiempo. ¿Tú? ¿Por qué tú?

—Le juro que yo no tengo nada que ver con la librería alemana. Yo nunca he hecho nada, en todos estos años... Ni media protesta, pero...

—¿Pero?

—Soy amigo de Mecuentan. Y lo tuve en casa... Nada, unos días. Pero estuvo en mi casa...

—*Merde*. ¿Quién lo sabe?

—No tengo ni idea. Pero, todo esto, a mí... En la ciudad todo el mundo es hoy un espía en potencia. Todo se sabe, todo se cuenta... Si una cosa la sabe más de uno, estás perdido. Basta medio rumor para que...

El electricista removió las avellanas del bolsillo de la bata.

—Entiendo lo que quieres decir. —Respiró hondo—. Me hago cargo.

—Solo le pido una cosa, Ferdinand. Solo una. Hágalo por mí, ¿entendido?

—Dédé... Yo... —Sacó la mano del bolsillo y extendió las dos palmas. Pidió clemencia con la mirada—. No me pidas nada que...

—No le compromete. Tranquilo, jamás le causaría un problema. Dios me libre. No va por ahí la cosa. Pero me tiene que asegurar que...

—Dime, pues.

—Tiene que hacerme un favor.

Sacó la carta de la americana.

—Esto es para su hija. —Se quitó el sobre de encima, como si le quemase, y se lo entregó—. Es para Margaux, pero guárdelo usted, si me hace el favor. Y no se lo dé. No se lo dé nunca. Jamás. ¿Entiende lo que le pido?

—Me parece que no quiero entenderte... —resignado.

—Guárdela. Que la lea solo si me pasa algo. Solo si me detienen o se me traga la tierra o si... Solo entonces entréguele la carta y cuéntele esta conversación. —A Damien se le humedecían los ojos e intentaba refrenarse—. Por favor... ¿Puedo contar con usted?

—¿Por qué no se la envías tú? Las cartas aún llegan...

—Desde el lugar donde estaré, no creo que le pueda enviar nada.

—No te pongas en el peor de los escenarios, Damien.

—No me pongo. Ya estamos en el peor escenario posible. —Los nervios le aflautaron la voz—. ¿Puedo contar con usted? ¿Entiende el encargo?

—Bueno... —Golpeó la carta con un dedo—. Lo has puesto aquí... «Para M. D. (caso de necesidad).».

—Ferdinand, amigo mío... —Se emocionó.

Se abrazaron como nunca lo habían hecho. Con la barbilla de Damien pegada a la clavícula del electricista, el joven reprimió el sollozo para decirle: «Quiero mucho a Margaux. La quiero mucho, ¿me oye?», y notó que Ferdinand lo abrazaba todavía con más fuerza. Lo abrazaba como no lo había hecho nadie en toda la guerra. Lo abrazaba para sellar el pacto. Lo abrazaba para hacerle saber que era uno más de la familia. Lo abrazaba más y más porque tenía miedo de que aquella despedida, disfrazada de coraje, frustrase la felicidad de su hija. Y, de repente, comprendía el significado de tener que entregar la carta, que se guardó en el bolsillo de la bata.

Damien se enjugó las lágrimas con el puño de la americana y se marchó hacia la sala. Cuando estaba en la puerta, Ferdinand lo llamó.

—Muchacho. Ahora no sé si decírtelo.

Damien reculó.

—El qué.

—Yo también tenía una sorpresa para ti. —No sabía cómo encararlo—. Mi hija vendrá al concierto.

—¿Ahora?

Asintió inclinando la cabeza.

—Pero... Yo le pedí a Margaux que no viniera, le dije que hoy no había entradas, que... —Hundió los hombros—. Uf.

—Lo siento. Sabía que le hacía ilusión venir. Le dije que, si quería escuchar el concierto, podría quedarse conmigo entre bambalinas. Verlo no lo verá, pero...

Damien se esforzó por esbozar una sonrisa.

—Ha hecho bien, Ferdinand, no se preocupe. Me gusta saber que su hija estará aquí. Me gustará verla. Tocaré como nunca. Hoy haremos que Sherezade resucite. Será un gran concierto, ya lo verá.

—Lo siento, Damien.

—Al contrario. Muchas gracias, Monsieur Dutronc.

En el camerino del director, noventa minutos antes del concierto, había visita. Llamaron a la puerta y Delphin Moureau dijo «adelante» mientras canturreaba el último movimiento de *Sherezade*. Entraron dos oficiales alemanes, con determinación, y dos soldados con cara de tener prisa.

—¿Sabe por qué estamos aquí?—preguntó, con buen tono, el oficial del traje negro.

—Para desearnos que el concierto vaya bien, supongo...

—Eso, por supuesto, *Herr Dirigent*.

—Pero será difícil que suene como querría... —dijo el oficial de verde, que no era la primera vez que visitaba el teatro—. Hemos sabido que ha perdido algún violinista esta semana...

—Sin duda. Si alguien lo sabe es usted, que viene aquí a hacer el recuento cada semana...

—¿Cómo se llamaba?

—¿Quién?

—El violinista.

—Lefebvre. Seguramente en sus listas figuraba como Jean Lefebvre, porque era su nombre de pila, pero aquí todo el mundo lo llamaba Mecuentan. Muy buen violinista.

—Lo echará de menos.

—Seguro. Una orquesta es como un reloj. Si falta una aguja, el reloj funciona igual, pero ya no da la hora.

—¿Tanto se nota un violín más o menos? —preguntó el oficial conocido, el único que le seguía la corriente.

—Eso ustedes, que tienen sensibilidad musical, seguro que lo sabrán valorar.

—Da la impresión de que nunca se pone nervioso, *Herr Dirigent*.

—¿Debería estarlo?

—Hombre, tiene un concierto dentro de... —miró el

reloj— una hora y media. Bueno... Eso si usted llega a dirigir este concierto, claro. ¿Podemos sentarnos?

No aguardaron permiso alguno. Los dos oficiales cogieron dos sillas y las colocaron de cara al taburete de Delphin Moureau. Uno de los soldados, el que tenía media cara oscurecida, como si hubiese perdido la piel por una quemadura, cerró la puerta por fuera. El otro, el pasmarote, se quedó dentro del camerino montando guardia.

—¿Sabe quién es Denise Landau?

—No, señor.

—¿Está seguro, *Herr Dirigent*?

—Creo que sí...

—Pues...

—Es muy extraño... Porque ella sí sabe quién es usted. De hecho, sabe muchas cosas de su vida. Nos ha venido a ver y nos ha contado cosas... De ella. Pero, sobre todo, de su marido y de usted. O, disculpe, quizá me he equivocado con el apellido. Puede que usted la conozca como Denise Sully. También lo hacen en Francia, ¿no?, lo de que la mujer toma el apellido de su marido cuando se casa... Responda cuando le pregunto. ¿Lo hacen o no lo hacen, *Herr Dirigent*?

—Sí.

—Muy bien. Vamos progresando. Entonces, ¿sabe usted quién es Denise Sully?

—No la conozco personalmente.

—Tiene razón. Usted es todo un señor y ha tenido la delicadeza de no querer conocerla. Eso también nos lo ha contado ella: que en fondo el *Herr Dirigent* es un cobarde. Usted, a quien conoce muy bien, a quien conoce hasta unos niveles íntimos que jamás habríamos sospechado, es a su marido, ¿verdad? Le suena el nombre de Jean-Clair Sully...

—Lo conozco, sí.

—Cuánto me gusta que vaya haciendo memoria.

—Pero hace tiempo que no lo veo.

—¿Cuánto tiempo?

—Mucho. Desde que comenzó la guerra ya...

—Ya ¿qué?

—Ya no nos hemos vuelto a ver.

—Eso no es lo que nos dice su mujer, precisamente. Ella nos cuenta, con un sinfín de detalles escabrosos que nos podría haber ahorrado, que Jean-Clair y usted son amantes. Nos dice que se ven dos veces por semana y que sigue ocurriendo. Nos dice que sospechó que su marido tenía otra mujer en su vida y que no paró hasta que lo descubrió. ¿Y con qué se encontró? Ración doble de sorpresa. La amante de su marido no era una mujer sino otro hombre. ¿Se imagina cómo se quedó, la pobre Denise? Descubrió que el amante era un hombre conocido. Un hombre de prestigio. Un famoso director de orquesta que resulta que esta tarde tiene un concierto de Rimski-Kórsakov con una platea llena de soldados alemanes que lo aplaudirán cuando termine la función. Y ¿sabe qué pasa? Que los alemanes no aplaudimos a mariquitas. Nosotros, como usted dice, somos gente culta, sabemos que los hombres aman a las mujeres y que todo lo que no sea eso es depravación y enfermedad. Ese es el problema. ¿Es usted un invertido de esos?

—Yo...

—¿Por qué le tiembla el labio? ¿Acaso ahora reniega? ¿Es un invertido o no lo es? Si tiene un amante que está casado con una mujer, entonces, ¿qué pasa? ¿Debemos entender que quizá es usted bisexual como Jean-Clair Sully? No me extraña que Francia pierda guerras con gente como ustedes. Se han equivocado de siglo. Esto ya no es Roma, ni Grecia, se acabaron todas esas bacanales que hacía aquella gente. ¿Sabe qué es lo que hacemos nosotros con los maricas? Los mandamos de viaje. Los aislamos, como a los judíos, para que no se mezclen con la población normal, porque, ¿sabe qué, *Herr Dirigent*? Que todo se contagia. Y las cosas malas, todavía más. Son como un virus que se extiende y no sabes cómo. Por eso es mejor actuar desde la raíz. Cortarlo en seco.

—¿Qué quieren de mí?

El oficial alargó un silencio rebelde, antes de responder:

—Nombres.

Llamaron a la puerta y entró el soldado de la cara quemada.

—Reclaman al director para el ensayo, señor.

—Digan a la orquesta que puede que se demore un rato, que afinen y que comiencen por el principio.

—Sí, señor —respondió el soldado obediente antes de salir del camerino.

—Depende de usted, *Herr Dirigent*. Queremos que diga nombres.

Delphin Moureau maldijo no haber huido del país

cuando su amante le dijo que lo tenía todo preparado para escaparse a Suiza, sin que lo pillasen. Levantó la mandíbula y decidió mantener la dignidad.

—¿Dónde está Jean-Clair?

—¿Quiere decir si está de viaje?

—Quiero saber si está bien...

—Está muy enamorado de él, ¿verdad? Ya nos ha dicho su mujer que son uña y carne.

—No bromee, por favor.

—¿Que no qué? —El oficial le pellizcó ambas mejillas con fuerza—. ¿Es que no le da a usted vergüenza ser homosexual? Una persona tan mayor, tan famosa, tan repugnante... Qué ejemplo para la gente...

—Suéltalo —intervino el oficial de negro.

Obedeció de inmediato. El interrogador trató de no irritarse y prosiguió la partida con su francés de las erres potentes.

—Dónde está Jean-Clair, nos ha preguntado... Mire, Denise ha colaborado. Ha venido *motu proprio*, nos ha contado lo que pasaba y hemos pactado. Ella nos decía con quién estaba su marido y nosotros permitíamos que su matrimonio volviese a ir por buen camino. ¿Ha comprendido cómo funciona esto? —Con el dedo anular le golpeó el pecho con fuerza—. ¿Lo ha entendido o no?

—¿Qué nombres quieren saber?

—Aquellos que a usted le permitan dirigir el concierto de hoy. La alternativa no sería agradable para nadie.

Por primera vez, el director bajó la cabeza. El oficial aprovechó para proponer el pacto.

—Los nombres. Así de fácil. Si luego usted corrige su conducta y no tenemos conocimiento de ningún otro episodio sadomasoquista, podrá dirigir el concierto del sábado próximo, y el del otro... Esto solo depende de usted.

—Pero no entiendo qué quieren que les diga. ¿El nombre de quién? ¿De qué?

—De las personas que ayudaron a Lefebvre a volar nuestra librería. Debe de conocer a sus amigos...

—Yo no sé nada de eso.

—Nos han dicho que usted conocía muy bien a Lefebvre, que llevaba mucho tiempo en la orquesta. Eso no significará que usted y él..., ¿verdad?

—Por favor...

—¿Lo ocultó usted en su casa?

—No, señor. Nunca subió a mi casa. Para mí era un músico más de la orquesta.

—Quiere decir que no era un marica como usted...

El director puso la cabeza entre las piernas. El oficial de la voz cantante lo dejó desahogarse medio minuto. Cuando se cansó de oírlo llorar, le puso una mano en el hombro y le recordó la propuesta en voz baja.

—Un solo nombre, *Herr Dirigent*. Uno solo y podrá usted dirigir el ensayo y el concierto de cada sábado, y ya no volveremos a molestarlo. Este es el trato. Eso sí... la picha quieta y dentro de la bragueta.

—¿Solo uno?

# 28. Todo es hoy

La platea del Théatre du Châtelet se llenó en diez minutos. Los soldados alemanes, que ocupaban las primeras filas y los palcos laterales, se sentaban, se quitaban las gorras flexibles y conversaban en voz baja mientras el oboe de Damien daba la nota para que el resto de instrumentos volviese a afinar. De vez en cuando, algún soldado alemán soltaba una carcajada propia de un sábado por la tarde, cuando las obligaciones conceden una tregua. En las últimas filas del patio de butacas se sentaba gente de París que entraba en la sala en son de paz, con el deseo de que la tarde fuese tranquila, que la música les proporcionase un momento de distracción y que no tuviesen ningún incidente con nadie. Las mujeres se habían arreglado en la medida de sus posibilidades. Había algunas que, con la ropa de los maridos que ya no volverían, se habían confeccionado vestidos. Todas habían aprendido a aprovechar cualquier retal de una camisa o unas sábanas viejas para sacarles partido. Acudir al teatro, para una función o para un concierto, era la oportunidad de demostrar cierta firmeza. Pero era, también, una ocasión de demostrarse que, cualquiera que fuese la situación, eran mujeres, eran francesas y todavía querían tener buen aspecto. Era una manera de decirles, a los alemanes de la prepotencia, que no todo estaba perdido. Podían ser los dueños de París y de Francia y de media Europa, pero el estilo, la elegancia y el buen gusto no se los podrían arrebatar.

Cada dos por tres, Ferdinand Dutronc abría la puerta de servicio lateral del teatro, procurando que no se le volviese a cerrar, y asomaba la nariz a la calle para ver si su hija llegaba de una vez. La tercera ocasión que calzó la puerta con el pie, vio a Margaux caminando apresuradamente por la Quai de la Mégisserie. Se había puesto una chaqueta negra y una falda de cuadros que entrecruzaba los grises con los amarillos hasta justo encima de la rodilla.

—Venga, hija, que llegaremos tarde —gritó cuando aún estaba lejos.

—Es que he tenido que dar una vuelta porque habían cortado la... Había dos coches calcinados.

—Me da igual, Margaux.

—Pero, papá...

—Date prisa, mujer, que están a punto de empezar.

La hizo entrar y cerró la puerta de la calle. Ella conocía el camino. Cuando era más pequeña, antes de que comenzase la pesadilla, había acompañado muchas veces a su padre al trabajo. Le gustaban las bambalinas del teatro. El olor a madera y aguarrás, las penumbras, las cajas eléctricas y los contrapesos en los centenares de cuerdas para hacer subir y bajar los decorados. Se deleitaba, por encima de todo, con el hecho de que su padre tuviese soluciones para todo. Cada cosa que debía arreglar era un desafío que, con maña y con más o menos tiempo, acababa por superar. En un teatro nunca había dos retos iguales para un manitas como él.

—¿Dónde me pongo?

—Coge aquella silla y siéntate aquí, entre bastidores.

Cortina a cortina, probó desde qué ubicación vería mejor a Damien. Cuando tuvo su perfil localizado, intentó saludarlo discretamente. Él, mientras ablandaba la caña con los labios, ni se dio cuenta. Margaux no sabía cómo llamar su atención, pero lo veía tan concentrado que no quiso importunarlo en el momento en que ya se apagaban las luces de la platea. Con tan buena presencia —el traje negro, la camisa blanca, la pajarita—, Dami le parecía mayor, más serio, más importante. Más guapo todavía.

De repente, el director se tropezó con ella. Al pasar a su lado, golpeó el hueso de la música de Margaux.

—Muchacha, estorbas mucho aquí en medio...

Delphin Moureau se guardó las malas pulgas, forzó su mejor sonrisa y entró en foco. En el escenario, los músicos se pusieron en pie para recibirlo y la sala los aplaudió a todos, preventivamente. Cuando el director se giró hacia el público para hacerle una reverencia, localizó a los dos oficiales alemanes, sentados en la quinta fila. El de verde y el de negro. Pasillo central. Volvió a ponerse de cara a su orquesta para sentirse en casa. Con un dedo húmedo, se aseguró de pasar correctamente las páginas de la partitura y se tomó su tiempo para comenzar. Era el modo de adquirir poder y de concentrar todas las miradas. Cerró los ojos para penetrar en el alma de Rimski-Kórsakov, sujetó la batuta con dos dedos de la mano derecha y le bastó levantarla para que los músicos se pusiesen en alerta. En la sala, a partir de aquel momento, no se oyó ni una mosca.

La nota de arranque la dieron los trombones, señoriales y tranquilos. Enseguida, con el primer solo de violín que presenta a Sherezade, la mirada de Damien huyó un instante hacia la luz de emergencia a la derecha del escenario. Allí, entre bastidores, descubrió los ojos enamorados de Margaux que lo estaban observando. Con una punzada en el corazón, volvió a pegar la vista en la partitura y en el director, que gesticulaba más que en otros conciertos. Aquel sábado por la tarde, Delphin Moureau no tardó en sudar. En toda la obra, sin embargo, el director no posó la mirada en los oboes ni por casualidad. Los tenía delante, en su sitio, en mitad de la orquesta, para repartir su voz a un lado y al otro. No les dio ni una indicación, ni una entrada. La mirada de Moureau, escudado entre violines, les pasaba por encima y se posaba sobre la percusión. Damien, pendiente de leer, de tocar y de obtener el sonido perfecto, percibía su batuta de reojo, pero en ningún momento notó que Delphin Moureau lo ignorase a lo largo de casi una hora de reloj.

Al final del tercer movimiento, dedicado al joven príncipe y la joven princesa, Damien estiró el cuello para mirar a Margaux. Ella, que no le había quitado los ojos de encima, puso un beso en la punta de los dedos y sopló para que le llegase de inmediato. Dédé, con las manos ocupadas, lo cazó al vuelo y le devolvió, a cambio, una sonrisa amorosa. El último movimiento de Sherezade lo tocó con el corazón. El vibrato salía del oboe con timbre de soprano enamorada. Nunca, ni en un solo ensayo, había conseguido sacar una voz tan propia. El instrumento era él. Con el alma serena.

El público, entendido, no aplaudió hasta el final del concierto. Entonces sí. Por la platea resonó una claque profesional, rítmica, muy alemana. Con la duración justa y sin pasión. Margaux, de pie al lado de su padre, sí que daba palmas con entusiasmo.

—Menos mal que he venido, papá. Uno de los mejores conciertos que he escuchado en mi vida.

—Qué bien, Margi —dijo Ferdinand, aplaudiendo, todavía, la tercera y última vez que el director salió a saludar.

Enmudecida la sala, comenzó el baile. Unos desfilaban hacia la calle, algunos soldados charlaban animadamente en la platea y el director, con prisas, se escabulló hacia su camerino. A sus músicos tan solo les dijo un «muchas gracias a todos» que sonó a rutina y desapareció. La ejecución de aquel Rimski-Kórsakov habría merecido unas palabras amables. Aunque solo fuera un breve elogio afectuoso. Pero Delphin Moureau hizo mutis mientras los miembros de la orquesta guardaban sus instrumentos y comentaban las notas que se les habían escapado.

—El público de hoy no se habrá dado cuenta.

—Vienen aquí como podrían ir a ver payasos.

—A ver si nos van a hacer alguna reseña en el *Je suis partout*...

—¿Tú crees? No he visto a ningún crítico en la sala...

—No necesitan venir. Esa gente escribe lo que le conviene. Sobre la guerra hacen lo mismo...

Damien desmontó el oboe y pasó la bayeta por dentro para secar la madera. Cogió el cuerpo inferior del instrumento, lo puso a contraluz y, como si fuese un tomavistas, miró por el agujero del pirata. Observó a su derecha para comprobar que su amada aún estaba allí. Después guardó la cabeza y la campana dentro del estuche. Cuando lo hubo cerrado, vio que Ferdinand, con la bata de trabajo, cogía a su hija por el hombro. Margaux hizo como si lo aplaudiese a toda velocidad, con las manos juntas a la altura de la barbilla, sin hacer ruido.

—Ya voy.

Damien retiró dos sillas para abrirse paso y dirigirse hacia donde estaban los Dutronc. En aquel instante, alguien lo llamó desde la izquierda del escenario.

—¿Damien Devère?

Se detuvo y se dio la vuelta sobre su eje. Entre bastidores, había dos soldados alemanes.

—Venga aquí, por favor. —El caraquemada llevaba la voz cantante.

—Pero... —Con la mano, Damien les indicó que él ya se iba hacia el otro lado.

—¿Usted es Damien Devère, sí o no?

—Sí, sí...

—Haga el favor de venir. Acompáñenos, por favor.

Dudó entre dar un paso adelante o hacia atrás. Margaux notó su inquietud y echó el pie para entrar en el escenario.

—No, Margaux. —Su padre la retuvo agarrándola por el brazo.

Damien bajó la cabeza e, indignado, se dirigió a la derecha, despacio.

—¡Dami, no vayas! —gritó ella.

Su padre la aferró con las dos manos para que no se le escapase.

—¿Quién es ella? —preguntó el caraquemada—. ¿Quiere que vaya con usted?

—No, no... Es una niña —respondió en voz baja para que no lo escuchasen desde el otro lado del escenario—. Es solo una amiga de la familia.

—¿Y esto? —preguntó el soldado, señalando el estuche que Damien llevaba en la mano.

—La funda del oboe —respondió con pasos cortos hacia el abismo.

—No hace falta que la lleve consigo.

—Siempre viene conmigo.

—Allí donde vamos no lo necesitará.

Levantó la cabeza para sostenerle la mirada al soldado. El caraquemada tenía odio en los ojos.

—¡Damien! —Se oyó desde el otro lado de la sala. El grito áspero de Margaux resonó en todo el teatro.

Su aullido desesperado coincidió con el momento en que obligaban al oboísta de la Orquesta Pierné a abandonar el instrumento sobre la última silla del escenario. Fue el instante en que Damien notó cómo el soldado mudo lo sujetaba con fuerza por las dos muñecas. Fue el segundo en que Ferdinand, que entendía como nadie la gravedad de la situación, abrazó con todas sus fuerzas a su hija, diciéndole: «Amor mío, saldremos adelante, te prometo que saldremos adelante». Ella ni siquiera escuchaba lo que decía su padre. Acababa de presenciar la detención de Damien, lo había tenido delante y no habían podido ni despedirse. Él ni siquiera se había vuelto para decir adiós, para mirarla por última vez. ¿Por qué no lo había hecho? En diecisiete años, nunca había llorado tanto.

Su padre tardó en entregarle la carta. No encontraba el momento de interrumpir la tristeza de su hija. Temía que se consumiese todavía más. Las primeras semanas, tan largas, la veía gimotear a todas horas. Por más años que viviese, ella jamás experimentaría un dolor tan grande. Ferdinand lo sabía porque los padres son expertos en dos cosas: en la vida acumulada y en sus hijos.

Margaux, devastada, había llegado a casa y había dejado el estuche negro del oboe encima del chifonier de su habitación. Los siguientes días se sentaba en la cama y se pasaba horas mirándolo, como si se tratase de una fotografía de las que te acompañan para siempre. Por momentos era un tótem de esperanza; otros, un altar para la oración. Ausente, contemplaba el estuche que Dédé siempre llevaba en la mano —no lo soltaba por nada del mundo— y deseaba que fuese el amuleto de la buena suerte. No hacía otra cosa que rezar para que un día su amado pudiese regresar para montar el oboe, soplar la caña y sacar la voz de la calma y del amor del modo en que él lo hacía. Con el sonido perfecto y el alma templada. De vez en cuando, cerraba los ojos con tanta furia como los puños, y lo llamaba con todas sus fuerzas.

Ferdinand no sabía lo que decía Damien en la carta que mantenía escondida, pero se lo podía imaginar. Palabras del primer amor, que es el que nunca se olvida. Seguramente, una declaración, por si acaso. Puede que expectativas de vida a corto plazo, porque en tiempos de sirenas, muertos y miseria, ¿quién es capaz de pensar a cinco años vista? En una guerra nadie se pregunta cómo ha ido el día. Todo es hoy. Si has llegado a otra noche y las cosas están como en la vigilia, ya puedes dar las gracias. Ferdinand pensaba que, quizá, con la sensibilidad del joven músico, la carta sería un pentagrama encima del cual habría una composición —inédita, delicada— para que ella la tocase, ahora que ya se defendía bastante bien con el oboe. Había tenido tentaciones de abrir la carta, leerla y volverla a cerrar. Con lo manitas que era, sabía cómo hacerlo sin que se notase. Pero no se atrevió. Si alguna vez Margaux lo descubriese, no se lo perdonaría.

Pasaban los días y guardaba la carta, pero, por dentro, escuchaba el eco de las palabras de Damien. «Jamás se la dé. Solo si me detienen o se me traga la tierra». Entregársela o no. Se había comprometido a seguir las instrucciones. ¿Lo habían detenido? Sí. ¿Se lo había tragado la tierra? Vaya eufemismo para no decir lo que daba tanto miedo. Nadie sabría nunca qué harían los alemanes con Damien. Todo el mundo conocía historias de familiares, de vecinos, de gente de buena fe que había sido detenida, que había desaparecido, que pasaban las semanas y... se la había tragado la tierra. Cuantas más vueltas le daba, menos evidente era lo que debía hacer.

Una noche, en la cama, harto de estar pasando solo por aquel apuro, decidió comentarlo con Michelle, que enseguida se puso en guardia.

—¿Qué pasa?

—Damien...

—¿Sabes algo? —Encendió la lamparita de la mesilla de noche.

—No, no... —Se sonó la nariz con un pañuelo que llevaba unos días arrugado bajo la almohada—. El mismo día del concierto, antes de que lo detuviesen, justo antes, Damien me dijo si podía hablar conmigo. Me llevó a un aparte, lejos de la orquesta, y me dio una carta. Una carta para la niña.

Ferdinand estiró el brazo para abrir la mesilla de noche. Sacó la carta y se la entregó con pesar.

—¿Qué pone? —Michelle se la acercó a la lamparita—. «Para M. D. (en caso de necesidad).». ¿Qué significa esto?

—Ah… Eso es lo que no me deja dormir. Damien me pidió que nunca se la diera. Solo… Solo si lo arrestaban o se lo tragaba la tierra.

—Se la tienes que dar, Ferdinand. No sé a qué estás esperando.

—Me quedé paralizado, qué quieres que haga… Pero el chico no ha desaparecido.

—Vete a saber dónde estará ya. Eso que dicen de los trenes… es terrible.

—¿Y si lo sueltan? ¿Y si mañana vuelve y yo ya he entregado la carta…?

—Ferdinand, por el amor de Dios… —Michelle sacudió la cabeza.

—¿Qué pasa? ¿Por qué me miras así?

—A veces eres tan inocente… No puedo creer que pienses que… ¿A cuántos conocemos, en estos tres años repugnantes, que han detenido como a Dédé y no hemos vuelto a verlos nunca más…? ¿A cuántos, Ferdinand? Dime.

—Un montón.

—Tienes que darle la carta.

—Pero…

—Mañana.

Ferdinand suspiró, asustado.

—Si no lo haces tú, lo haré yo. —Dejó la carta encima

de la mesilla y apagó la desfallecida bombilla—. Buenas noches, amor. Ahora intenta dormir, porque lo que es a mí ya me has desvelado.

Michelle no daba crédito a que, dos padrenuestros después, Ferdinand ya estaba roncando como si la carta no existiera, como si Margaux no existiera, como si no hubiesen detenido a Damien y como si Mecuentan no se hubiese esfumado. Ella, en cambio, ya no volvió a conciliar el sueño en toda la noche. Dos ideas daban vueltas en su cabeza. Se centrifugaban como dos obsesiones en que una mataba a la otra en un bucle de nunca acabar. La carta de Damien y la fotografía del *Signal*. La carta que Ferdinand no le había entregado a su hija. La foto de la niña en bicicleta en la revista que no le había enseñado a nadie. Ni a Margaux ni a Ferdinand. Debería haberles dicho cómo se había enterado, debería haber contado de qué los acusaban sus compañeras de las Lafayette y quería ahorrarle ese trago a la familia. Era injusto que ellos tuviesen que escuchar aquellas cosas. Y claro que no la había arañado ningún gato en la cara. Cada uno guarda sus silencios por supervivencia. Y cuanto más pensaba en ello, más grave se volvía la carta, la foto se hacía más grande y eran tantas las vueltas a la almohada que ya no sabía cómo ponerse. Los remordimientos se prolongaron hasta el primer movimiento del sol.

# 29. La presencia de la ausencia

Releía la carta todos los días. Se imaginaba en qué situaciones la había escrito el pobre Damien. Lo atemorizado y acorralado que debía de sentirse para ponerse a decir cosas tan profundas sin que le temblase el pulso. Muy pronto se aprendió algunas partes de memoria, fragmentos enteros que Margaux había recorrido con el dedo por encima de cada letra. A medida que los leía, se creaban surcos en los recovecos de su cerebro. De tanto repetirlos en voz baja se le quedarían grabados para siempre. Había días en que, en su palidez de piso, solo le venían las palabras más asustadas. Se las decía ella y escuchaba la voz de Damien.

*Tal y como van las cosas, no sé si saldré de esta.*
*Me aterra pensar que no pueda volver a decirte cuánto te quiero.*
*Si te escribo, Margaux, mi Margaux, es porque tengo miedo.*
*Mucho miedo de que yo sea el siguiente.*

Algún día, con más sol que lluvia, sacaba fuerzas de

alguna parte y se aferraba a las frases más optimistas de la carta que le había hecho llegar a través de su padre.

*Tú eres muy joven. Tienes toda la vida por delante. No dejes que esta gente te la arruine. Tú ve a la tuya. Intenta ser feliz. Hazlo aunque sea por mí.*
*Ni Hitler será eterno.*
*Y cuando llegue el día, yo solo desearé estar contigo.*
*Para que los dos juntos formemos, si tú quieres, una familia.*
*Margaux, patito mío... No bajes nunca los ojos por nadie.*
*Eres mi vida.*

Y entonces, llegaba el final de la carta. Con aquellas dos palabras, dos únicas palabras que la mortificaban.

*Siempre tuyo.*

Parecía una mera formalidad. Pero estaba convencida de que no lo era. Después de una carta entera repleta de tripas y corazón, Damien no se habría despedido de una manera tan adocenada. No era su estilo. Entre ser educado y despacharla con la misma expresión que habría podido escribir a su médico de cabecera había un trecho. O bien ya no podía sincerarse más y se trataba de un modo de decir me rindo —Margaux descartaba esta opción sin lugar a dudas— o aquel «siempre tuyo» tenía una intención que la obsesionaba. El «siempre», como adverbio, tenía un sentido de eternidad que por un lado le gustaba pero por el otro, asumido como un adiós, la hacía estremecer. En el diccionario del colegio incluso buscó la entrada, por si tuviera otro significado posible. «Siempre» abarcaba todo el tiempo pasado, pero también todo el tiempo por venir. Y fue ahí cuando comenzó a obsesionarse con una idea. La que no la dejaba vivir en paz. En ese tiempo futuro, ese siempre desde 1944 en adelante, ¿estaría con Damien o sin él? ¿Con su regreso o con su recuerdo? El cariño podía ser el mismo, pero la vida no. «Siempre tuyo» era, en definitiva, una manera de darle una orden: resiste.

Primero contaba los días que llevaba sin verlo. Luego, las semanas. Cuando se cumplió un mes de la detención delante de sus narices, por primera vez pensó que jamás volvería a verlo. La presencia de la ausencia, a todas horas, era más cruel que cualquier otra cosa. Puede que incluso más que la muerte, pero no quería pensar en ello. Cada vez que la asaltaba ese delirio, lo ahuyentaba de inmediato. A las preocupaciones, cadena corta y bozal. Siempre se lo oía decir a su padre e intentaba ponerlo en práctica. Sin embargo, en la lucha contra los malos pensamientos, solía perder. No obstante, nunca podría decir que ella, siendo chica, no lo hubiera peleado. Solo dos palabras, en apariencia tan simples —«Siempre tuyo»—, y durante unas semanas funestas no dejó de darle vueltas.

Margaux no tocó el estuche del oboe en todo aquel tiempo. Nunca se atrevió a montar el instrumento de Damien, a la espera de que fuese él quien volviese y lo tocase. Pero los meses se parecían demasiado unos a otros, nunca llegaba una noticia y ya no le quedaban lágrimas por llorar. Los días eran tristes. Las noches, largas. Dormía porque Margaux estaba en la edad de dormir, pero las pesadillas se sucedían. Las había malas y las había peores. Cada noche, fantasmas viejos. Soldados malvados como la piel de Barrabás que se cuadraban ante ella, que entrechocaban los talones de las botas con la estridencia de un baile de zíngaras, que agarraban a Damien por el pelo y le metían la cabeza dentro de una bañera de agua turbia hasta ahogarlo. Arañas que le subían por las piernas y no tenía ni fuerzas para sacudírselas. Le picaba todo el cuerpo y se rascaba hasta hacerse sangre. Y entonces se despertaba, sudorosa, con una desazón inconsolable. La cara de su amado se desdibujaba cada día un poco más. En los sueños y en los recuerdos. No podía soportarlo. Y se maldecía por no tener una foto de él. Recordaba sus rizos alegres, su sonrisa, sus ojos astutos y sentía el gusto de cada beso en sus labios. Pero cada vez con menos contornos, con detalles más nebulosos. Esa pérdida de definición era, para ella, una tortura a ritmo lento. Le quedaban, eso sí, los momentos que habían pasado juntos. El oboe, la música, las clases, los falsos culpables y el día que se habían dicho las cosas más bonitas.

—¿Alguna vez te has bañado en el Sena? —preguntó Damien, una vez terminada la clase.

—¿En el Sena? Estás loco...

—Cuando paso por allí andando, los días que hace bueno, no sabes cuánta gente hay en la orilla, pasado el puente del Carrousel.

—Alemanes, supongo...

—No lo sé. Yo diría que no... Por la poca ropa que veo, no parecen uniformes. Yo voy camino del teatro, veo a aquella gente y me quedaría allí.

—El agua tiene que estar helada...

—Hay quien se baña y hay quien charla o toma el sol... ¿Tienes bañador?

—¿Yo? ¿Aquí?

—¿Tienes o no?

—Mira qué tarde más bonita se ha quedado hoy... Aún tenemos tres horas de sol. Si nos damos prisa...

—¿En serio? —Margaux necesitaba saber que Damien no le estaba tomando el pelo.

—¿Tienes o no tienes bañador? —dijo con una sonrisa pícara.

Margaux corrió al dormitorio de sus padres y se probó un traje de baño de dos piezas de su madre que siempre le había gustado. Parecía hecho para ella. Se lo dejó puesto bajo el vestido.

—¿Y tú? ¿Qué vas a hacer? —se desgañitó Margaux, aún en la habitación, para que él la oyera con la puerta cerrada.

—Es cosa mía. Date prisa.

—Pareces mi padre. Tú y las prisas...

Bajaron los cinco pisos a toda velocidad. En las dos bicicleta, dejaron atrás Montmartre y pedalearon uno al lado del otro hasta dar con el río a la altura del Louvre. Recorrieron la orilla derecha y, sin atravesar el puente, aparcaron las bicicletas en un árbol. Cogidos de la mano, bajaron las escaleras que los llevaban al lecho. Bendita playa de piedra dura.

—No sabía que esto existiera —reconoció Margaux.

Los hombres que llevaban allí más tiempo —a simple vista, había el triple de hombres que de mujeres— habían convertido los parterres de los árboles, más alejados del río, en su parcela. Habían puesto la toalla y se habían tumbado a tomar el sol. En el agua, algunos gesticulaban. Otros aguantaban el frío en silencio.

—¿Te vas a bañar?

—Voy a tirarme de cabeza.

—Damien, por favor... Que eso está muy duro.

—¿Nos ponemos aquí?

Margaux se quitó el vestido y, con discreción, miró que no se saliese ni una pizca de pecho fuera. Las braguitas, a juego, tenían el mismo estampado de tigre que el sujetador.

—¿Te gusta?

Damien se vio obligado a mirarla bien. Nunca la había visto con tan poca ropa.

—Te queda muy bien —dijo, como si nada, acabando de desabrocharse los botones de la camisa.

—Pues se lo he robado a mi madre. No se lo digas...

—¿Yo?

Él se quedó en calzoncillos. Ceñidos, negros, de pantaloncillo. Eran, más o menos, como los bañadores de la mayoría de los hombres que había en la playa del Carrousel. Algunos hablaban en alemán. Otros, no tan rubios, no decían nada por precaución o porque estaban solos. Ellos no eran la única pareja. La más joven, puede que sí. Y, como el resto de enamorados, harían lo que habían ido a hacer allí: hablar.

La piedra del suelo estaba ardiendo y, para no quemarse, compartieron la única toalla que llevaban. Una blanca, que había cogido Margaux del armario de casa y que había pensado que, si no la devolvía, nadie la echaría de menos. Se sentaron de lado, muslo con muslo, con vistas a la gente que se estaba bañando o que paseaba por la otra orilla del río. Más allá, asomaba la cresta gótica de Saint-Germain-des-Prés, que veían alineada con la cúpula de Saint-Sulpice, en un plano más alejado. Detrás, el sol les informaba de que aún tardaría en jubilarse, pero les sugería que se lo contasen todo porque, superada su hora dorada, tendría que rendirse. Era su costumbre.

—¿Cuáles son para ti las mejores vistas de la ciudad?

—Uf. —Margaux nunca se lo había planteado—. Quizá desde lo alto de Montmartre, porque son las que he visto más... O desde arriba de la torre de Notre-Dame. Una vez subí con mis padres. Puede que sea el recuerdo lo que lo hace bonito...

—Pues creo que yo no he estado nunca en lo alto de Notre-Dame.

—Date prisa, no sea que a estos se les escape una bomba y...

—¿Notre-Dame? Es indestructible, mujer. Eso no hay quien lo eche abajo.

—Y para ti, ¿cuál es la mejor vista?

—Ahora, esta. Contigo...

—Me gusta oírlo, pero...

—Pero es verdad. Aquí, con esta perspectiva baja. Hundidos, escondidos en el río. Hay un punto de humildad de la ciudad. Si miras desde el Sacré-Coeur, ves tantas cosas, tan lejanas, que no terminas de saber adónde mirar. Desde arriba es un punto de vista de pájaro, de superioridad, de dominarlo todo... A mí me gusta más esto. La París discreta. La vida al detalle. —La miró, de lado—. ¿No te parece?

—Quizá sí...

Margaux le pasó la mano por el muslo para quitarle una hormiga. Cuando hubo aterrizado —más peluda y más fuerte de lo que se había imaginado—, dejó que dos dedos anduviesen hasta la rodilla para hacerle cosquillas y volviesen atrás.

—A veces me pregunto cómo será París cuando estos no estén...

—¿Quiénes?

—Los alemanes estos... —Lo dijo en voz muy baja.

—¿Quieres decir que no estarán aquí siempre? Yo ya no me acuerdo de cómo era la ciudad antes de...

—Eres muy joven.

—Y tú muy creído. —Chocó hombro con hombro.

Damien la miró desafiante. Cuando ella se volvió para verle la cara, se encontró con un beso rápido. Ella, que no quería ser menos, se lo devolvió. Nunca se habían besado delante de tanta gente. Nadie pareció darle importancia.

—He estado pensando, Margaux... ¿Y si no se van nunca? ¿Y si la ocupación es definitiva? ¿Tú vendrías conmigo?

—¿Qué?

—Escapémonos. Huyamos, tú y yo. Creo que tengo el modo de... Lo he pensado muchas veces y tengo un plan. Sé cómo llegar a Toulouse sin que nos pillen. Y, una vez allá... Lo que quieras.

—Dami, amor mío... Has pensado que tú y yo...

—Haremos vida de músicos. En algún sitio nos querrán. Y si no, haremos otra cosa. Me da igual, lo que sea. Solo me interesa con quién. Y eres tú. Miro hacia adelante y veo que toda la ilusión que tenemos está aquí mutilada. No hacemos lo que queremos, no somos libres, no podemos... Y tenemos una vida por vivir. Futuro. Escucha qué música tiene la palabra. Futuro suena bien si tú estás... Y quiero que estés, conmigo.

—Y yo también lo quiero, Damien... Pero escaparse es arriesgado.

—Mucho peor es quedarse aquí.

—Ay, madre... Me estoy poniendo nerviosa. ¿Irnos cuándo, cómo, de qué manera? No basta con decirlo.

—Mecuentan sabe un camino. Sabes quién es Mecuentan, ¿no?

—Dami, sí. —Se rio—. No me lo vuelvas a preguntar. Me lo has presentado tres veces.

—¿Vendrías?

Se tomó su tiempo en responder.

—Báñate y te lo diré.

—Báñate conmigo y será que sí.

Él se puso de pie. Ella aceptó el desafío.

—Pero no te tires de cabeza, ¿eh? He visto que todo el mundo baja por aquellas escalerillas.

No estaban lejos. Debían esquivar a dos personas que tomaban el sol y a un grupo que armaba jaleo como si la felicidad aún fuese posible. Damien se estiró una pernera de los calzoncillos, que se le había quedado arrugada, y comenzó a bajar. Las escaleritas no tenían barandilla y, con la humedad, cada escalón con musgo resbalaba a más no poder. Cuando tuvo un pie en el agua, se dio la vuelta. Margaux lo observaba en la distancia. Tenía la duda en la mirada. Curiosidad y cierto temor. Dio un primer paso. Pasó al lado del grupito que hablaba fuerte y bajó hasta encontrarse con Damien, que sacó un pie del agua. Antes de decir nada, se abrazaron.

—¿Está fría?

—No. Está helada. —Con una caricia le apartó dos pelos de la cara—. ¿Qué me dices, Margaux?

—Que iría. Iría y viviría contigo, donde fuese. Solo tengo ganas de que pasemos la vida juntos y de... Ya te lo puedes imaginar. Saber qué se siente cuando me abraces y me hagas tuya. Me muero de ganas, Damien, te lo prometo y sé que lo sabes. Pero yo no puedo irme. No puedo dejar aquí a mis padres. No tienen a nadie más. Lo han hecho todo por mí y no me veo capaz de... Te quiero mucho. Con locura. Y si esto se alarga, y aquí no estamos bien, más adelante siempre encontraremos una escapatoria, para huir de esta pesadilla, pero ahora... Lo entiendes un poco, ¿verdad?

Asintió con la cabeza, escondiendo los labios.

—Me hago cargo. Porque yo también te quiero mucho. Y siempre haremos lo que tú quieras que hagamos... —Sonó convincente—. Pero ¿ahora?

—Ahora ¿qué...?

—Ahora te bañarás conmigo...

—No, no, no... Por favor.

Ya la había agarrado por ambas manos y saltaron juntos al agua entre gritos y risas. Poco después de mojarse la cabeza y de perseguirse y de jugar a las ahogadillas, ya no les pareció que el agua estuviese tan fría. O eso es lo que recordaba Margaux, que lamentaba que las vivencias con Damien fuesen perdiendo color poco a poco, como una foto antigua. Ella era demasiado joven para mirar atrás. A los dieciocho años no le tocaba recurrir a la nostalgia. Pero de aquella tarde en el Sena, cuando se quedaron hasta que el sol les dijo hasta luego, la memoria le conservaba cada instante, cada gesto y todas las palabras pequeñas.

Desde la detención de Damien, Margaux evitaba pasar por la ribera del Sena. Cuando no le quedaba más remedio que cruzar el río, lo miraba de reojo y se prometía que no volvería a bañarse en él por más años que viviese. Aquellas aguas que bajaban plateadas no volverían a ser para ella. No quería profanar el lugar donde había sido feliz. Felices, los dos. Tan solo con pensar en esa palabra volvía a zozobrar. Se sentía mal por haberlo pasado bien. Los remordimientos por los buenos momentos. Sentirse culpable, en una guerra, por el mero hecho de intentar vivir. Sin matar a nadie, sin traicionar a nadie, con el odio circunscrito a los uniformes alemanes y ciñendo su patria a su familia, a su piso de Montmartre y al añorado Dédé. Tantos meses ya sin él.

*Ni siquiera Hitler será eterno.*

*Y cuando llegue el día, yo solo desearé estar contigo.*

Le quedaba la carta, leída, memorizada y recitada con los ojos cerrados. Y muchas horas de habitación. Se pasaba tardes enteras sin salir de ella.

Un día, a última hora, abrió la puerta y apareció gritando en el salón. Sus padres, que estaban descansando en el sofá rojo, se asustaron.

—¿Qué pasa? —Michelle, que tenía la cabeza apoyada en el hombro de Ferdinand, se incorporó.

—En la radio han dicho que... No puede ser verdad, ¿no?

—¿En qué radio?

—En la BBC, madre. Han dicho que a los judíos no los llevan a campos de trabajo de Alemania. Hay un sitio, me he apuntado el nombre... Auschwitz o algo así. Dicen que allí asfixian a doscientas personas cada día en una cámara de gas. No me lo puedo ni imaginar.

—Virgen santísima... —Michelle se tapó la boca con la mano.

—Eso lo cuentan para asustarnos, Margaux. —Ferdinand se metió en la conversación—. Es imposible.

—¿Qué es una cámara de gas?

—Y ellos, los de la BBC, ¿cómo lo saben? —Su padre, tibio, para tranquilizarla.

Margaux miró el papelito donde había apuntado Auschwitz. Al lado, con su lápiz de carpintero, había anotado más cosas.

—Se ve que lo ha escrito un periódico del sur, *Les Étoiles*, uno clandestino...

—Nadie ha oído hablar de ese periódico.

—Lo publican escritores, han dicho...

—Imagínate... ¿Quién quieres que se crea eso? —Ferdinand quitó hierro al asunto—. Escritores, del sur y de la resistencia...

En un arrebato, Margaux estrelló el lápiz contra la ventana. La furia provocó un rebote inesperado.

—¿Me queréis escuchar? —Ella misma se sorprendió de su propio grito, pero ya no podía parar—. ¿Queréis hacer el favor de poner los pies en la tierra? ¿Y si Damien ha subido a un tren de esos? ¿Y si en estos momentos ya...?

—Margaux, por favor... Seguro que no hacen todas esas cosas.

—Y Damien no es judío, mujer.

—¿Y qué? ¿Qué tiene que ver? ¿A cuánta gente conocemos que han detenido y nunca más se la ha vuelto a ver? No hace falta ser judío para saber cómo se las gastan estos...

—No tenemos que ponernos en lo peor, Margi...

—¿Por qué? ¿Porque lo digas tú? ¿Qué sabéis vosotros, que os habéis quedado aquí, siempre aquí, en vuestra casa, fingiendo que no pasa nada? Ya hace ocho meses que se llevaron a Damien, ocho, y aquí actuamos como si la vida continuase. Pues no, me entendéis... No.

—Margaux... —La madre trató de consolar a la hija con una caricia.

—Déjame... —No estaba para monsergas—. Una, a la tienda, a atender a los alemanes con una sonrisa como si fuesen buena gente, y tú al teatro, a servir a todo el mundo y que nunca les falte de nada. ¿Pensáis hacer algo alguna vez, aunque sea por mí?

Ferdinand hizo de hombre. Se ofendió, resopló como un hipopótamo, guardó silencio y se marchó. Michelle, tan dolida como su marido, intentó dialogar.

—No puedes reprocharnos todo eso. No nos lo merecemos, Margaux. Todo lo que hemos hecho ha sido por ti. Si nos hemos equivocado, no lo sé. Quedarnos o huir, ¿qué teníamos que hacer? Pero una vez aquí... Nos hemos movido para que tuvieses un colegio, que tuviésemos comida, que fueses feliz a pesar de todo... Querías oboe, oboe.

—¿Feliz? Lo dices en broma, ¿no? Sin noticias de Dami en casi ocho meses, ¿feliz?

—A nadie...

—¿Puede ponerse alguien en mi piel?

—¿Y tú en la nuestra, guapa? Mujer, ya está bien... A nadie le gusta la ocupación, Margaux... A nadie. Pero hay un momento en que dices es así, vas a tener que ir acostumbrándote. Qué remedio.

—Mamá, por favor...

—Por favor ¿qué? Tú no sabes lo mucho que sentimos tu padre y yo verte así. No hablamos de otra cosa. Tu padre... —dudó si continuar—. El otro día me dijo que si supiese dónde está Damien, pediría poder cambiarse por él.

—No te lo crees ni tú...

—Margaux, no tenses más la cuerda.

—¿Por qué? ¿Qué pasaría? ¿Le dirás a uno de esos alemanes que conoces que me venga a buscar?

Se la quedó mirando. Le habría soltado una bofetada con todas las ganas, pero se contuvo. Michelle prefirió irse a su habitación, abrió el cajón de la mesilla de noche y cogió el recorte que guardaba dentro.

—¿Qué haces? —preguntó Ferdinand, sentado a los pies de la cama con las manos en la cara.

—Nada.

Volvió al salón, le plantó la foto en las narices a su hija y habló con un sonsonete nuevo.

—No me parece que lo pasases tan mal, ¿no?

—¿Soy yo?

—Eres tú, sí.

—¿De dónde ha salido esto?

—Estabas radiante...

De repente le temblaban las piernas.

—Recuerdo perfectamente el día —dijo, seca, intentando disimular la sorpresa—. Sabía que me habían hecho una foto, pero esto... ¿De dónde ha salido?

—Es la revista de propaganda de los nazis. Está por toda Francia, por toda Europa. *Signal*. Cada quince días, un número nuevo... Bonitas fotos. Y tú, la más impresionante de todas, haciéndoles de modelo.

—Yo qué sabía, mamá... Aquel hombre no me dijo que la foto fuese a salir en ningún sitio.

—Nadie sabe nada cuando no le conviene.

—Por favor... Me dijo si me podía hacer una foto, que había una buena luz, y yo...

Margaux no podía dejar de mirar la fotografía. Tan bien vestida, tan... Era verdad. Había salido muy favorecida. Pese a la discusión, a pesar del rifirrafe con sus padres, se miraba y se veía guapa. Estaba tan contenta que apenas se reconocía. Era el día que había quedado con Damien para ir al cine, poco después de... Cómo no iba a estar pletórica si no habían pasado ni cinco minutos desde el milagro de la vida. El primer beso.

# 30. El mejor día del siglo

Todo se acaba. Sin embargo, casi nunca sucede de repente.

En abril, las sirenas antiaéreas suspendieron un concierto de la Orquesta Pierné. Apenas habían tocado unos compases del tercer movimiento y, de lejos, sonaron las alertas. Primero llegó el sobresalto del público, luego las miradas desorientadas de los músicos. La aviación aliada llevaba días bombardeando los alrededores de París y la consigna era ponerse a cubierto lo antes posible. El director, intuyendo los nervios de la platea, hizo un gesto absoluto con la batuta y dejó a Wolfgang Amadeus con la palabra en la boca. Delphin Moureau se volvió hacia el público. Consciente de que en la sala había tantos alemanes como franceses, dio un discurso moderado.

—Señoras y señores, las alarmas nos imponen prudencia. Tal vez sería bueno que saliésemos con calma y que buscásemos un refugio. Mucha suerte a todo el mundo. Como dijo el maestro Mozart, hay que resignarse porque nadie es capaz de medir sus días. Pasará lo que desee la Providencia. Gracias por haber venido.

Cuando miró hacia delante para recoger la partitura de la *Sinfonía 31 en re mayor*, la mitad de los músicos ya se habían marchado con el instrumento a cuestas. Ferdinand los apremiaba para que bajasen al sótano del teatro. Otros se decantaban por correr hacia una estación de metro o intentar llegar a casa para, al menos, esperar la lotería de las bombas con su mujer y sus hijos. En las alcantarillas del teatro, unos cruzaban los dedos, otros aguzaban el oído para escuchar el primer avión antes que nadie y algunos rezaban para que las explosiones pasasen de largo. Si se habían librado hacía cuatro años, cuando los bombardeaba la Luftwaffe, imploraban por librarse ahora que aparecían los salvadores para rescatarlos desde el cielo.

—Esta gente está muy equivocada. ¿Tú crees que los pilotos son ingleses?

—Más bien parecen españoles...

—El otro día querían hacer estallar un nudo ferroviario y se cargaron dos edificios con gente dentro...

—Si estos nos tienen que salvar, estamos listos.

—Y ¿qué queréis? Mejor estos que los alemanes....

—Entonces era mucho peor. ¿O ya no os acordáis, amigos míos?

En mitad de la discusión se fue la luz. La bombilla había hecho un parpadeo de aviso y, al instante, el búnker se quedó a oscuras.

—Ferdinand...

—¿Dutronc? ¿Estás por aquí?

—Sí, claro.

—Haz algo...

—Arregla este corte de luz, hombre. No nos dejes a tientas.

—Me temo, muchachos, que no es cosa del teatro.

—No llevas encima ni una linterna...

—En el bolsillo no lleva más que un puñado de avellanas, ¿o es que no lo sabes?

—Requetesobadas. Son las mismas desde hace años.

—Si te las comes soltarás cagarrutas de oveja.

—¡Queréis callaros, hostia! —gritó alguien que no estaba para bromas.

Pasaban las horas encerrados, hasta que volvía la luz, hasta que dejaban de sonar las sirenas y hasta que no se oía una bomba desde hacía un rato. Cuando llegaba el silencio, ya no quedaba ningún fruto seco en el bolsillo de Ferdinand Dutronc. Era su modo de sobrellevar los nervios y desear que Margaux y Michelle estuviesen juntas y en lugar seguro. De vez en cuando alguno de los músicos sentados en el suelo silbaba una melodía y uno de ellos tenía que adivinar de qué pieza se trataba. Era el juego de cada bombardeo.

—¿*Música para los reales fuegos artificiales*, de Händel?

—Händel sí, la obra no.

—*Música acuática*. La primera suite.

Acertada la respuesta, todos se sumaban a canturrearla. Cuánta paz les daba la melodía murmurada en la penumbra. En la sala eran una orquesta; bajo tierra, un coro.

Las compañeras de Michelle en las galerías Lafayette decían, con un entusiasmo renovado, que lo que había ocurrido en Normandía a principios de junio había sido un duro golpe para los alemanes. La prueba era que en Radio-Paris no hablaban de aquel desembarco de miles de soldados norteamericanos. Continuaba cantando Maurice Chevalier a todas horas, de vez en cuando sonaba alguna canción de Édith Piaf, informaban de la amplia agenda cultural de la ciudad, elogiaban las excelencias de los alemanes, pero de lo que había sucedido en la costa atlántica, ni pío.

—¿Creéis que vienen a rescatarnos? —preguntaba una dependienta, de brazos cruzados por falta de clientela.

—En la BBC dicen que sí. Y que había más ingleses que americanos.

—Pero Normandía está muy lejos... ¿Tú sabes a cuántas horas está de París?

—Los alemanes se han puesto nerviosos, eso sí es cierto.

—Apenas vienen por aquí... Ya no compran nada.

—Y gastan una mala leche... —Marion se puso seria, levantó la barbilla e imitó un rictus altivo—. Solo hace falta verlos por la calle.

—En las escaleras de la ópera ya no tocan cada día.

—No os hagáis ilusiones. La Wehrmacht... Lo que yo os diga. La Wehrmacht sigue desfilando por los Champs Élysées cada mediodía como si nada.

—Ya correrán como conejos...

—Hace tiempo que lo decimos... Y, de momento, de aquí no se mueven.

—No va a quedar ni un solo perro de esos.

—Nathalie, mujer, que te van a oír...

—Pensamos que los bombardeos aliados serían la salvación, y...

—Confiemos un poco más, córcholis. Dicen que lo de Normandía es importante.

—Los niños. Fijaos en los niños de la calle. Los que juegan a guerras en la calle... ¿qué quieren ser? Alemanes. Para ellos son los buenos. Los que ganan.

—Porque en todo este tiempo no han visto nada más, caray...

—Tú que escuchas la radio inglesa, ¿qué dice Churchill sobre esto?

La cháchara de mostrador se prolongaba hasta que el bigote enfadado del encargado les decía «se han acabado las bromitas, basta ya de tanto cuchicheo», que no se hiciesen ilusiones y que los alemanes no se marcharían así como así.

Sin embargo, con la huelga general de mediados de agosto, algo cambió. Nadie percibía una gran diferencia en el día a día, pero se intuía un aire distinto en la ciudad. El miedo a los alemanes, de repente, parecía haberse desvanecido. Como si se les hubiesen ensanchado las costillas, los gendarmes, los funcionarios de correos y los trabajadores más robustos se envalentonaron. Las barricadas, plantadas a diestro y siniestro en los lugares estratégicos, restringían los movimientos de los alemanes. No obstante, la capacidad de sufrimiento, de reorganizarse y de contraatacar con crueldad eran las mejores armas del enemigo. Cuando la resistencia ya no habría podido aguantar más, las tropas blindadas del general Leclerc entraron en París por la puerta de Orleans. La «Nueve», de republicanos españoles, por la puerta de Italia. Eisenhower, el héroe del día D hora H, envió también a la cuarta división de Infantería de las tropas aliadas hacia el centro de la ciudad. Cuando el 25 de agosto llegó al Hôtel-de-Ville, la sensación fue de victoria.

Comenzaron a sonar las campanas de Clignancourt. De inmediato, las de Saint-Sulpice, las de Saint-Germain-des-Prés, las de Notre-Dame... En cada iglesia, con más alegría. El repique de la liberación se contagiaba por barrios, calles y callejones de cada *arrondissement*. De pronto, la gente comprendió qué había pasado. No era necesario poner la radio ni escuchar discursos. La alegría superaba a las proclamas. Los ciudadanos lo celebraban a gritos por los patios de vecinos. En agosto, con las ventanas abiertas de par en par, las mujeres asomaban la cabeza y gritaban como no se atrevían a hacerlo desde hacía cuatro años. Se desahogaban como quizá nunca lo habían hecho. Bajaban a la calle sin llevarse las llaves de casa y salían y cantaban y bailaban. Camino del centro, como si se intuyera que en el Hôtel-de-Ville habría una gran fiesta, se abrazaban con vecinos, con conocidos y con personas que veían por primera vez. Bastaba una sonrisa franca para darse tres besos. Los ojos eran la contraseña de la victoria.

—Dicen que se han rendido en la Gare de Montparnasse.

Nadie sabía nada con certeza.

—No les ha dado tiempo a huir.

Pero todo el mundo daba su opinión.

—Se ve que han detenido a todo el Estado Mayor de los alemanes.

Pero cada uno tenía un trozo de la verdad.

—Hitler ha ordenado que volasen todos los puentes del río y no les ha dado tiempo.

Aquella tarde de viernes aparecieron banderas francesas por todas partes. Nadie habría pensado que hubiese tantas guardadas en los armarios. Las avenidas estaban a reventar con los tres colores. El azul del cielo, el blanco de la paz y el rojo de la sangre derramada en los cuatro años de pesadilla que había terminado para siempre. Los más jóvenes, con una agilidad felina, trepaban por paredes y muros para descolgar el rojo y el negro de las esvásticas. Fuera todos los estandartes. En una tarde desnudaron las plazas de cruces gamadas. En los edificios donde se habían instalado los oficiales y en las oficinas, no quedó ni una. En los hoteles que habían hecho suyos —Crillon, Meurice, Raphaël, George V— tan solo se intuía el rastro de una huida precipitada. El entusiasmo popular no tardó en mezclarse con los soldados que los habían liberado. Los saludaban, los aplaudían, los recibían como héroes y, de pronto, el cansancio de los guerreros se veía matizado. Incluso parecía que sus pies de agosto, recalentados dentro de las botas, les ardiesen menos. Las mujeres se subían a los camiones llenos de soldados y festejaban a lo grande. Los más pequeños, a los que sus madres empujaban por el culo, querían subirse a los tanques, como si fuesen una atracción de feria. Por todas partes aparecían botellas de *champagne* y, quien la tenía en la mano, bebía un traguito a morro; en una comunión improvisada, la pasaba a la persona que tenía al lado. Todo el mundo compartía el ritual de los ganadores. Nadie renunciaba a nada.

Michelle y Margaux salieron de Montmartre y, agarradas de la mano, se dirigieron al teatro al encuentro de Ferdinand. En las calles de más pendiente, los pies se embalaban. La libertad las hacía correr. Pero Châtelet estaba en el corazón de la ciudad y les costó llegar. Entre la Madeleine y la plaza de la Concordia, no cabía un alfiler. Cuanto más se acercaban al ayuntamiento, mayor era el gentío. Esquivaron centenares de sacos terreros que, en las últimas semanas, la resistencia había colocado a modo de barricadas. En el trayecto, cantaron la Marsellesa unas cuantas veces y gritaron *Vive la France!* a pleno pulmón. Si alguien decía *Vive De Gaulle!*, ellas se sumaban. Si oían *Vive la liberté!*, repetían *Vive la liberté!* Margaux llegó al teatro con una bandera en la mano, con la emoción contagiosa de la calle y con un pensamiento —latente, profundo— para Damien. ¿Sabría él que París había sido liberada? ¿Volvería él a la ciudad? ¿Estaba muy lejos su amor? ¿Estaba Dédé vivo o muerto? Después de tantos meses sin ninguna noticia...

La mezcla de sentimientos se disipó cuando abrazó a su padre. Madre e hija habían entrado en el teatro por la puerta trasera y, de repente, se lo encontraron brindando con tres trabajadores del Châtelet que, sentados del revés en sillas de madera, contaban batallitas de la resistencia.

—Mira quién ha venido... —dijo uno.

—Tienes una sorpresa —dijo el otro, que las tenía de cara.

Ferdinand Dutronc se dio la vuelta y vio a Michelle y a Margaux, radiantes. Sonrientes, del brazo y con los ojos húmedos. Su mujer, con camisa beis de solapas en punta; su hija, con el vestido azul de lunares blancos. Le parecieron las dos mujeres más guapas de París. Se abrazaron los tres, unieron las cabezas y permanecieron así un rato. Lloraban y reían y todo a la vez. El padre, para disimular el temblor del momento, les acariciaba el pelo a ambas. Juntos, exorcizaban cuatro años de miseria. Habían vivido una vida que no les parecía la suya. Y habían salido adelante. Como familia. Por eso reían y sollozaban abrazados, sin reprimirse.

—Vayamos a la calle, papá. Quítate la bata. Hoy no se trabaja. Tienes que ver todo eso.

—Ven con nosotras, Ferdinand —imploró Michelle, con los ojillos que se ponen en ocasiones muy contadas, los ojillos de «hoy es un día que recordaremos toda la vida».

Pasearon entre la multitud. Para no perderse, iban cogidos de la mano. Margaux se sentía a gusto entre su padre y su madre, como cuando iba a la *maternelle*. Todo les divertía. Algunos hombres se desprendían de la corbata, otros hacían volar el sombrero. Muchas mujeres se descalzaban y caminaban con los zapatos en la mano, como si fuesen un trofeo de caza. A Ferdinand le entregaron una bandera americana, que ondeó antes de lanzarla al cielo para volver a atraparla al vuelo, como había visto hacer en Siena, en la única ocasión que había visitado Italia. Un soldado inglés, que iba como una cuba, había metido los pies en una fuente y no dejaba de repetir que era el mejor día del siglo. Con un francés arrastrado, trataba de explicárselo a una estatua femenina sin saber que era de piedra. *Le meilleur jour del century*, volvía a decirle, sin que la mujer pudiese escucharlo. Llevaba un buen rato abrazado a ella y aún no se había fijado en la frialdad de aquellos pechos que miraba de reojo. A su alrededor, todo el mundo se reía a carcajadas. Nadie quería despertarlo de su fantasía.

—Dicen que De Gaulle va a hablar desde aquel balcón —escucharon decir a alguien.

Buscaron un hueco para, aunque fuese desde una esquina alejada, ver la estampa del general. Para escucharlo, se hizo un silencio sepulcral. Era un mar de gente, muy callada y muy atenta, esperando unas palabras que habían tardado cuatro años en escuchar.

—París ultrajada. París destruida. París martirizada... Pero ¡París liberada!

Y de nuevo la emoción, los gritos, la fiesta, el fragor, las canciones, el *champagne* y las botellas de vino corriendo de mano en mano. Michelle y Ferdinand decidieron volver a casa. Margaux, que se había encontrado a unas amigas del colegio, quiso quedarse. Estaba decidida, por encima de todo, a quedarse un rato más. Era la fiesta de todas las fiestas. Por una vez, sus padres no supieron decirle que no.

—¿Adónde vamos? —preguntó Margaux a sus compañeras.

—A ver a los soldados —respondió Amélie, la amiga pelirroja—. Son de la cuarta división de Infantería.

—Y eso ¿qué significa? —preguntó Camille, que llevaba una trenza hasta media espalda.

—Que son guapos a rabiar.

En su noche de las primeras veces, costó que oscureciera. Con la efervescencia de la alegría, en París no llegaba la noche. Aquel viernes de finales de agosto, la ciudad tenía la claridad lenta de junio. La fiesta, colorida por las barras, las estrellas y las banderas tricolores, tampoco debía tener un final. Amélie, Camille y Margaux seguían el bullicio. Cuanto más bullicio, mejor. Las amigas estaban alteradas. Los soldados hacía tiempo que habían roto filas. Se habían bajado de los camiones y de los coches y saciaban la sed en cualquier café donde encontrasen algo de beber. En todos los locales se celebraba la victoria. Los que una semana atrás estaban llenos de alemanes, ahora saludaban a los soldados americanos con elogios y un vaso de vino. Los hacían entrar y los invitaban a toda clase de licores hasta agotar las existencias.

—Entremos aquí. —Amélie siempre era la más atrevida.

—¿Estás segura? Hay mucho humo...

—Por eso. Cuanto más humo, mejor.

Aún no habían bajado tres escalones cuando penetraron en un universo de niebla donde apenas se veía más allá de la nariz. El ambiente, cargado, la música, alta, la vergüenza, en casa. De pronto pasó por delante una mujer con los pechos al aire. La señora, de la edad de sus madres, no podía dejar de reír mientras un soldado, con la boca formando un canuto, jugaba a hacer diana con la bocanada de un cigarrillo sobre sus pezones.

—¿Estáis seguras de que podemos entrar?

—Margaux, ya estamos dentro. Tú camina y no te vuelvas.

Actuaron como si tal cosa y, cuando estuvieron en la barra de taburetes altos, bebieron lo que les ofrecieron, subido de grados. Ninguna de las tres había probado nunca algo tan ardiente. Cuando volvieron a llenarles el vasito, Amélie se lo tomó, Camille dudó y Margaux dijo basta.

—¿No te lo vas a tomar? —preguntó un soldado acercándose por detrás.

—¿Lo quieres tú? —Intuyó la presencia de soslayo.

—Es un día para celebrar. —El americano, con un

francés con acento de Texas, agarró el vaso de Margaux y se lo tomó de un trago—. *Vive la France!*

—*Vive la France!* —gritaron las tres amigas, muertas de risa.

Enseguida se vieron rodeadas de dos soldados más.

—Mira qué bien... Tenemos a todo el ejército para escoger —dijo Amélie, antes de abalanzarse sobre el único soldado que llevaba gorra.

—*Le jour de gloire est arrivé* —canturreó Camille. Y sin esperar ni un segundo más, se arrojó a los brazos del soldado que le pareció más joven.

—¿Y tú? —le preguntó el soldado que había engullido el brebaje del vaso de Margaux.

—Yo... Es que no he bebido tanto como ellas —respondió, ilusionada por una situación nueva.

Él la miró y a ella le pareció pulcro, con cara de buena persona. Llevaba muchas horas de sol en la cara, no tenía mejillas de hambre y, en algún momento, le había dado tiempo a afeitarse. Se miraron sin decirse nada. Si no llegaba a los treinta, debía de estar muy cerca. Poco a poco se les fundieron las arrugas y dejaron que los ojos, gradualmente, se fuesen sonriendo. No había suficiente luz para verse el color de las pupilas, pero se leían las intenciones. Los ojos se hablaban solos.

El soldado, con la certeza de que sería bien recibido, le agarró la mano.

—Ven.

Cuando Margaux se bajó del taburete, se dio cuenta de que el soldado le sacaba más de una cabeza. Atravesaron un pasillo oscuro lleno de parejas que se besaban con fruición mientras el cigarrillo se les consumía entre los dedos. Al fondo, descorrió una cortina pesada. Había una mesita para aguantar ocho vasos y un sofá para cuatro culos. Él se dejó caer en él, despatarrado, y puso los brazos en cruz, esperando que la chica se tirase encima. Margaux volvió a correr la cortina para buscar tanta intimidad como fuese posible. Una vez que estuvo encima de él, le mordisqueó el labio a pellizcos.

—¿Tú eres de París?

—Si te digo que sí...

—¿Qué?

—Pensarás que soy un trofeo de guerra...

—En absoluto. Pensaré que he tenido suerte de conocer a la francesa más guapa del país.

Margaux respondía con besos. Se dejaba el alma en ello. Los tragos de vino de la fiesta la habían llevado a una niebla divertida. La habían liberado de miedos y prejuicios. Y aquel americano pulcro, que parecía sacado de una oficina y no de una guerra, la excitaba con su actitud interesante. Su camisa olía a tabaco y a pólvora. Disfrutaba olisqueándole los pelos del pecho. Cuánto se divertía con aquel juego. Sin esperar permiso alguno, le desabrochó la camisa para acariciarlo con las dos manos. Al instante, él le agarró las nalgas por debajo del vestido. Con los dedos, buscaba los bordes de las bragas y deshacía cualquier arruga que pudiese encontrar. Cuantos más besos, más se animaban los dedos. Despacio, con delicadeza, llegó a descubrir la ninfa tranquila. La despertó con cuidado y se recreó un tiempo, con un tacto prudente. A Margaux, con los ojos cerrados, la parecía magia.

—Hazlo suave, *yankee* —le susurró mientras le mordía la oreja.

—¿Tienes miedo...?

—¿Yo? —Un segundo y medio después, respondió—: No.

Sin embargo, la duda había quedado sobre el sofá. El americano era consciente de que quizá fuese diez años mayor que ella y tal vez... La miró a los ojos, para tranquilizarla.

—Nunca se es demasiado joven ni demasiado viejo para hacer el amor —dijo el americano en un francés áspero aunque académico.

No les dio tiempo a continuar hablando. Ella le desabrochó la hebilla como si lo hubiese hecho otras veces, le bajó la bragueta del ejército de los Estados Unidos y, con dos tirones, le bajó los pantalones. Después de arremangarse el vestido, de la falda hacia arriba, dejó que el soldado le enrollase las bragas hasta más abajo de las rodillas.

—Despacio, ¿me oyes?

La respuesta fue gutural. Él interpretó lo que le pedían y supo retener la pasión. El vaivén de las caderas fue suave. El ariete llamaba a la puerta con elegancia. No se trataba de derribarla a la fuerza. Era preciso insistir y entrar con el permiso de bienvenida. Margaux le clavó la barbilla en el cuello y sintió, con naturalidad, que estaba explorando un camino desconocido. El deslizar en su interior era cada vez menos áspero. A más humedad, más placer. A más embestidas, más música. En principio, en su cabeza. Enseguida, no sabría decir en cuántos lugares más. En un momento, que quizá fuese un instante o quizá un minuto eterno, un cataclismo desconocido invadió todo su cuerpo. Finalmente, los jadeos del soldado la llevaron hasta un entusiasmo nuevo.

Se quedaron quietos, encajados como un solo cuerpo, hasta que recuperaron la respiración al mismo tiempo. Ni uno ni otro se dieron prisa en volver a acompasar los latidos.

—¿Estás bien? —Él, antes de retirarse.

—Mucho... —Respiró hondo—. Muy bien.

Cuando Margaux iba a decirle que le acababa de hacer un regalo, el americano se adelantó con una pregunta.

—¿Tú cómo te llamas?

Ella respondió al instante:

—Michelle.

Lo dijo con seguridad.

De vuelta a casa poco antes de que saliese el sol, a la hora en que la fiesta y la resaca habían convertido la calle en un cuadro de sombras soñolientas, Margaux se preguntaba por qué no había querido decirle su nombre. Y, más aún, por qué le había salido soltar, de repente, el nombre de su madre. Y el soldado de la cuarta división de Infantería... ¿cómo se llamaba? Daba igual. Quizá mejor así, ahora que comenzaba a ser un recuerdo borroso.

# 31. Ojalá se muriese de envidia

*Post festum, pestum*. Margaux lo había aprendido así en el colegio y, con los años, no se había olvidado de aquella madrugada, de verbo elíptico, que recordaba una maldición que se repetía aquí y allá, en los diferentes momentos de la historia y en los diversos lugares de la geografía. Después de la fiesta viene la peste. Daba fe de ello, también en París en 1944.

No fueron fáciles para nadie los meses posteriores a la liberación. Todo el mundo había perdido a alguien, los hombres que no regresarían se contaban por miles y, a medida que se pretendía retomar la normalidad anterior a la ocupación, se hacía más duro sobrellevar el peso de las ausencias. La ciudad no se reconstruía de un día para otro. A la libertad, después de cuatro años enjaulada, costaba reconocerle la fisonomía. El hambre seguía siendo una necesidad mal resuelta, una obsesión. Lentamente, las tiendas iban levantando la persiana, pero los alimentos todavía escaseaban y el pillaje en las calles se extendía sin que se pudiera echar la culpa a los alemanes. Se estaba reconstruyendo una vida a partir de la miseria moral. Todo eran reproches y recelos. Envidias y venganzas. Se perseguía a los traidores. Era una purga salvaje. Con juicio o sin él, se ejecutaba a un miliciano traidor, a un informador de la Gestapo, a un delator que había señalado a un vecino de la resistencia o a un poeta que hubiese escrito a favor del gobierno títere de Vichy. Cada día se conocía algún caso.

—Hoy he visto cómo hacían desfilar a un montón de mujeres desnudas, mamá. —Margaux llegaba a casa y no daba crédito a lo que sucedía—. Puede que fuesen unas treinta en mitad de Rivoli. Y la gente les escupía y las insultaba. Ha sido...

—No mires esas cosas...

—Lo he preguntado. «Pero ¿qué han hecho esas mujeres?». Y me han dicho que se acostaban con alemanes.

—Sí... ¿Cómo lo llaman, Ferdinand?

—Colaboración horizontal —respondió sin levantar la vista del periódico.

—Eso. Colaboración horizontal. El nombre es bastante ingenioso.

—Mamá, por favor...

Tampoco fue un otoño fácil para la familia Dutronc. Los días pasaban y la esperanza de que Damien pudiese volver se desvanecía poco a poco. Con la marcha de los alemanes, o la rendición o la derrota o como quisieran llamarlo, Margaux se había hecho ilusiones. Sus padres la obligaban a tener los pies en la tierra, pero ella no quería quedarse de brazos cruzados. Durante las primeras semanas había removido cielo y tierra para averiguar si alguien sabía algo. En la Cruz Roja, el nombre de Damien Devère no constaba en ninguna lista. En la Gendarmerie, donde no daban abasto con las mujeres que buscaban a sus maridos, padres o hermanos, tampoco sabían dar razón alguna. Estaban sobrepasados por la avalancha de búsquedas infructuosas y gastaban un humor de mil demonios.

Margaux tenía que pasar sola aquel brete. Sus padres tenían sus propios problemas y bastante hacían con salvar el pellejo. A Michelle, pocos días después de la liberación, la despidieron de las Galerías Lafayette. La secuencia de los hechos se desarrolló en menos de una semana. Primero detuvieron al encargado de planta. El hombre del bigote enfadado había mostrado muchas simpatías por los alemanes. Durante cuatro años les había reído las gracias y Marthe, Nathalie y Marion, las compañeras de trabajo de Michelle que lo habían observado y soportado, decidieron delatarlo. Una célula de resistencia lo esperó en la puerta de las galerías, se lo llevaron a empellones, lo hicieron subir a una furgoneta y, pese a que gritaba que todo era un error, aquella gente no quería saber nada de malentendidos. Los movía más la venganza que la verdad. Con media denuncia tenían bastante para cobrar la factura. Luego, las compañeras de trabajo fueron a por ella. Acusaban a Michelle de colaboracionista. Ella y toda la familia Dutronc. Aún les reprochaban que a Ferdinand, a diferencia de sus maridos, no lo hubiesen alistado para ir a la guerra. Algún contacto debían de tener para haber podido quedarse trabajando en un teatro. Tampoco se habían olvidado del episodio de la niña, Margaux, haciendo de modelo fotográfica para la revista de propaganda de los alemanes.

—Sois una deshonra.

—A ti tendrían que raparte la cabeza y pasearte por la ciudad para que todo el mundo supiese quién eres...

Michelle, perpleja por la rabia de sus compañeras, se defendía como podía.

—Yo no he dado coba a los alemanes.

—Eso nosotras no podemos saberlo.

—Escuchadme... —les imploró—. ¿Cuántos años hace que trabajamos juntas? Me conocéis muy bien... Yo no sería capaz de hacer eso que decís. En casa hemos sobrevivido... Sobrevivido y nada más. ¿Ese es nuestro pecado? Siento mucho, muchísimo, lo que os ha pasado a vosotras y a vuestros maridos, pero no es culpa nuestra. Nosotros no hemos...

—Tiene razón, chicas —saltó Marion en un arranque de cordura—. No podemos inculparla de cosas que no hemos visto.

—Pero no queremos que vuelvas a poner los pies aquí —Marthe, con la necesidad de remarcar hasta dónde llegaba su clemencia.

No la acusaron de aquello que no podían probar. Su magnanimidad se limitó a hacer llegar una carta anónima a la dirección de la compañía en la que expresaban sus dudas sobre el comportamiento de Michelle, y, antes de que el buen nombre de las galerías se viese salpicado, la llamaron y le comunicaron que a partir del día siguiente no hacía falta que volviese.

En el Théâtre du Châtelet también había habido sacudidas. El director de la Orquesta Pierné había desaparecido a mediados de septiembre y nadie sabía nada. La esposa de su amante, que ya había señalado a Delphin Moureau a los alemanes por homosexual, lo había denunciado ahora a la resistencia por colaboracionista. En cada circunstancia, el despecho de la calumniadora le había llevado a jugar las cartas que tenía con un solo objetivo: salvar su matrimonio.

El último año, Ferdinand había visto cómo desaparecían Mecuentan Lefebvre, Damien Devère, el director Moureau y otros músicos de la orquesta con quien no tenía tantos vínculos porque nadie puede ser amigo de cien personas a la vez. Que faltase una batuta, un oboe o un violín de más o de menos no era un problema para un electricista del teatro. Al fin y al cabo, en la ciudad había mil y un virtuosos que buscaban trabajo, y para ensayar la *Sinfonía en sí menor* de Debussy ya encontrarían a otro director. Le preocupaba que, dentro del teatro y de la orquesta, hubiese alguien que movía hilos y señalaba a unos o indultaba a otros a su antojo. Tenía la sensación —y la certeza— de que aquello sucedía cuando los alemanes estaban en la ciudad y también ahora que no quedaba ninguno. La rata la tenían en casa y temía que, según soplase el viento, también él fuese el perjudicado.

Sin embargo, fue el día de Navidad cuando el frío se instaló en la familia Dutronc. Margaux, hecha un saco de nervios desde hacía semanas, meditó mucho si debía decirlo o no a la hora de cenar. Después de todo, nunca es buen momento para disgustar a los padres. Habían engalanado el piso como no lo habían hecho los últimos años, y su madre había preparado el tronco de chocolate para que se chuparan los dedos. No quería estropear la comida, pero sabía que primero la sorpresa e, inmediatamente después, el disgusto, harían que hubiese un antes y un después de aquel día en su casa. Dicho y hecho, tampoco podía esperar más para dar la noticia. Por más que se tapase con la toalla para ir del baño a la habitación, por más que se vistiese con ropa amplia, la barriga comenzaría a hacerse evidente.

Antes de recoger los platos de la cena, Margaux no fue capaz de aguantarse más. Cogió una mano de su padre, una mano de su madre —las tres manos sobre la mesa— y sacó fuerzas de flaqueza. Empleó tacto y algodón, pero las palabras eran las que eran.

—Estoy embarazada.

El impacto dejó a la familia en silencio. Michelle y Ferdinand lo entendieron a la primera, pero los pilló tan a contrapelo, por inesperado y por extraño, que los dejó de piedra. Nunca habían contemplado la posibilidad de que su hija les pudiese decir algo así.

—Imposible —dijo su padre.

—¿Estás segura? —preguntó su madre.

Margaux indicó que sí mordiéndose el labio superior.

El silencio, de nuevo, rebotó por todo el piso. Su padre respiró profundamente y le soltó la mano.

—Qué vergüenza, qué vergüenza... —A Michelle se le cayó el mundo encima.

—Lo siento. —Intentó mirar a los ojos negados de su madre—. Lo siento mucho.

—¿Quién es el padre? —Ferdinand golpeó la mesa con el puño—. ¿Es un alemán?

—No, no... Seguro que no. —Era la única pregunta que Margaux no había pensado que le harían.

—No será del Espíritu Santo... —Su padre se puso de pie. No podía resistir tanta tensión.

—Papá, por favor. Es... Vamos... —Trató de que no le temblase la voz—. Solo puede ser de un soldado americano.

—De un americano, mira qué bien...

—La noche de la fiesta. Nos animamos y...

—¡La puta fiesta!

—Madre de Dios, Margi. —Su madre le acarició la mano—. ¿Cómo ha podido pasar esto?

Margaux se encogió de hombros, bajó la cabeza y permaneció así durante un rato, en penitencia. Esperaba que sus padres se encolerizasen. Pero Ferdinand no dijo nada más. Contó con los dedos, para asegurarse de que del 25 de agosto al 25 de diciembre iban cuatro meses justos y, con un movimiento repentino, cogió el abrigo, la bufanda y salió de casa.

—Amor, ahora no te vayas... —le recriminó Michelle—. Ahora no. Hablemos los tres, por favor.

—Necesito tomar el aire —respondió como si oyese llover.

El portazo fue seco. Sulfurado, mientras daba una vuelta por un Montmartre sin un alma, decidió que nunca más le diría a su hija que la quería. Y a fe de Dios que lo cumpliría.

Su madre, en cambio, improvisó un discurso al tuntún. Hablaba de. Maldecía que. Renegaba de. Imprecaba contra. Y todo giraba en torno a su desgracia, al qué pensará la gente, a la montaña que se les venía encima, a cómo se las apañaría un niño sin padre, a cómo había podido tener tan pocas entendederas, a la mala suerte de quedarse embarazada si es que se tragaba que había sido a la primera, a la reputación a hacer puñetas, a la nube negra que tenía encima la familia, que salían de una guerra e iban a tener que volver a los búnkeres para esconder su vergüenza, de cómo podía ser tan fresca, de qué diría Damien, el pobre Damien...

—Por ahí sí que no, mamá. —Margaux le paró los pies—. Ni se te ocurra.

—Perdona, hija. No sé ni lo que me digo... —Se enjugó una lágrima con el paño de cocina—. No sé ni lo que..., de lo nerviosa que estoy. Perdona... Estoy como sonámbula. No me hagas caso.

—Claro que te hago caso, mamá.

En todo ese tiempo no se habían soltado de la mano. Aunque estuviese caliente, aunque estuviese sudada, Margaux necesitaba más que nunca el contacto con su madre.

—La sorpresa es tan grande... Tanto... Yo ya intuía, ahora ato cabos, que algo no iba como... Pero ¿embarazada? Debería haberlo visto, qué burra. Madre mía, qué calamidad, Margi...

Pero no solo necesitaba a su madre. Habría deseado, también, un poco de comprensión. Suspiró y, con prudencia, se atrevió a decirlo.

—No esperaba que me felicitases, mamá. Pero sí que esperaba que pensases más en mí y menos en el qué dirán.

—¿Qué quieres decir? —Sabía de sobra qué había querido decir.

—Que la reacción de papá es la que me esperaba. Un juramento, dos palabras y que desapareciera. Pero de ti... Me habría gustado que, en algún momento, no hubieses bajado la mirada y me preguntases: Margaux, ¿cómo estás? ¿Te encuentras bien? Una pregunta. Solo eso. Sencillamente... Te encuentras bien, hija. Solo esa.

Se echó a llorar. Su madre, compungida, también lo hizo. Sin soltarse de las manos, se levantaron y se abrazaron. Estaban tan afectadas que les temblaban las piernas. Se desahogaron, con estrépito y con lágrimas espesas. Se vaciaron hasta el último sollozo. De repente, Margaux se había quitado un peso de encima. Puede que lo peor ya hubiese pasado.

En el quinto mes de embarazo consiguió salir a la calle sin vergüenza. A quien le gustase la barriga, bien. A quien refunfuñase, que le diesen. Quien especulase, ojalá se muriese de envidia. En el sexto mes, su padre volvió a dirigirle la palabra. Todavía no le dijo que la quería, pero Michelle y Margaux estaban convencidas de que el panorama cambiaría pronto. Cuando Ferdinand se viese de abuelo acunando al bebé, quizá estuviese encantado de enseñar su nieto a todo el mundo.

En el séptimo, Margaux ya se moría de ganas de verle la cara. Si era niño lo llamaría Damien. Si era niña... Édith, quizá. Decidirlo sola tenía una ventaja: no debía pactarlo con nadie.

En el octavo mes, cuando cada pierna le pesaba un quintal, apenas se movía de casa. Subía y bajaba los cinco pisos solo por necesidad. Eran días largos de primavera en que escuchaba la radio más que nunca. A ratos, música que no se podía bailar. A ratos, noticias que cada vez sonaban mejor. Tropas francesas que atravesaban el Rin y entraban en Karlsruhe. Avances soviéticos en dirección a Bratislava. La aviación estadounidense que dominaba Hong Kong. Ataques diarios sobre Berlín y Hamburgo. Tropas británicas que aislaban Holanda de Alemania. Las tropas de Estados Unidos que liberaban el campo de concentración de Buchenwald, cerca de Weimar. Hitler, a mediados de abril, parecía estar cada vez más acorralado.

Una semana después, un jueves en que su madre había bajado para intentar conseguir un poco de pescado y su padre se había marchado a trabajar, Margaux se había adormilado en su habitación. Se había tumbado de lado con el tambor sobre el colchón, que era como estaba más cómoda. También creía que era la postura en la que su hijo se movía menos. Estaba tan a gusto que, sin darse cuenta, se quedó dormida como un tronco. Cuando, a lo lejos, oyó su nombre, no sabía si era de día o de noche. No sabía si lo estaba soñando o lo oía de verdad. Al cabo de un momento, volvía a parecerle que alguien gritaba su nombre desde el fondo del pozo. De vez en cuando, el hombre que se desgañitaba no solo llamaba a Margaux.

—¿Ferdinand? —Pausa—. ¿Ferdinand? ¿Michelle?

El protagonista del sueño los conocía a todos...

—¿Hola?

Esa voz...

—¿Margaux? ¿Hola?

Los gritos procedían de la calle.

—¿Hola? ¿Hay alguien...?

Se levantó de la cama, salió de la habitación, fue al salón siguiendo el lugar de donde venían los gritos. La ventana estaba entornada y la abrió de par en par. Con cuidado, se asomó al alféizar para mirar hacia la Rue Tardieu abajo.

Un hombre estaba mirando hacia arriba. Iba rapado al cero.

—¿Damien? ¿Eres tú? —Comenzó a llorar—. ¡Damien!

Antes de decir nada, él depositó un beso en la punta de sus dedos y sopló hacia arriba.

—Estoy aquí, Margaux. ¡Hemos ganado! —Alzaba los dos brazos y repetía—: ¡Hemos ganado!

—Damien... Amor mío. Estás vivo... ¡Estás vivo!

Margaux se echaba las manos a la cabeza y, con las palmas, se secaba los regueros de lágrimas que certificaban la ley de la gravedad.

—Tírame la llave y subo...

—¿La llave? —Margaux se puso nerviosa—. ¿Está cerrado?

—Sí.

—No, no... Bajo a abrirte...

Abrió la puerta y bajó los cinco pisos tan rápido como le fue posible. Se agarraba con una mano a la barandilla. Con cada escalón la asaltaba una maraña de sentimientos, tan precipitados como contradictorios. Damien no estaba muerto, qué emoción. En cuanto Damien abriese la puerta vería que... Damien había sobrevivido, qué alegría tan grande, tan inesperada... Damien, cuando la abrazase y le viese aquella barriga... Y Damien, tan sumamente delgado, ¿dónde había estado? ¿Cómo se tomaría Damien que ella estuviese embarazada? Damien ha resucitado, gracias a Dios. Fuera lo que fuese, ya no había remedio. Se lo tomara como se lo tomase, ya no podía ocultarlo.

Abrió la puerta y se lanzó a su cuello.

El abrazo.

En aquel abrazo estaba todo. La paz, el miedo, los nervios, el deseo, la zozobra, el agradecimiento, el sufrimiento, la ilusión. El amor condensado en un reencuentro sin palabras. Ella no dijo: «Estás como un fideo, Damien, si no te quedan ni los rizos...». Él no insinuó nada sobre el estado de Margaux, como si no existiese, como si no pasase nada.

Subieron al piso. Ella, delante, despacio...

—Te lo contaré todo, Dami... Pero primero tengo que saberlo todo de ti. ¿Dónde has estado? ¿Cómo has vuelto?

—Cuántas veces he soñado con volver a estar, otra vez, en este piso. Las primeras clases de oboe...

—Nuestra casa está igual, ya lo verás.

—¿Y tus padres?

—Todos bien, todos bien, gracias... Ahora no están.

—Por eso no me oía nadie.

—Yo estaba durmiendo porque... Esto pesa mucho, ¿sabes?

Él continuaba actuando como si no hubiese visto el paquete de ocho meses. Una vez arriba, volvieron a abrazarse, sin besos. Damien no se atrevía y Margaux no lo veía adecuado. Le daba cosa sin antes ponerlo al día de cómo había llegado a aquella situación.

—Pero dime, dime tú... Necesito saberlo todo, desde que te arrestaron.

Con los ojos febriles, hundidos en las órbitas, Damien se sentó para rememorar una película que había acabado en Buchenwald diez días antes. El principio, sin embargo, le quedaba lejos, y quería pasar de puntillas por todo aquello.

Cuando lo detuvieron, después del concierto en el

teatro, lo llevaron a una comisaría donde ni siquiera lo interrogaron. Había tanta gente en una misma celda que los trataban como a ganado. Luego los llevaron a todos a un campo en Francia, a la intemperie, con una valla de alambre. Una semana más tarde, o puede que fueran dos, los metieron en un vagón de madera y fueron en tren, en un viaje horrible, hasta Alemania. Lo que vino después fue mucho peor. Alguien les contó que estaban a unos trescientos kilómetros de Berlín. Cuando llegaron, les mencionaron el nombre de un lugar que nadie en el tren había oído nunca: Buchenwald. Después de un año, o puede que más, todos los que salieron no lo olvidarían en su vida. Damien se esforzaba por contarlo todo con la naturalidad de siempre, pero la mirada había perdido brillantez. De vez en cuando tosía y se veía obligado a pausar el relato, que omitía, expresamente, todos los detalles espeluznantes. No quería ni pensarlo. ¿Para qué iba a contarle que los cerdos de los establos de las SS se alimentaban mejor que ellos? ¿Qué ganaba con describirle cómo ejecutaban a sus compañeros? Se entretuvo un poco más, eso sí, en las últimas horas. La rebelión de los presos, los nervios de los alemanes y la huida antes de que entrase la sexta división de blindados del ejército de Estados Unidos para liberarlos. En el camión, camino de Francia, todavía iban casi todos con el uniforme de rayas. Cerca de Fontainebleau, haciendo los últimos kilómetros a pie, una mujer vio a tres hombres andando juntos por la carretera, los hizo entrar en su casa, los dejó ducharse y les dio ropa para que pudiesen cambiarse. Les dio una maleta donde había metido unos pantalones y alguna camisa porque ya no quedaba ningún hombre en la familia. Habían muerto todos durante la guerra.

Margaux, durante todos aquellos meses, se había imaginado a Damien en un lugar y de una manera determinada. Ahora que conocía la cruda realidad, chocaba con su fantasía.

—De haber tenido la posibilidad, te habría escrito desde allí —dijo Damien—. Pero no teníamos ni un lápiz, ni un papel, ni habríamos tenido el modo de...

—No tienes que excusarte. Me sé tu carta de memoria. La que le entregaste a mi padre cuando viste que la situación se iba a poner fea.

—Ahora ya puedes romperla.

—Nunca lo haré.

—Quizá... —intentó que la mirada no se le escapase hacia la barriga de ella—. Quizá ahora ya no tienen sentido unas palabras de amor.

—Oh, no... Damien... Deja que te lo explique. Por favor.

—No tienes por qué. Te decía que continuases con tu vida. Y me has hecho caso...

—Aparquemos la ironía, Damien. Déjame que...

Margaux no sabía en qué punto comenzar el relato. Necesitaba decirle que no era una traición, que no se precipitase en extraer conclusiones, que todo había sido un accidente... Pero él se adelantó.

—He pensado cada día en ti. Siempre.

—Yo, Damien, aunque no te lo creas, también...

—Me diste fuerzas, ¿sabes? Cuando estaba peor, tenía un truco. Cuando pensaba que ya no podía más, cuando veía morir a mis compañeros de barracón, pensaba en el día que me leíste la línea de la vida. ¿Recuerdas lo que me dijiste?

—Que sería muy larga.

—Que sería muy larga, sí. Y aquello me daba fuerzas para aguantar. Pensaba en ti, me venía tu cara a la memoria, y estaba convencido de que tú no te podías equivocar... —A la tercera frase encadenada, tosía—. Mis amigos caían como moscas, de tifus, de hambre, de no quieras saber qué... Cada día había alguien que no regresaba. Pero si tú me habías dicho que viviría mucho tiempo, debía resistir como fuese.

—Oh, Damien...

—Aunque fuera para verte solo una vez más.

Margaux le cogió la mano para besarle la palma. La piel era gris, áspera. Los dedos, huesudos. Le dio un beso tranquilo, dulce, para reencontrarse con el olor de antes.

—¿Tú crees que podré tocar el oboe con estas manos?

Ella no escuchó la pregunta. No podía seguir fingiendo que no pasaba nada. Era el momento de afrontarlo.

—No me has preguntado quién es el padre...

—...

—¿Por qué aún no me lo has preguntado?

—¿Acaso tengo derecho?

—Por supuesto que lo tienes, Damien. —Expulsó todo el aire de los pulmones—. El padre no existe. No hay padre, créeme. No sé cómo se llama, no quise saberlo. Fue la noche de la liberación de París... ¿Sabes algo de eso?

—No tengo ni idea.

—La ciudad fue una locura. Una fiesta de dos días y dos noches. A finales de agosto. Todo el mundo se abrazaba, todo el mundo. No es excusa, ya lo sé. Conocí a un soldado americano. Una noche. Aquella noche y adiós.

Él se la quedó mirando.

—Es, podríamos decir... —Se frenó.

—Di. Que no te sepa mal.

—Un hijo de la alegría.

—Dami... Lo siento mucho... Yo pensaba, lo siento, que quizá tú...

Damien le tapó la boca con un dedo.

—Ha habido tanto horror todos estos años que una vida nueva debe ser bienvenida.

—Damien...

—Y más aún si tú eres la madre.

—Te quiero, te quiero mucho. Lo siento.

—¿Puedo besar a una mujer embarazada?

—Es lo que más deseo en este mundo...

Lentamente, se acercaron para ponerse al día. Damien tenía los labios resecos pero no se había olvidado de poner el alma en ello. «Cuánto he añorado estos ojos bonitos de siempre», decía él. Y ella fingía al decirle que él también estaba igual. Y se buscaban la boca y no podían creer que aquello les estuviese ocurriendo de verdad. Se sentaron en el sofá. Margaux estiró un poco las piernas, para rebajar la hinchazón. Damien, reventado, se durmió con la cabeza en el cojín. Margaux lo contemplaba. Macilento, enclenque, con los pómulos prominentes. En un solo año, le habían caído ocho o diez encima. Por el gesto que hacía de vez en cuando, parecía que tuviese pesadillas. Cuando se despertó, no sabía dónde estaba. Un café caliente lo esperaba encima de la mesa del paraíso. Margaux tenía el estuche del oboe en el regazo.

—No lo he abierto. No lo he tocado en todo este tiempo.

Damien cogió el estuche y lo dejó sobre la mesa, como si en aquel momento no importase. Andaba dándole vueltas a algo.

—Margaux... ¿Es verdad que estás sola?

—Por supuesto que sí...

—Si te has enamorado de alguien y no te atreves a decírmelo...

—No, no, no. Te prometo que todo ha sucedido como te lo he contado. No sé quién es el padre. Sí que lo sé, pero no sé cómo se llama. Yo no voy a buscarlo y él...

—Margaux —la detuvo, no necesitaba escuchar nada más—. Escúchame un momento.

—Dígame, señor Devère.

Damien le puso las dos manos en la barriga.

—Quiero que sea hijo mío.

—Me lo dices por...

—Te lo digo en serio. Nuestro hijo. Si tú quieres, claro.

—O hija. Tengo el presentimiento de que será una niña.

La criatura necesitó decir algo.

—¿Lo has notado?

—Ha dado una patada, ¿verdad? —Damien, admirado, porque nunca antes había oído una vida llamando a la puerta.

—Eso significa que sí, que nada le haría más ilusión. Y yo también lo quiero, por supuesto que sí, y todo esto de hoy me parece un milagro, Damien. Que estés vivo, que estés aquí, que estés conmigo. Ni siquiera me lo creo. Puede que todo sea muy precipitado, te ha pillado de sopetón... ¿Qué pasará si dentro de unos días te arrepientes?

—Margaux. Eso no va a pasar.

—¿No lo haces por compasión? ¿Seguro?

—Lo hago porque te quiero y porque quiero que...

—Damien... ¿Cómo puedes ser tan generoso conmigo?

—Porque quiero que esto lo hagamos juntos, si tú quieres, como la familia que seremos.

—No sabes qué mal lo he pasado, cuánto te he echado de menos, había llegado a pensar que...

—Y mira. He resucitado. —Se soltó para reírse—. Tenía que darte una sorpresa... y al final me la has dado tú a mí.

Margaux cogió su mano y se la volvió a poner sobre el vientre para que notase cómo se movía una vida que llegaba.

—Cuando nazca ya tendré pelo... Un poco, quizá ya no será la escarola de antes.

—Si es niña se llamará Édith.

—Me gusta —dijo Damien, convencido.

—Édith Devère. Suena muy bien. —Con orgullo, se acarició la barriga—. Hija mía, te presento a tu padre.

# 32. La siesta del fauno

No abrió el estuche hasta que estuvo solo.

Lo hizo despacio, con temor no sabía muy bien a qué. A que no estuviese dentro, o a que la madera se hubiese agrietado o a que se hubiese estropeado. Incluso a que ya no supiese tocarlo. El oboe estaba igual. Intacto. Lo encontró tal como lo dejó después de *Sherezade*, en el teatro, en el momento del arresto. Era cierto que Margaux —por superstición y para no debilitarse todavía más— no se había atrevido a abrir el estuche negro en aquel largo tiempo de ausencia. Lo había guardado como prenda de amor.

En su imaginación, Damien había tocado el oboe en las literas de madera de los barracones, rodeado de hombres resecos de piel y alma, cuando el hambre le quitaba el sueño. La música, en su cabeza, era una de las disciplinas que se imponía para no enloquecer en aquel campo de terror y de muerte. Era consuelo y salvavidas. No había día en que, por dentro, no tocase alguna pieza para oboe. Comenzaba por las cantatas de Bach, continuaba por el *Don Juan* de Richard Strauss y terminaba donde podía antes de que el grito de un alemán —malditos perros— le echase a perder su concierto particular.

Extrajo las tres partes, lo montó y le pareció nuevo con las llaves relucientes y limpias. Acarició la madera y colocó la caña con delicadeza, introduciendo el tudel como si el instrumento volviese a ser virgen. Sentía los nervios de la primera vez.

Se lo puso en la boca, cerró los ojos y lo hizo sonar.

Buscaba notar la voz de soprano. En la vibración del oboe siempre reconocía el timbre de la voz de una mujer hermosa. Sopló y se produjo el milagro.

La voz tenía el rostro de Margaux.

Si lo aceptaban en la Orquesta Pierné, pronto estaría preparado para el primer concierto.

En el Théatre du Châtelet lo recibieron con emoción, con abrazos de hombre y con palabras de las que no se olvidan. Musicalmente, le dijeron que sí, que por supuesto, que solo faltaría, con los brazos abiertos. Los ensayos para el *Preludio a la siesta de un fauno* comenzarían aquella misma tarde. Antes de sentarse ante su atril, lo pusieron al día de las altas y, sobre todo, de las bajas de la orquesta. Del director, Delphin Moureau, nadie sabía nada. Mala señal. De Mecuentan Lefebvre tampoco tenían noticias. A aquellas alturas, no les quedaba ni una pizca de esperanza. No se hablaba de ello, pero, más de un año después de que hubiese desaparecido, nadie ignoraba su destino. En cambio, sí había habladurías de pasillo sobre

Michel Mirailles, el violonchelista que había aguantado en la orquesta hasta el mismo día de la liberación. Cuando le hablaron de él, Damien recordó la noche en que M. M. se le había insinuado en plena calle. Mirailles llevaba una buena cogorza y él se lo quitó de encima antes de que la incomodidad se convirtiese en tragedia. En los últimos días con los alemanes aún en París, cuando ya se intuía que saldrían por piernas, alguien había hecho correr el rumor de que Michel Mirailles era el infiltrado de los alemanes en la Pierné. Ya hacía tiempo que algunos compañeros de la sección de cuerda lo tenían calado. Se ocultaba bajo un seudónimo —Jean du Silence— para ejercer como crítico musical en el *Je suis partout*. Los alemanes lo tenían fichado y, a cambio de no deportarlo como a todos los hombres a los que les gustaban los hombres, le habían encargado una misión: espiar dentro de la orquesta. Todo lo que viera y oyera debía reportarlo discretamente a la oficina de Propaganda con la excusa de que acudía a entregar el artículo. A finales de agosto, el día después del gran desfile de la liberación, con toda la marea de gente bajando del Arc de Triomphe hasta la Concorde, Mirailles se enteró de que un comando iría a buscarlo para hacerle pagar su traición. Antes de que llegasen a su casa, se quitó el cinturón y se colgó en el hueco de la escalera.

Las entradas para el concierto de la Orquesta Pierné volaron. Los aficionados a la música, nada más saber que era un homenaje a los deportados, se apuntaron sin tan siquiera saber qué piezas tocarían. Era un adiós a tanto miedo, tantas lágrimas y tanta tristeza. El programa era lo de menos. Cuando llegaban a las puertas del teatro y veían los rótulos, descubrían que iban a escuchar tres obras de Debussy, un compatriota.

Margaux y Michelle, que habían entrado por la puerta trasera, se sentaron en tercera fila, junto al pasillo. Le guardaban una butaca a Ferdinand, que por un día se quitaría la bata color caqui y se sentaría en la platea en cuanto se apagasen las luces. Después de tantos años trabajando en el Châtelet se había tragado mil y un ensayos, pero nunca había visto un espectáculo sentado entre el público.

—Papá, sobre todo, no salgas con la bata de trabajo.

—¿Por qué no? —Se hizo el despistado—. ¿Acaso no me queda bien?

—Papá, por favor...

—¿Es que te avergüenzas de tu padre?

La respuesta fue un beso sonoro en la mejilla.

El murmullo de la sala se fue apagando a medida que la platea se quedaba a media luz. Con el silencio reverencial, hacían acto de presencia los músicos con el desfile entrenado de los pingüinos blancos y negros y ocupaban su lugar. A continuación apareció el nuevo director, alto y grande, entrecano de barba y de melena, y se dirigió al atril para recibir los aplausos de cortesía. Cuando se volvió de cara a los músicos para abrir la partitura y coger la batuta, el público se fijó en que en mitad del escenario se había quedado una silla vacía. El director fornido se bajó de la tarima y se apartó para que todo el mundo viese lo que iba a suceder.

Damien, escuálido, apareció por el lado del escenario con el oboe en la mano. Iba descalzo y llevaba el uniforme de rayas de Buchenwald. Se presentó en escena con su traje de prisionero de franjas horizontales, que, con el roce de los meses, había tendido a los tonos grises. Despacio, con la dignidad de los supervivientes, el oboísta fue andando hacia su sitio. El oh del público fue unánime.

No hicieron falta las explicaciones del director. Todo el mundo lo entendió. Los compañeros de viento fueron los primeros en ponerse de pie. Los músicos dejaban el instrumento en la silla para aplaudirle. Al instante se levantó el resto del público y, aquí y allá, resonaban los bravos por toda la sala. Era un acto de reivindicación patriótica, un homenaje a los héroes anónimos.

—¿Tú lo sabías? —Michelle, en un susurro al oído de Margaux.

—No... —Entre la barriga enorme, la silla de madera y el estallido de emoción, le costó ponerse en pie—. Ni siquiera me había dicho que guardase el uniforme.

Damien, estoico detrás de su atril, aguantaba la ovación con la cabeza gacha. Cuando levantó la vista y vio a tanta gente conmovida durante tanto tiempo, no le quedó más remedio que saludar, con el nudo en la garganta y el oboe discretamente elevado. Aquel tributo estaba dedicado a la memoria de quienes no habían tenido tanta suerte como él. Enseguida encontró a Margaux en la tercera fila. La vio emocionada al lado de sus padres, con la familia que pronto sería la suya, en cuanto se casasen. Cerró el puño y, con los ojos clavados en Margi, se lo llevó al corazón.

En el momento en que Damien se sentó en su sitio, el público encajó el culo en las sillas de madera, Michelle le pidió un pañuelo a Ferdinand, y el director aprovechó el momento mágico de la turbación colectiva para levantar una mano. Le bastó mantenerla en alto para hacer callar a todo el mundo y alertar a la orquesta. Enseguida hizo hablar a Debussy.

Las primeras notas del preludio eran para la flauta travesera del fauno.

A los pocos compases entraba el oboe.

Damien concentraba toda la atención. Seguía la partitura y tocaba con el corazón. Los dedos le funcionaban como siempre, como un taquígrafo perfecto. La embocadura no tanto. Los nervios le hacían apretar demasiado la caña y, sin previo aviso, hubo de parar para toser... El director, con un gesto modesto, detuvo el preludio que acababa de arrancar. En medio del murmullo, Damien lo miró espantado. ¿Y si aquel ataque de tos no le permitía continuar el concierto? Ferdinand, raudo, fue el primero en arrancarse a aplaudir y todo el público se sumó. Los aplausos retumbaron, de nuevo, por toda la sala. Era una ovación cómplice, de comprensión. Desde el fondo del teatro, un hombre se levantó de la silla para gritar *Vive la France!* Una mujer, desde un palco lateral, respondió: *Vive la vie!* Y mientras unos y otros compartían la celebración de la victoria, el director se acercó a Damien. Solo le hizo una pregunta. Él, respirando hondo, tratando de encontrar el aire que le faltaba en los pulmones, respondió que sí con la cabeza. El hombre alto y grande regresó a la tarima y levantó la mano que lograba que no volase ni una mosca. Se dirigió a sus músicos y solamente les dijo una cosa.

—Señores. *Da capo*.

Volver a empezar. Como siempre.

# ROGER

# 33. Tecla blanca, tecla negra

Barbara abrió la ventana y asomó la cabeza para mirar a la calzada. Hacía horas que había anochecido. Y llevaba demasiados días sin pisar la calle.

—Mañana nos dejarán salir. —Cerró el ventanal de la buhardilla y se frotó las manos, destemplada—. Cuidado con los resbalones, ha dicho el alcalde Delanoë.

—A tomar por saco el alcalde. Salgamos ahora, Barbara. París para nosotros.

—¿Ahora? —Se miró a sí misma y a la pereza que tenía encima. Iba demasiado cómoda, con los pantalones largos de pijama y una camiseta raída del Cirque du Soleil.

—Mañana Montmartre volverá a estar infestado de turistas. Llevan más de una semana encerrados en los hoteles. Cuando les permitan salir será la marabunta.

—La marabunta será poco.

—En cambio, ahora estaremos solos.

—Porque está prohibido, Roger... No podemos.

—Pero si ya apenas queda nieve, como quien dice. —Entonces fue él quien buscó la razón a través del cristal.

Barbara, asegurándose de que Roger no la vería, se levantó la camiseta para mirarse el ombligo. Le pareció que dentro salía algodón.

—Mañana sin falta tengo que ir a ver a mi abuela. —Con disimulo, se quitó la pelusa recogiéndola con un dedo—. Mamie Margaux debe de estar subiéndose por las paredes, después de tantos días sin salir de la residencia.

—Eso será mañana. Yo digo ahora, venga. —La agarró por la cintura, como una manera sutil de insistir—. Abriguémonos y salgamos.

—¿Me acompañarás?

—¿Adónde?

—Mañana, a ver a mi abuela. ¿No te mueres de ganas de conocerla?

—Claro que sí. De hecho... —dijo Roger, desafiante—. Ya la conozco.

La mirada de Barbara necesitaba ser descifrada. Roger se explicó.

—Montada en una bicicleta, en blanco y negro, cuando era una chica. El misterio de la foto...

—Mañana vienes a la residencia y le preguntas todo eso.

—Y ahora tú te pones las Nike y salimos a dar una vuelta.

Roger le guiñó un ojo. Barbara, a cambio, le estampó un beso en la punta de la nariz.

—¿Es que tú siempre te sales con la tuya?

Le bastaron unos calcetines gruesos, unos pantalones

de pana y un forro polar. No se cambió ni la camiseta. No se puso sujetador. Fuera *georgettes*, como habría dicho su abuela cuando le ponía un nombre a cada cosa. No iban a encontrarse con nadie, llevaría la chaqueta encima y, qué demonios, a dos meses para los cuarenta y dos, le parecía que los pechos se le aguantaban con una firmeza que ya habrían querido muchas de su edad. Cuando se ponía el lápiz todavía se caía. Barbara solo puso una condición.

—No te lleves la cámara.

—Pero...

—Hoy, tú y yo solos. Hoy miras la ciudad. O me miras a mí..., pero sin el visor.

Iniciaron su paseo furtivo, juguetón y fuera de la ley. Aún no habían llegado al Boulevard de Clichy y, con tanta intensidad, Barbara se acordó de Anne Delacourt y el piano. Era la escritora estrella de Giresse & Trésor, de quien ella vendía los derechos internacionales para todo el mundo. El día que la conoció, en una cena con gente de la editorial, en un salón privado de Le Procope, la cervecería más antigua de París, Anne Delacourt reveló una intimidad de su proceso de creación. Escribir es un concierto de piano, había dicho. El sonido bonito del piano vive en el fondo de la tecla, había añadido. Barbara se había quedado con aquella descripción.

—Escribir es un concierto de piano. Con la espalda recta, con la mirada al frente, hay pasajes suaves, holgazanes. Las letras y los verbos surgen poco a poco. Sonidos tranquilos, palabras delicadas. La mano derecha conversa con la mano izquierda. La cadencia de las frases baila lenta sobre el ordenador. Hay otros momentos, en cambio, en que las manos discuten, los dedos se embalan, adquieren furia, se aceleran y, tan virtuosos pueden llegar a ser que hacen sonar las notas —tecla blanca, tecla negra— con un ímpetu que llena páginas y páginas con una emoción viva. El cuerpo del pianista se inclina sobre el teclado. La respiración del escritor se agita. Cierra los ojos, fluye la historia y ya no hace falta la partitura. La pasión brota de golpe. Ideas, expresiones, viajes. Agudos y graves, de un lado para otro. Párrafos que se azuzan, llevados por la música del repiquetear de los dedos a destajo. Acción, querida Barbara, acción. A borbotones.

Así se sentía ella durante aquel paseo insólito que ni siquiera había soñado. Acción, a borbotones. Aventura. La escapada solitaria por París, la ciudad vacía, la puerta de la felicidad. Los pies volaban. El aire puro, el frío en la cara. Riesgo y alegría. Y un hombre en quien confiar a su lado. Desde el adiós a Maurice, un portazo a siete años de infidelidad, no había caminado al lado de nadie. Y, menos aún, dándole la mano. Estaba desentrenada. La sensación, al ser tan nueva, le resultaba extraña. Primero de vergüenza, luego de confort. Dos *arrondissements* más abajo, ya sin complejos, Barbara andaba con la alegría de tener con quién acompasar los pasos. Aquel Roger tozudo que se había instalado en su casa. Aquel desvergonzado que se había plantado en París para hacer fotos porque quizá no tenía otra cosa que hacer. Aquel joven herido por la muerte de su padre que se había ido ablandando poco a poco, que le había dado conversación, que le había hecho confesiones de medianoche, que había cocinado —con un exceso de sal— en los días del confinamiento a causa de una nevada histórica de la cual se acordarían toda la vida. Un Roger Narbona Bazin que le había hecho ver, sin decirlo, que ser arisca era una pérdida de tiempo, porque se castigaba a sí misma. Aquel Roger robusto y fuerte, audaz como sus ojos, a quien había escuchado gritar tan a gusto cuando habían hecho el amor.

No obstante, no eran los únicos que habían huido, desafiando un toque de queda que tenía las horas contadas. Aquí y allá, cuando por la calle se cruzaban con otra pareja que había salido a proclamar la *joie de vivre*, se sonreían con complicidad. Les unía la travesura de la buena fe. Franceses, espíritu rebelde. Cerca de la Gare Saint-Lazare los adelantó un hombre que había salido a correr para recuperar la rutina cardiovascular. La paz era tan absoluta que notaron sus resoplidos desde muy lejos y, después, todavía lo oyeron resollar —como un vals precipitado— hasta que lo perdieron de vista. Detrás de la Ópera, unos adolescentes estaban de juerga a escondidas. Fumaban, se reían y bebían, para compensar todos los días que habían pasado sin hacerlo. Más allá, en Saint-Honoré, parecía que hubiesen concedido un permiso especial para salir a pasear al perro. Desde lejos, cuando Barbara y Roger detectaban la luz de un coche policial, se daban la vuelta y buscaban otra ruta. Cualquier atajo les parecía un juego, un mundo por descubrir. París era, aún, una ciudad muda.

La verja de la Madeleine estaba cerrada. Les Deux Magots, en penumbra, con las sillas atadas bocabajo sobre las mesas. Las terrazas, desiertas. El Pont des Arts, sin un alma. El Barrio Latino, en silencio, bendita contradicción. En Saint-Michel, en una plaza donde aún se acumulaba un buen grosor de nieve, una rata les pasó por delante como si la estuviesen persiguiendo. La pirámide del Louvre, solo para ellos, despedía una luz azulada. Seguramente, en el interior trabajaban a toda prisa para preparar la reapertura la mañana del día siguiente. Al cabo de pocas horas, regresarían las colas, los turistas y los carteristas. El orden siempre era ese. La imperfección de las grandes ciudades.

—Tal vez deberíamos ir volviendo. Nos hemos alejado mucho de casa.

La petición de Barbara tuvo una nueva aventura como respuesta. Roger la hizo bajar unas escaleras para caminar por la orilla del río.

—Por aquí no nos verá nadie.

A mayor oscuridad, más misterio. El frío había quedado impregnado en las piedras. El agua resbalaba por las paredes. El deshielo era una constante en la ciudad.

El goteo, un sonido que los acompañaba en su recorrido secreto. El río roncaba con un murmullo nocturno, constante y pacífico. De repente, Roger se detuvo.

—¿La has visto? —Señaló la luna.

—Está espléndida.

—Hay dos tipos de personas. Las que creen que el hombre llegó a la luna y las que están convencidas de que todo aquello del Apollo 11 fue un montaje. ¿En qué bando estás tú?

—Dímelo tú, que eres fotógrafo. ¿Pudieron Armstrong y el otro hacer esas fotos allí arriba? ¿Cómo lograron que las imágenes se vieran en todo el mundo? ¿Con qué cámaras? ¿Podían emitir desde la luna?

—Ya veo de qué lado estás tú.

—¿De cuál?

La desarmó con una sonrisa pícara.

—De tu perfil más bonito.

Roger le dio un beso largo en la mejilla. Enseguida se buscaron los labios. Abrazados, se fundieron uno en el otro, llevados por una pasión nueva. Era una sensación desconocida. Hasta entonces solo se habían saboreado entre las paredes de casa. En el sofá rojo, en la habitación de Barbara o en la cama de Roger.

—Hola, pareja. —Alguien a quien no habían oído llegar tosió a su lado—. ¿Todo bien?

Barbara y Roger se despegaron. Ella, sobresaltada, fue la primera en reaccionar.

—Sí, todo bien, gracias. Buenas noches.

—Buenas noches —respondió, educadamente, sin

querer asustarlos. Era un hombre fuerte que podía haber sido el fisioterapeuta de un equipo ciclista profesional. Con un gesto entrenado, extrajo una cartera del interior del anorak de plumas que lo constreñía. Con un giro de muñeca, les enseñó la placa y la guardó de nuevo—. ¿No saben que hay toque de queda?

—No me toques los cojones... —saltó Roger.

—¿Perdón?

—Esta placa y nada es lo mismo... —Roger se dirigía a Barbara, ignorando la presencia del policía de la secreta—. ¿Tenemos que creernos que este tipo es de la bofia? Mira, yo también puedo hacer así, zas, con la cartera y este tío se creerá que soy del FBI...

—Roger, por favor...

—Tendrán que enseñarme su documentación, por favor.

El hombre, con los dos pies plantados en el suelo, hablaba sin perder los estribos. Roger, en cambio, se ofendía por momentos.

—¿Nosotros a ti? ¿Qué quieres que te demos? ¿Qué? *Desolé*.

Barbara se palpó los bolsillos de la chaqueta.

—Yo no llevo nada. Hemos salido a dar una vuelta y... Solo he cogido la chaqueta.

—No te excuses, coño. Yo sí que la llevo, pero no se la pienso enseñar al tunante este hasta que no me demuestre que es policía...

El hombre —santa paciencia— volvió a desabrocharse el anorak para sacar la cartera y le plantó la placa en las narices. Se quedó así un rato, para que pudiese leer las credenciales.

—Ahora sí. Disculpa... Hay tanto farsante hoy en día...

Barbara reculó unos pasos. Lo último que quería era tener problemas. Lo penúltimo, pasar vergüenza. Roger se sacó su documento nacional de identidad y se lo entregó al policía de paisano.

—¿Español?

—De Girona. Bueno... ¿Sabe Barcelona? Al lado.

—Habla un buen francés...

—No tiene ningún mérito.

—Su madre es de aquí... —apuntó Barbara, de lejos.

—Bueno. De París, no. De Besançon —precisó él.

El hombre ni escuchaba. Barbara estaba inquieta, no quería que Roger hiciese más el ridículo. Odiaba aquella sensación. En otro momento, incluso le habría parecido divertido. Pero se habían saltado las normas y era algo que, en una mujer amante del orden, la incomodaba enormemente. Si Roger, además, pretendía hacerse el gracioso, la sacaba de quicio. Le descubría una faceta de él que no reconocía. Ahora que la experiencia —que era como decir los años— la había vuelto selectiva, a su lado quería solo una persona, no alguien que se pusiese en evidencia para pasar por quien no era. ¿Qué quería? Un hombre sin propinas, que escuchase bien, que estorbase poco, que adivinase los detalles, que supiese cuándo es necesaria una atención o un mutis prudente. Y que nunca haga que te ruborices ante los demás. «¿Tú crees que de esos quedan?», le preguntó una vez una compañera de la editorial.

El policía se apartó con el DNI de Roger en la mano, sacó un teléfono del bolsillo y llamó. Despacio, fue cantando los datos a alguien que estaba escuchando, con dificultad, al otro lado.

—Roger. Narbona. Bazin. B-A-Z-I-N, sí. ¿El número? 46.230.015. Con la letra P al final. P de Platini, sí.

Mientras esperaba respuesta, Barbara se acercó a Roger y le habló al oído.

—No encontrarán nada, ¿verdad?

—¿Mío? —Tardó demasiado en responder. Lo hizo asimismo en voz baja—. Mío, no. Pero con las deudas de juego de mi padre, nunca se sabe por dónde te va a llegar la sorpresa...

El policía fisioterapeuta que lo hacía todo sin inmutarse volvió con el carné de Roger en la mano. Llevaba los ojos clavados en la documentación.

—No parece el mismo...

—Me corté el pelo para hacerme la foto. Ahora mejor, ¿verdad?

—¿Qué hace en París?

Roger miró a Barbara.

—Esa es una buena pregunta.

Antes de que su silencio generase más tensión, ella se anticipó.

—Es mi pareja. Ha venido a verme. Está pasando unos días en mi casa.

—¿Unos días? ¿Hasta cuándo?

Hasta cierto punto, a Roger le iba bien que Barbara respondiese por él. Tenía curiosidad por saber cómo saldría de la encrucijada. Ella, a la orilla del río, en una situación comprometida, con el policía que los había pillado saltándose el toque de queda y sin saber cómo acabaría la escena, aprovechó que se encontraba entre la espada y la pared para responder lo que le salió de dentro.

—Puede que se quede conmigo. Aquí, en París.

—¿Está segura de eso?

—Eh, usted no se meta —saltó Roger—. Haga su trabajo pero deje de tocar las narices...

—¡Amor mío, por favor!

—Okey, okey... —Levantó ambas manos, como si lo estuviesen apuntando.

El agente esbozó una mueca de desaprobación.

—Miren. —Resopló—. Yo ahora a ustedes debería multarlos. Se han saltado el confinamiento. Mañana a primera hora todo el mundo podrá salir de casa, pero esta noche todavía no, como bien deberían saber. Si todo el mundo hubiese hecho lo mismo...

—Si tiene que multarnos, múltenos. Pero los sermones, en la iglesia.

—¡Roger, por favor!

El policía lo dejó por tonto. A partir de entonces ya solo miró a Barbara.

—No quiero problemas. No se metan en líos, ¿estamos?

—De acuerdo —se apresuró ella a responder con la boca pequeña.

—Váyanse a casa y haré la vista gorda.

—Gracias, agente.

El hombre desapareció tal como había llegado, sin decir buenas noches y con la convicción de que las mujeres de su ciudad tenían el vicio irrefrenable de enamorarse, a menudo, de la persona equivocada. Se guardó de decirlo. «Ya se darán cuenta», pensó.

El camino de vuelta fue rápido y transcurrió por la senda de los reproches. Acortaban por calles solitarias para ir por la vía más corta hacia Montmartre. Ella aprovechaba para decirle «ya está bien, Roger, no recordaba que tuvieses la insolencia de los jóvenes». Él aguantaba el chaparrón y se partía de risa, para desarmarla. Ella contestaba, imitándolo cuando no se había creído que el agente fuese policía de verdad. «Esta placa y nada es lo mismo», decía Barbara, parodiando la voz de un señor hecho y derecho. Él argumentaba, con pretensiones de tener razón, que con la bofia, si te arrugas, estás muerto. Cuanto más débil te ven, más te aprietan. Y ella insistía en que era justo lo contrario. Si te ven gallito, te esquilan la cresta. Y que si patatín que si patatán, picándose sin malicia, como hacen los enamorados los primeros meses de relación, llegaron cerca de la esquina de Chappe con Tardieu. Roger, sin dar solemnidad a sus palabras, no se reprimió a la hora de hacerle una pregunta.

—Eso que le has dicho al poli... que yo me voy a quedar aquí, contigo..., ¿lo has dicho en serio?

—¿Tú qué crees?

—¿Yo...?

—¿Tú eres de los que piensan que el hombre llegó a la luna o no?

—Ni hablar, Barbara. Todo aquello fue un montaje.

—¿Lo ves? Yo no podría vivir con alguien tan poco romántico, que siempre quiere tener los pies en el suelo. Ilusión, chico. Imaginación. A las mujeres nos gusta que nos hagan volar...

—Eso será a las mujeres... —Se frenó en seco. A saber reprimir una broma se aprende a base de golpes.

—¿Qué? Dime.

—Eso será a las mujeres... de tu edad. —Y Roger, venga a reírse.

—Eres un idiota. —Barbara, que tampoco se podía aguantar, intentaba pellizcarle los huevos, con una mano y con la otra, mientras se reía y le repetía que aquello lo iba a pagar caro, muy caro.

Ella introdujo la llave en la cerradura y entró en el edificio. Antes de empezar a subir la escalera, y llevados por la resaca de la risa, Barbara lo detuvo y lo sorprendió con una pregunta.

—¿Tú sabes cuál es el secreto tibetano para vivir mejor?

—¿Es un refrán?

—Sí.

—Ahórratelo. Odio los refranes.

—Pues ahora no te lo digo.

—Mejor. Gracias.

—Pues ahora te aguantas, guapo. El secreto para vivir más tiempo y mejor es... —Lo declamó con el tonillo de un programa de tarde para niños—. Comer la mitad, caminar el doble, reír el triple y amar sin medida. ¿Qué?

—No soporto los refranes. Y encerrados aquí todos estos días, poco hemos podido caminar.

—Por eso nos toca reír el triple.

—Y follar sin medida.

—En el Tíbet no lo dicen así. Yo he dicho amar.

—¿No es lo mismo?

—En Francia, no.

—Pero en mi casa, sí.

—¿Qué significa «mi casa»? —Desde el vestíbulo, Barbara señaló arriba con el pulgar—. Este es mi piso, chaval.

—¿Y ese sentido de la posesión? No te pega nada, amor mío. Le acabas de decir al policía que quieres vivir conmigo, y ahora...

—Serás caradura... —Se puso de puntillas para darle un beso y comenzó a subir la escalera.

—El día que llegué, ¿te acuerdas?, pensé que tú también tenías una habitación alquilada, igual que mi hermano.

—¿Es que crees que se me puede olvidar?

—No entendía que el piso fuese tuyo. No tenía ni idea, vamos.

—Qué morro. Yo aluciné.

—¿Qué pensaste de mí? Dime. La primera impresión.

—¿La verdad? Que eras un cretino integral. Así de fácil.

—Ah, ¿sí...? —Se detuvo en el rellano del primer piso y le desabrochó la cremallera de la chaqueta—. Y ahora ¿qué piensas?

—¿En noches como las de hoy? Que eres un cretino. Pero un cretino simpático.

Hulshoff se puso a ladrar antes de que llegasen al rellano del segundo. Cuanto más se acercaban, más protestaba en su idioma.

—¿Es aquí donde vive el holandés?

—Qué raro... Hulshoff nunca había hecho algo así. Si este perro no se aguanta los pedos...

Ya no solo ladraba. Cuando estaban pasando al lado, con las patas arañaba la puerta con desesperación, como en las noches en que había fuegos artificiales.

—Deja que llame a Jasper, a ver si está bien...

—No molestes ahora, mujer. Demasiado tarde. A ver si le vas a pegar un susto al abuelo este...

—Pero si el perro arma este escándalo...

—Mira la hora que es, Barbara.

—Por eso. Si Jasper no lo manda callar, será por algo.

—Porque está sobando, no te fastidia.

—Jasper tiene una edad. Vive solo. Es amigo de mi abuela...

—Tira para arriba, mujer. Mañana temprano bajas y le preguntas qué tal. No te preocupes.

El labrador seguía ladrando sin descanso. Se limaba las uñas con la puerta con tal angustia que no podía ser bueno. Cuando Barbara y Roger ya estaban en el tercero, ella decidió dar la vuelta.

—Mira, yo bajo y le pregunto a Jasper si está bien.

—¿No le puedes enviar un mensaje al móvil? Se asustará menos.

Antes de responderle, ella ya estaba en la puerta del piso. Llamó al timbre del segundo. Con cada llamada, el perro enloquecía más y más.

—Soy yo Hulshoff, no pasa nada. Soy Barbara... Tranquilo, guapo.

Al otro lado no había consuelo. Por momentos, parecía que Hulshoff se apartaba, pero enseguida volvía a coger carrerilla hasta topar con la puerta. Y venga a arañar...

—Estos ladridos no son normales. Lo siento...

—Vuelve a llamar —sugirió Roger, subiendo escalón tras escalón.

—Llama tú a la puerta y yo lo llamo por teléfono, directamente...

—¿Cuándo viste a Jasper por última vez?

—Ayer... O anteayer... Anteayer, sí. Bajé para comprobar si necesitaba algo. ¿Fue el día del apagón?

A Roger ya no le bastaba el timbre. Con la mano plana comenzó a golpear la puerta. Cada vez gritaba más fuerte su nombre.

—Jasper. ¡Jasper! —Esperaba unos segundos y volvía a repetirlo—. ¡¡Jasper!!

—Tampoco contesta al teléfono. Mierda...

—¡Jaspeeer!

—¿Sabes qué? —A Barbara el sudor de los nervios le resbalaba por la espalda—. Voy a llamar a emergencias, oye. Hasta aquí hemos llegado. Que venga alguien y que eche la puerta abajo.

# 34. La edad de aburrirse

Viviani. Era el nombre de la plaza. Era el nombre de la residencia que ocupaba un edificio entero de tres plantas que iba de esquina a esquina, al otro lado de la iglesia de Saint-Julien-Le-Pauvre. Viviani era, seguramente, el nombre de alguien. Tenía que serlo. Roger se acercó a la placa azul para buscar alguna pista y leyó el rótulo en voz alta.

—Square René Viviani. 1862-1925. Primer ministro durante la tercera República. ¿Ves como era un tipo importante?

—La gente de aquí conoce la plaza por el árbol. —Barbara lo señaló con la barbilla—. Es el más antiguo de París. O eso dicen...

La falsa acacia aún estaba moteada de nieve. A los pies del tronco se acumulaba nieve sucia, como si la brigada de la buena fe la hubiese retirado a paladas. O —segunda hipótesis ideada por Roger— como si unos vecinos un poco torpes hubiesen intentado hacer un muñeco y se les hubiese deshecho igual que un helado de cucurucho a medio chupar.

—Tu abuela lo tiene bien para ir a misa, con la iglesia tan cerca. Y también tiene Notre-Dame a un paso... Puede escoger. Un día aquí y otro allí.

—¿Mamie Margaux, a misa?

—¿Qué?

—Como no sea por un funeral, no la verás nunca cerca de un altar... Si sale, cuando hace bueno, prefiere venir aquí, cerca del árbol.

—A rezar.

—A meditar. No es lo mismo.

—No poco. ¿Qué diferencia hay?

Barbara improvisó una respuesta. La dijo como se deben decir esas teorías, con seguridad.

—Cuando rezas te tensas, te concentras con todas tus fuerzas para conectar con alguien que no tiene cobertura y le pides cosas que seguramente no podrá cumplir. En cambio, cuando meditas, te relajas, miras hacia dentro, el tiempo se para, abres la mente...

—Y acabas pidiéndole a Dios que te ayude. Es lo mismo.

—En absoluto. Meditar es buscar soluciones en el interior. Rezar es intentar encontrar fórmulas mágicas afuera.

—Llámalo hache. Yo lo veo igual.

—Que no. —Le pellizcó el culo—. Ay, mi tozudo.

Roger, ya en la puerta de la residencia, sacó el tema.

—¿Cómo crees que se tomará lo de Jasper?

—No lo sé... —Barbara resopló. Se le hacía muy cuesta arriba tener que comunicar la noticia a su abuela—.

Lo sentirá mucho. Seguro. Pero a veces, cuando has vivido tantas cosas... A esta edad parece que ha aprendido a relativizar cualquier noticia, por dura que sea.

La residencia Viviani, nada más entrar, olía a bactericida. Desinfectaban, quizá en exceso, para tapar el tufo de las habitaciones. Los espacios blancos, limpios como una patena, le otorgaban cierto aire de asepsia, de serenidad, de paz reconfortante. En definitiva, un primer paso hacia el cielo. El pasillo principal estaba lleno de familiares de los residentes. Se había abierto la veda. Tantos días sin poderlos visitar, la primera mañana que había acabado el confinamiento, todo el mundo corrió a abrazar a su abuelo. Unos para tranquilizar su conciencia, otros para afinar el pronóstico respecto a cuándo podrían cobrar la herencia. Con un solo vistazo les bastaba para saber si su queridísimo pariente llegaría a 2009 o, en un juego azaroso, calculaban en qué mes del año en curso preveían que dejarían de pagar la Viviani. El día uno de cada mes les llegaba el recibo. Y no era una residencia barata.

Margaux no los esperaba tan pronto. Los recibió echando el agua que le había sobrado del desayuno en una plantita de ventana. Barbara hubo de esperar para abrazarla.

—Ay, cuánto te he echado de menos, mamie...

Se la comió a besos.

—¿Todo bien por el piso, niña?

—El techo ha aguantado la nevada del siglo, que ya es mucho... Hablando de casa, te presento...

Roger, que se había quedado discretamente en la puerta de la habitación, dio un paso adelante. Con la chaqueta, tapaba el vendaje que llevaba en el brazo izquierdo.

—Buenos días —dijo él, alargando la otra mano.

—Y este joven...

—Es Roger. Lleva ya un tiempo en el piso. Es quien tiene la habitación alquilada...

—Oh... Creía que me habías dicho otro nombre... ¿Roger? No era Roger...

—Qué memoria, mamie... Roger es el hermano de Marcel, que...

—Eso. Marcel, ese sí. Porque pensé que se llamaba igual que aquel mimo que a ti te hacía tanta gracia...

—Nunca me ha hecho gracia Marcel Marceau. A mí la mímica me pone triste... Bueno, que es su hermano, que ha estado ocupando la habitación y que se llama Roger Narbona...

—Mucho gusto —dijo la abuela.

—Igualmente. Señora, he oído hablar mucho de usted.

—Yo, en cambio, ni siquiera sabía que usted existía...

—Mamie, por favor —saltó Barbara.

—¿Qué? Es verdad. ¿Es verdad o no, joven?

—Por supuesto, por supuesto...

Mamie Margaux, que no quería que su nieta se avergonzara, se disculpó.

—Usted, muchacho, nunca haga caso de las viejas como yo. Esto está lleno de gente en la edad de aburrirse.

—No me trate de usted, por favor...

En un abrir y cerrar de ojos, Roger había hecho el retrato de mamie Margaux. El pelo blanco peinado hacia atrás, las arrugas de la memoria en la frente y una piel de invierno con bastante color para llevar tantos días encerrada. Los dientes, que no eran suyos, encajaban bien en la sonrisa. Por encima de todo, lo cautivaron los ojos. Los mismos ojos vivarachos de Barbara. Quizá menos despiertos. De un verde cansado. La mano, con el gancho de la artrosis, la daba con bastante firmeza. Los dedos, huesudos. Las uñas, arregladas. A los ochenta y tres años, todavía no se le había aflojado el cuerpo. Ojalá mi madre llegue así de bien a su edad, pensó Roger, que seguía escondiendo la lesión de su brazo. Cuando los tres estuvieron sentados, habló Barbara.

—Ha pasado una cosa, mamie.

—Ay. —Se puso dos dedos en la sien para decir: «A ver lo que vas a decirme». Barbara le contó lo que les había pasado la noche anterior.

Habían salido a la calle cuando aún no se podía salir. Nada, solamente a dar una vuelta Roger y ella, para desentumecer las piernas después de tantos días en... Al entrar de nuevo en el edificio y subir la escalera, el perro de Jasper se puso a ladrar de lo lindo. Hulshoff no era un perro alborotador ni ladrador, bien lo sabía mamie Margaux. Por eso les sorprendió que les ladrase con tanta insistencia desde el otro lado de la puerta del segundo piso. Barbara lo llamó por su nombre, para que se callase, porque ya era de madrugada y porque aquellas demostraciones no eran normales, pero no hubo manera de calmarlo. Al contrario, la desesperación del animal iba en aumento. Al final decidieron llamar al timbre por si Jasper necesitaba algo, solo para preguntarle si todo estaba en orden. Pero no respondió. Una llamada, dos, tres... Nada de nada. El primer sueño, dedujo, debía de ser el más profundo. Lo llamaron por teléfono. Primero al fijo, después la móvil, y tampoco respondía nadie. A partir de ese momento se preocuparon. Antes de llamar a emergencias, habían intentado reventar la puerta a golpes, pero no había manera. Mientras esperaban que llegasen los bomberos, la ambulancia o quien fuera que pudiese ayudarlos, Roger subió al piso, abrió la ventana de su habitación y, asomándose por el patio de luces, miró por si veía algo en el lavadero de Jasper. Ninguna pista. Ni una. Pero sí intuyó una posibilidad. Vio que poniendo los pies en las tuberías del agua y arrimándose a las ventanas, podía bajar del quinto al cuarto, del cuarto al tercero y, con la misma operación, con un riesgo mínimo de matarse, se podría colar por la galería del lavadero de Jasper. Si Barbara hubiese sabido que Roger iba a intentar aquella heroicidad, se lo habría prohibido. Pero él, sin encomendarse a nadie, tiró por la calle de en medio. Un pie aquí, una mano allí, los dedos aferrándose al alféizar de un ventanuco de ventilación o al aparato del aire acondicionado del tercero, llegó al objetivo. Con un mínimo salto, puso los dos pies en la galería de Jasper. Al caer en el lavadero, se dio un golpe seco con la lavadora. Al instante notó un dolor en el antebrazo. Pero no podía perder tiempo. Primero tuvo que ganarse a Hulshoff con unas caricias para que lo dejase pasar y lo identificase como un amigo y no como un ladrón de pisos. Luego corrió a abrir la puerta por dentro. Y entonces fue cuando Barbara encontró a Jasper tendido en el suelo, en la cara un hililllo de sangre que le había salido por la nariz. Estaba tumbado cerca de la chimenea. Pero las brasas estaban prácticamente apagadas. El holandés estaba pálido. Llevaba camisa y jersey pero iba descalzo. Le buscó el pulso y aún respiraba. Mientras llegaba la ambulancia hicieron de todo para reanimarlo. Pero Jasper ya no volvió en sí. Cuando llegaron los de emergencias —una pareja de chico y chica que debían de ser médicos pero no se identificaron— ya se encontraron la puerta abierta y fueron al grano. Casi sin preguntar nada, lo manipularon precipitadamente, profesionalmente. Si no hubiese habido nada que hacer, quizá no habrían actuado con aquel celo. En cinco minutos tuvieron a Jasper estabilizado en la camilla y, entre los cuatro, como pudieron, lo bajaron por la escalera. «¿Ascensor?», preguntaron. «¿En Montmartre?», respondió Barbara. La camilla descendió muy vertical por los escalones de aquellos dos pisos hasta salir a la calle. Jasper, por suerte o por desgracia, no se daba cuenta de nada. Barbara subió con él a la ambulancia y le dio la mano, por si acaso. Era un ictus. Un derrame cerebral. No se sabe cuánto tiempo llevaba tendido en el suelo de casa con Hulshoff pidiendo auxilio. Ningún médico sabe decir, por el momento, si saldrá adelante. Las primeras pruebas del hospital indican que la afectación en el cerebro ha sido severa. ¿Volverá a caminar? No se sabe. ¿Volverá a hablar? Es demasiado pronto para decirlo.

Margaux respiró profundamente.

—Ay, señor... —Fue todo lo que dijo en un primer momento. Después de un tiempo en que parecía absorta, con la mirada perdida, añadió—: Pobre Jasper.

Y nada más.

Barbara y Roger respetaron aquel recogimiento espiritual. Parecía ausente, como si hubiese aprendido a encajar, con resignación, otro golpe de la vida. En la vejez, ya nada duele tanto. Cuando alguien ha pasado por lo que ella ha pasado, dosifica las lágrimas. Como si tuviésemos un depósito finito que, cuando llega al fondo, extingue las existencias, se resecan los ojos y buenas noches, final de partida. Cuando alguien ha pasado por lo que ha pasado ella, pensó Barbara, ya no quedan dioses que puedan convencerte de nada. Tal vez por eso mamie Margaux se había dado de baja del padrenuestro, de las velas al Altísimo y de las creencias en los milagros del Espíritu Santo. Ella se sintió abandonada con la muerte de Damien y con el accidente de Édith. Cuando la vida te ha arrebatado una hija, ya no hay Dios que te pueda embaucar.

—Un buen vecino, Jasper. Un buen amigo.

Dejaban que las sensaciones de mamie Margaux fluyesen a su ritmo.

—Te ha hecho mucha compañía todos estos años...

—No me gusta.

—¿El qué? —Barbara no entendió, de repente, el tono áspero de su abuela.

—Compañía. La palabra. Implica... Compasión.

—No tiene por qué.

—Cuando alguien viene a hacerte compañía significa que estás jodido. Y yo estaba mejor que él... Ahora ya se ha visto.

Roger se reía por lo bajini. Le gustaba el carácter rebelde de la abuela de Barbara. La necesidad de precisarlo todo le parecía un estímulo, una señal de inteligencia.

—Esperemos que lo supere, mamie. Los médicos dicen...

—Barbara —la interrumpió—. Bien mirado, quizá sería mejor que...

Cerró los párpados. Una sabía que el pronóstico de Jasper no era nada bueno. La otra lo intuía y se hacía cargo. Lo homenajearon con un silencio neblinoso, como si el pobre Jasper ya la hubiese palmado.

Para despistar, Barbara le arremangó el jersey a Roger y le mostró el vendaje.

—Este se hizo daño saltando por el patio. Te podrías haber matado, hombre...

—¿Qué te has hecho? —Mamie se interesó por Roger.

—Nada. Un golpe en la muñeca.

—¿Rota?

—No creo.

—Si lo pides, puede que aquí te hagan una radiografía...

—Un fotógrafo sin manos, imagínate tú lo que podía haber pasado...

—Muchacho, ¿te dedicas tú a...?

—Más o menos.

—Se pasa el día haciendo fotos pero nadie las ve. —Barbara lo provocaba—. Por eso dice «más o menos», supongo...

Roger no le hizo ni caso y se acercó a la abuela.

—Algún día me gustaría venir a charlar con usted. A hacerle compañía, no, que quede claro. A hablar de fotografía.

—Ven cuando quieras, guapo. Aquí estaré.

—No te escaparás, ¿verdad, mamie?

La abuela no escuchó la pregunta. Llevaba un rato pensando... Desde que había conocido la noticia de Jasper le daba vueltas a algo. Y no sabía cómo hilvanarlo. Al final lo soltó y adelante con los faroles. Qué coño, a su edad, ya no tenía que esconderse de nada. Aferró la mano de Barbara y se la puso encima del muslo.

—Tengo que decirte... Es sobre Jasper. Una cosa que no sabe nadie. Solo él y yo.

Barbara y Roger se miraron. Él hizo el gesto de despegar el culo del asiento.

—No, no es necesario que te marches.

—Prefiero... —Se levantó—. Te espero fuera, Bar. Voy a ver el árbol.

—¿Qué pasa, mamie? ¿Qué misterio es ese que no sé?

—Era una sorpresa para ti, pero ahora ya... Jasper estaba escribiendo un libro. No era un libro cualquiera. Era el libro de mi vida. Sobre los años de la guerra.

—Oh, vaya, mamie. Qué bonito.

—Él insistió. Le gusta escribir, se le da bien y me convenció para que yo le fuese contando cada episodio de la guerra. La entrada de los alemanes en París, mis padres, la ciudad para una adolescente como yo, la música, la locura por el oboe, las clases particulares con Damien... Tenía que ser una sorpresa. Yo hablaba y él le daba forma. Cuando hubiese terminado, te lo habríamos regalado. Yo decía: «Así mi nieta tendrá un recuerdo de mí y sabrá cosas que quizá no sabe». Y Jasper, en broma, decía que quizá tu editorial incluso querría publicarlo. ¿Cómo se llama?

—¿El qué?

—La editorial donde trabajas.

—Giresse & Trésor.

—Eso. Él decía a veces: «Puede que en Giresse & noséqué quieran publicarlo. Seguro que sacan libros de historias mucho peores. Y tu vida es de verdad».

—Y bien de verdad...

—Pero ahora... Nos hemos quedado a medias, pobre Jasper.

—¿Dónde lo tiene todo, en el ordenador?

—No, no. En el ordenador me parece que no. No sé si tenía siquiera... Primero yo bajaba una tarde a la semana, tomábamos té en su casa y le contaba un episodio. El día que fui a ver *Pedro y el lobo*, por ejemplo, y entonces él se pasaba siete días más para escribir un capítulo. Luego, cuando me vine a la residencia, era él quien venía aquí. Pero la rutina era la misma. Una semana hablábamos y la otra yo leía lo que él había escrito, a mano, a ver qué me parecía.

—¿Y?

—Era como si volviese a vivirlo. Deberías leerlo, Barbara... Aunque no esté terminado.

—Me apetece mucho, claro que sí, mamie. Es muy emocionante todo lo que me estás contando. Y qué callado os lo teníais.

—Siempre he creído que los secretos crean adicción.

La abuela miraba por la ventana. Roger tocaba las ramas de la vieja acacia como si pretendiera adivinar su edad.

—Jasper era un poco más joven que yo, pero teníamos la suerte, y la desgracia, de que era de un país donde Hitler también había entrado y... Nada le venía de nuevas, vamos. Yo decía algo y él captaba todas las sensaciones y los ambientes a la primera.

—Estamos hablando de él en pasado... Y no está muerto. Hasta se me pone la piel de gallina, mira.

—Pobre Jasper. Un derrame cerebral... Menos mal que pudisteis entrar. Ese chico...

—Roger.

—Qué valiente. Se podía haber roto la crisma.

—Desde luego que sí. Escribía... Entonces Jasper... ¿escribe a mano?

—A mano, a mano... Tiene una letra preciosa. Se entiende prácticamente todo. Escribe en unos folios grandes. Los guarda en una carpeta de color marrón. Yo lo llamaba color cachumbo y él se partía de risa. Ay, señor...

Mamie Margaux tuvo que contener una lágrima, solo una, que se deslizaba a paso de caracol. No se permitió dos. Dosificaba los restos del depósito. Barbara tampoco quería que su abuela se entristeciera más de la cuenta.

—De momento nos hemos quedado con Hulshoff. Lo hemos subido al piso, con nosotros...

—Buena idea. Muy bien hecho.

—No podíamos dejarlo allí solo. Y lo que decías del libro... ¿Por dónde ibais ahora, Jasper y tú? ¿En qué momento de tu vida...?

—¿El último día? Estábamos por... —Hizo memoria—. El último día... La última tarde que vino debíamos de estar hablando del nacimiento de Édith. De tu madre cuando era muy pequeña, sí. Pero eso aún no lo había escrito Jasper. Esta semana quedamos en que, cuando hubiese pasado todo esto de la nevada, me tocaba contar el último invierno de Damien.

—Y... ¿por qué no me lo cuentas a mí?

—¿El último invierno de tu abuelo?

—Eso nunca me lo has contado. —Quiso animarla—. Tengo derecho, supongo.

—Dile a tu amigo que entre, que se va a helar ahí fuera. —Miraba a Roger, andando alrededor del árbol con las manos en los bolsillos—. Es más que amigo, ¿verdad, niña?

—Mamie, por favor.

—En cuanto habéis entrado te lo he visto en la cara.

Barbara sabía que el veredicto estaba al caer.

—¿Sabes qué? Me gusta.

# 35. Toca una canción alegre

—Aquellos meses transcurrieron muy deprisa. Damien había tocado en el concierto de Debussy vestido con el uniforme de rayas de Buchenwald y la gesta había causado cierto revuelo. Su nombre, Damien Devère, llegó a salir en el periódico. Una noticia breve describía el hecho insólito de que el oboísta de la renovada Orquesta Pierné se hubiese presentado para tocar llevando puesto el pijama de rayas, pocas semanas después de la liberación del campo de concentración. La misma reseña, que recortamos y guardamos quién sabe dónde, se lamentaba de dos cosas: que no hubiese ninguna fotografía del acto y que el propio músico hubiese tenido dificultades para terminar el *Preludio a la siesta de un fauno* porque «algunos inoportunos ataques de tos» le impedían tocar el instrumento.

No le dimos mayor importancia. Los «inoportunos ataques de tos» detectados por el crítico del periódico iban y venían según el día, pero no les prestamos atención porque tampoco Damien parecía concederles importancia alguna. Se lo tomaba todo con silenciosa resignación, como un efecto colateral de su paso por el infierno. Uno de tantos.

Aquellos meses, como decía, todo el mundo estaba pendiente de mí, de mi embarazo y del nacimiento de nuestro hijo. Fue una niña. Édith. Tenía veinte dedos, nació sana y, cuando abrió los ojos, nos dio la impresión de que le gustábamos. ¿Qué más se puede pedir? El nombre lo elegí yo, Damien estuvo de acuerdo y quisimos que mi padre fuese el padrino de bautizo.

De todas aquellas primeras semanas, de los primeros meses con Édith en casa no me acuerdo de nada. Me queda la nebulosa de la felicidad, pero yo era tan joven, sabía tan poco y todo era tan nuevo que entre el pecho, los lloros, las curas, las atenciones y las limpiezas, la mía era una vida dedicada a Édith. Y menos mal de Damien, que siempre estaba, nos mimaba a madre e hija, y a todo el mundo le dijimos que era el padre de la criatura. Y, qué caray, lo era. Le pusimos su nombre, Édith Devère, para que no hubiese ninguna duda.

Pero con la llegada del invierno, Damien se debilitó de golpe. De repente se quedó sin fuerzas. La tos, a todas horas, iba a más. La salud, a menos. Sudaba por las noches, tenía escalofríos y el dolor vivo en los pulmones lo ahogaba. Él no nos quería preocupar, insistía en que no quería ser una molestia, pero había días enteros en que no se levantaba de la cama. Sencillamente porque no podía. Cuando parecía que estaba un poco mejor, comenzó a toser con sangre y entonces sí que hice que se levantara para ir a ver al doctor Bonnet, el veterano médico de la familia, que tenía un retrato de De Gaulle en la consulta.

Lo examinó del derecho y del revés. Lo auscultó. Le pegó la oreja a la espalda, le miró el fondo de los ojos, observó que el aliento le olía a fiesta vieja y enseguida nos dijo que el aire de mar podía irle bien. El doctor Bonnet había pasado a Damien por la pantalla y, antes de que pudiese abrocharse la camisa, ya le recomendó el remedio que debía curarlo: el Mediterráneo.

—Para los pulmones, mejor la Riviera que París —dijo con la credibilidad de una bata blanca y una voz grave. Nos sugirió, además, que no esperásemos al verano—. No se me ocurre nada mejor que la Côte d'Azur en invierno para unos baños de sol.

Nos lo comunicó con una mueca forzada que no supe interpretar. Al ser yo tan joven en aquel momento, no cacé los malos augurios acerca de los meses que se avecinaban.

—¿Y unas pastillas? —preguntó Damien, tan inocente como yo.

—Créanme. Prueben el aire de mar. Es el mejor remedio. En Saint-Maxime, por ejemplo, estarán muy bien.

La prisa del médico fue mi afán por marcharnos.

Nos desplazamos en tren hasta la costa. Vimos Francia por la ventana a toda velocidad, un día de viaje con Édith, el cochecito y las maletas, que Damien arrastraba con esfuerzo. Cuando yo lo tomaba de las manos, él me respondía con un «déjame» tan seco como pertinaz.

Nos instalamos en un hotel que nos recomendaron. Puede que fuese el único que había. Por entonces aún olía a nuevo y a papel pintado. La habitación, con una cuna de barrotes para Édith, si no la estrenábamos nosotros, poco faltaba. Era el hotel Centrum, un nombre que enseguida te ayudaba a orientarte en una población marinera con menos fama que las playas de los alrededores. Saint-Maxime era, en aquel momento, una ciudad sin turistas. Después de la guerra, pescadores y nada más. En invierno, prácticamente no había ni gatos.

Los primeros días estuvimos a gusto. El consejo del doctor Bonnet resultó ser mano de santo. Damien tosía menos, se encontraba mejor y tenía ganas de salir con nosotras. Dábamos paseos cortos junto al mar, en las horas de sol. Dejábamos que Édith jugase con la arena y se rebozase manos y pies. Nosotros nos sentábamos cerca para contemplarla y, menos meterse los deditos en la boca, la dejábamos hacer lo que quisiera.

—Se parece tanto a ti... —Me gustó que Damien me lo dijera, un mediodía, mientras escuchábamos la furia del mar—. Esa manera de levantar la cabeza y eso que hace, mirando a un lado y al otro, con curiosidad. Es como si todo le interesase.

Édith era dicharachera, espabilada. Curiosa, supongo, como todos los niños que disfrutan descubriendo que han ido a parar a un mundo de cosas bonitas. Les gustan las olas, los pájaros, los trenes, los perros, un coche de juguete, una muñeca de trapo, un pico de pan que chupar o la luna, que incluso tiene canción propia. En cambio, les asustan los ruidos y la gente de mal humor y los hombres con una sola ceja.

Nuestra hija, nunca lo dije en voz alta, también tenía algo de Damien. Sabía que era imposible, pero él la cogía en brazos y le hablaba y le sacaba la lengua y la hacía reír y la zarandeaba y se sentaba en el suelo para jugar con ella y le hacía cosquillas... Aunque solo fuese por la cantidad de momentos que pasaban juntos y las cosas que le decía con tanto amor, a Édith se le había pegado algo de él. Seguramente la pose.

Damien revivió en Sainte-Maxime. Parecía que definitivamente. Entramos en diciembre con la ilusión de creer que iba por buen camino. Él se animaba pensando que el doctor Bonnet había adivinado el modo de esquivar una enfermedad —maldita tuberculosis— que iba carcomiendo a tantos y tantos compañeros que habían podido salir vivos de Buchenwald.

Pero pocos días antes de Navidad, regresó la tos inoportuna. De repente, Damien volvía a pasarse las noches enteras sin dormir. Entre las pesadillas del campo de concentración, de las que no se había librado ni una sola madrugada, y el dolor que le causaban los pulmones cuando estornudaba, empalmaba los ocasos y los amaneceres como una nueva tortura. Para Navidad, el mismo 25, ocurrió algo triste, como si en el calendario de la familia estuviese marcado siempre cuando pasan las noticias graves. Tal día como aquel, un año antes había anunciado a mis padres que me había quedado embarazada. Un año después, viví otro acontecimiento en silencio. El hotel nos preparó una comida de fiesta servida sobre un mantel de hilo con bonitas cenefas. Damien, desganado, prácticamente no comió. Luego subimos a la habitación porque Édith dormía la siesta más a gusto en su cuna y él dijo que quería echarse, que le crujía todo. Lo dijo, pero no lo hizo. Vi que, de pronto, iba a buscar el estuche del oboe. No sé cuántos días llevaba sin abrirlo. Desde el momento en que llegamos a Sainte-Maxime, lo había dejado en una balda del armario y no lo había vuelto a mirar, como si no existiese. Entonces sí. Sacó el instrumento, lo montó, salió abrigado a la terraza y pensé: «Va a tocar». Yo lo miraba desde el interior, a través del cristal, con la puerta cerrada y la cortina abierta. Él, afuera, tenía la mirada perdida mientras sostenía el oboe con las manos. Ni siquiera se lo llevaba a la boca. Me imaginé lo que pasaba y, despacio, abrí la puerta sin hacer ruido y salí con él a la terraza. Me aproximé para situarme a la altura de sus ojos. Estaba llorando. Ahogaba los sollozos como podía. Intentaba controlar la respiración con las pupilas bañadas en lágrimas. Le di un beso y le dije: «Damien, saldremos adelante».

No me dijo ni que sí ni que no. Sencillamente, no me respondió. Cuando se hubo secado las lágrimas, me pasó el oboe.

—Toca una canción alegre, Margaux.

La petición. La frase que he escuchado, con su voz, cada día de mi vida me la imploró en el balcón de nuestra habitación del hotel de Sainte-Maxime. «Toca una canción alegre». Como si fuese tan fácil en aquel momento. «¿Qué toco yo ahora? —pensé—. Qué toco que lo anime, que conozca de memoria, que no lo aflija más de lo que ya está...». Me puse el oboe en la boca y pensé que algo sonaría. Me salieron los compases del pato, la melodía de *Pedro y el lobo*, las notas agudas de la felicidad del pato cuando consigue revivir.

A pesar de los nervios, de la sensación de estar cumpliendo unas últimas voluntades, me parece que salí airosa. No me aplaudió. Quien había sido mi maestro y quien era mi amor, no me aplaudió. Hizo algo mejor. Damien agarró mi mano y, mientras me la acariciaba, me dijo unas palabras que en aquel momento no quería escuchar pero que, con el tiempo, se me quedaron grabadas en el corazón.

*Me has hecho la vida mejor.*
*Contigo, todo ha valido la pena.*
*Gracias por dejarme ser el padre de tu hija.*

¿Se le puede decir algo más profundo a una persona? En la habitación de mamie Margaux se hizo una pausa. Ni la abuela, ni Barbara ni Roger estaban en condiciones de decir nada. Dejaron que una enfermera llamase a la puerta, entrase —con un vaso de leche manchado de café— y se marchase con un saludo amable que ninguno de los tres escuchó.

—Mamie... —interrumpió Barbara—. El hotel de Sainte-Maxime es al que me llevaste tú cuando yo era pequeña...

—El Centrum, sí.

—El verano que mamá estaba tan mal, ¿tú me llevaste al mismo pueblo, al mismo hotel en que habías estado con el abuelo?

—No había vuelto...

—Pero... Debió de ser una tortura.

—Yo no diría tanto.

—Muy duro, mamie, por el amor de Dios.

—No fue fácil. Pero tenía que volver.

—¿Lo hiciste por mí?

—No, no... —Mamie levantó el dedo como si estuviese en clase y supiese la respuesta—. Lo hice por mí. Necesitaba recordarlo. Ya hacía muchos años que había muerto, se me empezaban a desdibujar los recuerdos, su voz, el tacto de su piel... «¿Qué pasará si las vivencias se difuminan?», pensé. Tu madre estaba mal, tú eras un torbellino que tenía que distraerse y en tu casa no estaban para bromas. Fuimos de Arles a Sainte-Maxime, nos instalamos en el hotel Centrum, que ya estaba un poco trasnochado desde la primera vez, y estuvimos la mar de bien... ¿O no?

Barbara no sabía si reír o llorar. En el súmmum de la emoción, las dos cosas a la vez.

—Sí, sí... Para mí fue el verano de mi vida. Me dejabas hacer de todo, te tenía solo para mí y no recuerdo que... No sé. Yo era pequeña, pero no noté que tú estuvieses triste...

—Las abuelas no nos lo podemos permitir. Y cuando hay problemas, menos. Nosotras siempre tocamos la música alegre. Cuantos más contratiempos, más cara de fiesta.

—Pero... —se atrevió Roger a abrir la boca—. No quiero meterme donde no me llaman, pero... ¿y la nostalgia?

Mamie sonrió. Le hizo gracia la pregunta de aquel hombretón. Era la última cosa que pensaba que diría el forzudo que se había instalado en la vida de su nieta.

—Roger tiene razón... —insistió Barbara—. Tú me llevabas a jugar a la arena, a tomar un helado, las calles de Sainte-Maxime... A ti todo aquello debía de causarte una gran conmoción... Y yo no noté nada.

—La nostalgia, como la sal. En pequeñas dosis. Si echas demasiada, se te lleva al otro barrio en menos que canta un gallo.

Removió la leche del vaso, retiró la cucharilla y se le quedó un bigote blanco sobre el labio.

—Mamie... —Barbara no daba crédito a lo que acababa de descubrir. Nunca se sabe todo de la familia. Y quien no lo sabe todo, no sabe nada—. Tú fuiste allí a ponerte a prueba.

—A recordar, digámoslo así. ¿A ponerme a prueba? —Mamie se lo pensó—. No te digo que no. A superarlo, si es que hay algún modo de superar la vida y la muerte del hombre de quien te has enamorado.

—Los sedimentos de la memoria... Supongo que siempre están ahí.

—Vosotros dos sois demasiado jóvenes para saberlo... Una aprende a domesticar la memoria a base de años. La memoria regresa hasta que se va del todo... ¿Os he contado que Anine ya no se entera de la misa la media?

Barbara sabía que Anine era la amiga de la habitación de al lado, la señora encorvada a la que le había entrado la manía de preguntarle a todo el mundo «tú qué quieres ser de mayor». Pero no era el momento de hablar de nadie más que no fuese mamie, de quien estaba reescribiendo su vida a marchas forzadas. Decidió insistir en cómo debía de ser la difícil situación de ser una abuela que fingía que no pasaba nada pero que, por dentro, se le removía todo.

—Mira, mamie... Déjame que te lo diga. No me creo que fueras de piedra. Debías de hacer un gran esfuerzo para disimular, para estar contenta conmigo a todas horas. Seguro, vamos. —Barbara miró a Roger, buscando la complicidad—. Lo siento, pero me cuesta mucho creerlo.

Antes de que él pudiera decir nada, que tampoco tenía intención alguna de mojarse, mamie tomó un sorbito de café con leche, se secó los labios y bajó la barbilla para hacer una confesión.

—Un día sí. Un día, tú no te acuerdas, pero un día en la playa sí que se me puso la piel de gallina y tú me lo notaste. Incluso me preguntaste: «¿Qué te pasa, mamie?». Y yo, para no preocuparte, te dije que nada, me parece que me ha picado un mosquito, y empecé a rascarme el brazo con tanta energía que tú te reíste, me reí yo y acabamos corriendo por la arena huyendo de mosquitos que no existían.

—Eras una payasa.

—¿Qué pasó en la playa? —preguntó Roger, que no quería que se perdiera el hilo.

—Para fin de año, Damien tuvo una idea. Por la noche, él ya no se veía con fuerzas para aguantar las campanadas, Édith era demasiado pequeña y acordamos quedarnos en la habitación como si tal cosa, como si fuese un día cualquiera. Pero a él se le ocurrió celebrar la entrada de año de otra manera. Salimos del hotel y fuimos a la orilla a esperar que fueran las doce del mediodía. El día estaba encapotado, con algunas lenguas de sol que se agradecían porque del mar llegaba un aire gélido. Damien y yo nos descalzamos. También le quitamos los patucos a Édith. Yo llevaba a la niña en brazos y Damien, al acercarnos al agua, me dio la mano. Pusimos los pies en la arena fría, húmeda, y entramos hasta donde moría la resaca. El agua apenas nos llegaba a los tobillos. En aquel momento, Damien comenzó a contar olas. Cada vez que llegaba una, dábamos un saltito. Con la primera, el ritual me pilló desprevenida. Con la segunda, él se esforzaba por levantar los pies del suelo. A la tercera, lo lograba casi imperceptiblemente. A la cuarta, Édith se reía con nuestros brincos. A la quinta, éramos una pareja feliz. A la sexta, Damien las cantaba en voz alta. La séptima llegaba con espuma furiosa. A la octava salté para salpicarle los pantalones. La novena, a falta de campanas, olas. Lo recordaríamos para siempre. A la décima nos dijimos «te quiero». Con la número once, Damien miraba el horizonte tan concentrado que parecía que se estuviesen diciendo algo. La última... Bienvenidos a 1946. El año que murió tu abuelo.

# 36. Después de tantos días de un sol cobarde

París, al día siguiente, volvía a ser una ciudad normal. Después de tantos días encerrada en su paréntesis de nieve, los hábitos urbanos se quitaban de encima la sábana como si no hubiese pasado nada. El olor a panadería al salir el sol, los adoquines húmedos de buena mañana, el orgullo de las campanas de barrio, el mal humor a hora punta, el café con leche para llevar, los cláxones desbocados en un atasco perpetuo, niños-caracol con la mochila a la espalda, pilas de periódicos en los quioscos que van bajando poco a poco, el *bonjour* falso en el trabajo y, sin saber nunca dónde y cuándo, un suicidio en la vía del metro que colapsa dos líneas enteras. Aquella mañana, la lotería había tocado en la línea amarilla, la que debía llevar a Barbara a La Défense. Después de mucho tiempo en el andén sin ninguna explicación, la megafonía obligó a los pasajeros a abandonar la estación. Obediente, salió a la calle y cogió un taxi para ir a Giresse & Trésor. Quería estar pronto en el despacho para preparar la reunión de la noche. No siempre acudía el dueño de una editorial en persona para negociar la venta de unos derechos internacionales. Y Frode Arnesen, el editor noruego de Cappelen, se presentaba en París para intentar comprar la traducción del bestseller de Anne Delacourt. Su distopía sobre la revolución de las madres de alquiler ya se podía encontrar en veinte idiomas, pero en noruego todavía no. Barbara, que conocía a Arnesen de una antigua cesión de derechos, le había enviado una *love letter* para invitarlo a hacer una oferta por aquella novela sobre la gestación subrogada que estaba sacudiendo el panorama literario. Él, muy interesado en firmar el contrato, le había dicho que viajaría a París y que reservase mesa, que cenarían juntos.

Aún de noche, Barbara había salido de casa vestida para la ocasión, con el uniforme de las jornadas en que tenía una reunión donde debía hablar delante de gente. Camisola abotonada, traje de chaqueta de un azul gendarme, tacones de ir al grano y la esclava de Cartier que le había regalado su abuela porque ella ya no se la pondría. La indumentaria que le daba seguridad.

—Hoy llegaré tarde. —Fue lo último que le dijo a Roger antes de plantarle un beso. Luego se aseguró de llevar el vaporizador de perfume en el bolso.

—Te esperaré sin pijama —le respondió él, abriendo un ojo. Con las prisas de una y el sueño del otro, ninguno se dio cuenta de que las bromas se dicen medio en serio.

—¿Tú qué vas a hacer hoy?

—He pensado en volver a ver a tu abuela, si te parece bien... Le llevaré la foto de la bicicleta. A ver cómo responde.

—Sobre todo, cuídame a mamie. No la marees.

Roger se quedó en la cama hasta que el corazón le dijo basta. Hulshoff, cuando encontró un resquicio, entró a hacerle compañía. Ya se habían hecho amigos. Pero el perro aún estaba desorientado. El piso de Jasper mantenía la misma distribución que el quinto, pero los obstáculos no tenían nada que ver y le había costado coger confianza en el nuevo espacio. Acurrucados, ninguno de los dos tenía prisa alguna. Roger, antes de levantarse, dejó que la claridad se filtrase dentro de la habitación de Barbara. Después de tantos días de un sol cobarde, finalmente un atisbo de primavera. Un buen día para hacer fotos.

Lo celebró con una ducha.

Mientras se vestía, tuvo una idea. Le llegó como un relámpago y, de repente, la ocurrencia ya fue más fuerte que él. Tenía que volver a entrar en casa de Jasper. Como fuera. Se le había metido aquella locura en la cabeza y no conseguía quitársela de encima. Debía ir a buscar el manuscrito de la vida de Margaux. Si estaba allí, lo encontraría. Tenía que estar allí, sin duda, porque mamie había dicho que ella, en la residencia, no lo tenía. Y había asegurado que solo guardaban una copia en papel, que era la que trajinaban. En todo caso, la carpeta color cachumbo no podía haber desaparecido.

A falta de llave, Roger ya sabía el camino. Abrió la ventana del patio de luces y, otra vez, observó las cañerías para saber cómo debía ir situando pies y manos hasta llegar al lavadero del pobre Jasper. Esta vez no lo acompañaba la angustia de tener que salvar a nadie a contrarreloj. Podía calcular mejor cada paso, para no dar ninguno en falso. La clave era no mirar al vacío y no dar opciones al miedo.

En un santiamén estuvo en el cuarto. Del cuarto al tercero, arrimando la mejilla a la pared, le costó un poco más. Notó que la cañería se movía y pensó que si aquello se venía abajo, él iría detrás y, con mucha suerte, se abriría la cabeza. Con los dedos como piolets, se deslizó hasta poner el pie en la barandilla de los vecinos del tercero. Entró en el lavadero para tomar aire y para redefinir la estrategia y bajar el piso que le faltaba. Calculados los movimientos, llegar a casa de Jasper no fue difícil. Esta vez solo necesitó un par de brincos. El aterrizaje en el segundo también fue más suave, porque todo es más sencillo cuando existe una experiencia previa.

Antes de ponerse a buscar nada, se paseó por el piso. Apagó las luces que se habían quedado encendidas la noche en que los de emergencias se habían llevado a Jasper como si les fuese de un minuto. La casa olía de un modo que Roger ni siquiera había notado el día de autos. De humo de pipa de marinero, de tabaco holandés que lo impregnaba todo. También en el baño. Era un piso de un hombre solo. Un hombre solo con perro. Un hombre solo, viudo, con un perro tan vivido como él. Nada estaba muy limpio, nada estaba muy ordenado, primaban los grises, todo tenía un montón de años, los ceniceros estaban llenos y el polvo era un velo necesario en muchos rincones. La tele tenía barriga y el ordenador —si aquel era el ordenador que utilizaba— era un milagro que funcionase. En la cocina, los fogones parecían de época, comprados en un anticuario del *marché aux puces*. El tirador de la nevera, oxidado. La abrió por si hubiera algo que pudiese estropearse, en caso de que Jasper tardase tiempo en regresar. Si es que alguna vez podía volver a poner los pies en su cocina, porque de casa sabes cuándo sales, pero nunca tienes la certeza de que volverás a entrar.

Metió la fruta pocha en una bolsa y vació el culo de un cartón de leche en el fregadero. Luego se puso a buscar la carpeta. Roger recordaba bien la expresión que había usado mamie para describirla. Color cachumbo. En aquel piso, una carpeta así no desentonaría. Pero tampoco debería ser complicado encontrarla. Jasper no tenía ningún motivo para esconder los folios con la vida de Margaux Dutronc durante la guerra. Miró alrededor del ordenador. Nada. Ni siquiera le pareció que tuviese impresora. Buscó en los estantes donde había un montón de libros que parecían dispuestos al tuntún. Tampoco. En la habitación, al primer vistazo, nada de nada. Roger se recreó mirando el retrato de una mujer que estaba encima de la cómoda. Pensó que la señora Jasper había sido guapa. Y joven. La única foto que el viudo había enmarcado para exponerla en su altar íntimo era la de su mejor momento. La había elegido para mirarla cuando le apeteciera o para posar la mirada cuando le hiciese falta la dosis necesaria de consuelo. Al marco de plata también le habría ido bien bicarbonato y cepillo para volver a brillar como aquella pobre mujer que ya no era más que una imagen antigua.

La intuición hizo que Roger abriese el cajón superior de la cómoda. Allí, en el dormitorio, encontró el tesoro. La carpeta. Llámalo mostaza, llámalo beis, pero cachumbo también encajaba. Solo podía ser esa. Se sentó en el borde de la cama con la carpeta en las manos, retiró las gomas y extrajo el fajo de folios. Debía de haber unos doscientos. Los ojos se le fueron al inicio. Primera hoja, primer capítulo.

*El descapotable aparcó, sin estridencias, en la puerta del Théâtre du Châtelet. Del coche bajaron cinco soldados alemanes uniformados de la cabeza a los pies. Tenían una misión, determinación para llevarla a cabo y la consigna explícita de no ser antipáticos con los músicos. De la Conciergerie hasta la plaza del teatro solo había que cruzar el Pont-au-Change por encima del Sena. Podían ir a pie y habrían llegado enseguida, pero prefirieron presentarse con el coche. Imponía, asustaba y otorgaba oficialidad al encargo.*

El tipo escribía bien. Roger sacó el móvil del bolsillo y fotografió la carpeta y el primer folio. Le serviría para enseñarle el hallazgo a Barbara. Sin perder más tiempo, siguió leyendo. La historia le pasaba volando, pero no quería quedarse más tiempo allí, como un ladrón que se complace mirando las firmas de los cuadros que se lleva. Roger salió por la puerta del piso de Jasper y cerró de golpe. Con la carpeta bajo el brazo y la fruta para tirar, volvió al quinto para proseguir la lectura de la ocupación de París con los ojos de una adolescente que lo vivía desde dentro. De momento, el libro era la juventud de mamie. Había valido la pena volver a jugarse la vida por el patio de luces. De cómo lo había conseguido no le diría nada a Barbara.

Roger dejó la carpeta encima del sofá rojo. Para ir a la residencia solamente llevó consigo la cámara y el recorte de la revista antigua con el retrato de Margaux, de joven, montada en la bicicleta. Se moría de curiosidad por ver la cara de la abuela cuando viese su fotografía. En el libro de Jasper, de momento, no decía nada al respecto. Y si lo decía, él aún no había llegado. Había hecho una lectura en diagonal, recorriendo el texto con el dedo, buscando alguna de las dos palabras clave. Bicicleta/fotografía. Si es que estaban, las había pasado por alto.

Cogió el metro para dirigirse a la Viviani sin perder tiempo. Cuando llegó, mamie no estaba en la habitación. Hubieron de ir a buscarla al jardín terapéutico, al patio donde los compañeros fumadores daban unas caladas a hurtadillas, las enfermeras hacían la vista gorda y todos cruzaban los dedos para que no los pescase un inspector de sanidad.

—No me esperaba, mamie...

—El hermano de Marcel...

—Roger, sí.

—Eso. El hombre que le ha cambiado la cara a mi nieta.

—Ese es el mejor elogio que me han hecho desde que llegué a París.

Mamie Margaux dejó caer el coxis sobre el sillón alto, orejero.

—Pero la niña es mayor que tú...

—Ahora no lo estropee, mujer... —Intentó pasarlo a positivo—. Hoy todo eso ya no se mira.

—También tienes razón. Siéntate. —Le señaló el colchón—. No me hagas caso, que a todos los que estamos aquí nos han fabricado con un molde antiguo.

La cama estaba hecha y no quiso poner el culo. Se sentó en la silla del escritorio, que, dependiendo del momento, servía para cenar las tardes en que a Margaux le daba pereza salir de la habitación. A Roger le estaba costando encontrar el modo de iniciar la conversación.

—Barbara me ha dicho que no la maree mucho...

—¿Sabéis algo de Jasper?

—¿Jasper? Las últimas noticias son... —¿Cómo decirlo, cuando los médicos no son optimistas?—. Todo igual. No va hacia adelante pero tampoco hacia atrás, dicen.

—Puede que ya sea mucho. No se me va de la cabeza. Parece mentira, con lo bien que estaba...

—A ver si puede volver para escribir su historia.

—Eso bah. Todo aquello yo ya me lo sé.

—Pero está bien que quede escrito. Es un testimonio valioso.

—¿Para quién?

—Para Barbara, sobre todo.

—¿Valioso? —Lo pensó y se restó mérito—. No lo sé. Es una vida y nada más. Los recuerdos solo son recuerdos. Si pesan demasiado, molestan más que otra cosa.

—¿Usted piensa mucho en ello?

—Mucho o poco, no lo sé. Es todo lo que nos queda.

Hablando de recuerdos, zas. Roger encontró la grieta. Sacó la fotografía y se la puso en el regazo. No dijo nada. Solo contempló la reacción de la abuela, que cogió la foto con ambas manos sin saber qué iba a ver, se la acercó a un palmo de la nariz, la observó durante cinco segundos y la soltó de golpe. Como si le diera no sé qué tenerla entre los dedos, como si le disgustara tocarla. Levantó la barbilla al techo y cerró los ojos. La fotografía de la joven Margaux en blanco y negro, guapísima, montada en su bicicleta, volvió a descansar en su regazo. Roger no dijo nada hasta que la abuela, aún con los párpados cerrados, respiró hondo e hizo una pregunta:

—¿De dónde la has sacado?

Debía decir la verdad.

—Estaba debajo de la cama.

—¿Qué cama? —Mamie bajó la cabeza y abrió los ojos, para interrogarlo.

—De una caja de Banania. Estaba debajo de mi cama, yo iba a dejar la maleta y...

—Esta foto... La famosa bicicleta. Las pasamos canutas por culpa de esta maldita foto. Hacía un montón de años que no la veía. Un montón.

—Barbara me ha dicho que es usted. Tienen cierto parecido, las dos...

—¿La niña la ha visto?

Roger ni respondió. Con la mueca le bastó.

—Por supuesto que la ha visto. Y ¿qué ha dicho?

—Dijo que estaba rutilante. O algo por el estilo.

Mamie cabeceó.

—Ella no sabe la historia.

Roger se moría de ganas de preguntar «y ¿cuál la historia?». Pero no lo hizo. Se sentía mal por tener la primicia sin que Barbara estuviese presente. Fuera lo que fuese, debían escucharlo juntos. Por otro lado, le desagradaba la idea de apretar a mamie Margaux para que se soltase y, de repente, revelase aquello que llevaba guardando tantas décadas.

—Quizá Barbara lo lea en el libro de Jasper...

—Allí no sale todo. Hay episodios que duelen tanto que... Nos hicieron pagar muy cara esta foto. Mucho.

Roger permitió un silencio largo, para darle la oportunidad de iniciar el relato o que se lo continuase guardando para sí misma. Al final, se limitó a dar una información escueta.

—Esta fotografía está colgada en una exposición. En la Bibliothèque Historique de la Ville de Paris.

—¿Esta? —dijo más extrañada que alarmada—. ¿La mía?

—Sí. Esta y muchas más. Pero esta también. Han hecho una exposición sobre las diapositivas que un fotógrafo de la época hizo para una revista de propaganda nazi.

—¿Cómo se llamaba?

—*Signal*.

—Sí, la revista no. El fotógrafo...

Él pronunció el nombre despacio.

—André Zucca.

—Zucca, eso. Por supuesto. Ahora no me salía.

—Su madre era italiana, pero él era de París.

Repitió el apellido dos veces más y, como si la insistencia la hipnotizase, volvió a quedarse absorta, con la mirada perdida en el techo encalado.

—Si quiere le cuento, por mi parte, cómo ocurrió todo —dijo Roger.

Era cuestión de generar confianza para que mamie, si le apetecía, respondiese. Le contó que se instaló en la habitación de Marcel para pasar quince días en París, que vació la maleta y que encontró una caja debajo de la cama. De aquella lata de chocolate en polvo salieron muchas fotografías y recortes antiguos de una revista. París en los años cuarenta. Pero no le dijo nada a nadie. A Barbara todavía menos, para que no pensase que se dedicaba a husmear por los rincones. Después, mientras visitaba una exposición, se fijó en que una de las fotos expuestas en la BHVP era la misma que había visto en un recorte bajo la cama. Se las apañó para que Barbara lo acompañase a ver la muestra sobre los parisinos durante la ocupación alemana. Como quien no quiere la cosa, la dirigió a la sala donde estaban todas las imágenes de mujeres en bicicleta. Y, cuando tuvo la foto delante, ocurrió. Barbara reconoció a su abuela de dieciséis años. Diecisiete, quizá. Ella dijo que nunca había visto aquella foto. Él, en cambio, le confesó que sí. De vuelta en el piso, sacó la caja de Banania y, para sorpresa de Barbara, reconoció que la foto que habían visto en la biblioteca era la misma que estaba escondida en casa desde vete a saber cuándo. Durante más de sesenta años, seguramente.

—Más de sesenta —recalcó Margaux—. Cuenta tú mismo. Ahora estamos en...

—2008.

—Por culpa de esta foto pasamos un calvario. Toda la familia. Pero Zucca también. Después de la guerra, ellos tuvieron que cambiarse el apellido. Hasta se marchó de París, a un pueblo, con una identidad nueva. Pero fuimos a buscarlo...

—¿Quién? ¿Cómo que fueron a buscarlo?

—Jasper y yo. Jasper me acompañó.

—¿Y?

—Que lo encontramos. Vaya si lo encontramos.

Mamie, como si hubiese hablado demasiado, enmudeció de repente. Inmediatamente cogió la fotografía y volvió a acercársela a la cara. La miró con menos pesadumbre que la primera vez.

—¿Tú crees de verdad que Barbara se parece a mí?

—La nariz, los ojos, por supuesto... Las dos tienen algo. Elegantes y guapas porque sí.

—¿Quieres que te diga una cosa? —Por primera vez en toda la tarde, mamie Margaux mostró su bonita sonrisa—. Siempre lo había pensado.

Roger salió de la residencia cuando una enfermera le dijo que empezaban a repartir cenas y que ya no se admitían visitas. El corazón le iba a mil y tenía ganas de contarle a Barbara todo lo que había descubierto. Y lo que aún podían arañar. La llamó desde el mismo Square Viviani, junto al árbol más viejo de la ciudad. Sin embargo, al tercer tono le colgaron. Entonces le envió un mensaje.

«Tu abuela es genial. La foto de la bicicleta tiene mucha historia. Hay secretos que aún no sabemos».

«Ok».

«Entre la abuela, la foto y el libro de Jasper, me muero de ganas por contártelo todo. Hablamos cuando llegues».

«Ok. Perfecto. Un beso».

En el vestíbulo del Edouard VII, Barbara puso el móvil en modo avión, lo guardó en el bolso, sacó el vaporizador de perfume y roció un par de veces el interior de las muñecas. Por un pelo no la pilló Frode Arnesen. Lo estaba esperando por el ascensor y apareció por la escalera, ágil y bien plantado. El editor bajó al hall del hotel con los zapatos relucientes y el botón superior de la camisa desabrochado.

—Las corbatas ya solo son para la gente de números.

—Señor Arnesen... —Le hizo media reverencia.

—¿Te has fijado en que en el mundo de las letras nadie la lleva?

—Ahora que lo dices... —Barbara sonrió, sin darle del todo la razón.

Se dieron dos besos.

—Celebro verte, después de tanto tiempo... Estás igual, Frode.

—Tú, en cambio, estás mejor. —La credibilidad no dependía de sus ojos azules, sino de la convicción con que decía las cosas—. ¿Adónde me llevas a cenar?

—Aquí mismo. Solo tenemos que cruzar la calle. He pensado que te gustaría ir al Drouant, que es donde se entrega el premio Goncourt...

—¿El Drouant? Buena idea. Creo que no he estado nunca. Si es muy caro, pago yo. Si no, que invite Giresse & Trésor.

—En la escalera, subiendo hacia los salones privados, están todas las fotografías de los novelistas ganadores. Tiene mucho encanto. Te gustará.

—Así pues, vamos a hacer negocios —dijo el editor, ofreciendo el brazo para que Barbara se agarrase a él y cruzasen la avenida de la Ópera con paso distinguido.

Les dieron la mesa para dos, junto a la ventana, que Barbara había pedido expresamente cuando hizo la reserva. De buen grado aceptaron la copa de *champagne* de cortesía.

—Una manera interesante de comenzar la velada —dijo él, con un francés exquisito.

Frode Arnesen, petimetre, exhibía el orgullo de quien cree que ya no necesita el manual de instrucciones. Hablaba en voz baja, sonreía con modestia y tenía los dientes bien alineados. Incluso la gesticulación era elegante. Llevaba un traje gris marengo sobre una camisa blanca, bien planchada. Llevaba el cuello tan bien puesto que parecía acartonado. Los puños de la camisa sobresalían, simétricamente, más allá de las mangas de la americana. A los cincuenta, el editor noruego dominaba el hacer y el ser. A Barbara le bastaba mirar el cutis y las uñas de su interlocutor para saber si haría o no la venta. No solía fallar. Y Frode, que había ido hasta París para cerrar un acuerdo que podía haber hecho por pantalla desde su despacho en Oslo, lucía una bonita manicura y tenía la piel de los hombres que beben mucha agua. Durante la cena, ni la probó. Tiraron de vino tinto. Un Château Latour.

—¿Por qué me hice editor? Buena pregunta, Barbara. —Hizo memoria—. Seguramente todo fue culpa del tobogán. Un tobogán nuevo que pusieron en un parque infantil que inauguraron en mi pueblo, cerca del ayuntamiento. Yo debía de tener cuatro o cinco años y quise hacerme el valiente delante de mis amigos. Fui el primero en probar aquel tobogán rojo que era todo un acontecimiento en Sogndal. Subí la escalerita, me lancé con los brazos por delante, caí de cabeza en el suelo y, del porrazo, se me debió de mover una neurona. Siempre he pensado que algo, aquí dentro, se me debió de quedar fuera de su sitio para siempre, y por eso me he hecho editor. De otro modo, no se entiende.

—Me parto de risa contigo, Frode.

—Si no llega a ser por el golpe, ¿de qué iba yo a abrir una editorial?

—Pero si te encanta el trabajo que haces... Se ve a la legua.

—¡Mucho! Mi día a día es apasionante. Leer un puñado de manuscritos malos, aguantar los egos de los novelistas buenos, tratar con los ilustradores de portadas, que todos ellos llevan un rey dentro... ¿Preparar un discurso para la presentación de un libro a la que asistirán siete personas, dos se dormirán a mitad del acto y otra se largará antes de acabar? ¿Para reunirme con agentes literarios a los que les interesan mucho los números y muy poco las letras? ¿Para...?

—Para conocer gente interesante, también.

—Eso es cierto. —Barbara desarmó a Frode Arnesen—. Negociar unos *foreign rights* contigo lo compensa todo.

—Veo que el golpe en la cabeza también te afiló la ironía.

—No, no, te lo digo de verdad... Cenar contigo, cenar aquí, en París, ¿qué más puedo pedir?

—¿Tal vez que te venda los derechos de Anne Delacourt?

—Eso lo cerraremos tomando una copa en mi hotel.

—Yo las copas solo las tomo para brindar, cuando he cerrado un buen acuerdo.

—Este lo será. Bueno para todas las partes.

Antes del postre ya habían establecido las cláusulas importantes del contrato. Entre la cesión de derechos y la salida de *Mañana* traducida al noruego no podía pasar más de un año. Cappelen debía reproducir el mismo diseño de portada que había hecho Giresse & Trésor y que habían copiado el resto de ediciones en todo el mundo. La editorial francesa garantizaba que Anne Delacourt se comprometía a un viaje de dos noches a Noruega para un acto de presentación con la editorial, un encuentro con lectores en una biblioteca pública y un mínimo de ocho entrevistas. El hotel para la autora, de cuatro estrellas para arriba. El vuelo París-Oslo, en primera clase. A cambio, Cappelen pagaba cincuenta mil euros por la exclusiva de los derechos de la obra al noruego en tapa rústica. De los *royalties* de las ventas, el 10 por ciento para la autora, el 10 por ciento para Giresse & Trésor. Esas eran las condiciones. Por ahí o por la puerta. Frode Arnesen intentó regatear, pero solo consiguió que lo invitasen a cenar.

Con los *petits fours* sobre la mesa, un camarero les preguntó si deseaban tomar café, infusión, una copa... Él dijo que sí, un expreso. Ella dijo que no.

—Si tomo café, no dormiré.

—¿Y? —Con una sola letra lo dijo todo. Con la pausa posterior, los ojos atlánticos del noruego delataron las intenciones.

—Frode... —Sonrió—. Esta es una cena de trabajo.

—Y tenemos que celebrar que hemos cerrado un acuerdo por el libro de...

—Ya hemos brindado. Y ya está bien.

—El Edouard VII tiene una terraza magnífica en la

azotea. Seguro que preparan gintonics. Y verás el Palais Garnier como nunca lo has visto.

—¿Vas a ser tú quien me enseñe a mí París? Como sois los tíos, por favor...

—¿Te espera alguien en casa?

Barbara, antes de responder, apuró la copa de vino y se enjugó los labios sin prisa.

—No. No me espera nadie.

# 37. Un sentimiento nuevo

Sonó el timbre. Roger, en la cama, no movió ni una pestaña. Le molestó que volviesen a llamar con insistencia. Fuera quien fuese, tenía la voluntad de despertarlos. Perezosamente, cogió el móvil de la mesilla de noche y miró la hora. Las ocho en punto. Pensó: «Ya te cansarás de llamar, gilipollas». Pero Hulshoff ladraba cada vez con más insistencia y el escándalo, entre el timbre y el perro, iba en aumento. Le sorprendió que Barbara tampoco se levantase. Seguramente había vuelto tarde de la cena de trabajo, se tumbó encima de la cama y se quedó roque. No recordaba que le hubiese dicho «buenas noches, ya estoy aquí». Al noveno timbrazo, Roger se levantó de mala uva. Salió de la habitación, apartó a Hulshoff con la pierna y descolgó el interfono.

—¿Qué pasa? ¿Se quema algo?

—¡Sorpresa!

—¿Quién eres?

El auricular crepitaba, Hulshoff no ayudaba, un camión estaba descargando de buena mañana en la esquina de Chappe y Tardieu y no se oía bien lo que le decían desde la calle.

—¡Roger! ¡Soy Marcel!

—¿Marcel?

—Tu hermano, ¿recuerdas?

—Hostia, tío. Sube.

Roger corrió a su habitación para ponerse los calzoncillos de la vigilia y una camiseta básica. Barbara tenía la puerta cerrada y Roger, para avisarla de la visita inesperada, entró sin llamar. No había nadie. La cama estaba hecha, impecable, y Barbara no se había escondido en el armario para salir de repente y decirle *buongiorno*. O bien no había ido a dormir, o bien se había levantado muy temprano y se había marchado. Ni rastro de ella ni de sus cosas. Ni del teléfono, ni las llaves, ni una brisa del perfume.

—¿Barbara? —llamó por el piso a media voz.

En la cocina tampoco estaba. Ni en el baño. Se había esfumado.

—Joder, tete, vaya recibimiento... —dijo Marcel cuando llegó a la buhardilla.

Había entrado en el piso y se lo había encontrado medio dormido, desorientado y con unos calzoncillos con las gomas dadas de sí. Al lado del cactus gigante, parecían dos pasmarotes. La planta pinchaba, él también.

Se dieron dos besos.

—No te esperaba, Marcel, ¿qué coño haces aquí?

—Tengo una habitación en este piso, ¿recuerdas?

—Pero así, sin avisar... —Se quitó una legaña.

—Vengo de Barcelona. He cogido el avión antes de las seis... Y he pensado que como no estuvieseis... Yo no tengo llaves. Tú tienes las mías, ¿verdad?

—Por supuesto.

—¿Y este?

Hulshoff le olisqueaba el bajo de los pantalones.

—Es una larga historia. Se llama... Da igual. Es de un vecino.

El labrador, que andaba a la cuarta pregunta, miraba al recién llegado con la esperanza de que le tirase algo que llevarse a la boca. Jasper lo alimentaba mejor.

—Es guapa, la perra.

—Es un perro.

—¿Y Barbara?

—Es hembra, sí.

—¿Qué? —Entre hermanos, las bromas se captan a la primera—. Ella tampoco quería abrirme la puerta, ¿verdad?

—Debe de estar sobando. —Con el codo, señaló la puerta de Barbara—. No hables tan alto.

—¿Dormís en habitaciones separadas?

—Siéntate, tete, siéntate... —Roger estaba incómodo—. Me doy una ducha y salimos a dar una vuelta...

—A desayunar, mejor.

Marcel se dejó caer en el sofá rojo. Lo hizo ruidosamente, al estilo de los hombres a partir de los cuarenta.

—Pero ¿estáis enrollados o qué?

—Que te he dicho que no grites... —Se puso el dedo en perpendicular a los labios y miró hacia la habitación de Barbara para que el hermano mayor entendiese que en aquel momento no podía hablar.

—¿Sí o no? —insistió Marcel en voz baja.

Dudó.

—Ya te lo contaré.

Literalmente, no podía hablar de ello. De pronto, Roger no entendía qué había pasado esa noche. ¿Dónde estaba Barbara? La ducha lo espabiló, pero no logró quitarse de encima un sentimiento nuevo. Lo llaman celos.

Bajaron a pie hasta la Rue Véron y se sentaron en la terraza de Chez Richard, que apenas tenía tres veladores para la gente de paso. Las mesas de mimbre, alineadas de lado con el respaldo pegado al cristal del restaurante, miraban hacia una calle con poca vida. Roger saludó al dueño, que salió a atenderlos con un paño en la mano.

—No sabía que también erais un bar de mañanas...

—No podemos desaprovechar a los turistas que van hacia arriba...

—Ni los que van hacia abajo... —remachó Marcel.

—Creía que solo hacíais menús de mediodía.

Richard, al pie del cañón, no estaba para sociologías de andar por casa. Esperó a que le cantasen la comanda. Dos cafés con leche, dos cruasanes y vas que chutas.

Marcel saltaba de un tema a otro, como si le diesen cuerda. Quería saberlo todo de Roger, de las fotografías que estaba haciendo y, sobre todo, de Barbara, la dueña del piso que había sido tan insípida con él y que, por lo visto, se había quitado las penas con su hermano. De repente, al abogado le daba por hablar de él. Le contaba anécdotas del caso que había ganado en... O del granizo que había caído en el aeropuerto de Barcelona justo en el momento de embarcar. De pronto, reparó en que no había contado lo más importante.

—¿Tú sabías que mamá se había caído?

—¿Mamá? No...

—Un porrazo de padre y muy señor mío, en la calle.

—Primera noticia.

—Iba sola a la carnicería, con su bastón, tropezó con un escalón y...

—¿La has visto?

—Sí. La rodilla pelada y la torcedura de la mano, nada. Los golpes, bueno. Lo peor es que está baja de moral.

—No fastidies. ¿Ha cogido miedo?

—Más que el daño, ahora se le ha metido en la cabeza que otra caída como esta y se irá al otro barrio.

—No me ha dicho nada. Qué raro.

—Pero ¿la has llamado?

—Cada semana.

—Roger...

—Cada diez días... O quince, tanto da. Aquí hemos estado muy ocupados...

—Ya me lo imagino, ya...

Marcel soltó una risita. Roger le cazó las segundas intenciones.

—No, hombre, no. Con la nevada y todo eso, quiero decir... Tendrías que haberlo visto. Ha sido impresionante. De cualquier manera, mamá me lo podía haber dicho.

—Ya sabes cómo es. Se lo queda todo para ella.

—Eso es muy Bazin.

—Totalmente. Pero llámala, coño, tío. No cuesta nada, cada semana, una llamadita.

—¿Has venido a regañarme o...?

—No. Solo me preocupo por tu parte de la herencia.

—¿La mía? Pero si a mí me dejará el doble que a ti. A ti nada. A mí, nada de nada.

Se rieron con ganas. Roger, con la última miga de cruasán en la boca, se levantó con un impulso súbito.

—Entro a mear.

Fingió que iba al servicio. Miró a un lado y a otro, por si veía a Laurence. Esa mañana tenía ganas de verla.

—Al fondo, escaleras abajo... —Richard lo orientó y le encendió la luz del pasillo.

Todo era cutre, oscuro. Roger tuvo que cuidarse de no tropezar con un cubo que había en medio del paso, una trampa para los clientes.

—¿Ella... entra a trabajar más tarde?

—¿Quién?

—La chica que...

—¿Laurence? Ja.

Aquella risa seca lo dejó descolocado.

—¿Tiene fiesta hoy?

—Ya no trabaja aquí. Menuda pieza.

—¿Cómo? ¿Le ha pasado algo?

Richard se aproximó para hacerle la confidencia.

—La chica era rarita. Tenía muchos problemas. ¿Es que tú no le veías la cara de pocos amigos que gastaba siempre?

—¿Y se ha marchado?

—A la fuerza.

—¿La has despedido? —Atónito—. Pero ¿por qué?

—Si te lo contase no lo creerías. No quiero ni decírtelo... Cuarenta años en la cocina y no había visto nunca algo así. Te juro que yo eso aún no lo había visto...

Roger esperaba la resolución con las manos en los bolsillos. Cuando comenzó a sospechar que Richard no se lo iba a contar, se tuvo que mojar.

—Pero ¿qué hacía?

Poco importaba que el establecimiento estuviese vacío. Richard de le acercó todavía más.

—Escupió en el plato de un cliente.

—¿Perdón?

—Lo vi yo, en persona...

No podía creerlo.

—Pero ¿por qué?

Ni siquiera le había preguntado el motivo a Laurence. Richard no quería ni explicaciones, le dijo: «Haz el favor de quitarte el delantal y ya puedes marcharte». Ni paga, ni indemnización, ni negociación, ni paro... ¡A la calle!

Roger regresó a la mesa secándose las manos en los pantalones. No había encontrado papel por ninguna parte.

—Y tú ¿qué? —le preguntó Marcel.

—¿Yo? —No sabía a qué se refería.

—Las fotos. ¿Has venido a París a hacer fotos o a follar?

—¿Son incompatibles?

Marcel, comediante, se puso serio.

—¿No te lo habían advertido?

—Qué burro eres, tete.

Después de partirse de risa, Marcel insistió.

—Las fotos, te decía. ¿Qué tal? ¿Has hecho algo que valga la pena?

Roger se frotó la barbilla.

—Ahí voy... Estoy aprovechando la beca, me parece. De hecho... —Se moría de ganas de contarlo, pero, al mismo tiempo, no quería comentarlo con nadie—. Estoy preparando una cosa... Es un proyecto... No quiero decirlo en voz alta. Lo llevo en secreto.

—¿Es que ya te haces el artista?

—No es eso. Conocí a una mujer, en una fiesta en el canal Saint-Martin. Una fiesta de la editorial donde trabaja Barbara. Fuimos juntos, de hecho, y me la presentó ella. Me dijo que era galerista o que tenía contactos o no sé qué... Total, que al final de la fiesta me dijo que si alguna vez me apetecía enseñarle mis postales, ella las miraría con mucho gusto...

—¿Postales?

—Era una manera de hablar.

—Despectiva, sí...

—Dejémoslo en que era una broma social. ¿Que la mujer iba un poco sobrada? Puede ser. En ese ambiente y en París... En aquella fiesta todo el mundo cagaba plata. Pero le he ido enseñando cosas por email, ha visto fotos y la mujer está muy interesada en que hagamos algo juntos. Algo diferente, y el proyecto, si me sale bien, será la hostia.

—Y es secreto...

—No quiero que se entere Barbara. No hasta que lo vea.

—Pero yo soy tu tete, soy tu hermano...

—Prefiero no hablar de ello. Ya sabes cómo soy.

—Como tu madre, sí. Los dos tozudos como una mula. Aunque sea solo una pista, venga, Roger...

—Una pista y nada será lo mismo.

—Prueba a ver...

—Muy bien. —Se lo pensó—. Te lo diré con una palabra: bicicleta.

—¿Bicicleta? —También Marcel fingió que rumiaba durante un instante—. Ya lo tengo. *Le Tour de France*.

—Frío, frío. No voy a decirte nada más.

Con circunloquios de abogado, con chantaje fraternal, con argumentos de chichinabo, Marcel echó el resto, pero no lo consiguió. Roger era una tumba.

—¿Y tú? —le preguntó para pasar página—. ¿Por qué has vuelto a París así, sin decir nada?

—Tengo una buena noticia. Vengo a recoger mis cosas. Me voy. Me envían a Londres.

—A Londres. ¿Tres meses?

—Un año. De momento. Un despacho de Fleet Street, de esos donde los abogados son ciento y la madre, necesita a alguien con mi perfil. Cuatro idiomas, sin familia ni vínculos, posibilidades de viajar y que domine las fusiones de empresas, compraventas complicadas, marrones internacionales... Y voy a ir.

—Bravo. Londres es todavía mejor que París.

—La mala noticia es que la habitación de la Rue Chappe, si la quieres, a partir de ahora te la tendrás que pagar tú.

—Naturalmente. —A Roger le salió de dentro—. Entre tú y yo... Si me quedo, espero que no me la cobre.

—¿Te la tiras para ahorrarte el alquiler?

—No, joder. No es eso. ¿Te crees que todo el mundo es como tú?

—¿Qué quieres decir? —Marcel se hizo el ofendido, pero le gustó el concepto que su hermano tenía de él.

—Esto sí te lo cuento, venga... El otro día, Barbara me dijo que le gustaría que me quedase con ella. A vivir. No lo dijo así de claro, pero se entendió.

—¿Y? ¿Qué piensas hacer?

La mueca de Roger lo delató.

—Hoy, precisamente hoy, no es el día apropiado para hablar de ello.

—Pero ¿cuántos años tiene Barbara? ¿No es mucho mayor que tú...?

—No jodas. No tanto. Tiene ocho más.

—¿Ocho más? ¿Y lo estás sopesando?

—Es una posibilidad.

—¿Has pensado en que cuando tengas cincuenta y nueve ella tendrá... sesenta y siete?

—Marcel, tío... Primero, a los sesenta y muchos llegarás tú antes. Segundo, que nadie puede asegurar que mañana cenará en casa. Hasta llegar allí pasarán un millón de cosas. Tercero, con razonamientos antiguos como esos no creo que ganes muchos casos. Ni aquí, ni en Londres ni en ninguna parte. Y cuarto...

—A ver, esa miradita lastimera que gastas...

—Mira, te lo voy a contar. He conocido a la abuela de Barbara, y si a los ochenta tiene los mismos ojos y la vitalidad que tiene esa mujer, creo que me gustará mucho estar con ella.

—Roger, empiezas a preocuparme. A ver si te vas a pillar también por la abuela...

—Ay, Marcel, tío, eres un cerdo... Haces las mismas bromas que cuando tenías veinte años.

—Oye, que será tu problema, yo solo te aviso de los peligros de la vida, como tu abogado que soy.

En el momento en que dejaron de pincharse, Richard salió a retirar platitos y tazas. Marcel dejó un billete de diez encima de la mesa y volvieron a casa. De camino, a la altura de la Rue des Trois Frères, Roger recibió un mensaje en el móvil.

«¿Dónde estás?».

Así de escueto. Barbara le preguntaba dónde estaba. Ella. La que había salido para una cena de trabajo y no había vuelto a casa. Roger no sabía si responder. Ni qué responder. Oía el parloteo de Marcel a su lado, como un carbonero con su incansable cháchara, pero no seguía el hilo de lo que le decía. Ya no. Se estaba acercando a la esquina de casa, intuía que Barbara estaría arriba, suponía que querría hablar pero no sabía hacia dónde los llevaría la conversación. Ella, que, hasta donde él sabía, parecía que no soportaba a los hombres... De repente... Quizá le diese una explicación sobre lo que había ocurrido con el editor noruego, danés, sueco o de donde cojones fuese con el que se había ido de cena. No podía tardar en contestar su mensaje. Pero qué.

—Calla un momento, por favor. Mira, una cosa, Marcel... —Se pararon en mitad de la calzada—. No puedes subir. Necesito hablar con Barbara. Hablar con ella a solas. Esta noche ha pasado una cosa y, si tú subes... Ahora... Va a ser... Te pido una cosa. Algún día te lo contaré. Pero te pido que te vayas a dar una vuelta. Ve donde te apetezca, ve a dar un paseo, a ver a los pintores de la plaza, no sé...

—Y ¿qué les digo, que me hagan una caricatura al carboncillo?

—No tiene gracia. Te lo pido por favor. No vuelvas hasta la hora de comer.

Marcel miró el reloj.

—¿Dos horas paseando? Menos mal que aquí se come pronto...

—Por favor, tete.

Comprendió que, fuera lo que fuese, estaría molestando, y le hizo caso.

—No te preocupes por mí. Volveré después de comer. Llamaré a algún amigo del despacho para...

—Gracias.

Roger le dio un beso en la mejilla y se marchó. Sacó el móvil del bolsillo y respondió al mensaje mientras continuaba hacia arriba.

«Ahora voy».

Igual de corto. Y de poco comprometido. Meramente informativo.

Subió hasta el quinto sin descontar escalones. Solo pensaba en qué Barbara se iba a encontrar. Arrepentida y a la defensiva, habladora y sincera, o ni una cosa ni la otra. Puede que actuase como si nada, aparentando que todo aquello nunca había pasado. Y si ella no sacaba el tema, él... ¿qué? ¿Debía dejarlo correr, rascarse el picor, tragarse el sapo y aquí paz y después gloria? Introdujo la llave en la cerradura con recelo.

—Hola, soy yo —dijo con una entonación que no era ni carne ni pescado.

Procuró no dar un portazo al cerrar. Barbara estaba sentada en el sofá rojo, inmóvil. La tenía de espaldas y no le veía la cara.

—Hola.

Parecía gimotear. Roger no hizo nada de lo que había pensado que haría. La vio débil y le dio por ponerse delante de ella, con una rodilla en el suelo. Tenía la mano sudorosa. Había llorado. Los ojos hinchados y la nariz enrojecida la delataban. Tampoco daba la impresión de que quisiera disimularlo.

—Eh, ¿qué ha pasado? —le salió, con un aire paternal—. Cuéntame hasta donde quieras... No te he visto esta mañana y... Yo no juzgo, Barbara. No estoy aquí para hacerlo...

Ella se tomó su tiempo. Se sobrepuso para poder decir tres frases seguidas, con orden y con calma, como a ella le gustaba hacer las cosas. No era una mujer dada a desatar tempestades. Retiró la mano que tenía debajo de la de Roger y se la puso encima. Respiró hondo para dar con las palabras.

—He tenido que ir a ver a mamie Margaux. —Se le cayó una lágrima—. Tenía que darle una mala noticia.

—¿Qué ha pasado?

—Jasper. Ha muerto.

# 38. Guárdate siempre un secreto

—Salí de la cena. Era tarde. Vi un montón de llamadas perdidas. Había estado con el editor noruego cerrando el acuerdo y todo se había alargado más de lo previsto. Cuando nos acabamos la última copa, devolví la llamada a un número largo que no tenía en la agenda. Era del hospital. Me dijeron que yo era el contacto de Jasper Repp. «Mal asunto», pensé. «Señora Barbara Hébrard, la llamamos para comunicarle que...». Cuando oyes ese verbo ya entiendes la gravedad de lo que va a venir a continuación. «Esta noche, cuando faltaban dos minutos para la medianoche, ha fallecido Jasper Repp».

—Podrías haberme avisado...

—Y ¿qué habrías...? Ya no podías hacer nada.

—Acompañarte, por lo menos.

Pasó un ángel.

—También es verdad... —Se encogió de hombros—. No quería...

Ni Barbara se sentía bien ocultando la verdad, ni Roger quería escuchar media mentira. En cualquier caso,

Jasper estaba muerto y la excusa era impecable. No tenía aristas.

—Pensé que no tenía ningún sentido ir al hospital... Si me venía a casa no podría dormir y me pareció que lo más conveniente era contárselo a mamie.

—¿Has ido a la residencia?

—He estado con ella. Toda la noche, sí.

—Qué prisas...

—Podía haber esperado a hoy, quizá sí. Pero ella me lo ha agradecido.

—¿Y te han dejado entrar de madrugada? Con lo estrictos que son con los horarios de visita...

Ella temió que la coartada empezase a tambalearse.

—Les expliqué que era una emergencia, les dije lo que había pasado y... En el fondo los de la Viviani son buena gente.

—Muy humanos, sí. —Asomó la retranca de Roger.

—¿No te lo crees? —Barbará aguantó la respiración.

—Claro que sí, mujer. Solo digo que... Eso, que me extraña... —Al menos que no pensase que se chupaba el dedo. Luego prefirió no continuar por el camino de pinchos—. Y ¿cómo se lo ha tomado tu abuela?

Mamie Margaux, al conocer la noticia, soltó un oh redondo, sacudió la cabeza, muy apenada, y enseguida dijo que quizá mejor así, pobre Jasper. Luego cerró los ojos, para volverlo a ver. Para escuchar su voz. Para oler su piel de tabaco holandés. Hacía solo diez días que su vecino del segundo, el viudo de la mutua compañía, el dueño de Hulshoff, el escriba de su biografía secreta, era un hombre con energía. Y en un santiamén se había convertido en un fardo, con las manos en garra y la lengua roma. Y ya, desde aquel mismo momento, había pasado a ser un recuerdo. Tal y como se habían sucedido las cosas, Margaux se alegraba de no haberlo visto después del ictus y de haber conservado una última imagen suya vigorosa y elegante. Un señor.

Barbara respetó aquellos momentos de recogimiento de mamie. Un velatorio compungido y sereno por su amigo. Su abuela solo abrió los ojos cuando oyó por el pasillo que se acercaba el carrito del desayuno. Cada mañana el mismo ruidito-tortura. Barbara, sentada en la cama, le recorrió las venas de la mano.

—Me gustaría encontrar el escrito de Jasper sobre tu vida.

Margaux esbozó una sonrisita traviesa.

—¿No lo sabes?

—¿Qué? Dime...

—Roger me ha dicho que ya lo tiene y que quiere darte una sorpresa. Sobre todo no le digas que me he chivado. —Entonces fue la abuela quien acarició la mano de Barbara—. Es majo ese chico.

—¿Qué te ha dicho exactamente?

—Nada. Que había encontrado la carpeta de Jasper en su casa y que cada noche leeríais un trocito en voz alta. Un día tú y un día él.

—¿Eso te ha dicho?

—Jasper escribe muy bien. Escribía...

—Y es tu vida, mamie. Es apasionante. Y la del abuelo Damien es una historia de película.

La enfermera del carro dijo: «Buenos días, Margaux», descorrió la cortina de un tirón, le dejó el desayuno aburrido encima de la mesa auxiliar y cerró la puerta de un golpe de viento. Tal y como había entrado, se fue, con el afecto justo y la cantinela entrenada.

—Allí no está todo.

—No te entiendo, mamie... —Barbara no sabía si se refería al desayuno, a la habitación o de qué le estaba hablando.

—En el relato de Jasper no está todo.

—Ya sabíamos que no estaba terminado. Tú nos contaste lo que pasó después de la liberación. El regreso del abuelo, el concierto, vestido con la ropa de Buchenwald...

Mamie Margaux movió la cabeza de lado a lado. Barbara no podía saber a qué se refería.

—Falta un episodio de después de la guerra, de años después. Jasper y yo no nos poníamos de acuerdo en cómo contarlo y decidimos dejarlo para el final.

—¿El último capítulo?

—Podríamos llamarlo así... Para cerrar la historia, sí.

—Vaya. De sorpresa en sorpresa.

A mamie le apeteció darle un beso a su nieta.

—Guárdate siempre un secreto, Barbara. Que nadie lo sepa todo de ti. Solo tú.

—Me guardo el consejo, mamie. Pero... ¿podemos ir

a ese último episodio no escrito o quieres tenerme en ascuas un poco más?

—Jasper tuvo un papel fundamental.

—¿El pobre Jasper? Me desconciertas. —De pronto Barbara se moría de ganas de saberlo todo—. ¿Cómo titularías ese capítulo?

Mamie se lo pensó. Cogió la tostada de pan integral y volvió a dejarla en el plato. La noticia de la muerte de Jasper le había quitado la poca hambre que tenía.

—El día que fui al encuentro de André Zucca.

Barbara se espabiló de golpe. Su abuela, uña y carne... Con lo mucho que la quería, ¿cómo es que aún podía descubrir cosas nuevas de ella? Le levantó un poco más el respaldo del colchón. Le retiró la mesita y se dispuso a escuchar el capítulo más inesperado.

—Un día, Hilde y Jasper me dijeron: «Prepárate, que mañana iremos de excursión». Era algo que hacíamos en ocasiones... Un sábado, tres o cuatro veces al año, el matrimonio me llevaba de paseo. Esto debía de ser a mediados de los años sesenta. Yo tenía, más o menos, cuarenta. Todavía no era esta piltrafa que soy ahora. Fue un día festivo en París y en el resto del país las tiendas estaban abiertas. Lo sé porque yo no tuve que pedir permiso en la zapatería. Salimos temprano, con su coche, y me dijeron que iríamos hacia el valle del Loira y que a ver hasta dónde llegábamos. Yo me dejaba llevar. La idea, por lo que me dijeron antes de salir, era almorzar en

Dreux. No sé si has estado. Tiene una capilla real y un centro histórico que... Bueno, bonito. Pequeño, no demasiada gente, una villa tranquila en aquel momento. Jasper lo conocía bien. Por su empresa de quesos, siempre viajaba a todas partes y veía a gente y comía en buenos restaurantes. Siempre me llevaban a sitios que merecían la pena. De camino, Jasper me dijo: «Tengo que contarte una cosa». Lo recordaré siempre. Él conducía, Hilde iba a su lado y yo, sentada detrás, en el medio para mirar hacia delante y no marearme, encontré los ojos de Jasper por el retrovisor. Por el modo en que coincidieron nuestras miradas, supe que estaba a punto de decirme algo importante. De esas sensaciones que notas al instante, ¿sabes? Y sí. Va Jasper y me dice: «Lo he encontrado». Y yo: «¿A quién?». Y él me responde, así, tal cual: «Al hombre que te hizo la fotografía». El fotógrafo de la revista. Yo me quedé de piedra. Y recuerdo que le dije: «Pero ¿de qué hablas?». Y entonces Hilde se gira y me dice: «Jasper lleva mucho tiempo investigándolo. Ha movido cielo y tierra para encontrar a... ¿cómo se llama?».

—André Zucca —respondió Jasper—. Bueno, ahora se ha cambiado el nombre.

—Si han pasado veinte años de la liberación, imagínate cuánto tiempo ha pasado —dije.

Hilde abrió el bolso que siempre llevaba en el regazo y sacó un sobre apaisado. Y dentro del sobre, la foto. Yo, de jovencita, montada en la bici, con el moño alto. Hacía años que no la veía. Ni pensaba en ella. Ni en la foto, ni en el fotógrafo ni en todos los problemas que había acarreado a la familia. Sí sabía que, terminada la guerra, mis padres habían estado un poco pendientes de qué había pasado con la gente de la revista *Signal*. Habían visto que Zucca había sido juzgado y algún día lo habían comentado, pero yo le había perdido el rastro. Entonces yo tuve a tu madre, Damien se puso enfermo y tenía otras muchas preocupaciones... Por extraño que te parezca, yo prácticamente me había olvidado de toda aquella pesadilla de Zucca. Pero Jasper no. Se había enterado de nuestra historia, se le metió entre ceja y ceja y quiso saber qué había pasado en el juicio. Había recogido mucha información y tenía documentos y cosas que me iba contando camino de Dreux. Me iba recordando detalles que yo seguramente había sabido en algún momento pero que había olvidado. Si liberaron París a finales de agosto, en octubre detuvieron a Zucca. A él y a todos los que trabajaban para la revista. El *dossier Signal*, se llamaba el caso. Los llevaron a todos a juicio. A él también, y salió bastante bien parado. Lo acusaban de colaboracionista. Ante el tribunal juró que él «era leal a Francia pese a las apariencias», y lo absolvieron. Pero lo condenaron a la sombra. Le cayó la pena de la indignidad nacional, que fue una salida que se inventó De Gaulle para evitar la revancha excesiva de los franceses contra los franceses. Era un castigo político, pero no penal. O tuvo suerte o padrinos que lo salvaron. Eso sí, se le impedía regresar al fotoperiodismo y, como quien dice, se le obligaba a un semirretiro. La sombra era eso.

No podría publicar sus fotografías en ningún periódico ni ninguna revista, nunca más. Ante semejante panorama, alguna salida debía encontrar para trabajar, porque Zucca no era tan mayor. Tirando del hilo, Jasper habían sabido que durante la guerra, precisamente, también vivía en Montmartre. Aquello sí que me impresionó. Saber que se movía por los mismos lugares que nosotros... Escucharlo me causó una especie de escalofrío, ya me dirás qué bobada, ¿verdad? La cuestión es que, por lo que supo Jasper, meses después de la sentencia, Zucca desapareció del barrio y huyó de París. Nadie volvió a saber nada de él. Ni de él ni de su familia. Todos se esfumaron. Con estos pocos datos, Jasper, más tozudo que nadie, se puso a buscar. A estos holandeses, cuando se les mete una idea en la cabeza ya sabes cómo son. Y decidió dar voces. Estaba buscando una aguja en un pajar y se le ocurrió una buena idea. Cuando menos, original. Te vas a reír, Barbara, pero te aseguro que las cosas fueron tal cual me las contó el matrimonio Repp a mí en Dreux. La empresa de quesos que dirigía Jasper vendía camembert por todo el país. Un día convocó a toda su red de comerciales, un equipo de vendedores que cada semana visitaba cada rincón de cada departamento para colocar sus quesos. Les mostró una fotografía de la cara de Zucca —una foto que en la que salía repeinado y con una pipa en la boca— y les dijo: «Estoy buscando a este hombre, ayudadme a encontrarlo. Es, casi, cuestión de vida o muerte. Solo sé que trabajaba en París, que se marchó después de la guerra, que debe de tener unos sesenta años y que es fotógrafo». Y añadió: «Estoy seguro de que está en Francia. Buscadlo. Vosotros que tenéis contacto y confianza con los comerciantes, con las vaquerías y con las queserías de villas, de pueblos, de ciudades pequeñas y no tan pequeñas, hablad con la gente. Preguntad. Seguro que alguien, en algún lugar, podrá deciros algo. Si es francés, seguro que come queso. Se llama André Zucca. Puede vivir con un nombre falso, puede haberse puesto peluca. No descartéis ninguna posibilidad. Aquel de vosotros que me traiga una buena pista, recibirá una recompensa: dos meses de vacaciones pagadas. Un buen premio». Y lo encontraron. Costó, pero lo localizaron. Jasper me lo contaba mirando a la carretera, Hilde se reía a su lado y yo no daba crédito. El comercial que se trabajaba la zona del departamento de Eure se le presentó en el despacho y le dijo: «Monsieur Jasper, no estoy seguro al cien por cien, pero me parece que he encontrado un filón interesante. Ojalá sea él. En Dreux, en un callejón, hay una tienda de fotografía que abrieron hace quince años. Trabaja en ella un hombre solo, sin ningún ayudante. Se llama André. No se llama Zucca, pero André sí. Hace fotos de bautizos, comuniones y bodas. Mucho reportaje de boda. Me han asegurado que se gana la vida con eso. Es muy discreto y nadie sabe dónde vive. Quien me lo ha contado, me asegura que en Dreux no duerme. Pero la tienda la tiene allí». Y le pasó la dirección. Y allí nos dirigíamos, los tres, en el coche de Jasper, aquel sábado que se convirtió en un día de nervios.

En Dreux nos costó un poco aparcar. Después de tanto tiempo en el coche, salimos a estirar un poco las piernas. A mí me temblaban, y les decía a Hilde y a Jasper: «¿Estáis seguros de que vale la pena que vayamos a buscarlo? ¿Y si no es él? Y si es, ¿qué le digo? ¿Y si se lo toma mal...?».

—Te acompañamos nosotros. No pasará nada. Me dijeron que el establecimiento era muy pequeñito, con puerta de cristal y un solo escaparate de ventana. Enseguida llegamos.

Y la encontramos.

La tienda de fotografía estaba bien situada. Era una calle estrecha, pintoresca, a cien pasos de la capilla real. Los coches podían circular por un solo carril, pero no recuerdo que pasase ninguno. De hecho, nosotros caminábamos por la calzada para acercarnos al establecimiento y observar si desde fuera podíamos avistarlo. La tienda estaba encajonada entre una mercería y la farmacia más céntrica de Dreux, que hacía esquina. Era un buen reclamo para que la gente que fuera a comprar un jarabe pasase por delante del escaparate y supiese que allí revelaban carretes y hacían fotografías de estudio.

—Entro y digo que me haga fotos para el pasaporte —dijo Jasper, decidido.

—Y tú lo acompañas, como si fueses su mujer —apuntó Hilde.

—¿Y tú? —pregunté mirando a mi vecina.

—Yo me quedo paseando por aquí... A mí estas cosas me ponen muy nerviosa.

En un abrir y cerrar de ojos, abrió el bolso, sacó un sobre con la fotografía y me lo plantó en las manos.

—¿Qué haces?

—Puede que lo necesites —dijo antes de escabullirse calle abajo.

Jasper y yo nos quedamos solos, más allá de la farmacia. Nos miramos con una sonrisa temerosa. Ambos teníamos la garganta seca. Despacio, a paso de turista distraído, nos aproximamos a la tienda por el lado de la farmacia. Dentro había un hombre, sí. Un dependiente en mangas de camisa, arremangado, que andaba atareado con la guillotina sobre el mostrador. Al percibir una sombra frente a su escaparate, alzó la barbilla.

—Es él —murmuró Jasper.

No había ninguna duda. Tenía un gran parecido con el de la fotografía de la pipa. Cara limpia, cabello escaso y, el poco que tenía, engominado hacia atrás. Madurito, ni gordo ni flaco. Tenía cara de buena persona. No parecía que le preocupase ser descubierto. Yo, debajo del abrigo, no podía dejar de temblar. Tiré de la manga de Jasper, para impedirle dar el paso. Pero en el mismo instante en que yo estaba haciendo el gesto, él abrió la puerta y, sin saber cómo, ya estábamos los dos dentro. *Bonjour, bonjour*. Todo muy amable.

Jasper preguntó si hacían fotografías para pasaporte y el tendero dijo: «Ha venido al lugar indicado, pase». Lo condujo a la trastienda. Había allí un estudio tan austero que apenas cabía la banqueta, la máquina fotográfica y un flas que despedía luz a más no poder. Entraron ellos dos y yo me quedé en la tienda sin tocar nada, con miedo a curiosear. El establecimiento atufaba a química, a líquido de revelado. De fondo se oían voces de hombres charlando, pero no era capaz de escuchar lo que decían. Disparó unas cuantas veces, eso sí. Jasper volvió a la tienda mientras se ponía el abrigo, que se había tenido que quitar. Me guiñó un ojo y entendí que era una señal, pero no sabía muy bien de qué. A su espalda, el fotógrafo sacudía el papel satinado para que fuesen apareciendo las cuatro caras idénticas de Jasper. Su muñeca era diestra abanicando, un gesto que —supuse— había hecho miles de veces. En aquel momento, Jasper sacó la cartera del bolsillo y, con toda la naturalidad del mundo, soltó la frase que yo no esperaba oír:

—¿Qué le debemos, señor Zucca?

El fotógrafo dejó de ventilar las fotos del pasaporte y miró a Jasper.

—Me parece que se confunde —sin inmutarse.

—¿No es usted André Zucca?

—André sí. André Piernic. ¿Nos conocemos?

—Nosotros no... —dijo Jasper—. Pero a ella seguro que la recuerda.

Cuando Zucca posó la mirada en mí, quise morir. De haber podido, me habría marchado de la tienda, habría huido de Dreux, habría regresado a París, habría metido la cabeza bajo la almohada y habría llorado hasta que el corazón me hubiese dicho basta. Pero no me dio tiempo. Jasper me arrebató el sobre de las manos, sacó mi foto de la bicicleta y la dejó encima del mostrador.

—Buena foto, Zucca —dijo el holandés.

El hombre ya no negó que fuese él. Se tocó la nuez del cuello, se bajó las mangas de la camisa y volvió a mirarme.

—¿Es usted? —me preguntó.

Indiqué que sí con la cabeza.

—Tenía diecisiete años. Nos arruinó la vida.

—Lo siento —contestó, bajando la mirada—. No recuerdo el momento.

Y entonces sucedió algo sorprendente. Jasper agarró la copia de la foto de la bicicleta del mostrador, dejó los ocho francos de las fotos de pasaporte y se marchó.

—Te espero fuera —se limitó a decir.

Y allí estaba yo. Sola. Cara a cara con André Zucca o André Piernic, lista para un duelo inesperado. No estaba preparada para aquella conversación, pero cuajé —creo—, una buena actuación. Se me hizo largo el momento, antes de poder decir nada. Debieron de pasar unos pocos segundos cuando, de repente, solté la pregunta, esa que se les hace a los criminales.

—¿Por qué lo hizo?

Él resopló. En un gesto inconsciente, se abotonó los puños de las mangas.

—Yo era fotógrafo de prensa. Era trabajo. Tan solo era un encargo.

—Pero trabajó para ellos.

—Yo no era uno de ellos. Nunca lo fui. ¿Qué tenía que hacer? No podía negarme. Una vez que entraron los alemanes...

—Podía huir, como tantísima gente.

—¿Y condenar a la miseria a mi familia? No podía negarme. La alternativa era siempre peor. Me tenían atornillado. Sabían que me habían condecorado como héroe francés en la primera guerra mundial, les gustaban mis fotos... Me mandaron a la revista, me dieron carretes muy buenos, me dieron película en color, que no la tenía nadie... Cuando te cogen y entras en la espiral del miedo, cuesta mucho salir de ahí...

—Y se convierte en su cómplice.

—Eso no es así, señora...

—Margaux. Margaux Dutronc, yo no tengo que cambiarme el nombre para ir por la vida.

—Señora Dutronc, mire. A mí me juzgaron y me absolvieron. Yo era un profesional y todo eso el tribunal lo entendió. Yo no era uno de esos colaboracionistas... Yo fotografiaba aquello que veía. Documentaba un momento concreto de la historia. Ese era mi oficio.

—Usted... —¿Lo digo o no lo digo?—. Usted utilizaba la cámara como arma.

—¿Yo? —se ofendió—. Es mi trabajo. Yo soy un cazador de imágenes. Mostraba la realidad. Y punto.

—La usaba como arma de propaganda, por supuesto que sí. ¿Qué era *Signal*, si no una repugnante revista de propaganda? Y sus fotos... ¿de qué eran? De niñas guapas en bicicleta por París, de niños jugando en el zoo, de las terrazas llenas del Café des Deux Magots, la moda, las gafas de sol, los zapatos de tacón a pesar de todo... Usted enseñaba la belleza de París para que el mundo pensase que éramos felices, que aquí no pasaba nada, que los alemanes incluso nos estaban haciendo un favor y aquí continuaba la fiesta...

—Yo... —Zucca cabeceaba, incomprendido—. Y ahora ¿qué quiere que yo le haga?

Yo no le permití que me interrumpiera. De repente, me salía todo, sin arrugarme.

—Usted ocultaba el horror. No fotografiaba las colas del hambre. Ni los muertos, ni los refugios. Ni el miedo, ni el frío. La maldad, señor mío. Estaba allí, presente. A todas horas. La barbarie. ¿Dónde están sus fotos de los soldados de Hitler desfilando a todas horas como si fuesen los reyes del mundo? ¿Dónde, las de la gente con la estrella que los marcaba como judíos, igual que se marca a un cerdo en una granja? ¿Tampoco hizo fotos de la razia del velódromo de invierno? —Golpeé el mostrador con la página—. ¿Por qué publicó todas esas? El enemigo siempre salía bien parado en su revista.

—Eran los años de plomo. Todos hicimos lo que pudimos.

—Pero unos lucharon más que otros.

—Ahora es muy fácil hablar... Pero en cada familia hubo de todo. Todo el mundo lo sobrellevó como...

—Que la cuestión era sobrevivir es verdad. Pero que muchos se dejaron la piel en ello, también. Pero hubo quien luchó, hubo quien se resistió. —Tomé aire—. Usted mostraba la felicidad de unas personas que no lo eran. Eso no era enseñar la realidad.

—Todo aquello también existía. Yo ponía el visor...

—Sí, por supuesto. Para contarle al mundo que los franceses estábamos tan derrotados, tan entregados, tan adaptados a la nueva vida que precisamente esa era la gran victoria nazi. Yo me sentí utilizada.

Negó con la cabeza. Por un momento me pareció que Zucca podría rendirse. Tan solo bajó el tono.

—Eso no es justo. Yo fotografiaba lo que ocurría, lo que había en la calle. También hice fotos de la liberación. Los americanos entrando en París, la fiesta de agosto, todo eso lo tengo documentado. Guardo todas las diapositivas en color. Las tengo clasificadas. Se pueden ver.

—A última hora, el último día, muchos intentaron cambiar de bando cuando vieron huir a los alemanes. Esos fueron los peores...

—Yo, por decirlo en sus propios términos, trabajé para el enemigo, pero también contra el enemigo.

—No me venga ahora con una película de espías. El peligroso jugo del agente doble.

—¿Qué pretende, que le ponga mis remordimientos sobre el mostrador? Yo no soy un traidor —dijo, furioso por primera vez—. Mis fotos...

No dejé que terminara.

—Si no eres un traidor, no te cambias de nombre.

En cuanto escuchó esto último, desapareció. Se dirigió al estudio y me dejó sola, sin decirme nada más. Por un momento tuve dudas de si yo estaba en peligro allí dentro. A través de la ventana del escaparate, miré por si veía a Jasper y a Hilde, por si debían socorrerme. Estaban al otro lado de la calle, no demasiado pendientes de mí, la verdad. Como mucho, Zucca pasó un minuto en la trastienda. Regresó más calmado.

—¿Puedo hacerle una pregunta?

—Pruebe.

No sabía por dónde me iba a salir. Incluso llegué a pensar que sería el momento en que iba a pedirme algún tipo de disculpa.

—¿Cómo me ha encontrado?

—Uf... Eso... Cosas de Jasper. No se lo puedo contar.

Zucca se resignó y no insistió. Cuando me vio con la mano en el picaporte, me dijo una última cosa.

—Llévese las fotos de su marido.

—¿Perdón?

—Para el pasaporte.

—No es mi marido. Aquí nadie es quien aparenta ser.

# 39. Qué quieres ser de mayor

Roger escuchó, inmóvil, todo el relato. Barbara se había puesto en la voz de Margaux, en la piel de Zucca, y él había entrado en la escena.

—Vaya vida la de tu abuela. Es una caja de sorpresas.

—Mamie me iba contando el encuentro, palabra por palabra, y no me lo creía. A Barbara, una noche sin dormir, se le escapó un bostezo—. Mira que por mi trabajo he leído todos los argumentos. Pero su historia no le va a la zaga a ninguna.

—Deberías publicar el libro. Coges el texto de Jasper y le añades este capítulo final. El encuentro con Zucca...

—Parece mentira que nunca me lo hubiese contado. Es tan discreta para algunas cosas... Ella me dijo: «No te habría servido de nada saberlo antes, niña». Y yo le dije: «Mamie, nada es insignificante y nada debe ser olvidado».

—Precisamente por eso tienes que escribir el libro.

—Yo no soy editora.

—¿Y qué? Vas a Giresse & Trésor, les dices que tienes este material y te lo quitarán de las manos.

—Tú lo ves clarísimo, ¿verdad?

«Hasta te lo traducirán al noruego», estuvo a punto de decir Roger, pero supo aparcar a tiempo la mala leche y prosiguió como si nada. Las cosas que no se dicen no existen.

—¿Cuál es la pega?

—No lo sé... He pensado en ello, no te digo que no, pero... Cómo se nota que no es la historia de tu familia.

—Eso es cierto. —Roger forzó el rictus—. Una vida recogiendo manzanas no tiene mucha trama. Tres generaciones de manzanas, cajas y granizadas... Tanta rutina sería aburrido. Y sobre final de mi padre, del que puede que sacásemos un thriller interesante, mi hermano no nos deja meter las narices.

—¡Tu hermano! —saltó de pronto—. ¿Dónde lo tienes? ¿Dónde está Marcel?

—Buena pregunta. ¿Dónde está...? No tengo ni idea. Vagabundeando, supongo. Ya dará señales de vida.

—Y tú ¿qué planes tienes?

—¿Yo? —Lo descolocó—. Tampoco lo sé. ¿Y tú?

—Te lo preguntaba por si me acompañas a la residencia. Mamie me ha dicho que tiene una cosa para mí... Hace buen tiempo. Podemos ir paseando.

—¿Hoy no tienes que ver al editor noruego?

—¿El de Cappelen? —La pregunta la pilló a contrapelo—. Lo cerramos todo ayer. La novela de Anne Delacourt ya es suya. Arnesen volaba a Oslo esta mañana.

Roger esperó por si Barbara deseaba añadir algo más. Ella descontaba los segundos antes de que la bola se hiciese más grande. Había inquietud en la trastienda de sus ojos.

—Pues mejor así.

—Mejor así, sí.

Y nunca volvieron a hablar de ello.

Bajaron de Montmartre hasta la estatua de Churchill y giraron por el puente de Alexandre III. Caminaban sin prisa junto al río. Miraban los quioscos de los buquinistas y, de vez en cuando, se paraban a ojear las viejas revistas de moda o las postales de cielos de París de otra época. Luego, para evitar el ruido de los coches, bajaron en busca de la tranquilidad perenne de la ribera. Hay lugares que no han cambiado en sesenta años. La orilla del Sena es uno de ellos. Varían las personas que pasean por allí, las que se ríen, las que plantan el caballete para pintar una luna humeante, los que se tumban encima de un jergón para pasar la noche, los que orinan contra una pared, los que sellan el amor con un baile improvisado y los que le roban el reloj a un turista despistado. El escenario es el mismo, siempre allí, sin estridencias. Resisten los años, las piedras, los puentes y los árboles. Solo mudan los protagonistas. De todos aquellos, ya no queda ninguno. Ni ninguna de las palabras pronunciadas sobre aquel decorado. Todo se ha evaporado. Todo el mundo ha ido hacia abajo sin remisión, auténticos transeúntes de la vida.

—En la exposición de Zucca impresionaba ver, en

plena guerra, tanta gente tomando el sol aquí... ¿Este es el puente del Carrousel?

—Aquí es donde se bañaron mamie y mi abuelo... Es uno de los pasajes más bonitos del libro. Jasper lo ha descrito muy bien.

—Lo recuerdo. Te emocionaste cuando lo leíamos.

—Es tremendo pensar que pasó aquí. Y que por toda esta zona se bañaban los soldados alemanes. Dejaban el uniforme y el arma y... Me entran escalofríos cuando pienso en la de lugares donde han pasado cosas importantes que luego el tiempo borra. Y el lugar se mantiene intacto, como si cada vez fuera virgen. Quien diría que, justo aquí, mamie Margaux... —Barbara se detuvo seco y le cambió la cara—. Tengo una idea.

Roger la cazó al vuelo. Los ojos de gato la delataban.

—No me mires así, Bar, porque yo no me voy a tirar.

—¿No lo harías por mí?

—¿Quieres que pillemos el tétanos? ¿Tú has visto cómo baja esa agua...?

—¿No lo harías por mis abuelos? —ella, dócil—. Aquí vivieron su hora sublime...

—A veces todavía me sorprendes. ¿En serio tú te bañarías en esta agua?

Decidió el momento hasta responder:

—¿Yo? ¡Ni de coña!

Echó a correr. Roger la persiguió, con cuidado de no pisarle los talones. Le gustaba esprintar detrás de aquella melena que se movía sola. En la risa de Barbara percibía la belleza acogedora.

Cuando la atrapó, pasearon de la mano, en silencio, para recuperar el aire en el itinerario de paz. Para cambiar de orilla cruzaron el Pont des Arts y continuaron el paseo de los adoquines desgastados. Al fondo, las torres de Notre-Dame eran el faro. Roger la acompañó hasta la puerta de la Viviani.

—Me vuelvo a casa. Me ha escrito Marcel. Va a pasar a recoger las cosas. Cojo el metro y voy para allá.

—¿Tienes que ayudarlo?

Sacó el llavero del oboe del bolsillo.

—No tiene llaves. Y voy a decirle adiós... Si mes das permiso, claro —socarrón.

—Cuando te haces el inocente, me das tanta rabia... —Le pellizcó la mano—. No te vayas con Marcel, ¿me oyes?

—Me has leído el pensamiento. ¿Cómo es que lo has adivinado? Tienes poderes, Barbara.

—¡Eres tonto, eh! —Le dio con el puño en el pecho—. No te rías de mí, como mínimo.

—Recuerdos a mamie... —Optó por poner cara de buen chico—. ¿Puedo decirte una cosa?

Barbara abrió las manos.

—Adelante.

—Me gusta que te preocupes tanto por ella.

—No, no te equivoques. Yo también creo que la cuido a ella, pero es ella quien todavía me cuida a mí.

Junto al árbol más viejo de París se dieron un abrazo sólido y largo, como si no fuesen a volverse a ver.

Mamie Margaux olía a colonia fresca. Consciente de que

Barbara estaba al caer, se había fumigado con el vaporizador que guardaba en la mesilla de noche por si acaso. No quería que oliese los hedores rancios de residencia ni que notase que tenía mala cara. Se repeinó hacia atrás con el peine. Consideraba que llevar marcas de almohada en la cabeza era de viejas y tenía fijación con ir siempre bien peinada. También forzó el sonsonete cuando su nieta entró en la habitación.

—Buenos días, preciosa.

—¿Todavía estás viva, mamie?

—Todavía, reina mía. —Se esforzó por sonreír—. Un día me lo preguntarás y no contestaré.

—Te dejo las lenguas de gato en la mesilla. Que te duren unos días.

—Chocolate con leche.

—Con leche. ¿Cómo estás?

Podía disimular, pero Barbara la conocía demasiado bien. Para empezar, ya la había visto tristona. Y no tardó en sonsacarle el porqué.

—Son días difíciles. No pensé que la muerte de Jasper... Aquí los días pasan muy despacio. Tienes mucho tiempo para reflexionar y piensas cosas y recuerdas... En el último momento he decidido hacer una cosa. No sé... A ver qué te parece.

Abrió el cajón de la mesilla de noche, guardó el peine y sacó un sobre.

—¿Una carta?

—Sí. —Se la entregó a Barbara.

—¿Para mí?

—No. Al final he decidido responder a Anine. Ya sabes, la mujer de la habitación de aquí al lado...

—Que ya no sabe dónde tiene la cabeza...

—La que me pregunta siempre por lo mismo, cinco veces al día.

Barbara desplegó la carta. Eran cuatro hojas manuscritas por una sola cara.

—¿Puedo...?

—Te he pedido que vinieras para que la leyeses.

—Qué honor, mamie.

—Le he dedicado muchas horas... Hacía mucho tiempo que no escribía nada y no sé si tiene mucho sentido, a estas alturas, todo lo que pueda decir una cacatúa como yo.

—Por favor... —Barbara se sentó en el sillón, al lado de la ventana—. No digas esas cosas, mamie.

—A ver... —Tenía los antiguos nervios de esperar la nota de un examen—. A ver qué te parece.

*Querida Anine:*

*Me preguntas qué quiero ser cuando sea mayor. Me lo preguntas una y otra vez, con esa insistencia tan tuya de las ideas circulares. Y me toca responderte ahora que soy una mujer cansada. Que conste que te lo digo sin lamentos. Sencillamente, es así. Nos ha llegado el momento —supongo que lo compartes— en que nos levantamos cansadas y nos vamos a dormir cansadas, sin haber tenido que hacer nada para estarlo. Y, en cambio, cuando me haces la pregunta y veo la inocencia renovada en tus ojos una y otra vez, intuyo que quieres que te responda como si volviese a tener trece años, o veinte, o una edad en que la vida es un inmenso prado de primavera que se abre ante ti. Para saltar en él, para gritar o para pregonar las ilusiones a los cuatro vientos y atravesarlo corriendo en busca del camino que te parece más divertido entre los zarzales. La juventud es, Anine, la edad donde crees que nos hemos quedado ancladas. No te lo reprocho. Al contrario. Bien mirado, instalarse de nuevo en aquella felicidad juguetona debe de ser un pequeño paraíso interior. Pensar que los cuatro abuelos, todos muy vivos y muy charmands, te observan mientras cruzas el riachuelo para ir a merendar al lado de la fuente es una sensación de paz como quizá ninguna otra.*

*Pero tú y yo, querida amiga, ya no tenemos veinte. Hemos multiplicado por cuatro nuestras alegrías y tristezas y, hoy, las abuelas somos tú y yo y tantas otras compañeras de la Viviani que vemos el árbol más antiguo de París desde la ventana de un poeta que también se ha hecho viejo. Bendito consuelo, ¿verdad?, el saber que siempre habrá alguien más arrugado que nosotras.*

*Al fin y al cabo, el gran secreto de la vejez es firmar un pacto cordial con la soledad.*

*Qué quieres ser de mayor, me preguntas.*

*Reconozco que tu pregunta me ha hecho pensar. Y nunca he querido responderte al tuntún, con el primer oficio que me viniese a la cabeza. Dado que pensar es todavía gratis, lo he aprovechado. Y si algo hacemos aquí dentro, en nuestras habitaciones, es pensar. Por tanto, he ido meditando qué iba a decirte. Así que ahora, en esta tarde tranquila, cuando nuestro sol ya ha perdido la rabia, sostengo la pluma para decirte, de una vez, qué quiero ser de mayor.*

*Ya lo sé.*

*Yo querré ser inventora. Inventora de tiempo.*

*Quizá habría sido más fácil decir que querría ser enfermera, no tanto para limpiar las heridas de un corte por una caída en bicicleta, sino para poner gasas en la envidia, que es el mal sigiloso de la humanidad.*

*Quizá podría haberte dicho que, de mayor, me gustaría ser maestra, no tanto para enseñar geografía sino para aprender de la historia. ¿Qué interés tiene explicar los ríos de Europa que salpican los mapas si puedes incidir en el odio reconcentrado que ha saltado fronteras, ha aniquilado a personas y ha destruido poblaciones enteras sin misericordia?*

*Si fuese más ambiciosa, que nunca lo he sido, en lugar de maestra habría podido elegir ser la directora del colegio. Quién sabe si podría haber sido como Yvonne, la directora de mi colegio, el que teníamos enfrente de casa y donde aprendí un montón de cosas sin darme cuenta y sin saber que me acompañarían hasta ahora. La directora de la École Communale de Filles era una autoridad porque sabía cuándo era necesario un grito o una caricia. Pero en mitad de la guerra desapareció. Luego nos enteramos de que la habían deportado como miembro de la resistencia, primero a Ravensbrück, luego a Auschwitz. Hace ahora tres años vi que habían rebautizado la calle del colegio con su nombre. Yvonne Le Tac. Toda una calle para ella. Una calle para siempre. ¿Puedes imaginarte, Anine, lo que eso significa? La posteridad. Se la merecía. Pero quizá ella nunca vivió con la esperanza de convertirse en un recuerdo. Es preciso tener cierta vanidad para estas cosas. Quizá ella quería una vida y nada más. Y ahora es una dirección donde los repartidores llevan pizzas a domicilio. Peor aún, Yvonne Le Tac es un atajo para los turistas que se dirigen al Sacré Coeur.*

*Por eso de mayor querría ser inventora. Inventora de tiempo para casar las cosas con el momento en que deberían pasar. Inventora de tiempo para descubrir la fórmula que nos permitiese trampear, en cada edad, las preocupaciones que nos inquietan. Las tres preocupaciones silenciosas: el miedo, la vergüenza y el duelo.*

*Las tres ansias a destiempo, que suelen llegar demasiado pronto o para las cuales encontramos remedio a toro pasado.*

*Los miedos, decía. Nos pillan demasiado tiernos, cuando aún no sabemos entender que después de la oscuridad de la noche vendrá un amanecer dispuesto a iluminarlo todo.*

*Puede que las vergüenzas te hagan sufrir menos, pero te acompañan durante demasiado tiempo. Van siempre contigo como un perro fiel. ¿Sabes de qué te estoy hablando, amiga mía? Es la sensación de no estar a la altura. A veces por ignorancia. O por decir una frase de más, inoportuna o poco adecuada. En otras ocasiones con los dientes separados, o las orejas grandes, o la sensación de cierta fetidez que solo percibes tú, pero te parece que vas dejando el rastro de una mofeta. He dicho la palabra: «sensación». Y te lo dice alguien, ahora que estamos con las confidencias, que se quedó embarazada muy muy joven y que se sintió como si hubiese deshonrado a una familia entera. Con los años, ahora no sabría decirte cuántos, descubres que las vergüenzas solo dependen de cada uno. Solo cuando somos mayores reparamos en que no es para tanto. A buenas horas, ¿verdad, Anine?*

*El duelo, en cambio, llega cuando llega. No existe una edad para saber convivir con ese duelo, mudo y cruel, que te corroe a todas horas. Tú y yo sabemos que en este mundo nada es un regalo. La vida se lo cobra con muertos. Nos da mucho, pero lo compensa con las ausencias. El duelo es el castigo.*

*Cada cual sabe los suyos, amiga mía.*

*Yo perdí el amor de joven. Yo perdí a mi hija de mayor. Nunca era el momento. «Las secuelas de una guerra, ya se sabe», me decían. «Las consecuencias de un accidente, eso le toca a quien le toca», me aseguraba un montón de gente que no sabía ni qué decirme con el accidente de Édith. Pero nadie debería enterrar a una hija. Ni a un marido a los treinta.*

*Yo amé a un hombre y lo perdí dos veces.*

*Ahora que, gracias a tu pregunta, me estoy forzando a escribir, me doy cuenta de que el pobre Damien es, aún hoy, un número en una lista de un campo de exterminio. Es también uno de los liberados de Buchenwald en otra relación de nombres ordenados alfabéticamente. Un simple nombre perdido en una lista. Pero para mí lo era todo y no quise dejarlo marchar. Me aferré a él. El oboe, el estuche, la dedicatoria en un libro, el primer beso, el último, las campanadas sobre las olas, el abrazo de despedida... La nostalgia de vaivén. Cada recuerdo con Édith, una hija de la alegría, tres cuartos de lo mismo. Sus álbumes del colegio, la primera palabra que dijo, su triciclo, las conversaciones de tú a tú cuando ya era una mujer, el nacimiento de Barbara, mi nieta, que todavía es ilusión y salvación... Olvidar es imposible. El pasado traspasa. De todo eso no te liberas nunca, pero mi invento servirá para saber que hay un momento, uno, en que tienes que dejar ir a los muertos. Es necesario soltarlos de la mano. La muerte de Damien, la de Édith, la de nuestros padres o de cada una de las personas que hemos amado y a las que seguíamos aferrados. Llega el día en que hay que deshacer el lazo que une sus dedos y los nuestros y permitir que vuelen. No los abandonamos, Anine. Solo nos liberamos para seguir haciendo camino. Por la pura necesidad de mirar hacia delante. Por la mera supervivencia para los que aún queremos jugar un rato más. ¿No te parece que está muy buena, todavía, la leche con galletas de cada tarde?*

*Anine, lo tengo decidido. De mayor querré ser la inventora de esa máquina que apacigüe las preocupaciones desbocadas. De momento, me ha tocado una vida modesta. Toda una carrera ejerciendo de dependienta en una zapatería de Saint Honoré donde hemos calzado pies de todos los números. No me quejo. Ser dependienta como mi madre, atender a mujeres, tener un sueldo, tener siempre una sonrisa para todo el mundo, buscar para cada cenicienta el número adecuado ha sido divertido. En más de cincuenta años de cara al público, te puedes imaginar que he visto de todo. Pies de todo tipo y zapatos de todos los precios. Sin embargo, nada como aquellos zapatos de tacones de madera que repiqueteaban con un tictac de zueco que se oía desde el otro lado de la calle. Aquellos zapatos se pusieron de moda a finales de los cuarenta. Cuando París volvió a ser París.*

*Espero haberte respondido, Anine. Sin tu pregunta, quizá*

*no habría tenido un día tan bonito como hoy. Hacía mucho tiempo que no escribía nada y, ya ves, aún controlo bastante el pulso. Quién sabe si podría sacar el oboe del estuche y tocarlo un rato.*

*Tu amiga, de ahora y de siempre,*
*Margaux Devère*

# 40. El mejor paisaje

Barbara leyó la carta en la residencia. Su abuela, sentada junto a la ventana del poeta, no le quitaba la vista de encima. No dijo nada hasta que la hubo terminado.

—¿Aún se me entiende la letra?

—Se entiende todo... —Miró si la carta llevaba fecha—. ¿Me la puedo quedar?

—Es para Anine, mujer...

—Mamie, Anine ya no sabe ni en qué día vive... Me hace ilusión guardarla.

—Es que...

—Dices cosas muy bonitas de mí... Y de mamá y del abuelo. Me la quiero quedar yo.

—Pero...

Barbara lo dio por hecho.

—¿Cuándo volveremos a vernos?

—¿Tú y yo? —Mamie se lo pensó—. Más pronto de lo que crees.

Se dieron un beso y Barbara no le dio ninguna importancia al último comentario, en apariencia inconsciente. Dobló la carta y se la llevó a casa. Quería leérsela a

Roger. Se moría de ganas, pero esperó a que se hiciese de noche. Jugó con los interruptores hasta acertar con la luz tenue que buscaba, de paz y confort. Deseaba recuperar el ambiente de las noches de la nevada, cuando estaban encerrados y se contaban historias sin prisa. Con una novedad: la compañía de Hulshoff.

Cuando lo tuvo todo preparado, hizo que Roger se sentase en el sofá rojo, a su lado. De debajo de uno de los cojines sacó la carta y se la leyó en voz alta: «Querida Anine: Me preguntas qué quiero ser de mayor...».

Él escuchaba con la atención que requería la confesión de Margaux y el fraseo de Barbara. Entonaba, hacía las pausas y, en ciertos momentos, le salía la voz de mamie. Ella misma se daba cuenta y no lo reprimía. Era el espejo empañado de la familia.

—Ha sido una mujer valiente —sentenció Roger.

—No es una carta para Anine...

—¿Qué quieres decir?

—Que no es una carta para Anine. Se la ha escrito para sí misma. ¿Te das cuenta?

—¿De mamie Margaux a mamie Margaux?

—Ella es remitente y destinataria.

Roger le dio la razón. Habló de las tempestades que había tenido que soportar y cómo había asumido las granizadas sin cansarse de vivir. Con una infusión sobre la mesita, Barbara se puso filosófica y habló de los miedos como motor del mundo, de los misterios individuales y del poder curativo de la escritura. Ella lo veía en muchas de las novelas que había vendido por todos los continentes. Roger escuchaba. Le gustaba escucharla decir que a menudo la vida de los escritores le fascinaba más que las novelas. Citó unos cuantos nombres. Él no había leído a ninguno. Ni siquiera le sonaban, pero puso cara de interés y Barbara estaba encantada de que la escuchase.

Aquella noche no se movieron del sofá para hacer el amor. Les excitó la novedad. Los cojines, de repente, iban de un lado para otro. Ahora los usaban para apoyarse mejor, ahora para poner una rodilla en el suelo, tensar la nuca y redescubrir, con la lengua, detalles húmedos. Hulshoff nunca había presenciado una escena como aquella. Jasper no hacía aquellas cosas. Permaneció inmóvil, con un ojo abierto, sin ninguna intención de intervenir.

—Me gusta tu cuerpo —dijo Roger.

—Y el tuyo —susurró Barbara—. ¿Qué tal si continuamos en la cama?

—Estás más cómoda, ¿verdad? Es que tienes una edad, claro.

—Eres tan desagradable cuando quieres... —Ella tiró de él hacia la habitación—. No tengas miedo, jovencito. Ven conmigo, que no te haré nada que no te guste...

Al día siguiente costó que llegase la tarde. Roger llevaba preparando aquel día desde hacía semanas, con la complicidad de madame Giroud y la intervención secreta de Margaux. Por la mañana, como quien no quiere la cosa, le dijo a Barbara que se reservase la tarde, que tenía que acompañarlo a un sitio. Ella estaba decidida a adivinarlo y decidió sonsacarlo por las buenas o por las malas. Sin embargo, él le dio pocas pistas. Cerca de la plaza de la República, ropa como para un cóctel de tarde, desplazamiento en taxi —los recogería a las seis en la Rue Chappe— y dos horas de emociones fuertes. Eso fue todo lo que decidió contarle. Y punto.

Pasadas las seis, dentro del taxi, la insistencia de Barbara tuvo premio. Descubrió que iba a una galería de arte. Había acertado con el vestido. Uno color borgoña, ceñido de cintura, con media manga y un escote que se podía abrir o cerrar con tres botones. Se abrochó uno.

La galería estaba a dos calles del canal de Saint-Martin. La dueña, madame Giroud, una amiga del matrimonio Giresse y Trésor, había alquilado una antigua nave industrial de la cual solo quedaba la estructura y el alma. Tiempo atrás había sido una fábrica de trefilados. Llevaba tiempo abandonada y, cuando ella tuvo garantizado el contrato de alquiler por quince años, ordenó vaciarla, decaparla y darle un aire a los Chelsea Piers de Nueva York. Minimalista, falsamente moderna y que respirase amplitud por los cuatro costados. Dejó las vigas de hierro a la vista, puso un suelo sufrido, gris y liso, y conservó las ventanitas cuadradas del techo de la nave. Los cristales, eso sí, hizo que los tintasen para que entrase la claridad pero frenasen el ímpetu de cualquier rayo de sol que pudiese colarse. Las paredes, imperfectas por rugosas y por torcidas, las había pintado de blanco porque, por encima de todo, tenía una obsesión: que destacase el arte. Le gustaba la idea de que allí donde había habido una cadena de montaje, no habría nunca más dos obras iguales. Solo piezas únicas.

Barbara entró sin saber adónde iba. ¿Una exposición de quién? ¿Fotografías de qué? Era todo lo que había preguntado camino del canal, y Roger había escurrido el bulto para no responder. Una vez en la puerta, él le preparó la primera de las tres sorpresas de la tarde.

—¿Puedo ponerte esto?

Barbara no entendió de dónde había sacado, de repente, un fular de seda. Cosas de Roger.

—¿Una venda? ¿En los ojos?

—Un pañuelo enrollado, una venda... Llámalo como quieras.

—¿No te sirve que me los tape así, con la mano?

—Si te lo pones... La gracia estaba, Barbara, en que, si te lo ponías, luego te lo regalaba.

—¿A mí?

Él lo desplegó. Tenía unas aguas rojizas, sutiles y elegantes.

—Te has gastado mucho dinero...

—Te aseguro que si te lo pones te acordarás toda la vida...

—Átamelo tú, venga.

Roger lo anudó y, con la palma, se aseguró de que Barbara no viese nada.

—¿Entramos?

—Entremos... Pero me das un miedo...

—Dame la mano y no te preocupes.

Los tres primeros pasos fueron inseguros. Luego confió en que no habría ninguna trampa.

—Buenas tardes —los saludó la dueña de la sala.

—Buenas tardes —respondió Barbara, a ciegas.

—Bienvenidos a...

—¡Chissst! —Roger la hizo callar. Caminó ocho pasos más, hasta llegar al lugar que quería—. ¿Estás lista, amor mío?

—Preparada —dijo Barbara con decisión—. ¡Qué nervios!

—Cuando quieras, tú misma.

Se quitó el pañuelo por encima de la cabeza, sin deshacer el nudo.

Lo que vio, la dejó impactada.

—Pero... ¿y esto?

Delante de ella había un retrato de mamie Margaux. Su rostro, en blanco y negro, ampliado muy por encima de la escala humana. La definición era perfecta. Los ojos tan claros, la mirada serena. Margaux, de frente, sonreía con la belleza de las arrugas. El pelo gris peinado hacia atrás, tan señora. Los labios finos, los pendientes que brillan, la nariz digna, la piel floja. La belleza de la vejez.

—Pero... —No podía creerlo. No sabía adónde mirar—. Está guapísima...

Y junto a aquel retrato, otro. Y otro. Doce fotografías de grandes dimensiones enmarcadas en una sola pared. Todas de mamie Margaux. Actuales. Siempre en plano corto. En una más pensativa, en otra más seria o con un semblante aburrido. Una, somnolienta. Una en la que parecía que la vena del cuello tuviese color. Y, finalmente, la favorita del artista, en la que la abuela se retorcía de un ataque de risa. Parecía que se fuese a romper. De felicidad. Aquella imagen transmitía muchas cosas. A Barbara le faltaban ojos. Se paseaba con una mano en la boca, incrédula por lo que estaba viendo, emocionada por lo que tenía enfrente. Doce retratos de su abuela, cerca de los ochenta y cuatro, sentada en la residencia. El fondo de la habitación solo se intuía, pero ella conocía muy bien las paredes de pan de ángel de la Viviani. Iba de retrato en retrato y no habría sabido cuál elegir. Doce obras de arte.

Roger, un paso por detrás, la dejó a su aire. La segunda sorpresa había causado el efecto deseado. Solo cuando Barbara hubo contemplado cada uno de los pósteres, se atrevió a hacer la pregunta.

—¿Te gusta?

—Muchísimo. Es... No sé ni cómo decirlo. Espectacular. Pero ¿quién ha hecho todo esto?

Fue decirlo y percatarse de la respuesta. La tenía al lado.

—No quería decirte nada hasta que... —Con la mano abierta, Roger señaló la obra—. Aquí lo tienes.

—Son magníficas, Roger. Magníficas. —Todavía desorientada, las preguntas se le agolpaban en la cabeza—. Pero... ¿cómo es que mamie se ha dejado...? Si ella hace sesenta años que... Has captado su alma.

—¿Qué cómo lo he hecho? Pues no ha sido fácil, no. ¿Sabes qué? Que te lo cuente ella misma —dijo el fotógrafo, teatralmente.

La dueña de la galería, coordinada con Roger, retiró el cortinaje que ocultaba su despacho.

—Hola, niña.

Allí, como un trofeo de un concurso de televisión, estaba mamie Margaux, sentada en una silla de ruedas, con su mejor vestido y zapatos relucientes.

—¡Oh! —se le escapó un grito—. Mamie, por favor...

Tercera sorpresa.

—Aquí sí que no me esperabas, ¿verdad?

Barbara, con el corazón henchido, corrió a abrazarla. De pronto, la ilusión por ver a su abuela era la misma que cuando era una niña y le quitaba la arena de los pies.

—Pero ¿tú te has visto, tan estupenda...?

—Qué vas a decir tú.

—Pues lo que pienso...

—Así, tan grandes, se ven todos los defectos. Arrugada como una pasa.

—Son unas fotos magníficas.

—Ya lo ves. Tantos años resistiéndome... ¿De dónde me sale ahora aceptar esto?

—No posas ante cualquiera... ¿Ves o no que estás guapísima?

Arrugó la nariz con indecisión, como lo hacen las personas sin falsa modestia.

—Puede que las fotografías sean buenas. Este chico

sabe. Lástima que yo solo vea un pergamino, tan reseca...

Barbara se volvió para reprender a Roger. Él se le adelantó.

—*Desolé* —dijo con una sonrisa de oreja a oreja.

—Vosotros dos tenéis muchas cosas que contarme, me parece. Pero muchas. ¿Cuándo hicisteis todo esto? Y tú me dijiste que no fotografiabas personas...

—Y era verdad.

—¿Y qué ha pasado ahora?

—Estos días he descubierto una cosa. Cuando hablaba con tu supermamie y luego también cuando la retrataba, me he dado cuenta... de un fenómeno.

—¿De qué? — Barbara ya no podía con tanto misterio encadenado.

—Lo tenía aquí, lo tenía delante de las narices y se me había pasado por alto. —Señaló la pared de las doce fotos—. El mejor paisaje es un rostro.

Barbara, aún con el pañuelo de seda en la mano, lo hizo una caricia. Luego exigió todas las explicaciones.

Habían hecho las fotografías en dos tandas. Tres mañanas en que Barbara se había quedado trabajando, él había ido a la Viviani y, conversación a conversación, se había ganado a mamie. Para empezar, le explicó el proyecto. Le dijo que después de sus meses en París, una galerista había visto su obra y había decidido confiar en él. Madame Giroud, no obstante, le había pedido que fuese una exposición diferente. Que contase una historia, que emocionase, que hubiese un relato que se pudiera contar a los medios de comunicación para que le dedicasen un trozo de página en un periódico de domingo. Esta parecía ser la obsesión de la dueña. Lo difícil para Roger fue convencer a la abuela de terminar con una convicción de tantos años. El primer día, Margaux fue dura de pelar, el segundo se enterneció con la muerte de Jasper y a la tercera reunión con Roger —mitad persuasión, mitad mano izquierda—, mamie dijo que sí. Con la boca pequeña y con un único argumento. Lo haría por Barbara. Solo por ella. Como un regalo para su nieta. Lo dijo así mismo.

Un regalo.

Quién sabe si el último. Eso no lo sabemos nunca.

Al día siguiente comenzaron con la sesión. Roger le pidió que se situara junto a la ventana y le plantó las ruedas de la silla allí donde había garabateado unas sutiles marcas en el suelo. Buscó que la luz entrase por la derecha de mamie, como en los retratos clásicos. Una vez que la tuvo con los hombros orientados según sus indicaciones, se aseguró de que no hubiese sombras en la mejilla derecha. Ni una. Con la modelo preparada, montó el trípode, sacó la Canon y puso el objetivo de cincuenta milímetros. Antes de comenzar a disparar, dedicó unos minutos a calcular la distancia focal, la velocidad de la luz y la profundidad de campo. Buscaba la nitidez del rostro, solamente. Para darle más personalidad, desdibujaría el fondo de la habitación. En aquel instante decidió que las haría en blanco y negro.

—No sé yo si voy a saber, chico...

Roger inició la ráfaga. Le daba indicaciones con palabras tranquilas. Al principio ella estaba incómoda. Poco a poco, en cuanto se dio cuenta de que por una vez era el centro de atención, se dejó llevar. Cuando funcionó mejor fue cuando Roger, escondido tras la cámara, le dijo que actuase como si él no estuviese allí. Allí comenzaron a salir los retratos. De una mujer natural.

El corazón de Barbara aún latía a toda prisa. Había escuchado la explicación de Roger con una mano sobre el hombro de mamie y sin apartar los ojos de la pared de las fotos.

—¿Cómo es que no hay nadie...? —preguntó extrañada.

—La exposición se inaugura mañana —se apresuró en responder madame Giroud.

—Este pase es privado —subrayó Roger—. Solo para ti.

—Desde mañana... ¿hasta...?

Solo Roger y madame Giroud conocían la respuesta. Contestó ella.

—La he programado para un mes entero.

Barbara no ocultó su satisfacción.

—¿Eso significa que te quedas unos días más en París?

—Mientras dure la exposición. Y mientras no me eches del piso...

—Hay que ver cómo eres...

Le estampó un beso sentido.

—¿Quieres saber el título de la exposición? —preguntó la dueña de la galería.

—¡Por supuesto!

—La mujer de la bicicleta.

—La mujer de la bicicleta… —repitió Barbara, tratando de ocultar la extrañeza.

—Aquí falta una vitrina, y un plafón explicativo en el vestíbulo que vendrán a colgar esta tarde.

Roger desveló cómo iba a ser el montaje.

—Entrando estará la foto de Zucca, la de la bici. Contaremos la historia de mamie en tres párrafos y, allí, al otro lado de la sala, habrá una vitrina con tres cosas. Solo tres, para no avasallar y porque la gente pasa de largo con estas cosas. El estuche del oboe, que pondremos abierto, el uniforme de rayas que Damien llevó en su último concierto, y el libro de *Las mil y una noches* que le regaló tu abuelo.

—Uf… —Barbara respiró hondo—. Y ¿dónde está todo eso?

—Lo tengo guardado en el despacho —dijo madame Giroud—. Hasta mañana no lo pondremos aquí. Estas cosas delicadas, mejor siempre en el último momento… Está todo asegurado.

—¿Está aquí nuestro libro? —preguntó mamie, abrumada.

—¿Quiere que se lo traiga?

La galerista entró en su despacho y salió al instante con el ejemplar de *Las mil y una noches*.

—Tenga.

Mamie lo sostuvo con respeto y suspiró.

Dejó el libro en el regazo, con las palmas de ambas

manos encima, como si jurase la constitución de la quinta República. No miró la dedicatoria que le había escrito Damien. Se la sabía de memoria. Luego lo abrió, pasó las páginas con un dedo, se lo acercó a la cara y lo olió con los ojos cerrados.

—Este libro huele a siglo XX.

—Desde luego que sí, mamie.

—«París ultrajada, París destrozada, París martirizada... Pero París liberada» —saltó madame Giroud, llevada por un excesivo entusiasmo.

Se necesita mucha paz para olvidar la guerra.

Margaux le entregó el libro a Roger. Barbara, para romper el inesperado momento patriótico, se arrodilló delante de mamie. Quería estar a la altura de sus pensamientos.

—¿Sabes lo que me apetece? —Le salió así y lo dijo—. Bailar contigo.

—¿Conmigo? Pero ¿qué dices, niña? Pero si las piernas no...

—Lo que me hacías cuando era pequeña, ¿te acuerdas? Me agarrabas, me ponías sobre tus pies y me arrastrabas hacia delante y hacia atrás...

—Pero...

—Me gustaba tanto... Yo no bailaba encima de ti. Volaba.

—Estás de guasa, niña.

—No... Hoy vamos a hacerlo al revés. Ya verás. —Barbara se agachó todavía más—. Agárrate aquí.

Mamie se recolocó para poner la mano derecha sobre

el hombro de su nieta. Roger le dio la izquierda, para ayudarla. Agachada, Barbara le desató los zapatos y la descalzó con cuidado de no hacerle daño. La hizo levantarse y le dio tres instrucciones de obligado cumplimiento.

—Agárrate a mí. Abrázame. Per-fec-to. Y ahora, despacio, súbete encima de mis pies.

—Pero estás segura de que... —Con dificultad, empujó hacia arriba la osamenta.

—Tranquila, voy con zapatos. Y no pesas tanto. Primero un pie, exacto. Y ahora...

—El otro.

—¿Lo ves? Ya lo tienes. ¿Qué tal, mamie?

—Bien —dijo, asustada y subida al pedestal sin estar del todo convencida.

Barbara comenzó a moverse. Levantaba ligeramente los pies del suelo. Le daba una mano, la sujetaba por la espalda y notaba aquel saco de huesos rígidos sobre su pecho.

—Suelta el peso, mami... No te preocupes por mí. Ahora, así...

Lentamente, se deslizaban sobre la baldosa, de acá para allá, con movimientos pequeños.

—No te embales, niña.

—Una vueltecita, venga. —Canturreaba *C'est si bon* y bailaba—. ¿Qué tal ahora?

—Bien. —Se rio con ganas—. Muy bien... Muy requetebién. Mira, chico.

Con el ojo en el visor, Roger comenzó a disparar.

—Perfecto, Margaux. Como un buen vals.
—Lo hemos logrado, mamie. ¿Qué te parece?
—Yo también vuelo. Mirad, chicos.
—¿A que se está bien aquí arriba?
—De cine, Barbara. Bailemos, bailemos, bailemos.

Si quieres escuchar toda la música que aparece en *32 de marzo*, aquí encontrarás la lista de reproducción: